Szara lotka

Eustachy Rylski

Szara lotka

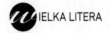
WIELKA LITERA

Redakcja
Katarzyna Krawczyk

Korekta
Jadwiga Przeczek
Bogusława Jędrasik

Copyright © by Eustachy Rylski 2014
Copyright © by Wielka Litera Sp. z o.o., Warszawa 2014

Wielka Litera Sp. z o.o.
02-953 Warszawa
ul. Kosiarzy 37/53

Skład i łamanie
Piotr Trzebiecki

Druk i oprawa
Abedik S.A.

ISBN 978-83-64142-86-4

Szara lotka

I

Nic wbrew pozorom, o których wspomnimy później, nie zapowiadało nagłego końca tej rodziny, więc nastąpił, bo rzeczy na tym świecie mają to do siebie, że następują bez przyczyny.

Rodziny, jak wszystko inne, się kończą, mają więc też i początek, ale o początkach, mimo że napawają nadzieją, mało co wiemy, a o końcach, jakkolwiek byśmy się od tego odżegnywali – wszystko. I choć nie ma nas najczęściej przy jednym ani przy drugim, to nasza własna wędrówka od początku do końca koniec nam nieuchronnie przybliża, a początek gubi, czyniąc z końca rzecz nieubłaganą, a z początku tym wątpliwszą, im bardziej znika nam z oczu.

Czy zaczęliśmy się na początku, obojętnieje wobec pytania, czy skończymy na końcu – śmierć ważniejsza jest od narodzin – i choć w tym przygnębiającym równaniu powinniśmy znaleźć równość, to jej nie znajdujemy.

Jeżeli zaciekawia was więc upadek, będziecie się musieli dowiedzieć czegoś o powstawaniu, mimo że upadek to konkret, a powstawanie – mglista najczęściej iluzja.

Krótko mówiąc, będziecie się musieli dowiedzieć czegoś o świcie, skoro interesuje was zmierzch. A ponieważ zmierzchy, gdziekolwiek by zapadały, są do siebie podobne, tym chętniej zgodzę się z opinią, że świty różne.

I choć świt rodziny Skode musiał być jak z bożej instrukcji, to siedem wieków, jakie nas od niego dzieli, i zimne opary snujące sie nieustannie nad równinami między Niemnem a Dźwiną nałożyły filtr nierealności na to, co ze swej natury dosadne.

Gdy przypatrujemy się tej kompanii, oni o imionach: Arnulf, Meinhardt, Udo, Abelard lub coś równie zamierzchłego, a ona służąca, mniszka, markietantka, nałożnica, patrzymy na ich kilkunastu pomocników i masywne wozy z pełnymi kołami zbrojone stalą, jedyne co przychodzi nam zapamiętać, bo zapamiętać warto, to lotka żurawia podniesiona z szablistych traw, jakich już nie ma, u zakola rzeki łączącej Dźwinę z morzem na skrót.

Choć spierać się można, czy lotka ważna była ze względu na zakole rzeki, czy zakole ze względu na lotkę, to dobrze by się zgodzić, że trzej bracia Skode wraz ze swą kompanią i kwitem obiecującym im taką ziemię, jaką sobie wybiorą i tyle, ile zdołają zagarnąć, osiągnęli ten stan, kiedy wędrówka się kończy na wielkiej niewiadomej.

– *Schwungefder des Kraniches* – rzekła kobieta, trzymając przed oczyma lotkę, jakby przez jej misterną strukturę zamierzała ujrzeć przyszłość. Jeden z mężczyzn jej odpowiedział, że żurawia lub każdego innego dużego ptaka.

Przyjmijmy też, bo coś przyjąć trzeba, że wychudzona smagłość i wschodnia ruchliwość, jakie biorą się z diety, słońca, pustynnych wiatrów w Anatolii, Idumei, Samarii lub Syrii, ustąpiły rudawej bladości i napęcznieniu. A źrenice gorejące ogniem zemsty na Saracenach – podrażnione światłem, piaskiem i upałem – wyblakły.

Pokolenie nie minęło, jak Lewant, kraina rycerskich przygód, zrównał się w zapomnieniu z Nadrenią i Palatynatem, które Skodych wydały, a ich myśli, usposobienie, obejście i ciała dostosowały się do ziemi, którą wybrali.

I przyjmijmy, bo coś przyjąć trzeba, że nie mogło być żadnego powodu tego wyboru poza szarą lotką żurawia.

Lata następne potwierdzały wierność, z jaką rodzina Skodych służyła czasom i okolicznościom. Kiedy nadmiar substancji sprawiał niewygody, chudli. Miękli wraz z dostatkiem, by twardnieć, gdy wojny, zarazy lub inne swawole losu rujnowały owoce ich pracy i zapobiegliwości.

Pokornieli w służbie jednym suwerenom, by hardzieć wobec innych.

Sprzymierzali się z dobrymi panami w złych sprawach i ze złymi w dobrych.

Nie robili interesów z komiwojażerami piór ze skrzydeł archanioła Gabriela, gałązek krzaku gorejącego, z którego Bóg przemówił do Mojżesza, czy nitek z podpaski Marii Magdaleny, toteż w rękojeściach ich mieczy nie było już relikwii, modlitwy polowe zostały zapomniane, okrzyk *Gott mit uns* coraz trudniej przechodził im przez gardła, przynależność do klanu wszystkich rycerzy Boga, tak oczywista, nim zatrzymali się na tych bezludnych równinach, stawała się mniej niż formalna, a więc więzy łączące ich z chrześcijaństwem, do jakiego przywykli, wątlały z dekady na dekadę.

A cały blichtr, całą wymowność, subtelność, niewysłowioną grandezę, rajską barwność rycerskich obyczajów razem z ich okrucieństwem i niezdolnością do współczucia pożegnali, jak sądzić należy, bez żalu, gdy tylko okrzepli w przekonaniu, że nikt im tego nie śmie zarzucić.

Zakuci od stóp do głów w stal podczas wojennych wypraw, w czasach pokoju zamieniali ją na lniane koszule, tuniki z grubego sukna, skóry owcze, bobrze, wilcze lub niedźwiedzie. Kubraki zaś w srebrnych cekinach, dwukolorowe rajtuzy podkreślające męskość i półmetrowe, spiczaste jak sztylet *poulaines* trzymali na okazje, które im się nie zdarzały.

Na półce w ich bibliotekach wszelkie możliwe wersje *Image du Monde* zajmowały poczesne miejsce, lecz nie traktowali ich serio, choć sztuka czytania nie była im obca.

I choć podejrzewali, że żyją w kręgu niemożliwych do rozwikłania tajemnic, że istnienia zła nie da się niczym wytłumaczyć, że dobro bywa sporadyczne i trafia się nie w porę, że Boga należy adorować, a szatana unikać to, jak większość, mieli kłopot z rozróżnieniem jednego od drugiego, nie bardzo wiedzieli, co sądzić o zarazach, klęskach żywiołowych, przemijaniu, śmierci, synomii, apostazji i papieżach w Awinionie, więc, by się w życiu czegoś trzymać, uznali, że wszystkie własne

zalety, przewagi, jak i wady, które udało im się okiełznać, poświęcą temu, co od nich zależy – pomyślności
rodu.

A skoro już o tym mowa, to się rozgałęzili, nie do
tego jednak stopnia, by stracić się z oczu, a gdy impet
reprodukcji groził takim niebezpieczeństwem, natura
zwężała ich do głębokiego, lecz jednego nurtu.

Stawiali się na każde wezwanie Zakonu, ramię w ramię z wielkim mistrzem, przeciwko wszelkim jego uro-
jonym i rzeczywistym wrogom; ich zapał do obrony
krzyża słabł w proporcji do zmierzchu idei, jaka Zakon
i jego kawalerów od miecza immatrykulowała.

Trzeba też przyznać, że imiona z ducha *Walkirii*,
Złota Renu czy *Tanhausera*, mające swym brzmieniem
budzić respekt, zaokrągliły się i złagodniały, przypisu-
jąc noszących pługom raczej niż mieczom, rozmowie
niż bitewnym wrzaskom, zabawie niż posępności i jeżeli zgodnie z tradycją zdarzał się jeszcze jaki Gotthard
lub Arwid, to równoważył go Jan, Maciej czy Władysław, kobiety zaś rodziły się jako Marie, Doroty, a nawet Wandy.

I choć żadne z tych imion nie przydawało słowiań-
skiego wdzięku, który bierze się z płynności i omdle-
wającego spowolnienia, to odległość od bezkształtu
tego straszydła, które trzy wieki wcześniej podniosło
z nadrzecznych traw lotkę żurawia, musiała zdumiewać.

Tym więcej, że monotonia stron – lasy, wody i płaskie
ugory – nie sprzyjała tu żadnemu ludzkiemu czy mate-
rialnemu pięknu, więc bez znaczenia był fakt, że dwo-
ry – czy to nad majestatyczną Dźwiną, czy nad Lelupą

lub Windawą – były rozłożyste, wilgotne, ciemne, najczęściej drewniane, z hulającymi lodowatymi przeciągami, niezachęcające do niczego poza wyjazdem.

Niewygoda istnienia, jakkolwiek by się jej przeciwstawiać uporczywa, stawiała Skodych w jednym szeregu z pozostałymi kurlandzkimi i semigalskimi rodami rycerskimi, od których brali poprzez koligacje to, co najlepsze, oddając w zamian to, czego każdy najchętniej się pozbywa.

Związki więc im służyły, a fizyczny rozstrój i moralny upadek, o które łatwo, kiedy czerpiemy z tak zamkniętych źródeł – rodzin nie było wiele – w żadnym pokoleniu Skodych nie zepsuł.

Ani męska, ani kobieca uroda ich nie wyróżniała, ale też żadne kalectwo nie szpeciło. Szaleństwa nie przechodziły u nich w zwyczaj, żaden zwyczaj nie stawał się naturą, natura nie kierowała czynami, czyny nie brały się z kaprysów, a kaprysy kończyły się w dzieciństwie.

Trzymali się środka, nie krawędzi.

I choć, co zrozumiałe, nie rodzili się niczym lustrzane odbicie poprzedników, to duch rodziny kształtował i panował.

Mężczyźni nosili gotyckie czaszki, kobiety szpeciła wczesna tusza, arbitralność sądów w sprawach, o których nie miały pojęcia, i płaskostopie, w związku z czym nieładnie się ruszały i nie były proszone do tańca.

Wszyscy cierpieli na dolegliwości gastryczne, a złoty odcień świecił w nich przez pokolenia.

Poddani kilkunastu zakonnych mistrzów, królów szwedzkich, polskich, a w przyszłości carów i cesarzy rosyjskich, nie przywiązali się ostatecznie do żadnego języka, nie przylgnęli do żadnej idei, systemu, religii, więc tam, gdzie inni znajdowali ojczyzny, oni – doskonałą pustkę.

Skoligacone z nimi rodziny Bironów, Ungernów, Wranglów wybrały służbę bitnej Szwecji, a potem związały swe losy z rosyjskim imperium. Pruski sztab generalny w trzech kolejnych pokoleniach wykorzystywał skrupulatność i żelazną logikę Stharheimów. Jak Sybergi, Platerowie, Romerowie i Tyzenhausy zasmakowali w bogactwie, rozmachu, różnorodności i wdzięku Wielkiej Rzeczpospolitej, tak, poza imionami, Skodych nic przy niczym nie trzymało.

Lecz wady wyobcowania równały zalety niezależności.

Wierni sobie bywali wiarołomni wobec innych, życie nauczyło ich wszakże, że tylko odwrócenie tej zasady szkodzi.

Ich udział w pierwszej wojnie północnej charakteryzuje tę zaletę dobitnie. Sprzymierzeni, wbrew woli wielkiego mistrza, z Iwanem Groźnym poparli ambicje Magnusa Duńskiego, by ustanowić się królem kurlandzkim, ale przeczuwając niepowodzenie tego zamiaru, przysłużyli się Batoremu pod Wielkimi Łukami tak ofiarnie, że Rzeczpospolita wynagrodziła ich dobrami aż pod Psków, na które zresztą przy całej swojej inwencji nie znaleźli pomysłu.

Tak czy owak, obszar ich panowania, przewyższający teraz Palatynat i Nadrenię, nie spełniał funkcji, do jakiej go szykowano, jak to się dzieje z rzeczami, zdarzeniami i ludźmi, którym nie wyznaczono celu. Rzec by można, że kłopot ten dzielili z panami litewskimi i ruskimi. Tamci jednak trzymali wartę przy arbitralnie wybranych przez siebie dynastiach lub służyli pomysłom, a niechby i fantasmagoriom, wychodzącym z rodziny ku jakiemuś ogółowi, Skode natomiast kurczowo trzymali się siebie, a jeżeli już jakaś opresja wymagała od nich deklaracji, pilnowali, by nic się za nią nie kryło.

– Żyjemy po nic, wielki mistrzu – odpowiedziała w chwili szczerości Dorota Skode na sugestię Gotthar-da von Kettlera, że czas, by pożytki z rodziny Skode dorównywać zaczęły jej bogactwu.

Nie wzięli przykładu z Tyzenhausów lub Platerów i nie ufundowali żadnego klasztoru, kościoła, bazyli-ki, katedry. Nic wspólnego nie mieli z żadnym prote-stanckim lub ewangelickim zborem jak Stharheimy. Nie dołożyli się, wzorem Ungernów albo Bironów, do naj-skromniejszej nawet cerkwi. Ich zdolność do życia poza historią, ideą i obyczajami zdumiewała, ale też wzbu-dzała ten rodzaj respektu, jaki wymusza każda suweren-ność.

Upadek Rzeczpospolitej zastał ich u szczytu zamoż-ności, z której ani dla nich, ani dla innych nic nie wyni-kało, i wyzwolił z wyrzutów sumienia, jeżeli się jakieś pojawiały, gdyż, przynajmniej teoretycznie, byli Rzecz-pospolitej lennikami.

Bracia stryjeczni Paweł i Władysław udali się na dwie dekady w głąb Rosji, by zorganizować tam lekką arty-lerię, wrócili przy kilku orderach każdy i z dożywotnią carską rentą. Wyzerował to syn Pawła, Jan, walcząc pod sztandarami republiki, a potem Napoleona do jego smutnego końca. Trzy polskie powstania przeciwko Rosji obyły się naturalnie bez ich udziału. Opór, jaki stawiali najszlachetniejszemu nawet uzależnieniu, zaczął ich jednak po raz pierwszy osamotniać do tego stopnia, że szeroko rozlana rodzinna rzeka zwężała się podejrzanie szybko do jednego nurtu, który już nie był, jak poprzednie, głęboki.

Trzeba też przyznać, że, mimo zachęt, nie oddali już cesarstwu żadnych przysług poza tymi, jakie zostały na nich wymuszone, jak to się stało z Fabianem Skode, którego przeznaczeniem w sensie dosłownym i ostatecznym stał się późną jesienią 1914 roku Ingemarlandzki Pułk Huzarów.

W Wigilię Bożego Narodzenia kozacki patrol przywiózł list, w którym imperator zawiadamiał osobiście o bohaterskiej śmierci członka swojej gwardii, i order św. Jerzego. Order został odesłany, gdyż żona Fabiana, Maria, popadła w cichy obłęd zamknięta w niezamieszkanej części dworu, a owoc ich związku, dwunastoletni złotowłosy chłopiec, delikatny jak figurki z porcelany i wysublimowany do granic, nie chciał mieć nic wspólnego ze światem, który nastąpił.

Wychowujący go guwerner rozpił się do imentu, służba się rozwałkoniła i zbezczelniała z dnia na dzień, a nieopłacany folwark ujawnił narodową wrogość.

Sędziwy administrator, wierny rodzinie jak nikt, stracił po śmierci swego pana resztki sił i zapału, a z trzech rządców został jeden i dał za wygraną.

Domy upadają powoli; kruszeją, przemieniając piękno, jeżeli się zdarzało, dostatek, jeżeli je wypełniał, stałość, jeżeli uzupełniała lub zastępowała dwie pierwsze wartości, w smutek, jaki wśród natur refleksyjnych znajduje amatorów.

Dom Skodych z dnia na dzień zmiotła eksplozja. A na zgliszczach bogactwa, wpływów, umiejętności, znaczenia, jakie w każdej chwili można było uruchomić, pozostał chłopiec niczym kwiat na gnoju.

Wydarzenia, na które nie miał wpływu, bezduszna swawola losu, absurd wpisany w każde istnienie uczyniły go nagle samotnym i zasiały w nim ziarno zemsty na okolicznościach, jakie rodzi w nas złe doświadczenie z samym sobą.

Błądząc po nieogrzewanych przestrzeniach ni to dworu, ni pałacu w połowie z drewna, w połowie z kamienia, oddawał się marzeniom, to znaczy najniebezpieczniejszej rzeczy, jaka w jego sytuacji mogła się zdarzyć.

Nie zajmowały go książki, zwierzęta, chłopięcy rynsztunek, nie bawił się sersem, nie chodził do parku z flowerem na gawrony, nie siodłał mierzynka, nie przypatrywał się ilustracjom, nie namyślał nad mapami i wszystko to, co od pokoleń składało się na beztroską młodą dworskość, stało się nieosiągalne, bo złowrogie.

Gdy w połowie srogiej zimy, jakie bywają w czasach wojen, osiadła w Dyneburgu rodzina matki chciała się chłopcem, bez entuzjazmu zresztą, zająć, ten już tak głęboko wszedł w świat urojony, że ich nie rozpoznał.

Odwiedziny w niezamieszkanej części dworu, którą upodobała sobie matka, stawały się coraz krótsze i tylko niczym cienie przesuwali się w milczeniu obok siebie.

Tak minęła długa w tych stronach zima.

Słońce przygrzewało już mocno, topiąc resztki śniegu, kiedy przez wysoką bramę zajechał przed fronton domu samotny jeździec.

Płaski drewniany kuferek zapinany na zatrzask to wszystko, co miał ze sobą. Poprosił o nocleg.

Rozwałkoniony, brudny, zbezczelniały do cna służący, jeden z dwóch, który przewidywalność dworskiego upadku przedłożył ponad nieprzewidywalność nowego życia wykluwającego się za kamiennym murem, rzekł opryskliwie, ale i nie bez satysfakcji:

– Rządcy uciekli, administrator zgłupiał do szczętu, pani chora, pan zabity, nauczyciel pijany.

– Kto jest? – spytał przybysz.

– Tylko chłopak – odpowiedział służący.

– Proś go!

Przed fronton domu wyszedł chłopiec. Miał buciki ze złotymi klamerkami, wełniane pończochy z dziurami na kolanach, zajęczy kubrak i czapkę z piórkiem.

– Kim jesteś? – spytał.

– Wędrowcem.

– Wejdź, panie.

I przybysz wszedł. A wieczorem niechętny służący rozpalił ogień w bibliotece. Zrobił to na polecenie przybysza, nie chłopca, i było to pierwsze przyjazne ciepło od mglistego grudniowego popołudnia, kiedy cesarz zawiadomił o śmierci swego mimowolnego pretorianina.

W milczeniu zasiedli przy ogniu.

Chłopiec zauważył, że przybysz jest duży, mocny, ordynarny; uwadze przybysza natomiast nie umknęło piękno, kruchość i elegancja młodego gospodarza.

Różnica ich zbliża, gdyż posłuszna siła przybysza rozbudza w chłopcu nadzieje, a chłód i wytworność chłopca – przyjemność obcowania z doskonałością.

Bo przybysz jest artystą.

Nim jednak został artystą, był mężczyzną, dlatego, co było do pozbierania, zostało pozbierane, co do ogrzania, ogrzane, co do rozpędzenia, rozpędzone, a dopilnowane i sprzęgnięte wszystko, co w swej naturze ma szybki rozpad.

Folwark spokorniał, a dom się zorganizował.

Samozwańcze księstwo w centrum największej wojny, jaką cywilizacja dotychczas znała, z przetaczającymi się w tę i tamtą frontami, strefa coraz bezwzględniejszego panowania w administracyjnej pustce, obszar objęty dyktatorską władzą mającą źródło w plebejskim apetycie na wszystko miały teraz granice, które przybyszowi wyznaczył chłopiec, nie używając do tego słów.

I tak jak przewaga nad tym, co było do ujarzmienia, stawała się dla przybysza rozkoszą, tak zgoda, z jaką przyjmował rezerwę młodego gospodarza i w zależności od sytuacji uprzejmość lub pogardę, nie stawała się przykrością.

Grali w grę, co do której się nie umówili, bo jej zasada – przeciwników łączy wszystko, co dzieli – była oczywista.

Porozumienie, jakie zawarli, dotyczyło tego, od czego zależą – dworu, folwarku, przerzedzonej służby, absencji rządców, chybotliwej produkcji i coraz wątpliwszych pieniędzy, dlatego też śmierć Marii Skode, w istocie przykra tylko formalność, nie stała się zwrotem w ich stosunkach, bo nie miała nic wspólnego z tych stosunków naturą. A ta zagarnęła więcej, niż miała prawo, nie pozostawiając miejsca na to wszystko, co nią nie było.

Sądzić można, że potrzebowali siebie jak chłód żaru, cisza krzyku, opresja bezpieczeństwa, a pożądanie spełnienia.

Świat, zajęty wojną i zapowiedzią wydarzeń, na jakie się nie przygotował, dał im swobodę.

Sprowadzając rzecz do codzienności, korzyści, jakie każdy z nich odnosił, wystarczały, by, niezależnie od idei, trzymali się siebie.

Jeden miał władzę, drugi jej atrybuty.

Krótkie w tych stronach lato stanęło w swoim szczycie. Na łąkach za rzeką zbierały się żurawie, by ćwiczyć odlot. Wieczorami ich klangor niósł się po okolicy.

Chłopiec zamarzył, by stać się jednym z ptaków i odlecieć z pozostałymi.

Może wraz z zapowiedzią nieodległej jesieni nęcić go zaczął Lewant ze swoim światłem, z blaskiem, upałem, pustynnymi wiatrami niosącymi piasek i nocami jaśniejszymi niż dni nad Windawą. Może wzywały go Samaria, Syria albo Pustynia Libijska i spalone na ciemny brąz twarze Udo, Reinharda lub Gotfryda Skode.

Może zobaczył pył, usłyszał bitewne wrzaski spod Diametty i zapragnął, na zasadzie przeciwieństwa, znaleźć się w tym wirze.

Z innego świata być może roześmiał mu się w twarz Kacper Skode, wyprawiający się z Iwanem Groźnym aż za Narwę.

W ciszy tych stron odezwały się hordy, ku którym pchnęła go może obietnica ostatniej rodzinnej przygody.

A może przyczyny chłopięcego marzenia należało by poszukać bliżej. Czy to nie kaprys nagle znudzonego dziecka podyktował próbę nielojalności wobec człowieka, któremu zawdzięczał przetrwanie?

Tak czy owak, podzielił się tym marzeniem z przybyszem.

– To byłoby możliwe tylko we śnie – odpowiedział przybysz, uśmiechnął się zagadkowo i dodał: – Namaluję twój portret, gdyż, jak musiałeś się domyślić, jestem przede wszystkim artystą.

Czysty był ten uśmiech. Nie zapowiadał podstępu, nie pokrywał złości, nie kamuflował zawodu, nie zamieniał zazdrości w udawaną obojętność, jakby ten duży, mocny mężczyzna wiedział o sprawach coś więcej niż to, że się kończą.

Chłopiec się ucieszył, zawahał i znów ucieszył.

– Nie byłeś jeszcze na to gotów – odezwał się przybysz, zapytany, czemu tak długo zwlekał.

Seans rozpoczął się nazajutrz o świcie.

Dzień wstawał już właściwie jesienny z zalegającymi mgłami. Z werandy, na której przybysz rozstawił sztalugi, widać było łąki i moczary z meandrującą między nimi rzeką, a dalej sosnowe lasy ciągnące się aż za Psków.

Chłopiec nie widział, co z rzeczywistości przechodzi do obrazu, gdyż z miejsca, gdzie posadził go przybysz, nie było tego widać, ale nie miał wrażenia, że jest malowany.

Nie obchodziło go to jednak, bo wczesna pora i poranne zamglone zimno, jakie w tych stronach poprzedzało nawet upalne dni, skłaniały do obojętności.

A kiedy słońce rozpędziło opary i na werandzie zrobiło się ciepło, przybysz przykrył blejtram prześcieradłem i chłopiec nie poznał rezultatu jego pracy.

Następne dni podobne były pierwszemu. Chłopiec pozował, a przybysz tworzył, każdy zajęty sobą, bez porozumienia, jakie artysta nawiązuje z modelem.

Oddawało to pozycje, jakie zajmowali wobec siebie i rzeczywistości. Jeden uzupełniał doskonale drugiego, ale nie prowadziło ich to ku żadnemu celowi poza przetrwaniem.

Jeżeli malarskie seanse były próbą zadzierzgnięcia porozumienia duchowego, jakiemu sprzyja niekiedy sztuka, a nawet jej namiastka, to nieudaną.

Miało się jednak wrażenie, że ich to nie martwi, jakby każdy przeprowadzał swój niezależny od drugiego plan, jakby przeczuwali, że wzajemność się skończy, gdy zmienią się okoliczności, które ich na nią skazały.

Słońce wpełzało na werandę, grzejąc już z sierpniowym umiarem, gdy chłopiec zasypiał płytkim, starczym snem, jaki w żadnej z faz nie traci kontaktu z jawą.

– To dziwne – mawiał – ale kiedy śnię, mam wrażenie, że nie jestem już sobą.

– Czy śnisz złe sny? – pytał wtedy przybysz, a chłopiec odpowiadał, że gorsze, niż byłby sobie w stanie wyobrazić, ale czuje się w nich na swoim miejscu.

Szóstego lub siódmego dnia chłopiec ocknął się tylko raz. Z trudem unosząc powieki, poprosił przybysza, by go obudził, gdy skończy obraz.

– Niechybnie to uczynię, paniczu.

Chłopiec opuścił głowę, złote włosy osypały się wokół, odsłaniając kark z głębokim wyżłobieniem idącym przez środek. Ręka opadła bezwładnie na udo i rasowa dłoń zawisła martwo w powietrzu.

Przybysz odłożył pędzel, pozbierał farby, wytarł ręce w fartuch i już nie zakrywając obrazu, usiadł na barierce werandy.

Przypatrywał się śpiącemu chłopcu nie jak człowiek dorosły dziecku, nie jak wpływowy sługa zwasalowanemu panu, nie jak mężczyzna obiektowi swego niespełnionego pożądania, ale jak artysta pięknu, więc z mieszaniną oczarowania, zachwytu, ale i świadomością wiecznej niedostępności.

A kiedy minęło południe, popołudnie, wieczór i cichy sierpniowy zmierzch przeszedł w noc, z łąk u stóp dworu uniósł się żuraw i odleciał na wschód, gubiąc nad wodą szarą lotkę.

W nielicznych wsiach, osadach, leśnych faktoriach i jeszcze rzadszych miasteczkach nad Dźwiną, Lelupą lub Windawą zaczęto opowiadać sobie coś, co ze swej natury tak łatwo przechodzi w baśń, legendę, wieczorną godzinę przy ogniu w śnieżnej zamieci; chłopiec żył samotnie, nie zaznał miłości, więc żurawiem odleciał.

W miarę upływu lat ubarwiano to podanie budzącą litość biedą lub rozpalającym zazdrość bogactwem. Zmieniano w dzieje rodziny wpływowej, sprawiedliwej i rycerskiej lub zamkniętej i okrutnej, w klątwę oszukanej dziewczyny lub w przepowiednię dobrej wróżki,

w przyjazną zażyłość z otoczeniem albo obcość nieznaj-
dującą z nim porozumienia.

Aż po stu blisko latach, w czasach nam współczes-
nych, historia powróciła do źródła oczyszczona z wszelkich fantazji snutych w złych lub dobrych zamiarach.

Chłopiec żył samotnie, nie zaznał miłości, więc żurawiem odleciał.

II

W tle nienaturalnie gęste mgły, bliżej kilka sosen wysokości nigdy przez te drzewa nieosiąganej, między nimi
brzozy jak w śnieżnej bieli.

Ponad mgłami niebo z włoskiej pocztówki. Ostre sza-
bliste trawy, jakich już nikt nie pamięta, i woda w zbyt
gęsto wijącej się rzece otchłanna.

Przestrzeń wędrująca w głąb, ma się wrażenie, bez
wystarczającej perspektywy, toteż szara lotka, opadająca
z nieba na ziemię lub wznosząca się z ziemi ku niebu,
jest ostentacyjna, rozpanoszona, nachalna, zaprzeczająca
przyrodzonej zwiewności i dyskrecji.

Światło, które nie wyznacza pory dnia i, gdyby się
uprzeć, również roku.

Kaczmarek cofnął się kilka kroków od obrazu i obrysowując go wyciągniętym przed siebie palcem, zapytał
po raz drugi:

– O chłopcu przemienionym w żurawia?

Białowłosy ksiądz, kruchy jak postać z El Greca, skinął głową.

– Ale gdzież on jest?

– Kto?

– Chłopiec.

– Zamienił się w żurawia.

Kaczmarek się roześmiał.

– A żuraw, jak rozumiem, już odleciał.

Białowłosy ksiądz potwierdził.

Był przeciwieństwem wnętrza, do którego zaprosił ekipę; osiemnastowiecznej, wbitej w ziemię, zaaranżowanej jak polski kresowy dworek plebanii, która, gdyby miała coś do gadania, wolałaby pewno gospodarza zażywniejszego.

Do środka weszła rosła kobieta bez wieku. Końska twarz, brzoskwiniowa cera, włosy obcięte na zapałkę, okulary w drucianych oprawkach; wysportowana, męska sylwetka i zamaszystość potwierdzały najzłośliwsze opinie o niemieckim stylu.

Kaczmarek przedstawił ją księdzu. To Hildegard Weisflog z Düsseldorfu, menedżerka projektu „Rubieże Europy" finansowanego przez rząd Nadrenii i Kurlandischen Ritterschaft z Berlina, które zamierzają wyprodukować film o bałtyckich rodach rycerskich. Czy to księdzu przeszkadza?

Zapytany zaprzeczył.

Kaczmarek się poskarżył, że może mieć kłopot z przekonaniem menedżerki do użycia baśni z obrazu w tym pretendującym do historyczności filmie, więc liczy na pomoc księdza. Bo to opowieść poruszająca natury wrażliwe, ale budząca sprzeciw i nieufność w umysłach tak konkretnych jak, nie przymierzając, pani Weisflog.

Zakłopotanie księdza zgasił Kaczmarek informacją, że Niemka nie włada żadnym cywilizowanym językiem poza własnym i, jakże by inaczej, angielskim, mogą więc rozmawiać bez obaw.

– Ale nieprawdziwa – rzekł ksiądz, miało się wrażenie, spłoszony pomysłem reżysera, by historia z obrazu, w istocie kiczu stworzonego przez prowincjonalnego pacykarza, miała się znaleźć w filmie aspirującym do rangi ważnego.

Kaczmarek odpowiedział, że wdzięk każdego podania, każdej baśni lub legendy polega na jej głębokiej, choć nieprawdopodobnej prawdzie, i że wzbogacenie nią realnego świata nie czyni tego ostatniego mniej wiarygodnym.

Gospodyni księdza zaprosiła ekipę na śniadanie. Miało się wrażenie, że wolałaby usługiwać komuś dostojniejszemu, kto lepiej odpowiada wyobrażeniu proboszcza na północno-wschodniej flance katolicyzmu.

Zasiedli za długim stołem, który ze sztywnym obrusem, odświętną zastawą i potrawami we wszelkich możliwych mięsnych i jajecznych odmianach przypominał stół nakryty do wielkanocnego śniadania, co się przeciągnęło do połowy lipca.

Ekipa – szwenkier przed emeryturą, bezczelny operator i dwóch młodych gości od mikrofonów, przedstawiający ten rodzaj znudzenia, nonszalancji i obojętności, której nie zrównoważy żaden reżyserski entuzjazm – zabrała się do jedzenia, jakby to był jedyny powód przyjazdu.

Po kwadransie mniej więcej stary uduchowiony ksiądz

23

o ujmującej twarzy prawdziwego sługi bożego zwrócił się wyłącznie do Kaczmarka:

– ...nie ma też wdzięku, jakiego się pan po niej spodziewa. Jest pusta.

– Baśń o chłopcu przemienionym w żurawia?

Ksiądz rozłożył ręce, dając do zrozumienia, że ani przez chwilę nie rozmawiali o czymś innym, i dodał, że w muzeum okręgowym w Dyneburgu znajduje się znamienna fotografia z wiosny 1919 roku.

Weronika Mironowa, jedna z kochanek Nestora Machny, na czele kilkusetosobowej bolszewickiej bandy, która przez kwartał buszowała nad dolną Dźwiną, łupiąc wszystko wokół do gołej kości.

Za jej plecami kamraci potwierdzający samym wyglądem najgorsze opinie o sobie, a obok niej bardzo młody mężczyzna, chłopiec prawie, niewysoki i kruchy, o pięknej, rasowej dłoni wspartej na głowni szabli, i złotych włosach wysypujących się spod spiczastej budionówki na ramiona.

Cała jego postać ginąca w zbyt obszernym półmundurze jest w opozycji do krótkich, krępych, kabłąkonogich sylwetek za nim i obok niego.

Ale dumny wyraz drobnej twarzy o wyostrzonych rysach i pewność, która wyziera z bladoniebieskich oczu, zaświadczają o przewadze, jaką ma ten młodzieniec jeżeli nie nad bandą, to nad jej komendantką.

Bo napięcie rysujące się na już napoczętej przez alkohol i niebezpieczne życie twarzy kobiety, jak należy sądzić już dobrze po trzydziestce, nie wynika z funkcji, jaką wyznaczyła jej historia lub, jak kto woli, jedna z jej ponurych fantasmagorii, tylko relacja, jaka ją łączy z młodym kompanem.

To odwieczna niepewność kobiety po pierwszej młodości, zakochanej we wdzięku, nieprzewidywalności i bezmyślnym okrucieństwie niedojrzałości, a może również we własnym przeciwieństwie.

Duża, żółtoszara, zdumiewająco wyraźna fotografia nie pozostawia wątpliwości, kto komenderuje bandą, a kto uczuciami.

A my, niezależnie od chrześcijańskiego zrozumienia i chrześcijańskiego wybaczenia, zawartych w słowach starego księdza, możemy sobie wyobrazić, z reżyserem Kaczmarkiem lub bez niego, jak uroda Mironowej pozatrzymywała się już tylko w chwilach. W przelotnym geście, niespodziewanym uśmiechu, kilku krokach, którym na moment odebrano ciężar, spojrzeniu wymownych, rosyjskich oczu gdzieś za siebie, dziewczęcym pochyleniu głowy, w jakim jest czasami duma z własnej pokory i jak te chwile nie składają się już na nic, bo są wspomnieniem po pięknie, co nie zna drogi, jaką się wraca.

I jak kochanek, za którego miłość, a z czasem pewno i litość, oddałaby rewolucję, z każdym dniem umacnia w tym związku swoją pozycję.

Nawet w nocnych godzinach, kiedy młodzieniec, zmęczony życiem nie na jego miarę, pozwala Mironowej być dla siebie matką, gdy w uścisku jej ramion zasypia jak dziecko, to budzi się kochankiem, gdyż namiętność kobiety niszczy nawet to, co mogłoby być jej szansą.

A gdy po łupieżczych rajdach równających okolicę z ziemią, znaczonych łunami pożarów i ludzkim lamentem, bolszewia zażywa po gospodach odpoczynku, a Mironowa każe podawać wódkę w wiadrach, jej kochanek oddaje się chojrackiej rozpuście z takim zapamiętaniem, że nawet ona, która wiele widziała, a jeszcze więcej przeżyła, jest zdumiona.

I sparaliżowana.

Przełom maja i czerwca ustalił dni. Noce zdarzały się jeszcze lodowate, ale w południe stawał upał.

Wiatr od Kurlandii go łagodził, lecz nie przepędzał.

Bandycką sotnię podniesiono przed świtem i poprowadzono piętnaście wiorst do zakola rzeki, by rozprawiła się z dworem Skodych radykalnie.

Komenderował kochanek Mironowej wbrew jej pozycji, a nawet wbrew jej woli.

Skrupulatność, by nie rzec precyzja, z jaką akcja ta została przeprowadzona, nie była z ducha tej kompanii. Do wieczora z ogromnego dworu, kilku oficyn, zabudowań folwarcznych i angielskiego parku z rododendronami nie został kamień na kamieniu, a o zmierzchu łuna największego pożaru, jaki pamiętała okolica, rozświetliła niebo.

Tej nocy hersztowie bandy weselili się szczególnie ochoczo, jakby przekroczyli granicę i weszli w strony bez powrotu.

Kochanek Mironowej dostał gorączki i mimo że nie tknął wódki, wyglądał na pijanego.

Nie wiadomo, czy kule z nagana zgasiły go podczas wywrzaskiwania ordynarnych czastuszek, czy podczas ekstatycznego tańca, bezładnej rozmowy czy łzawej zadumy, ale nie zaczęło jeszcze szarzeć, jak leżał martwy na drewnianym, surowym stole, z dwiema kulami w sercu i jedną w czaszce.

A gdy szarówkę rozjaśnił świt, zapowiadając pogodny dzień, banda przeszła Dźwinę i zniknęła w krainie nowej sprawiedliwości.

Tak skończył Jan Skode, syn ostatniego właściciela Devitte, i tak skończyli oni wszyscy.

Kaczmarek wstał od stołu i wrócił do obrazu. Przypatrywał mu się, chcąc zrozumieć przyczynę tego absurdu, ale malarz w swoim dziele go nie wyjaśnił. Jakby zaniechanie mogło mu zapobiec.

– Czy Jan Skode to chłopiec zamieniony w żurawia?

Ksiądz odpowiedział, przystając za plecami reżysera:

– Tak, ale, jak widać, nieskutecznie.

– Kto go zastrzelił?

– Sargidas Hink.

– Kim był Sargidas Hink?

– Malarzem.

Gdy wracali do stołu, od którego na krok nie ruszyła się znudzona ekipa, ksiądz dodał, że nikt nie wie, co stało się z ciałem kochanka Mironowej, ale można sądzić, że zabrała je ze sobą.

Kaczmarek wyobraził sobie, jak to ciało, źle znoszące letnie dni, w miarę wchodzenia w zrewoltowaną Rosję przestawało się różnić czymkolwiek od ciał, jakimi usłana była droga powrotna bandy; jak Mironowa, z godziny na godzinę, uwalniała się od ciężaru, jakim była dla niej ta miłość nie w porę, i jak zdecydowała się w końcu porzucić truchło w polu obok innych bezimiennych lub rozpoznanych później ofiar historii.

Ciało już niemające nic wspólnego z ciałem, niepożegnane, nienazwane, niepochowane i niepamiętane, gdyż Weronika Mironowa zbyt wiele widziała młodych śmierci i zbyt wiele sama zadała, by ich, nomen omen, zgniły owoc mógł dla niej coś znaczyć.

Śniadanie się przeciągnęło. Do wnętrza zajrzało słońce, uwydatniając jego niepewną, podszytą niedostatkiem i kłopotami wystawność.

Zniecierpliwiona Hildegard Weisflog trzy razy wyszła na zewnątrz i trzy razy powróciła, za czwartym podrywając ekipę, która równie niechętnie wstała zza stołu, jak dwie godziny wcześniej za nim zasiadła. Gasili papierosy i mocowali się przez chwilę ze swoimi gratami.

Kaczmarek został sam na sam z księdzem.

– Opowiadał ojciec mój, który był leśniczym u Platerów w Rubinie, że jak Hink pojawił się niczym duch w gospodzie, Skode wrzasnął: Nie jesteś już mi potrzebny! – ksiądz pochylił się konfidencjonalnie ku Kaczmarkowi – a Hink na to, nim strzelił: I dlatego się zgłaszam, paniczu.

Wyobraźmy sobie coś, co da nam przewagę nie tylko nad reżyserem, ale i nad księdzem – upokorzenie malarza dostrzegającego, jak wyrafinowanie, sublimacja, arystokratyczny chłód, dystynkcja nie do nauczenia, uduchowione piękno, do których nigdy nie miał, a nawet nie śmiał mieć dostępu, brata się teraz z hołotą w błazeńskim trepaku, pijackich lamentach, urągliwym śmiechu, ordynarnych przyśpiewkach, pocie, brudzie i bandyckim zatraceniu. Wyobraźmy sobie to upokorzenie i ten niemożliwy do powstrzymania żal w czasie, kiedy ludzkie życie nie kosztowało już nic.

Nie potrafimy pozbyć się podejrzenia, że Hink, wykorzystując samotność chłopca, zawitał do Devitte z zamiarem, którego nie zrealizował, bo młody gospodarz narzucił ich wzajemności ten poziom, który wykluczał fizjologię.

W cuchnącej, szarej od machorki knajpie, sacrum okazało się oszustwem.

I wyobraźmy sobie, jak po ostatnim strzale w mózg chłopiec spopielał, niemal natychmiast wyostrzył się i zastygł, a gdy kładli go na drewnianym, surowym stole, jego drobna twarz schowała się pod obojczyk, jak zdarza się to martwym ptakom.

Ostatni przedstawiciel rodu, ktoś, kto nie jest już zdolny do kontynuacji, rozwija w sobie wady i zalety poprzedników często do granic karykatury. Zdarza się też jednak, że bywa zaprzeczeniem, odwrotnością, smutną antytezą. O chłopcu powiedzieć było można, że do zmierzchu prowadziły go obydwie drogi. Jego krucha postać przedstawiała wszystko, do czego Skode dochodzili przez osiemnaście pokoleń, ale w traktowaniu samego siebie była bezwzględność, która ich nie charakteryzowała.

Umówmy się więc, że w dziejach tej rodziny nie zdarzyło się nic wbrew pozorom.

Gdy w południe Kaczmarek pożegnał księdza, ten mu przypomniał, że wszystko na bożym świecie jest po coś, nawet nonsens.

Następnego dnia lało. Nic specjalnego w tych stronach.

Wraz z deszczem przyszło, mimo lipca, zimno, tak że ekipa przeciągała moment opuszczenia auta.

Dwustukonna, siedmioosobowa, uzbrojona w stalową kratownicę i dwa dodatkowe górne reflektory toyota land cruiser od kwadransa stała z włączonym silnikiem w zakolu rzeki przodem do obłego wzniesienia, na którym stał kiedyś dwór Skodych.

Podmuch wiatru rąbnął ścianą deszczu w bok auta, a gdy woda ściekła, jeden z dwóch młodych gości od mikrofonów jęknął:

– Chryste.

Siedzieliby tak pewno do wieczora, gdyby nie determinacja menedżerki. W krótkich żołnierskich słowach kazała wysiadać, dzieląc się przy okazji refleksją nad skłonnością ekipy do nieruchomienia.

Hildegard Weisflog wyskoczyła zza kierownicy. W jej ślady poszedł Kaczmarek. Ruszył pierwszy ku wzniesieniu podmokłą łąką.

– *Schwungefder des Kraniches* – usłyszał za plecami.

Odwrócił się. Niemka trzymała szarą lotkę żurawia na wysokości oczu. Między kępami fioletowych traw, mchu i rdestów strumyki wody spływały ku rzece. Jednolicie ołowiane niebo nie dawało nadziei. Przestrzeń, niezdecydowana, czy ma się pofałdować, czy zostać równiną, przygnębiała monotonią.

Spojrzenie, jakim reżyser omiatał okolicę, mówiło, że nie jest to miejsce, które zachęciłoby go do czegokolwiek, że nie ma takiego zmęczenia wędrówką, jakie by go tu zatrzymało.

Nie mógł też nie pomyśleć, że jeżeli chce użyć

w filmie podania o chłopcu przemienionym w żurawia, to musi opowiedzieć dzieje jego przodków. Że decydując się na rodzinę Skode, opowie o pozostałych bałtyckich rodach rycerskich, a mówiąc o nich, opisze historię tych posępnych rubieży Europy, a opowiadając o tej Europie, zbliży się do świata, w jakim mu przyszło żyć.

Ale na początku musi mieć detal, element, fragment.

A myśl, że to, czy skończymy na końcu, obojętnieje wobec pytania, czym był nasz początek, musiała być jeszcze przed nim.

Tknięty przeczuciem podszedł do Niemki.

– Możesz to powtórzyć, Hildegard?

– *Schwungefder des Kraniches* – powtórzyła Niemka i ułożyła szarą lotkę na szablistych trawach, jakie tu były kiedyś.

– Masz rację – powiedział przejęty Kaczmarek. – Żurawia lub innego dużego ptaka.

Piękno zapada w nas landszaftami. Lubimy ciepłe światło, przewidywalną zmienność, słońce, lazur wód i nieba, zieleń w kontraście do bieli lub błękitu.

Lubimy proporcje i zręczne dzieła rąk ludzkich. Lubimy wzgórza schodzące ku dolinom i doliny, za którymi będą wzniesienia.

Lubimy blask.

Reżyser Kaczmarek, jakiego poznaliśmy, nie upoważnia nas do sądu, że z nim jest inaczej.

Przejęty jednak szarą lotką żurawia, którą pokazała mu Hildegard Weisflog, ma nadzieję, że pokona przyzwyczajenia i zasmakuje w majestacie leniwych rzek, głębokich niedostępnych jezior, monotonii równin,

31

metalicznej zieleni ugorów, olch i brzezin na bagnach, którym wiatry nie pozwoliły wyskoczyć w górę, i w dalekich horyzontach pozamykanych ścianami świerkowych i sosnowych lasów.

Miejmy nadzieję, że wzorem żurawi, których tu nie brak, polubi to inne piękno.

A gdy wśród ptaków zobaczy tego, którego lotkę podniosła Hildegard Weisflog, będzie wiedział, kim jest ten żuraw i skąd się tu wziął.

Chotomów 2008

Rezonans

Ta historia wydarzyła się naprawdę.

Opowiedział ją mimochodem, przy okazji, na marginesie przyjaciel mego ojca, sumienny żołnierz, akowski kurier, utalentowany inżynier, filantrop, a po wojnie przedsiębiorca budowlany w wolnym świecie.

Czuły na kobiece wdzięki i poetykę wojny, zapamiętał to, co mógł zapamiętać młody mężczyzna, niewolny od ziemiańskich narowów, oficerskiej nonszalancji, infantylnego romantyzmu, choć, trzeba przyznać, świadomy tych przywar, całym późniejszym dzielnym życiem zaświadczający, że udało mu się je okiełznać.

Spróbujmy opowiedzieć tę historię tak, by dojrzałość nie spętała jej mdłą nitką nudy, ale też zuchwalstwo młodości nie wytrzebiło z refleksji, a więc opowiedzmy ją taką, jaka może i mogła być, ale na pewno, w żadnym wypadku i pod żadnym pozorem nie była.

———

Jest upalny wrzesień 1939 roku.

Dwie baterie artylerii konnej dowodzone przez podporucznika L. zajmują pozycje na prawym brzegu Wisły z zadaniem obrony jednej z przepraw.

Dobrze zamaskowani w nadrzecznych zaroślach czekają na rozkazy.

Niemcy są jeszcze gdzieś na linii Sandomierz – Tomaszów – Kutno, wojna trwa raptem tydzień i świadomość kompletnej bryndzy nie dotarła do polskiej armii.

Zresztą informacje są różne. Tu się mówi o klęskach, tam o zwycięstwach, nic nie jest przesądzone; wojna jak to wojna.

W nadrzecznych łozach nuda tężeje w upale.

Żołnierze suszą onuce, reperują odzież, czyszczą broń, próbują łowić ryby, wieczorami rżną w karty. Kłócą się, klną, opowiadają kawały.

Nastrój rozleniwienia, wyczekiwania, przyczajonej agresji, wzbierającego chamstwa, jaki szybko ogarnia młodych, zdrowych mężczyzn, gdy nie da im się roboty i zamknie ich w kwadracie od leszczyny do łozy, od łozy do kamienia, od kamienia do brzegu rzeki, od brzegu rzeki do leszczyny.

Podporucznik też się nudzi.

Ani umie, ani chce dyscyplinować baterię, tym więcej, że enigmatyczność zadania sprowadzająca się do polecenia: „Rozkaz; czekać na rozkaz", nie wymusza szczególnej gotowości.

Coś sobie zapisuje w notesiku, coś odległego od wojennej rzeczywistości, wygrzewa się na słońcu, obserwuje przepiękną klacz półkrwi, którą przerażoną zabrał trzy dni wcześniej z szosy radzymińskiej i którą, mimo sugestii dowództwa, by nie obarczać się niczym ponad konieczność, przytroczył do jednej z lawet.

Kiedy mija upał, koniowodny Chalimoniuk siodła

34

mu klacz, podaje strzemię i podporucznik wskakuje w kulbakę, i objeżdża baterię krótkimi łukami, rozkoszując się wręcz erotyczną przyjemnością jazdy, a koń, czując rasowego jeźdźca, układa się i wycisza, nic zresztą nie tracąc z elegancji.

Któregoś wieczoru podchodzi do nich przodkowy Sapielak, wspiera dłoń o kłąb klaczy i tonem podszytym zuchwalstwem, mówi:

– Ładna sztuka, panie poruczniku. Nie to, co nasze z dyszla. Ani się pan obejrzy, a ucieszy podniebienie pieczystym albo i tatarem.

– Lubisz żarty, Sapielak? – pyta podporucznik, pochylając się w kulbace.

– A kto ich nie lubi – odpowiada Sapielak, wzrusza ramionami, wykręca się na pięcie i odchodzi z błyskiem pogardy w oku; pogardy, która tydzień, dwa później staje się normą w stosunkach żołnierzy z kadrą.

Młody oficer patrzy za przodkowym. Złe przeczucie ścina mu twarz.

– Stało się coś? – pyta chorąży Brofman, niewysoki, chudy żyd, osaczany już skurwysyństwem wzbierającym w bezczynnych bateriach.

– Nic, nic – podporucznik bagatelizuje niepokój, po czym dodaje ostro: – Podaj mi lornetkę, Brofman!

– Nigdy nie wychodzi – powiada cicho Brofman, przypatrując się lornetującemu oficerowi.

– Kto? – pyta oficer.

– Przecież pan wie, poruczniku. – Brofman uśmiecha się smutno i czule.

Jasne, że wie.

Już pierwszego dnia szkła jego lornetki przybliżają mu balkon eleganckiej kamienicy po przeciwnej stronie rzeki, z uchylonymi drzwiami przesłoniętymi powiewającą firanką.

Ilekroć sięga po lornetkę, z obowiązku czy z nudów, trafia na ten widok.

Łapie się na tym, że omiatając wzrokiem pole ewentualnego ostrzału, zatrzymuje go na pustym balkonie i równie pustym, ma wrażenie, mieszkaniu.

Brofman to widzi.

– Jest taka niemądra. Taka niemądra i... zuchwała.

– Kto? – pyta młody oficer, opuszczając lornetkę.

– Noemi – odpowiada czule Brofman.

Podporucznik przywołuje Chalimoniuka, oddaje mu konia i częstując Brofmana papierosem, pyta o więcej. I Brofman opowiada, jakby sprzeniewierzenie się tajemnicy sprawiało mu ulgę.

Noemi jest córką konsula honorowego w Brazylii, którego wojna zastała za Atlantykiem.

Piękna, rozpieszczona, nawykła do luksusu i nieodpowiedzialności jedynaczka, osierocona w dzieciństwie przez matkę, od początku tych groźnych dni prowokuje los zuchwałą niefrasobliwością.

– Na czym ona polega? – pyta oficer, a chorąży Brofman odpowiada, że na nieposłuszeństwie.

Nie zaciemnia mieszkania podczas nalotów. Nie schodzi do piwnicy. Po pokojach wędruje w japońskim szlafroku. I całymi godzinami ogląda swoją porcelanę.

– Kim dla niej jesteś? – pyta oficer, a Brofman odpowiada, że narzeczonym.

Ale w głosie młodego żyda jest raczej smutek niż duma.

Podporucznik rozumie, dlaczego zawsze o świcie Brofman stawia się przed nim z zafrasowaną miną, świadczącą o rozdarciu między obowiązkiem a uczuciem. Nocami wymyka się do narzeczonej.

Po południu przybywa na motocyklu kurier ze sztabu dywizji z rozkazem wstrzeliwania się baterii w kwartał zamknięty ulicami Zajęczą i Czerwonego Krzyża. Koncentracja wojsk na przedpolu stolicy się nie powiodła. Lewa strona miasta być może zostanie poddana, a linia obrony oprze się na Wiśle.

Podporucznik informuje chorążego Brofmana, że dom jego narzeczonej znajdzie się w centrum ostrzału własnych baterii i że tym razem nie ma żartów.

– Czemu pan to mówi Brofmanowi, panie poruczniku. Brofman to wie i bez pana. Niech pan to powie Noemi.

– Kiedy? – pyta zdziwiony oficer.

– Dopóki jest most – odpowiada Brofman.

———

Jeżeli dojrzałość może o czymś takim pomyśleć lub zamarzyć, to tylko niedojrzałość może to urzeczywistnić.

I urzeczywistnia.

Młodzi mężczyźni przechodzą most o zmroku.

Noemi prezentuje ten rodzaj sennej zmysłowości, który mężczyzn natychmiast odpowiednio usposabia.

Przyjmuje ich półnaga, niezawstydzona, prowokująca i dopiero wyraźny ślad zażenowania, a nawet popłochu, rysujący się na twarzy Brofmana, skłania ją do powściągliwości.

Przebiera się w długą suknię, pod którą jej dziewczęce ciało zapowiada niedaleką już zażywność, a na ramiona zarzuca chustę.

Od otwartych na balkon drzwi ciągnie wieczornym chłodem.

– Czy to wszystko? – pyta Noemi.

– Nie rozumiem – odpowiada podporucznik.

– Czy to wszystko, z czym pan przybył? – powtarza pytanie dziewczyna, gdy młody oficer, siląc się na zasadniczy ton, nakazuje jej podporządkowanie się ogólnie przyjętym rozporządzeniom.

– Wyobraź sobie, Noemi! – wykrzykuje skwapliwie Brofman – że pan porucznik był uprzejmy...

– Zapali pan playersa? – Dziewczyna patrzy migdałowymi oczyma na oficera.

Ten przygląda się jej dłoniom. Nigdy nie widział tak wiotkich i nerwowych rąk, z cienkimi przegubami, po których, w zależności od gestu, przesuwają się w dół lub w górę bransoletki.

– Nie rozumiem – powtarza podporucznik

– Mój Boże! – Noemi zatacza rękoma łuk. – Jakże udało się panu zostać oficerem?

Brofman wybucha nerwowym śmiechem, po chwili śmieją się Noemi i podporucznik.

Ale tak serio, to dziewczyna bardzo boi się tej wojny. Co na przykład będzie z playersami, tymi w czarnych kartonowych pudełkach ze złotym tłoczeniem. Czy to możliwe, że ich zabraknie? Albo na przykład...

– Nie błaznuj – przerywa jej Brofman. – I pogaś światła.

– Brofman ma rację – dodaje podporucznik. – Powinna pani zgasić lampę.

– Pod warunkiem że pozwolicie mi zapalić świece – godzi się Noemi.

Zbliża się do ceramicznych, trójdzielnych lichtarzy i zapala knoty.

– Czy to możliwe – pyta obrócona do mężczyzn tyłem – że świec też nie będzie?

Żaden jej nie odpowiada.

Młody oficer wbija wzrok w mocno zarysowane pod szkarłatem sukni pośladki i smukłą kibić wyrastającą z nich jak kwiat ku pełnym, może już zbyt pełnym, ramionom.

Podniecenie zaognia mu twarz. Nie ukrywa swego apetytu przed Brofmanem.

Noemi oprowadza go po mieszkaniu. Jest duże, przytłaczające, senne. Wazony, dywany, narzuty, kilimy, masywne meble, obrazy w złoconych ramach. Ślady kilku pokoleń.

Oficer zatrzymuje się na dłużej w bibliotece.

– Lubi pan książki? – pyta Noemi.

Oficer potwierdza.

– A ja nie.

– Czemu?

– Zawsze jest na nich kurz. Dlatego wolę porcelanę. Napije się pan herbaty?

Podporucznik muska końcami palców grzbiety książek, jakby chciał się przekonać, czy dziewczyna ma rację, a ona przykrywa jego dłoń swoją dłonią.

Oficer obejmuje ją w talii i gwałtownie przytula. Dziewczyna odwraca twarz. Delikatnie, lecz stanowczo wyzwala się z uścisku.

———

Do herbaty zasiadają we troje. Porcelana serwska czy coś w tym rodzaju. To przez tę herbatę Noemi nie schodzi do piwnicy. I przez tę porcelanę. Zawsze po południu pije herbatę. Czy w piwnicy byłoby to możliwe? I czy możliwe jest, by zostawić coś tak kruchego i bezbronnego wobec wojny jak porcelana?

A przecież do piwnicy jej nie zabierze. I jakby porcelana wyglądała w piwnicy? I jak ona sama, Noemi, by wyglądała? Czy ona w ogóle pasuje do piwnicy? A co z perfumami, szminką, pudrem? Lubi robić makijaż. Nie musi, ale lubi. Przed dużym lustrem łazienkowym. Nie jakimkolwiek lub jednym z tych obrzydliwych lusterek na metalowych podstawkach, tylko przed dużym, kryształowym lustrem w mahoniowej ramie. Czy takie lustro jest w piwnicy? No, a gdyby nawet jakimś cudem było, to czy można by się w nim przejrzeć? I jaką twarz pokaże? Panie poruczniku, proszę odpowiedzieć?

Oficer odpowiada:

– Wina bym się napił, Noemi.

Miażdży zamaszyście niedopałek playersa w majolikowej popielniczce. Jest w uderzeniu. Gesty ma szerokie i pewne. Rozgościł się i poczuł.

– Burgund, rocznik trzydziesty siódmy. – Dziewczyna unosi dłonie i bransoletki, jedna po drugiej spadają ku łokciom.

Brofman jest niespokojny. Czy nie za długo są poza baterią?

Oficer poklepuje go po kościstym kolanie. Jest w tym pobłażanie, protekcjonalność, niepodważalna wyższość, cała kawaleryjska polskość.

– Znam ten rocznik – powiada nonszalancko. – Dużo słońca, ale chłodno, dlatego bukiet bogaty, lecz płytki.

Noemi przynosi wino i szklanki. Ale napełnia tylko jedną i podaje oficerowi.

– A wy?

Dziewczyna rozkłada ręce w odpowiedzi i bransoletki uderzają o siebie jak kastaniety. Mówi, że panowie zawsze lubili młode żydówki. Jakże jej było?

– Komu? – pyta podporucznik.

– Niechże pan nie udaje.

– Chryste…

– Młodej kochance pańskiego ojca? Raisa, Chaja, Judyta? A może Noemi lub Naomi?

Oficer parska śmiechem, trzepiąc się dłońmi w udo.

– To było Podole?

– Wołyń – odpowiada oficer. – Skąd to wiesz?

– Noemi wie wszystko. – Oczy dziewczyny stają się wąskie i surowe.

Przeciągające się milczenie. Oficer stropił się nieco. Spojrzał tu i tam. Położył dłoń na ramieniu młodego żyda i rzekł coś na swoje usprawiedliwienie. Bez urazy, lecz czasami go ponosi.

Konwencja, ale dobre i to.

Dziewczyna napełnia pozostałe szklanki winem. Proponuje, by Brofman zagrał coś na fortepianie.

Noc.

Drzwi ciągle otwarte na balkon. Tiulową firankę zagania do środka. Brofman gra modne standardy. *Mały żigolo*, *Sewastopolski walc*, *Ostatnia niedziela*, coś z Wertyńskiego.

Oficer tańczy z Noemi. Jest w jakiejś pozaprzestrzeni i bezczasie. Jak u czarodziejki. Dziewczyna mówi mu szeptem, że ma sen. Od kilku nocy ten sam. Obsesyjny, wyraźny, natrętny. Oficer obojętnie pyta o jego treść. Noemi nie odpowiada, przytulając się do mężczyzny, jakby w nim, a może tylko w tym geście, szukała ratunku.

Brofman dostrzega ten gest. Jego wrażliwa twarz smutnieje jeszcze bardziej.

Palce zawisają nad klawiaturą. Muzyka milknie. Noemi, ciągle w uścisku oficera, odchyla się i posyła narzeczonemu uśmiech, któremu niepodobna się oprzeć.

– Brofman to dobry człowiek – szepce oficerowi do ucha. – Najlepszy, jakiego znam. Ale go nie kocham.

Słowa dziewczyny jeszcze bardziej ośmielają młodego mężczyznę. Rozogniony, wyzwolony i bezkarny, obsypuje ją pocałunkami.

Brofman pochyla głowę nad klawiaturą. Powiew powietrza z balkonu gasi jedną ze świec. Z ulicy słychać warkot motocykla, a zza rzeki – krótką maszynową serię.

Dziewczyna dodaje, że nie kocha nikogo. I że to się nie zmieni. Nie chce, by ją pamiętano, wspominano, żałowano.

Ale oficer nie słucha owładnięty namiętnością.

– Chodź… – prosi, gdy dziewczyna wymyka mu się z uścisku.

– Nie – odpowiada Noemi.

Kryje się w pajęczynie firanki.

Brofman nie przestaje grać, a jego ptasia głowa znika coraz bardziej w uniesionych, wiotkich ramionach.

– Lubi pan życie, poruczniku? – Dziewczyna nie wychodzi zza firanki.

– Jakie?

– Bywa pan wzruszająco niemądry, panie poruczniku, ale to nic… to nic. – Dziewczyna uśmiecha się smutno. – Pytam o pańskie życie.

– Wyjątkowo, Noemi.

– A gdyby je panu ktoś próbował odebrać?

– Odradziłbym mu taki pomysł. – Oficer się zachmurzył, zacisnął szczęki i był naprawdę cholernie atrakcyjny w swej niedojrzałości. – Ktokolwiek by to był, Noemi. Ktokolwiek by to był.

Gdy klawisze wyczarowują, jakby od niechcenia i jakby wbrew sobie, *Miasteczko Bełz*, Noemi podbiega do fortepianu i zatrzaskuje pokrywę tak, że Brofman w ostatniej chwili umyka z palcami.

———

– Nie powinniśmy tu już przebywać, panie poruczniku – mówi Brofman wtulony w fotel, z głową na ramieniu dziewczyny. – W końcu mamy wojnę.

Ale nie rusza się z miejsca.

Oficer z papierosem przyklejonym do warg brzdąka na fortepianie jakieś preludium Chopina. Fałszuje, poprawia się, znów fałszuje.

– Suchotnicza muzyka – odzywa się Noemi.

– Słucham?

– Tołstoj twierdził, że Chopin to taka suchotnicza muzyka.

– Coś w tym jest – godzi się oficer. – Proszę nam opowiedzieć ten swój sen, Noemi.

Dziewczyna odpowiada, że to nie jest możliwe. Są sny, które się pamięta, ale których nie można opowiedzieć; dzieje się tak wtedy, gdy brakuje słów, by je oddać. Gdy nie ma na świecie takich słów.

– Rozumie pan, poruczniku?

– Co?

– Że nie ma na świecie takich słów; w żadnym języku. Może kiedyś będą, na przykład po tej wojnie. Ale na razie nie ma.

Brofman unosi głowę z ramienia dziewczyny i przypatrując się z trwogą jej zmysłowemu profilowi, pyta:

– Czemu ty mnie tak martwisz, Noemi? Czemu ty mnie tak bardzo martwisz?

– Znałabym je, panie poruczniku, gdyby były.

Nic nie jest przeznaczone narzeczonemu, żadne wyjaśnienia, gesty, spojrzenia, żaden z uśmiechów. Nic, co by mógł zapamiętać, do czego mógłby się odwołać, do czego mógłby się przywiązać i co mógłby kiedyś opowiedzieć; jakby ten młody, kruchy, delikatny, ale przecież pełen zapału mężczyzna był w oczach dziewczyny nieodwracalnie jałowy, bezpłodny, stracony.

Do świtu godzina, dwie. Daleka poświata od jakichś łun. Zbliżający się do miasta pomruk detonacji. Od otwartych na balkon drzwi ciągnie chłodem.

– Coś w tym jest – powtarza oficer i nie wiadomo, czy odnosi się to do snu, słów, jakich jeszcze nie ma, skargi Brofmana czy do Chopina.

Jakby życie zwolniło go nagle ze wszystkich obowiązków, które jeszcze kilka godzin wcześniej tak mu pasowały. Więc gdy chorąży Brofman zakręcił się nerwowo po salonie, wskazał drzwi otwarte na balkon, a za nimi rzekę, a za rzeką baterię, podporucznik tylko się roześmiał.

———

Świt.

Młodzi ludzie przygaśli, poszarzeli, zbrzydli. Noemi ma głębokie cienie pod oczyma, Brofman wydaje się jeszcze mniejszy i chudszy, policzki oficera zarosły przez noc twardą szczeciną.

Umowa stoi.

Kiedy baterie rozpoczną wstrzeliwanie się w kwartał, Noemi przewiąże balkonową firankę czerwoną kokardą. Będzie to oznaczać, że jest w mieszkaniu i że pociski mają omijać jej dom, atakując kwartał z obydwu boków. Kiedy wstążka zniknie, znaczyć będzie, że Noemi zeszła do piwnicy i ostrzał przenosić można ze skrzydeł ku centrum, nie narażając życia dziewczyny.

– Tylko proszę nie nadużywać naszej cierpliwości – powiada podporucznik i wbrew jego woli brzmi to sucho i oficjalnie, jakby ostrzeżenie mogło usprawiedliwić całonocną dezercję.

– W końcu mamy wojnę – podobnym tonem dodaje Brofman.

Noemi jest pokorna i pogodzona z losem. Łasząc się

do narzeczonego, zapewnia, że będzie mądra, rozsądna, posłuszna.

– Obiecujesz, Noemi?

– Obiecuję, Chaim.

Młodzi mężczyźni wychodzą.

W drzwiach oficer się odwraca, by strzelić obcasami i zasalutować, ale daje spokój, gdy widzi, jak zmęczoną twarz dziewczyny rozjaśnia na moment szelmowski uśmiech.

Brofman uśmiechu nie zobaczył.

Bo się nie odwrócił.

————

Do baterii wracają przed szóstą.

Do innej baterii niż ta, którą pozostawili wieczorem.

Podporucznik czuje przez skórę obcość, a na nawet wrogość żołnierzy. Jak gdyby Noemi ich dwóch naznaczyła.

Zawsze usłużny Chalimoniuk zapytany o klacz odpowiada spode łba:

– Kobyła jak kobyła. Co ma być…

Siwe oczy Sapielaka zbezczelniały do cna, a powściągliwość szeregowców nasiąkła lekceważeniem.

Między dwie strony, swoich i wrogów, weszła trzecia ani swoja, ani obca.

Zbliżyło to podporucznika i chorążego. Im bardziej zbliżyło, tym bardziej oddaliło od reszty. Naznaczeni zostali i wyobcowani.

Dzień minął im na obserwacji drugiego brzegu i pustego balkonu ze zwisającą martwo firanką przewiązaną kokardą. Ich niepokój z powodu wiarołomstwa Noemi rozpłynął się jakoś w ogólnym bezruchu.

Gwałt się przyczaił, ale oni o tym nie wiedzieli, starali się nawet przyzwyczaić do myśli, że wszystko rozejdzie się po kościach.

Pretensje Brofmana do narzeczonej opadły z pasji. Wypowiadał je dla porządku.

Oficer kazał osiodłać klacz. Wsuwając nogę w strzemię, rozmyślił się i kazał rozsiodłać.

Leżeli na piasku, wygrzewali się, palili papierosy, zapadali w drzemkę. Brofman opowiedział nawet jakąś zabawną historię o swoim wuju z Pińska.

Wieczór przekreślił ich nadzieje.

Powietrze wypełniać się zaczęło pomrukiem samolotów, a ciemniejące niebo rozświetlały detonujące się bomby. Nalot powtarzał się za nalotem. Biała firanka przewiązana czerwoną kokardą powiewała nad balkonem i, miało się wrażenie, nad spłoszonym miastem. Była niczym zuchwała prowokacja i uparty protest przeciw absurdowi wojny.

Twarz Brofmana ściął gniew. W łagodnych zwykle oczach pojawiła się złość. Postanowił, nie bacząc na niebezpieczeństwo, przejść most i zastosować wobec dziewczyny przemoc, jakiej ona użyła wobec niego.

– Zabraniam! – krzyknął podporucznik, ale Brofman nie posłuchał i poszedł.

Wrócił po kwadransie z wiadomością, że most został zamknięty.

– I słusznie – skwitował oficer.

Niebo rozpalało się łuną pożarów. Nocny wiatr przenosił popiół i pył ze strony na stronę. Zapach spalenizny zawisł nad miastem niepokojonym wyciem syren, a firanka na balkonie powiewała i powiewała nieuwolniona ani razu od kokardy.

Rano zaczął się ostrzał artyleryjski od Ochoty i Woli, zbliżający się do centrum.

Niektóre pociski przenosiło przez rzekę. Wbijały się w nadrzeczny piach.

Klacz wpadła w popłoch i wyrywała się na wszystkie strony. Dyszlowe konie przypatrywały się jej bez zrozumienia, a Sapielak – nie kryjąc satysfakcji.

Bateria odpowiedziała ogniem. Coraz gęstszym i lepiej wymierzonym.

Hazard bitwy wciągnął podporucznika i chorążego. Jak tak, to tak. Coraz precyzyjniej podawali współrzędne. Dom Noemi był na linii ostrzału. Jedna z dwóch stupiątek najpierw zdmuchnęła mu dach, a potem przestrzeliła na wylot piętro z balkonem.

Firanka przewiązana kokardą uniosła się jak latawiec i długo nie chciała opaść na ziemię, aż pochwycił ją jakiś powietrzny wir i wessał w niebo.

W południe przyjechał kurier. Osadził motocykl przed jednym z dział, przeszedł obojętnie obok martwej klaczy i poinformował oficera, że dywizja pancerna generała Reinhardta została wyparta z miasta, które wojska niemieckie zablokowały od wschodu. Pozycja baterii stała się bezsensowna. Mają ją natychmiast opuścić i dołączyć do brygady kawalerii generała Rómmla, która stanie się jądrem Armii „Warszawa".

Miasto będzie bronione ze wszystkich kierunków i za każdą cenę.

———

Kiedy porozwiewały się dym, popiół, kurz, wrócił dzień jak marzenie. Wszystko wokół w pastelach. Już jesienna nostalgia, jeszcze nie smutek. W rozkosznym cieple zapowiedź chłodnego wieczoru. Zieleń drzew już niepewna.

– Ona wiedziała coś, czego my nie wiemy i czego nikt nie wie; czego nikt nie jest w stanie sobie wyobrazić. Tak myślę, Chaim.

Podporucznik ściska ramię chorążego; obojętnego, chłodnego, skamieniałego.

– O kim mówisz? – pyta Brofman.

– O Noemi.

Koniowodni ostro zacinają kobyły, które wyrywają działa z piasku.

Gdy bateria wjeżdża na bruk, młodzi mężczyźni zajmują miejsca obok siebie na żelaznym strapontenie. Brofman odzywa się z jakiejś, ma się wrażenie, otchłani:

– Co mogła wiedzieć głupia Noemi.

Oficer pochyla się nad przyjacielem.

– Pamiętasz sen, który…

– Nie śniłem go – przerywa mu twardo Brofman.

– Ona też nie – odpowiada podporucznik.

Odwraca się. Patrzy na dom z przestrzelonym piętrem, który się powoli oddala.

Przykłada lornetkę do oczu. Szkła wyostrzają widok z wczoraj. Balkon, drzwi uchylone do wewnątrz, dziewczyna w szkarłatnej sukni. Między długimi palcami niezapalony players ze złotym ustnikiem.

Dziewczyna osłania dłonią oczy i patrzy za odjeżdżającą baterią.

Oficer chce o tym powiedzieć Brofmanowi, nawet podsuwa mu lornetkę, ale się rozmyśla i chowa ją do futerału.

W końcu to jego historia, jego fantom i – niechże mu to Brofman i opatrzność wybaczą – jego niespełnienie.

Warszawa 1989

Głodny wygląd

I

Ten dzień chylił się już ku zachodowi. Powietrze traciło przejrzystość, na horyzoncie pojawiły się mgły, jakich nie znał. Wzgórza otaczające miasto od wschodu i południa traciły ostrość. Świat łagodniał.

Krzepkiego starca karmiącego stadko postrzępionych kotów zobaczył, mijając uliczkę, miał wrażenie, spadającą w przepaść, z widokiem na skały i ruiny normańskiej fortyfikacji.

Mógłby być każdym – pomyślał. – Mógłby być każdym z nich na tej wyspie.

Kilka godzin wcześniej doświadczył iwaszkiewiczowskiej kruchości urzeczywistniających się marzeń, gdy przyjechał do miasta z północy i ujrzał je w blasku wczesnego popołudnia, z niemożliwymi do wykorzystania atrakcjami, jakby już wyczerpało wszystkie na siebie pomysły i nie miało sił na legendy, jakimi je obarczono.

Oczekiwania wyostrzył w sobie do absurdu, lecz nie miał ochoty ich stępiać tylko dlatego, że miejsce nie wyszło mu naprzeciw.

Nie zgadzało się nic poza sjestą.

Nim więc zaszedł miasto od południa, zobaczył, jak uczepiło się skał, przywarowało trzema kamiennymi twierdzami w obawie przed atakiem dziczy zza mórz, o który nigdy nie było tu trudno. Nim powędrował stromymi uliczkami, gdzie ledwo się mieścił, w górę i w dół, nim poczuł zapach kocich szczyn i pleśni z głębokich korytarzy, nim pozaglądał do posępnych kościołów, których nie zamykano na dzień, to szeroka ulica obsadzona pocztówkowymi palmami prowadziła go, miał wrażenie, donikąd.

Rozglądał się wokół i niczego nie poznawał. Nieme to było wszystko i obce w każdej z odsłon.

Nawet muzyka Nino Roty, od dawna nieopuszczająca jego duszy, wypełniająca ją ujmującymi frazami, nie złagodziła rozczarowania.

Kiedy wiele lat temu usłyszał melancholijne dźwięki smyczków, trąbek i akordeonu, gdy usłyszał w nich tęsknotę do harmonii, jakiej nikt nigdy nie zaspokoi, to poczuł się owładnięty ich czarem na resztę życia. Bo nie ustawały w nim nigdy, odporne na najpodlejsze nastroje lub okoliczności.

Muzyka, na którą się składały, koiła smutki, łagodziła złości, powściągała wszelką ordynarność i prostactwo, a z dobrych chwil, jakich mu nie brakowało, czyniła coś intymnego, osobistego, czego nie dzielił nawet z najbliższymi.

I nie zmieniła tego zbójecka zgraja z Hauteville, która w miarę zaznajamiania się z wyspą wypierać zaczęła z jego myśli mafijną mitologię z jej podstępami, sprzeniewierzeniami, sprzysiężeniami, grzeszną zdradą i jeszcze grzeszniejszą wiernością.

Jasnooki, bladoskóry, źle znoszący w związku z tym letnie spiekoty Roger i jego kompani od miecza, uczt, wojennych pieśni, kurtuazji nieprowadzącej do grzeczności i grzeczności niezakotwiczonej w niczym poza ceremoniałem, przepędzać zaczęli z jego wyobraźni donów, by się w niej umościć. Z całą swoją gotowością do zadawania cierpień na wezwanie Boga, suwerena, kamrata własnej fantazji albo urojenia. Z nieustającą ochotą do konfrontacji twarzą w twarz, w jakiej prawdopodobną śmierć poprzedzała najpewniejsza udręka nieprzerwanie inspirowana krzepą i temperamentem, o które trudno było podejrzewać te niewysokie, zniekształcone kontuzjami ciała tak chude, by można je zakuć w stalowy gorset z widoczną szparą na honor.

Ale jedni i drudzy żyli w wyobraźni Daniłowicza niedaleko siebie w czasie, który upływał, lecz nie dzielił.

Zdeformowani chciwością kurduple, ciemni i podstępni, walący zza węgła z tego, co pod ręką, ich ojcowie niezadający sobie pytań o sens morderczej pracy na wyjałowionej ziemi, ich wujowie delegujący co dekadę kogo bądź ze swego grona do bandyckiej godności, jakby uszytej na ich miarę, matki zamieniane w identyczne wiedźmy, gdy przekraczały czterdziestkę, pooblekane w kruczą czerń, z najjadowitszymi urokami po kieszeniach, siostry na przesmyku między dzieciństwem a dojrzałością zdobywające się na kilka sezonów wdzięku, czasami piękna, jakie jeszcze na dobre niezapowiedziane gasło, zastępy kretynów uformowane kaprysami wszechwładnych rządców, co w imieniu kontynentu wymuszali związki w granicach jednego miasta, wsi, faktorii, by ustrzec się przed ryzykiem buntu, którego ojcem jest zawsze różnorodność, pomieszali się z normańskimi robakami w żelaznych kokonach, i choć ci drudzy zajęli w imaginacji Daniłowicza front, toby go nie było bez tła.

Więc, tak czy owak, bandycki fach i rycerski sznyt niesione niespotykaną nigdzie indziej urodą dzieł ludzkich i boskich szlachetniały z dekady na dekadę, ze stulecia na stulecie, tracąc jakiekolwiek związki ze swymi początkami.

Od lat obok muzyki miał w sobie te pejzaże jak z *Popołudnia fauna*, słoneczne blaski, twardych ludzi i jeszcze twardsze sprawy między nimi, góry poprzetykane bujnymi łąkami pełnymi strumieni, źródeł, kaskad, a teraz co najwyżej porośnięte makią, odcedzone z wód, opuszczone przez ludzi i zwierzęta, a przez to jeszcze dziksze.

Jakby się z tym już urodził, więc niekoniecznie od tego wieczoru, gdy w prowincjonalnym kinie na Dolnym Śląsku, sam prowincjonalny, przyrzekł sobie, że odwiedzi kiedyś Sycylię, spojrzy na miasto z miejsca, z którego patrzył młody nowojorski wygnaniec i na pytanie, co to jest, usłyszy odpowiedź: Corleone.

Obcy metafizyce, obojętny na ideologie, w młodości wrogi religiom, a potem wobec nich protekcjonalny, wypędzony z rodziny, do której się nie przykładał, niezaprzyjaźniony z kumplami, za leniwy na romanse, za wygodny na kariery, niechętny jakimkolwiek poświęceniom, dobrze zapowiadający się mechanik z dyplomem najprostszego politechnicznego wydziału, odnalazł port dla swej jałowości.

Muzyka więc, filmy, lektury, opowieści innych stworzyły w nim Sycylię niekoniecznie odpowiadającą – domyślał się tego – rzeczywistości, lecz spełniającą to minimum oczekiwań, jakie stawiamy marzeniom.

Po tygodniu pobytu na wyspie doszedł do przekonania, że i z tym minimum jest kłopot. Że ogląda ją jak Fuerteventurę, Teneryfę, Ibizę, Dżerbę, Rodos czy Eljat, które nie silą się nawet, by odróżnić się od siebie, światłem, klimatem lub rodzajem piękna, zadowalając się dawno ogranym turystycznym sztafażem.

A przecież miało być inaczej.

Dlatego krzepki starzec karmiący koty w połowie wąskiej uliczki z zapadającym w niej mrokiem, mimo że był ledwo wieczór, obudził w nim nadzieję na odmianę.

Mógłby być każdym – powtórzył sobie w duchu – mógłby być każdym z nich na tej wyspie.

I zbliżył się jak do kogoś w tej sytuacji nieodzownego.

———

Poczuł zapach tytoniu i lawendy. Czarne zaprasowane w kant spodnie, sprzączka u pasa w kształcie lwiej głowy, biała koszula z podwiniętymi rękawami, spalone słońcem krótkie muskularne ręce dobre do najcięższych robót. Twarz szeroka, brunatna, efektownie kontrastująca z siwizną gęstych włosów. Całość zawzięta, na pierwszy rzut oka gotowa na wiele, lecz nie chłopska.

– *Katzen* – rzekł starzec, wskazując wijące mu się u stóp koty – *many katzen for me*.

– *Yes, sir* – odpowiedział grzecznie Daniłowicz. – *Many black cats*.

Usłyszał reprymendę zza pleców:

– Niech go pan nie poprawia. Jak mówi *katzen*, niech mówi. Pan z Polski?

Odwrócił się do gościa bez wieku i wyrazu, jednego z tych, których nie potrafimy opisać, gdy o nich zapytają.

– A to widać?

– Nie wiem, na czym to polega. – Gość zakrzątnął się wokół starca i zapytał, nie ukrywając satysfakcji: – Miasto zawiodło?

Daniłowicz spojrzał za siebie na wąski jak drzwi do pokoju wlot uliczki już dobrze powyżej jego głowy, gdzie nieustannie pokazywały się na chwilę wszelkie ludzkie konfiguracje. A w przerwach tego korowodu ciemniała absyda kamiennego kościoła wyznaczającego środek miasta.

– W jakimś stopniu – odrzekł cicho.

– Bajki. – Gość młodszy o dekadę od Daniłowicza, a może starszy, rzecz trudna do ustalenia, zaśmiał się. – Bajki dla frajerów.

– Rozumiem, że pan...

– Parę lat temu wżeniłem się w ten zakład – gość wskazał zakurzony szyld „Męskie strzyżenie" – a rodem jestem z Rawicza.

– Nie znam Rawicza.

– Nic pan nie stracił. Pino – wskazał starca – jest moim teściem.

– Ma na imię Pino?

Gość potwierdził.

– Don Pino – rzekł Daniłowicz po zastanowieniu. Starzec obrócił się do nich i spochmurniał.

– Nie pomyślałem – rzekł gość trudny do zapamiętania, mimo bermudów i różowej koszuli wyrzuconej na wierzch uporczywie szary – ale niech będzie, że don. W końcu jest pan turystą, który wyjedzie stąd wieczornym autobusem lub czym pan tam przybył do Palermo, więc niech będzie, że don.

– Zwróciłem na niego uwagę, gdy z ulicy prowadzącej z katedry do rynku zobaczyłem, jak karmi koty. Zacząłem mu się przyglądać i pomyślałem, że mógłby być każdym z nich. Że do każdego mi pasuje.

– To znaczy?

– No, do każdego w tym miejscu, w tych stronach. Że mógłby być jednym z rządców u Lampedusy albo komisarzem u Elio Petriego, lub jednym z jego sprzedajnych sędziów, albo dumnym nędzarzem z opowiadań Vittoriniego, tak jak i mafijnym cynglem z filmów, jakich się naoglądałem.

– Tak pan sądzi?

– Albo, na przykład, Leifem Haraldssonem, gdyby czasy pozwoliły mu dożyć starości, albo każdym z tych wojowników, dla których życie jest po to, by go nie zmarnować, nawet je, że tak powiem, tracąc.

– Haraldsson... – rzekł gość, kręcąc głową. – Nie słyszałem, jeżeli mam być szczery.

Chłopak od fryzjera wyniósł dwa surowe, drewniane krzesła i ustawił je w uliczce tak, by się nie zsunęły. Starzec usiadł na jednym z nich, drugie wskazując Daniłowiczowi. Szary gość podający się za jego zięcia odstawił krzesło na bok, dając do zrozumienia staremu człowiekowi, że to tylko turysta, jeden z wielu, który, jak się zjawił, zaraz zniknie. Że to jeden z tych palantów egzekwujących bez miłosierdzia swoje prawa do wrażeń tylko dlatego, że jakiemuś przygodnemu biuru podróży zapłacił parę groszy.

– Musiał być jakiś powód, dla którego zwróciłem na pańskiego teścia uwagę – rzekł po namyśle Daniłowicz – i zanurzyłem się w tę niezachęcającą w sumie uliczkę. Takie rzeczy nie dzieją się bez przyczyny.

– Niech pan da spokój. – Gość wywołał chłopaka z zakładu i kazał mu zabrać wolne krzesło, lecz starzec go powstrzymał. – Strony pana zawiodły, nie chce pan wyjechać z niczym, to sobie pan coś roi. Gdyby nas Pino słyszał, nie byłoby mu miło.

Krzepki starzec, jakby domyślił się rozmowy; wyprostował się na krześle, wsparł dłońmi o kolana, a koty, jeden po drugim, zaczęły go opuszczać.

– Chodzi mi tylko o to – w głosie Daniłowicza był męczący upór – że takie rzeczy nie dzieją się bez przyczyny.

Od zachodu dmuchnęło zimnym wiatrem, jakby przypomniał sobie o powinności wobec rozgrzanego dniem miasta. Podmuch uniósł białe włosy znad czoła starca i Daniłowicz zauważył na jego skroni głęboką bliznę aż do kości policzkowej. Zaczął się jej obcesowo przypatrywać, a jego wzrok był głodny wrażeń, podobnie jak on sam.

– Tu od lat nikt do nikogo nie strzela – rzekł fryzjer lub ktoś, kto się pod niego podszył, gdy zauważył zainteresowanie Daniłowicza miejscem, którym do starca próbowała dobrać się śmierć. – Nie ma po co. Miejscowi, poza tymi, którym trafiła się państwowa robota, wytężają cały swój spryt, by załapać się na socjal i kombinują, jak na nim dociągnąć do końca miesiąca. Nam też się nie przelewa. Ludzie golą się i strzygą po domach.

– Rozumiem – zgodził się Daniłowicz – świat się zmienia, ale do pańskiego teścia ktoś jednak wygarnął. I to z bliska, jeżeli coś wiem o tym zajęciu.

Luzacki i protekcjonalny ton, na jaki tubylcy pozwalają sobie wobec przybyszów w stronach uchodzących za wyjątkowe, niewykluczający zresztą powierzchownej uprzejmości, przeszedł w niepewny, gdy fryzjer poinformował Daniłowicza, że policja w regionie jest obrotna i dobrze poinformowana, detektywi i sędziowie śledczy skrupulatni; Falcone i Borselino to były wypadki przy pracy. Przemoc wystawia się tutaj w muzeach. A obywatele chcą mieć porządek i na ogół mają.

Przemoc i gwałt, które zapłodniły wyspę i dołączyły do jej piękna, pomyślał Daniłowicz, to nie wymysł egzaltacji natur skłonnych wierzyć we własne wyobrażenia, ale fakt. Do tego starca ktoś jednak strzelił. A ślad niepokoju, jaki pojawił się na twarzy jego rozmówcy, tylko to potwierdzał.

– Więc gdzie? – zapytał twardo, a krzesło zatrzeszczało pod jego stu dwudziestoma kilogramami, bo ponownie zachęcony przez starca zajął je wbrew woli fryzjera.

– W naszej wspólnej ojczyźnie – odpowiedział ostrożnie fryzjer nie jak przypadkowemu turyście, lecz człowiekowi nierozpoznanemu.

– To żart?

– Jakby pan zgadł. – Fryzjer nie był już gościem niemożliwym do zapamiętania, bo naznaczyła go czujność, która musiała być jego drugą naturą. – Ale ponury.

– Kiedy?

– Piętnaście lat temu. Warszawa, centrum miasta, jeden z lepszych hoteli, chętnie odwiedzany bar, przedpołudnie w środku tygodnia. Nikt nic nie słyszał, nikt nic nie widział. Omerta.

– Zmowa milczenia?

– W naszej wspólnej ojczyźnie, gdyby to pana interesowało.

II

Jeżeli wszystko dzieje się po coś, to czemu miało by nie interesować?

Śmierć jak własna, rzekł do siebie, gdy przypatrywał się leżącemu ciału niewysokiego mężczyzny i zakłopotaniu obecnych, z którego nic dla zmarłego nie wynikało. Podobnie jak dla zabójcy i przypadkowych uczestników tego zdarzenia. Jedni zresztą dali nogę natychmiast, inni – po jakimś czasie, z tych pierwszych kilkoro wróciło, by znów czmychnąć.

Daniłowicza należało przypisać do tych, których niespodziewana egzekucja sparaliżowała lękiem, przykuwając do klubowego fotela.

Przypatrywał się tępo, jak ochrona hotelu, za poprzedniego reżimu umundurowana na brązowo ze złoceniami na ramionach i mankietach, w sztywnych czapkach z daszkiem, biegała zafrasowana wokół i przekrzykując się wzajemnie, wołała, że trzeba by zawiadomić menedżera, lecz nikt się na to nie zdecydował.

Wiecznie dowcipkujący barman zwiał na zaplecze, kelner naprzykrzający się usłużnością w sekundę potem zrobił to samo, podobnie jak szatniarz, który na początku jesieni nie miał nic do roboty, bo klientela przychodziła do figury, lecz w ferworze ogólnych zmian nikt nie pomyślał, by zwolnić go z obowiązku nadstawiania ucha. Gdy chwilę po morderstwie do środka zajrzało dwóch krawężników, to struchleli i wycofali się, zakrywając dłońmi pistolety w skórzanych kaburach, czy co tam trzymali, w stronę placu, na którym od roku odprawiano już oficjalnie wszelkie narodowe i kościelne egzekwie.

Daniłowicz, nie mogąc się poruszyć, zobaczył, jak chwilę potem zjawił się menedżer hotelu – bardzo młody, świetnie ubrany człowiek – i bezradnie przypatrywał się zabójcy siedzącemu w asyście rozdokazywanej ferajny i ich ofierze, która przestała już krwawić, a ciemna kałuża pod jej głową stygła.

Kobieta z oddalonej o kilkanaście metrów recepcji przyłożyła obie ręce do twarzy i powtarzała jak w transie: Boże jedyny, co się w tym mieście wyprawia, lecz nikt z pozostałych nie podzielał jej zdziwienia lub nie odważył się dać temu wyraz. Tym bardziej że pięcioosobowa kompania rozpoznawalnych już z wyglądu i ksywek ludzi z miasta nie sprawiała wrażenia szczególnie poruszonej obrotem sprawy.

W końcu Makaron mógłby być ostrożniejszy i przyjaźniej zareagować na wylewność Stynka. Nawet jeżeli mu się nie spodobała.

Stynek ma niestandardowy sposób bycia, czasem irytuje tym nawet kumpli, ale jak się przyjeżdża do Warszawy w szemranych interesach, a nawet w jakichkolwiek innych, dobrze jest to wiedzieć.

– Było, kurwa, strzelać? – dopytywał Stynka niski, szeroki jak trzydrzwiowa szafa koleś ostro napakowany ruskimi anabolami. – Było? Jakbym krykietem u księcia barku nie wyjebał, tobym ci, Stynek, za to, co żeś nawywijał, przyłożył. Wybacz, ale bym przyłożył.

Trzech pozostałych, w pół drogi między rozrośniętym do karykatury liderem a oględnym jeszcze w swej posturze Stynkiem, nie podzielało równie stanowczo tej dezaprobaty i z pobłażaniem odniosło się do szczeniackiego wyskoku swego kompana. W końcu nie miał znaczenia dla ich sytuacji teraz ani w przyszłości.

Wyluzowani do granic, rozpanoszeni w rzeczywistości, która ich tak mile zaskoczyła, przerzucający się zdaniami, za którymi zawsze stała czyjaś strata, nie mieli ochoty tłumić w sobie tej przyjemności totalnego rozwydrzenia, mimo że było jeszcze przed tym czasem, co poubierał ich w dwurzędowe jedwabne garnitury, amarantowe krawaty i beżowe płaszcze zamiatające ziemię, przesadził do niemieckich limuzyn, poumieszczał w przepełnionych bezużytecznym zbytkiem wnętrzach i obdarował przywilejami poza granicę ich wyobraźni.

Ale musieli już coś o tym wiedzieć, skoro na coraz natarczywsze wyrazy dezaprobaty najstarszego odpowiadali coraz większą obojętnością. Bo też jak nie krzywdzili innych, to wpadali w nudę – jedyny stan, jakiego się bali.

A ona zaczęła się do nich podkradać, gdy pogotowie zabrało ciało Makarona, wezwana z podziemi babka klozetowa, skądinąd prześliczna dziewczyna, zmyła zaschniętą krew z marmurowej posadzki, a popołudniowa klientela tego najczęściej odwiedzanego stołecznego miejsca ostatecznie się rozpierzchła.

Została pochowana po kątach obsługa, bandyci i sparaliżowany niemocą Daniłowicz przed ledwo rozpoczętą szklanką coca-coli z rumem Baccardi.

Wzrok najmłodszego z bandytów spoczął na stężałej od lęku twarzy Daniłowicza, a w istocie się w nią wbił, przewiercając swe żądło na jej drugą stronę.

– Coś ci nie pasuje, łachu?

Trzeba mieć źle w głowie, by na tak postawione pytanie próbować znaleźć jakąś odpowiedź, ale panika rzadko kiedy podpowiada rozsądek.

Słowo „owszem", jakie wypluł z siebie Daniłowicz w zgodzie ze sobą albo i nie, rzecz z perspektywy lat, jakie minęły, bez znaczenia, nie zostało dosłyszane lub, co pewniejsze, zostało zbagatelizowane, bo rozleniwiona, nonszalancka ferajna nagle się spięła i wypadła z hotelu, jakby pogonił ją jakiś pomysł na resztę tak interesująco rozpoczętego dnia.

———

Raz w tygodniu, najczęściej w czwartek po wizycie w biurze projektowym, które się wyemancypowało z zakładów montujących traktory i przeniosło do śródmieścia, Daniłowicz odwiedzał samotnie foyer Hotelu

Kontynentalnego, by napić się kawy, a potem coca-coli z kubańskim rumem.

Polubił ten cotygodniowy rytuał pozwalający mu przez godzinę uczestniczyć w życiu innych, ciekawszych od niego – był tego pewien – gdyż nie brakowało wśród osób tam się umawiających tych z gazet, telewizji, radia, ringów i stadionów.

To był salon stolicy służący – jak żaden inny – nowym czasom między dziesiątą rano a czwartą po południu.

Ludzie przychodzili tu ze swymi odbytymi lub projektowanymi podróżami, z transakcjami, które tak wiele zapowiadały, z kontaktami, jakimi można było pohandlować, lub po prostu z zadowoleniem z siebie, co w nas gra tylko wtedy, gdy możemy dzielić je z innymi.

Rozmowy prowadzono przyjazne, a ładna, przestronna sala z ponadstuletnią tradycją towarzyską, wymuszała stosowne zachowanie.

Prostactwo miasta, które nigdy nie traciło okazji, by zaprezentować się od najgorszej strony, pozostawało na zewnątrz.

Szamoczący się z banałem poprawnej egzystencji – rodzina, której nic nie brakowało, w domu, jaki sam postawił, dwójka dzieci jak z reklamy masła orzechowego, praca, jakiej niejeden mu zazdrościł, zdrowie niezapowiadające, że go wnet opuści i brak trosk materialnych – cotygodniowe odwiedziny w Kontynentalnym zaliczał do dobrych stron swego życia i zapisywał je w rubryce „ma", nim Sycylia wybrana została przez niego za religię i długo potem.

– Gdzie? – zapytała go żona, gdy kilka dni po zdarzeniu powiedział, że w jego obecności zamordowano człowieka i że nie daje mu to spokoju, i nie wie, co z tym począć.

Odpowiedział, że w Kontynentalnym, do którego zaprosił klienta firmy na kawę po wizycie u projektantów.

– Nie zajmujesz się klientami firmy – rzekła żona z tą niekamuflowaną niechęcią, jaka coraz łatwiej znajdowała dostęp do jego słabych miejsc i coraz trwalej zakotwiczała w domowych lękach. – Nigdy tego nie robiłeś.

Odpowiedział, że to bez znaczenia wobec tego, czego był świadkiem.

– Nie uważam, by to było bez znaczenia. Prowadzisz życie, o którym nic nie wiem. Bywasz w miejscach, które znam tylko ze słyszenia. Zapraszasz tam klientów firmy, mimo że nikt tego od ciebie nie wymaga i, jak rozumiem, płacisz za nich. Czemu miałoby to być bez znaczenia?

– Bo w biały dzień, w obecności wielu osób, zastrzelono tam człowieka.

– Domyślam się, że nie jest to przyjemne – żona dała do zrozumienia, że na jej warunkach każde porozumienie jest możliwe – z drugiej jednak strony taka kawa w Kontynentalnym, nawet jeżeli się do niej nic więcej nie zamawia, musi swoje kosztować.

– Rany boskie, Magda! Siedziałem pod filarem z akantem – jeżeli ci to tak doskwiera, to sam – kilka metrów od baru, do którego zszedł z góry, gdzie apartamenty i takie różne, człowiek w hotelowym płaszczu kąpielowym narzuconym na gołe ciało, złachany jak po kilkudniowej balandze. Po mojej lewej rozsiadła się jakaś koszmarna ferajna obca temu miejscu i jego gościom.

65

Pomyślałem, że ten najelegantszy, choć jeśli cię to tak boli, nie najdroższy lokal w mieście, padnie pod razami tych osiłków w blaszanych dresach i skórzanych kurtkach, jeśli wybiorą go na miejsce spotkań. Że tego nie przetrwa, nie utrzyma klasy, z jakiej był znany od stu czy stu pięćdziesięciu lat. Tak właśnie pomyślałem, Magda, gdy jeden z młodzieńców, od początku najruchliwszy, przyskoczył do klienta w płaszczu kąpielowym, grzmotnął go w plecy i pełen towarzyskiego zapału, krzyknął: *Ave Caeser!* – jeśli rozumiem coś z włoskiego lub łaciny, jakby łączyły ich sprawy większe niż przypadkowa znajomość. Ale człowiek w płaszczu kąpielowym nie miał ochoty na taką obcesową zażyłość. Odwinął się, rzucając jakieś plugastwo, które nie zostało przyjęte ze zrozumieniem. Stynek, bo tak wołali go koledzy, dał się udobruchać, lecz nie na długo, bo ferajna, tłumiąc jego złość, równocześnie ją podsycała. To nie byli goście do pojednania i nawet jeżeli Stynek w stanie wrzenia im nie pasował, to pogodzony z tym, że go przy tylu świadkach bezkarnie obrażono, nie pasowałby jeszcze bardziej. Nosiło go więc między rozwalonymi w fotelach kumplami nieszczędzącymi mu rad, by się pogodził z tym, że Makaron go olał. Rechotali jeden przez drugiego i ciskali przekleństwami na wszystkie strony, a Stynek gasł i wybuchał, wybuchał i gasł. A moja ciekawość, Magda, silniejsza była, wstyd to przyznać, niż lęk, jaki ta sytuacja we mnie wzbudzała, i mam wrażenie, że to uczucie dzieliłem z kilkunastoma osobami poumawianymi tam ze sobą lub, tak jak ja, chcącymi napić się czegoś ekstra, zapalić papierosa, posiedzieć i pomyśleć. Włoch, bo to był Włoch, Magda, wypił, co tam zamówił, i zsuwał się niezdarnie z wysokiego stołka barowego, gdy Stynek, mimo że robił już wrażenie pogodzonego z afrontem, podskoczył do baru i z pistoleciku mniejszego niż te na wodę strzelił mu w skroń z odległości metra.

———

– Skąd pan wie, że to był metr? – zapytał uprzejmy policjant w cywilu, gdy za namową żony Daniłowicz zgłosił się na śródmiejską komendę. – Jeżeli usiadł pan za filarem, to nie mógł pan widzieć egzekucji. Ale nawet jeżeli jakimś cudem ją pan zobaczył, to co chce pan osiągnąć, składając zeznanie, którego nikt nie potwierdzi?

– Przywidziało mi się?

– Czemu zaraz aż tak, panie Arku, jeżeli mogę się w ten sposób do pana zwrócić.

– Miewam omamy?

– Kto mówi o omamach? Nie było tam pana tego dnia.

– Czemu miałoby nie być?

– Dla świętego spokoju. Te typy, które tak pana przestraszyły, wynajmują najlepszych adwokatów. Prokuratorzy, którzy nie musieli nigdy niczego przed sądem dowodzić, bo starczał sam akt oskarżenia, nie mają szans w konfrontacji z takim na przykład de Saint-Cloudem. Słyszał pan o nim. Chce pan być przez niego ośmieszony, upokorzony? Na co pan liczy?

– Nie czuję się z tym dobrze. – Daniłowicz unikał wzroku uprzejmego funkcjonariusza zawstydzony tym, co mu proponowano. – Nie mogę spać, jeść, zebrać myśli. Nie czuję się z tym dobrze.

– A kto się czuje? Policja? Oskarżyciele? Sądy? Kto czuje się z tym dobrze? Myśli pan, że ja czuję się z tym dobrze? Mamy do czynienia z czymś, na co nie jesteśmy przygotowani. Jeżeli nawet przyjmę od pana zeznanie, to policja nie uchroni pana przed zemstą tych kolesi. Gdybyśmy rozmawiali prywatnie, to powiedziałbym panu, że nawet nie podejmie takiej próby.

– A ofiara?

– Przeżyła. Ledwo, ale przeżyła.

– Jak ona się z tym czuje?

– Ofiara? Gdybyśmy rozmawiali prywatnie, panie Arku, jeżeli mogę się tak do pana zwracać, to bym panu powiedział, że nic mnie to nie obchodzi. To handlarz końmi rzeźnymi z południa Włoch. Pan wie, jak gromadzi się te konie, selekcjonuje, transportuje przez Jugosławię w przeładowanych ciężarówkach, a potem zarzyna w rzeźniach Kalabrii, Salentynu czy czego tam albo i nie zarzyna, bo już nie trzeba. Aż przykro o tym mówić. Stynek i jego koledzy dzień wcześniej być może przybili jakiś deal z tym Włochem. Nie mówię, że tak było, ale tak mogło być, bo jedni i drudzy siedzą w tym ponurym interesie po uszy. Rozumie pan, panie Arku, zaplątaliśmy się beznadziejnie w przesąd o konieczności zmian i rozkraczyliśmy się między tym, co było, a tym, czego nie ma i raczej nie będzie. To tak między nami, panie Arku, naturalnie, jeśli rozmawiamy prywatnie.

Przez godzinę poprzedzającą przesłuchanie Daniłowicz zaznajamiał się z upadkiem instytucji, po której spodziewał się więcej. Nim zaproszono go do pokoju z zapachem tanich papierosów i, miał wrażenie, wymiocin, nim wycelowano w niego wałek topornej maszyny do pisania, jakich już nie używano po domach i biurach, nim doświadczył lepkiego brudu ławki, jaką mu wskazano na korytarzu, a potem odoru kibla z nie-funkcjonującą spłuczką, nim więc zaczął rozmawiać z ujmująco grzecznym funkcjonariuszem chcącym go uchronić przed przykrościami, to brał pod uwagę unik. Ale po godzinie oczekiwań i kwadransie rozmowy do-szedł do przekonania, że nic prywatnego nie może go łą-czyć z tym bezsilnym urzędem. I najoględniej jak się dało, wyjaśnił to policjantowi.

– Pański wybór – rzekł sucho policjant i wkręcił w maszynę dwa egzemplarze protokołu przesłuchania świadka przełożone czarną kalką, ale chwilę potem spoj-rzał Daniłowiczowi w oczy z wyrazem troski, nieuda-wanego współczucia, jakiejś solidarności tych, którzy znaleźli się po nie najciekawszej stronie rozbudzonego w kraju życia, i dodał: – Będzie pan jedyny.

Daniłowicz skinął głową.

– Pański więc wybór – powtórzył policjant.

———

Tego akurat nie był pewien, ale jeśli upór, z jakim postanowił złożyć zeznanie przeciwko ludziom z miasta, wziął się z przekonania, że każdy występek powinien zostać ukarany, to nie pozostawało nic więcej, jak sobie pogratulować. Poczuł się lepszy od wszystkich, którzy temu nie sprostali.

Ale żonie powiedział, że zeznań nie przyjęto.

– No to ci się udało – rzekła, sugerując wątpliwość co do instynktu moralnego swego męża, która nie miała przyczyny, poza chęcią odwetu za życie, co mogłoby być lepsze. – I wilk syty, jak to mówią, i owca cała.

Od tego wydarzenia minęło piętnaście lat, a duma z odwagi go nie opuszczała i zawsze przeważała nad lękiem przed zemstą bandytów.

Z czasem lęk spowszedniał, a duma okrzepła.

Do procesu sądowego, naturalnie, nie doszło, żaden prokurator nie powołał go na świadka oskarżenia, de Saint-Cloud nie próbował go przekonać, że postępuje nieroztropnie ani nie wyznaczył do tej misji żadnego ze swych asystentów.

Państwo za młode było na konfrontację z rosnącą w siłę ferajną, a jak już okrzepło, to się skurwiło.

Daniłowicz z roku na rok, oddalając się od rodziny, tracąc związki z jej kłopotami, radościami, planami i zawodami, zbliżał się do swego przeznaczenia.

A gdy się już ostatecznie osamotnił, to w komitywie z Rogerem Sycylijskim, jego córką cesarzową Konstancją, z ich płowowłosymi lub częściej rudymi rycerzami, z Ferdynandem – rybakiem, Tankredem – rewolucjonistą, Saliną – mędrcem, Sollozzem – bandytą, Vergą – oskarżycielem, Rotą, Frankiem Nero, Alem Pacino, postaciami z życia, książek, filmów, pieśni, a nawet własnych pomysłów.

Miał nową rodzinę rewanżującą mu się wzruszeniami różnych dystynkcji od najwyższych do banalnych, ogranych, tanich, lecz jedne i drugie trzymały go nieodmiennie w okolicach zachwytu lub przyjemności.

To były lata jego wielu podróży, omijających jednak Sycylię, bo należał do klanu ludzi przedkładających imaginację nad rzeczywistość. Nie bez przyczyny było tu też nie do końca uświadomione, jak to z przeczuciami bywa, podejrzenie, że zawód nie jest niemożliwy.

Lata zmieniły go też fizycznie, ale oszczędziły duszę.

W młodości wysoki i atletyczny, kiełznający hormony sportami walki, po przekroczeniu czterdziestki nabrał ciała i jeżeli posłużyć się kryteriami geometrii, z odwróconego trójkąta równoramiennego przeszedł w kwadrat.

Którejś wiosny, gdy jego leciwa sienna wykończyła trzeci alternator, dał się namówić na okazyjne bmw 520 z umiarkowanym przebiegiem i czarną, skórzaną kurtkę jako bonus do zakupu.

Obydwa nabytki polubił i kiedy z rodzinnego Brwinowa jechał do stolicy, to na dwupasmówce za Pruszkowem inne auta zjeżdżały mu z drogi, a gdy któremuś z kierowców zdarzyło się zamyślić, to przepraszał stukrotnie i uniżenie.

Równie grzecznie traktowany był przez policję drogową, toteż jazda w pęczniejących z roku na rok korkach nie stała się udręką, bo robił sobie miejsce między pasami, jak inni kolesie w czarnych beemkach i skórach równie jak on porozrastani i nabici, z wygolonymi łbami.

A skoro już o tym mowa, to któregoś dnia stanął na światłach obok gościa do złudzenia go przypominającego, w identycznym aucie i umundurowaniu, i zaczęli się mierzyć spojrzeniami, w których nie było przyjaźni ani wrogości. Pod beemką gościa pękał asfalt od rytmicznych basów, z beemki Daniłowicza wzlatywała w przestworza aria Roksany, więc to, co szło w piekło, nie krzyżowało się z tym, co zabierało niebo. Na żółtym koleś wyrwał do przodu z piskiem opon i kilkakrotnie zamrugał światłami pozycyjnymi, że wszystko w porządku i należy trzymać się razem.

Choć trudno powiedzieć, na ile upodobnienie się do tych, przeciwko którym wystąpił, było świadomym wyborem, a na ile przypadkiem, to fakt, że ta granda niemająca w zwyczaju niczego puszczać płazem w jego przypadku puściła. Zaczął więc przywiązywać się do poglądu, że chroni go Sycylia.

Ilekroć przychodziło mu do głowy, że na obiekt swych zainteresowań, a właściwie adoracji, wybrałby inną wyspę, podejrzewał, że wśród żywych by go już nie było.

Tak czy inaczej, miał się za dłużnika stron, które go tak zapłodniły.

To nie jest bez związku, powtarzał sobie, mimo że wiek – minął właśnie pięćdziesiątkę – i wynikające z niego znużenie życiem skłaniać go powinny do większego sceptycyzmu.

III

– O jakim związku mowa – zapytał go fryzjer lub ktoś, kto go udawał.

Daniłowicz poprawił się na krześle, które, jakkolwiek by je ustawić, zsuwało się po pochyłym chodniku. Owinął się swetrem, bo uliczką sunąć zaczęły przeciągi zapowiadające zimną noc. Zapytał jak wyrwany z drzemki:

– A mówię?

– Takie mam wrażenie – odpowiedział fryzjer. Nie wyglądał na człowieka zdolnego czytać w myślach innych.

Daniłowicz spojrzał w blednące niebo z dwoma szybującymi po nim ptakami. Pomyślał o sokołach z Nubii, sprowadzonych przez Leifa Haraldssona, które pod wpływem mieniącej się urodą wyspy straciły pustynne upodobania i złagodniały od wszechobecnego zbytku, godząc się z zajęciami przeciwnymi ich naturze. I przypomniał sobie prostacki spór, jaki rozgorzał o te szlachetne ptaki między dowódcą normańskiej kohorty a jej jarlem. Odezwał się po dobrej chwili:

– Jak pańskiemu teściowi udało się przeżyć? Rana musiała być głęboka, sądząc po bliźnie.

– Toteż się nie udało – odpowiedział fryzjer, podążając za spojrzeniem Daniłowicza w niebo. – Jest głuchy jak pień, nie widzi na prawe oko i nic nie kuma. Nie wie, czym zajmował się w Polsce i po co do niej jeździł.

– Nawet gdy przypomina mu pan Stynka?

Fryzjer lub ktoś, kto go udawał, nie wyglądał na człowieka umiejącego czytać w myślach innych, ale na takiego, który wie, że podprowadza się go na krawędź niebezpieczeństwa, owszem. Od lat musiał być blisko spraw, które go przerastały. Mimo wieczoru zaczął się pocić.

– Nie przypominam – odezwał się bezradnie, jakby się do swoich przegranych już przyzwyczaił.

– I słusznie – odpowiedział twardo Daniłowicz.

Jeżeli coś mogło zaniepokoić jego rozmówcę i ewentualnie starca, choć głuchy był podobno jak pień, to nie charakterystyczna zwalistość Daniłowicza, zapamiętana przez fryzjera najpewniej od najgorszej strony, a cholernie głodny wygląd. To, co mogło bawić na początku rozmowy, teraz pewno niepokoiło.

– To tylko konie – rzekł cicho fryzjer, jakby wiedział, że w głowie podróżnego odezwały się rzeczy ciemne – skoro się pan tego domyśla.

– Zależy, jak na to patrzeć. – Krzesło pod Daniłowiczem dobywało ostatka sił. – Masz jakieś imię?

– Norbert; i nie jestem fryzjerem. Mój teść nie jest Sycylijczykiem. Nie ma tutaj żadnych ziomków ani przyjaciół. Kupiliśmy to gówniane barbierii w Corleone, do którego nikt nie chce zaglądać, bo było do sprzedania. Mogliśmy kupić gdzie indziej, ale do sprzedania było akurat tutaj. To przypadek.

– Zależy, jak na to patrzeć – powtórzył Daniłowicz.

– Zrobili mi z teścia kalekę. Pogonili ze spółdzielni. Zapłacili byle co. Zapytali, czy jesteśmy kwita. Co mieliśmy im odpowiedzieć? Że nie?

– A co odpowiedzieliście?

– Że schodzimy z drogi. – Norbert stanął obok teścia, ten wstał z krzesła i wsparli się na sobie wzajemnie. – I zeszliśmy. Co się więc zmieniło? Bo pan nie jest turystą.

– Wiele, Norbert, ale bez obaw. A tak między nami, słyszałeś, żeby ludzie z miasta komuś za coś zapłacili? Wyrównali czyjeś krzywdy? Wzięli na siebie winę? Znasz kogoś takiego?

Fryzjer nie odpowiedział.

– Chyba że zmuszeni czyimś uporem. Nie zapłacili wiele, zgoda, ale na zakład w Corleone starczyło.

Fryzjer milczał, a jego teść uśmiechał się zagadkowo, jak to się zdarza czasami kretynom.

– Zapłacili, bo nie zapłacić byłoby gorzej. Masz jakąś o tym opinię?

Fryzjer zaprzeczył.

Daniłowicz pomyślał, że ten człowiek nieraz musiał się zetknąć z bezwstydną przewagą osiłków w skórach i z jej natychmiastową egzekucją, wykluczającą możliwość jakichkolwiek negocjacji, bo to wszystko młode było, surowe, nienażyte, bezkarne; że dostawał od nich to, co zadawał koniom, że służył tej niedyskutowalnej podległości, jaką wymusza ordynarna siła i że w każdej z tych ról był sobą, to znaczy kimś zdanym wyłącznie na okoliczności.

– Na tym to polega, Norbet. – Daniłowicz podniósł się z krzesła, które właśnie wykończył swoją wagą. – Wszystko to drobne ludzkie sprawy – ktoś kogoś zdradził, wykiwał, wbił nóż w plecy, owinął drut wokół szyi lub strzelił w skroń bez zdania racji – które w jednych miejscach urastają z czasem do legend, mitów, podniecającej egzotyki, a w innych pozostają tym, czym są. Historia z wami, i w jakimś stopniu ze mną, to właśnie taka prostacka sprawa i taką by pozostała, gdyby los nie zrządził, że kupiliście zakład w Corleone, a nie gdzie indziej. Więc nie mówcie mi o przypadku. O wszystkim, tylko nie o przypadku. Zapytałeś, czy strony mnie zawiodły. Co ci odpowiedziałem?

– Że w jakimś stopniu.

————

Niekoniecznie, bo w Daniłowiczu odezwał się Rota, znów rzewny, uwodzicielski, zabierający ze sobą w jakąś dziwną podróż; nie za morza, do wysp bezludnych, na krańce świata, lecz tuż obok, za róg, gdzie czekają sprawy przewidywalne, znane na wylot, dziesiątki razy wyobrażone i niezmiennie oczekiwane. Kilka motywów

75

muzycznych, jak zawsze schodzących się w jeden, w którym nie ma wieczoru, nocy, choroby, samotności, chandry, lecz zabawa napierająca na świątynię, gdyż jak zawsze widział niedzielę w słońcu i łagodnie wznoszące się zaludnione schody ku rozwartej na oścież bramie romańskiej bazyliki tuż po czyichś chrzcinach, zaręczynach, ślubie, bo wszystko to było po stronie życia i blasku. I tylko nagle zgaszona fraza, nierozpoznany ton, cień, jaki na nie pada, przypominają, że nic nie kończy się, jak zaczęło. I choć wiemy to aż za dobrze, właśnie okruch goryczy zakonspirowany w beztrosce przykuwa nas do ukochanych dźwięków.

Znów to w sobie niosę, szepnął poruszony odkryciem Daniłowicz, wodząc wzrokiem ponad głowami wspierających się o siebie mężczyzn.

– Teraz miałbym dla ciebie inną odpowiedź – zbliżył się do Sycylijczyków, którzy jakby się od tego określenia odżegnywali – bo, jak słusznie zauważyłeś, nie jestem już widzem, lecz uczestnikiem. Podoba się to komu czy nie podoba, jestem wraz z wami w katalogu tej wyspy. Rozumiesz, o czym mówię?

Fryzjer, nie odstępując nieruchomego teścia, zaprzeczył ruchem głowy. W uliczce nie było już żadnego kota. Rynsztokiem spłynęła nagle jakaś woda. Niebo na zachodzie zapłonęło, a na wschodzie zgasło w mroku. Po sokołach, jeżeli to były one, nie został ślad.

– Niespecjalnie, proszę pana.

– Ale gdzieś dzwonią.

– Słucham?

– Powiedziałem, że gdzieś dzwonią.

Fryzjer po namyśle skinął głową.

– Za dziesięć minut – dodał nieśmiało – ma pan ostatni autobus do Palermo, jeśli nie przyjechał pan autem.

Jeszcze kwadrans wcześniej Daniłowicz rozważyłby pomysł zasadzenia się na świt w Corleone gdzieś poza murami miasta, na jednym ze wzgórz. Ale spektakl, jakim jest dla nas każda, nawet najlichsza, podróż, wymaga deklaracji w sprawie roli, jaką jesteśmy skłonni w niej przyjąć. Daniłowicz skłonny był raczej uznać, jak każdy karmiący się od czasu do czasu własnymi imaginacjami, że głupio być widzem samego siebie. Ruszył więc w górę uliczki ku absydzie posępnego, kamiennego kościoła, która rozpływała się już w wiosennym zmierzchu. Po kilkunastu krokach odwrócił się i zapytał, wskazując starca:

– Naprawdę nie słyszy?

Fryzjer nie odpowiadał.

– Nic a nic?

Starzec uniósł dłoń i tym samym uśmiechem, jakim przywołał Daniłowicza, teraz go pożegnał. Jego zięć stał nieruchomo i milczał. Głodny wygląd nie wyróżniał już Daniłowicza ze zgrai turystów okupujących przystanek autobusowy, gdy ten do nich dołączył. Szkoda, bo było mu z nim do twarzy. Sycylijczykowi, gdyby kto o to pytał.

Chotomów 2014

Jak granit

I

Onieśmielona życiem praktykantka fryzjerska z Wągrowca, ciężka trochę od snu, słodyczy i pierwszej młodości, postanowiła wraz z przyjaciółką, zresztą za jej namową, spędzić wakacje w jednej z modnych miejscowości nadmorskich.

Kurort był na miarę jej wyobrażeń o wielkim świecie i taki też okazał się Sylwek, przystojny trzydziestolatek, rozwiewający wokół siebie zapach powodzenia, pieniędzy, pewności siebie i wody kolońskiej Paco Rabanne.

Sylwek i jego kumpel Kapiszon to królowie życia.

Markowe ciuchy, dobre papierosy, drogie alkohole, bransolety na przegubach dłoni i boskie odżywki na każdą okoliczność.

Monika była pod wrażeniem chłopców i świata, jaki przed nią uchylili, tak że poderwana gdzieś na plaży, bez szczególnego zamiaru, nawet przekonania, w chwili nudy najpewniej lub bezmyślnej swawoli, oddała się namiętnie wakacyjnemu romansowi.

Zbyt zachłanna na szczęście, by ostentacyjna bez-
karność, z jaką młodzi mężczyźni i ich kompani używali
życia, w jakikolwiek sposób ją powściągały. Knajpiane
burdy, brawurowe piruety na skuterach wodnych, ostry
hazard w przedpremierowym kasynie, które nim dojrzało, już zgniło, nocne rajdy samochodowe po uliczkach
zastraszonego miasta czy wreszcie plugawy, podmiej-
ski język, jaki przebijał się niczym zatrute źródło przez
cienką powierzchnię bajeranckiej poprawności, nie wy-
trącały dziewczyny z zauroczenia.

Odwrotnie, im impet tego życia wzbierał, a działo się
tak z dnia na dzień, tym apetyt Moniki na nie rósł.

Nie ma co ukrywać, dziewczyna zbyt młoda była,
głupia i nieczuła, by ślad refleksji naruszył jej fascynację.
Tym bardziej że sama nabierała blasku, przepoczwarzając się z szarej myszy w uświadamiającą sobie własne
powaby zakochaną kobietę.

Blasku nabierał też kurort, stając się w oczach dziewczyny Hollywoodem, Monakiem, San Remem, znanymi
jej dotychczas z kronik towarzyskich ilustrowanych magazynów.

Czuła się trochę ich bohaterką.

Ale wakacje, nim rozpędziły się na dobre, dobiegły
końca, jak dzieje się to z każdą pomyślnością.

Kochankowie się rozjechali. Monika do Wągrowca,
Sylwek, ma się rozumieć, do stolicy.

Obiecali sobie regularną korespondencję i odwiedziny tak częste, jak to będzie możliwe.

Monika nie wróciła już do swojej roboty, bo nie wraca się z raju do prowincjonalnego zakładu fryzjerskiego,

a od księcia z bajki do nudnych, nieznających rozkoszy klientek. O czym zresztą miałaby z nimi rozmawiać? A rozmowy przecież stanowiły istotę i sedno jej pracy.

Zamierzała rozejrzeć się za czymś stosowniejszym. Póki co, czas mijał jej na marzeniach i listach.

Przytyła mocno od chipsów i coca-coli, pokancerowała się od kłótni z rodzicami.

Dotychczas niepewna swego na zewnątrz, ostrożna i przyczajona, rekompensowała to sobie większym obszarem domowej niezależności, niż wynikałoby to ze statusu dziecka niesamodzielnego. Teraz zależności, chociażby z braku pracy, pogłębiły się, lecz arbitralnie przyznana sobie autonomia zbrunatniała od chamstwa.

Raniła nim rodziców bez względu na okoliczności.

Ci, otwarci dotychczas, nieustępująco cierpliwi, zamknęli się w milczeniu, które Monika raz z nudów, raz z samonapędzającej się złości brutalnie przełamywała. Nie bez powodzenia, gdy chamstwo zderza się z bezbronnością ludzi prostych, pracowitych, odpowiedzialnych, zdumionych czasami i niezależnie od nich gotowych do uczuć.

Co do korespondencji natomiast, to szła ona tylko w jedną stronę. Na coraz niecierpliwsze listy Monika nie otrzymywała odpowiedzi.

Bywały takie dni, kiedy myślała o samobójstwie, i takie, kiedy wakacyjne wspomnienia rozpromieniały jej duszę, jedne i drugie jednak płynęły tym samym potokiem gorączkowej euforii, jakby myśli o śmierci i życiu prowadziły ku temu samemu.

Od czasu do czasu, głównie przez telefon, dzieliła się

swoim stanem z przyjaciółką, Ewą, która wykazała więcej umiaru w nadziejach, nie porzuciła pracy, zamieniła wakacyjny romans z Kapiszonem na zażyłość z człowiekiem żonatym, zasobnym i miała się dobrze.

Minęły dwa miesiące. Dni nastały szare i krótkie. Myśli gorsze przybrały, lepsze się cofnęły. Przyjaciółka namawiała Monikę na działanie. Nie powinna trwać w niepewności. Życia szkoda. Albo umie sobie powiedzieć: było, minęło, albo nie umie i niech wyciągnie z tego wnioski.

Na pytanie Moniki, na czym te wnioski miałyby polegać, Ewa zaczęła działać sama. Nie bez trudności zlokalizowała kolegę Sylwka i trochę potrzymawszy Monikę w niepewności, dała jej namiar na swego letniego, zapomnianego już kochanka.

Nie przyszło to Monice łatwo, ale po Zaduszkach ogarnęła się, ściągnęła rodzicom z konta oszczędności, wsiadła w pociąg i ruszyła do stolicy.

Kapiszon umówił się z dziewczyną w jednym z klubów, który przypominał szczurzą norę, niewiele od niej zresztą większy, cały w spazmach psychodelicznej muzyki. Kłębił się tam tłum strasznych młodych ludzi, którzy strasznym językiem mówili o strasznych sprawach, a Kapiszon z tą nieukrywaną nadzieją przelecenia jej gdzie bądź, przy barze, w toalecie, w aucie, na ulicy, wydał się Monice najstraszniejszy.

Zwodził ją, kołował, ironizował, zamawiał kolejne piwa, nie odpowiadał na pytania lub niepytany o czymś mówił, a po dwóch godzinach mordęgi, które wydały się dziewczynie wiecznością, odpuścił, sflaczał, wyłączył się, podyktował jej adres i przepadł.

Jakby sprężyna się w nim rozkręciła.

Osuwające się w slumsy blokowisko na peryferiach miasta nie przygnębiło dziewczyny, gdyż przyjechała tam już o zmroku. Podobnie rzężąca winda wspinająca się z mozołem na dziesiąte piętro, bo nie była oświetlona, ani zapuszczone mieszkanie, do którego weszła po kilkunastu dzwonkach, bo rozświetlało je tylko miasto. Nawet człowiek, który otworzył drzwi, w istocie wychudzony, brudny, znarkotyzowany i przerażony śmieć, bo go nie rozpoznała.

Szok nastąpił, gdy mężczyzna się odezwał.

Bo to był głos Sylwka.

Więc nora, z której ciągnęło smrodem potu i niepranych rzeczy, to było jego mieszkanie. Prowadził doń niekończący się korytarz nasiąknięty lizolem i wszelkim ludzkim niespełnieniem, wszelką biedą, frustracją, złą myślą, wydobywającymi się z mieszkań, jak z niedokręconego słoika. Nie był w stanie ich wywiać nawet przeciąg z rozbitego okna. A oskalpowana z paneli winda ze zwęglonymi przyciskami i raną po lustrze to była winda, która ją tu wyniosła. Tak jak pięć minut wcześniej taksówka, z której wysiadła pod dziesięciopiętrowym blokiem w sąsiedztwie identycznych, nierozpoznawalnych, mimo przejawów życia, wymarłych, z hulającym między nimi listopadowym wiatrem.

Zobaczyła to wszystko jak na scenie, gdy Sylwek zapytał ją, kim jest.

Szok trafił ją natychmiast, na furię musiała zaczekać, ale drugie nie wzięło się z pierwszego. Szok bolał, furia, która ją zaskoczyła, dała ulgę.

Nigdy nie była gotowa na taką emocję.

Dąsy, fumy, wszelkie odcienie złości, to owszem. Chamstwo, jak najbardziej, ostatecznie zaprawiała się w nim od kwartału, ale furia?

To było coś nowego. Tak jak wszystko, co od tej chwili miało ją spotkać.

Krzesło, bodajże jedyny kompletny mebel, poszło w drzazgi pod kopniakami dziewczyny, potem połowa regału wymiecionego z książek i co tam jeszcze zostało z życia, kiedyś w miarę pewno normalnego.

Ale dużo tego nie było, więc niewyzwolona z emocji, przykucnęła pod ścianą i zmiażdżyła w palcach torebkę, jedyny bagaż, jaki zabrała ze sobą w podróż.

Sylwek osunął się pod ścianą naprzeciwko.

Między nimi rumowisko. I milczenie.

Był już wieczór, kiedy dziewczyna podniosła się z podłogi, podeszła do Sylwka, pochyliła się nad nim i szepnęła słowo zaklęcie, jeden z tych odlotowych szyfrów, którymi młodzi mężczyźni tak bardzo oczarowywali ją nad morzem: *It's okay*.

Ma się rozumieć, nic takiego nie przyszło jej do głowy, lecz przebiegając w myślach po boskich odzywkach, jakimi przerzucali się podczas wakacji Sylwek z Kapiszonem, ta właśnie wydała się jej najmniej niestosowna.

Sylwek odezwał się po jakimś kwadransie, tyle mu zajęło widać zebranie myśli.

Niefart polegał na tym, że nie rozliczył się z kumplami na czas. Wziął towar, rozprowadził go i zawalił. Wczoraj jak raz minął jedyny i ostateczny termin zwrotu kasy. Brakuje mu. Kiedy zadzwoniła do drzwi, był pewien, że to oni.

– Którzy? – zapytała Monika nie po to, by się dowiedzieć, lecz by nie milczeć. Dwie godziny ciszy między ścianami ją wyczerpały.

– Poznałaś ich.

– Nad morzem?

Sylwek potwierdził. Zapytał Monikę, czy ma papierosy. Zaprzeczyła. Zapytał, czy nie zeszłaby na dół, do osiedlowego marketu, odpowiedziała, że to wykluczone.

Odmowę przyjął z pokorą. A może z obojętnością.

Tak czy owak, dziewczyna była górą. Wcale jej to jednak nie cieszyło.

Gdyby na nią wrzasnął, dał w twarz, co nad morzem dwukrotnie się zdarzyło, gdyby chwycił ją za kark i przygiął do podłogi albo wypchnął za drzwi, to miałaby cień złudzenia, że przyjechała do kogoś, kogo pamięta, kto, nie ukrywajmy, jest w opałach, ale tylko chwilowych.

Myśl, że Sylwek mógłby z podobną pokorą przyjąć jej każdą inną reakcję, dobrą, złą, słuszną, niesłuszną, nieważną lub ważną, że mógłby się poddać ze strachu, słabości, a choćby tylko dla świętego spokoju, zabolała ją bardziej niż ta cała obrzydliwość, której właśnie doświadczała.

Rzekła cicho:

– Myślałam, że to twoi przyjaciele.

– Kto? – zapytał martwo Sylwek.

– Kapiszon, Arek, Gruby, Robin, no wiesz, ci wszyscy

kolesie, z którymi balangowaliśmy po pubach, impre-
zowali po dyskotekach, palili gumy na stritach, wywijali
na skuterach. Przecież było tak, nie?

Sylwek potwierdził.

– Myślałam, że to twoi przyjaciele.

– Jasne.

– To co się zmieniło?

– Nie rozliczyłem się w porę, kumasz, mała. Jestem
bez kasy.

– Nie mów do mnie mała.

– Jasne.

– Zapamiętasz?

– Co?

– Żeby nie mówić do mnie mała. Wiesz, jak mam na
imię?

– Tak.

– Więc co się zmieniło?

– Już ci powiedziałem.

– Że nie masz przyjaciół?

– Do czasu, aż się z nimi rozliczę. Nie da się ukryć.

Monika oparła się mocniej o ścianę i wyprostowała
rozłożone nogi na brudnej podłodze. Wydały się jej grube i krótkie. Nie mogła sobie przypomnieć, skąd brał
się w niej pogląd, że jej nogi są długie i szczupłe i że co
jak co, ale nogi ma w porządku. Czuła też, że płonie
jej twarz, włosy nasiąkają tłuszczem z minuty na minu-
tę, a krosta między piersiami, którą zauważyła o świcie,
przybiera niepokojący kształt czyraka, wysyłając sygnały
bólu przy każdym poruszeniu.

Miała też wrażenie, że jej stopy są zimne jak lód

i wilgotne od potu i że gdyby, na przykład, zechciała zdjąć buty, to poczułaby ich odór.

Mimo to miała ochotę na seks. Właściwie z kimkolwiek, poza Sylwkiem.

Kiedy Kapiszon, wskazując ubikację w podziemiu, w przeciwieństwie do klubu, przestronną, chłodną i cichą, zręcznym ruchem rozpiął jej dżinsy i bezceremonialnie wsunął tam dłoń tak, że przez chwilę poczuła jego palec w pochwie, to zawstydzona odepchnęła go tak mocno, że ten niewysoki, ale zwalisty facet zatoczył się pod ścianę.

Teraz jej reakcja nie byłaby tak gwałtowna. Nie wie, na ile by mu pozwoliła, ale nie można wykluczyć, że na wszystko.

Ochotę miała na seks, ale nie z Sylwkiem. Z Sylwkiem nie miała ochoty na nic. Nawet na dalszą rozmowę.

Lecz ta, jak na złość, zawisła między nimi nudą, smutkiem, niespełnieniem, niemożnością i żadne milczenie nie było w stanie ich rozwiać.

Monika upierała się przy nieodwracalnej samotności Sylwka, ten bez przekonania, ale i niewiary odpowiadał głucho, że jeżeli się rozliczy, to wszystko z kumplami będzie jak było. Bo czemu miałoby nie być?

– Bo jesteś sam jak palec – powtórzyła Monika.

Zwróciła twarz ku oknu, wyobrażając sobie widok z niego za dnia. Listopadowego, mglistego lub, jeszcze gorzej, deszczowego dnia. Pomyślała, że nie ma tego złego, co nie mogłoby być gorsze.

Dzień byłby gorszy.

Po kwadransie zapytała, jak to jest z tą kasą.

– Którą? – Sylwek opadł na podłogę, zasłaniając twarz przedramieniem. Był wyniszczony, może nie doszczętnie, ale teraz, kiedy leżał na materacu, jego niecielesność zdawała się bardzo ostra.

– A o czym rozmawiamy od trzech godzin? – warknęła Monika. – Nie masz jej, czy ci brakuje? Bo jak brakuje, to coś masz, nie?

– Powiedzmy – odpowiedział Sylwek po długim namyśle.

– Co, powiedzmy? Odpowiadaj, do rzeczy! Ile?

– Ile, co?

– Ile, kurwa, tej kasy masz?

– Za mało.

Monika podkurczyła nogi. Ktoś korytarzem prowadził psa. Przemawiał do niego mądrze i czule, jakby nie w tym bloku, nie na tym korytarzu. Drzwi windy zamknięto dyskretnie. Monika powiedziała do siebie:

– To się jeszcze okaże.

Sylwek odparł bez emocji:

– Przyjdzie gościu po kasę… jutro, pojutrze, a może dzisiaj… Kto to wie.

– I się zawiedzie – przerwała mu Monika.

– Czemu? – W pytaniu Sylwka nie było ciekawości ani nadziei.

– Bo cię tu nie zastanie.

Nie przyszło jej to do głowy w tej chwili. Nie uświadamiała sobie tego, ale od momentu przekroczenia progu tej zapuszczonej, cuchnącej nory wiedziała, że ani w niej nie pozostanie, ani nie wróci do domu.

Kiedy już rozniosła, co było do rozniesienia,

i niewyzwolona z nieznanej jej emocji usiadła na podłodze pod ścianą, mnąc w palcach irchową torebkę, wzięła pod uwagę możliwość powtórnego kontaktu z Kapiszonem bez względu na to, jak straszny przy pierwszym się jej wydał.

Kapiszon ani nie był jej szansą, ani ostatnią deską ratunku. Mógł być jednak przystankiem, jakimś w miarę realnym punktem odniesienia do planów na najbliższą przyszłość, a fakt, że chciał ją tak bezceremonialnie posiąść, teraz, gdy nie miała zobowiązań wobec Sylwka, raczej jej schlebiał.

W każdym razie, myśląc o tym, nie czuła już obrzydzenia.

Dlatego kiedy rozkazała Sylwkowi: Zbieraj się – zaskoczyła siebie samą. Jak gdyby to polecenie tylko przez nią przeszło.

– Dokąd? – zapytał Sylwek, nie ruszając się z miejsca.

– Z powrotem.

– Z powrotem?

– Nad morze.

Stała się nagle energiczna i zdecydowana, nawet w rzeczowy sposób uprzejma, jak to się zdarza, gdy nadzieja wyznacza nam cel, nie wymarzony wprawdzie, lecz realny.

Ostatnie miejsce, w jakim będą go szukać przyjaciele, kumple, kontrahenci czy ktokolwiek by to był, to kurort, w którym spędzili wakacje. O tej porze nie jeździ tam nikt. A w ogóle, co mają do stracenia? Jej powrót do beznadziejnego Wągrowca, jego wegetację w tym gnoju.

I kto właściwie powiedział, że ich wakacje się skończyły? A może trwają tam nad morzem, tylko oni je opuścili.

Sylwek nie sprawiał wrażenia człowieka, który jest skłonny uczepić się jakiejkolwiek nadziei, ale też nie zaprotestował, gdy Monika zasugerowała, że rzeczy dzieją się same z siebie, trwają niezależnie od nas, jeżeli ich chcemy, musimy do nich wrócić.

———

Ale nie wchodzi się podobno dwa razy do tej samej rzeki.

Buzujący życiem kurort był teraz sennym, zasnutym deszczem miasteczkiem. Iluminowana dyskoteka Imperial to, w istocie, betonowy bunkier z oknami zabitymi dyktą. Snobistyczny pub, do którego pierwszego wieczora chłopcy zaprosili Monikę i jej przyjaciółkę, teraz, po sezonie, grał rolę przystani dla miejscowej żulii, dogorywającej nad kolejnym kuflem piwa.

Trasy ich szalonych, nocnych rajdów samochodowych to zaśmiecone uliczki z oczodołami po wygaszonych neonach.

W porcie stały odarte z żagli, wychudzone łódki.

Ogólną depresję powiększał jeszcze stan Sylwka, uciążliwszy, niż Monika przypuszczała.

Zaraz po przyjeździe, krótkiego listopadowego dnia, pokój na jedną noc zdecydował się wynająć im taksówkarz, który zabrał ich z oddalonej o kilka kilometrów stacji.

Na drugi dzień mieli sobie coś znaleźć.

Po śniadaniu Monika wybrała się do pensjonatu, jakby inaczej, Mewa, w którym najpierw z przyjaciółką, a potem już we czwórkę spędzili wakacje, ale zamknięto go na głucho. Podobnie było z sąsiednimi pensjonata- mi. Jakaś spotkana kobieta poinformowała ją, że dwa kilometry od miasta opalają dom wczasowy, zatrudniają stróża, konserwatora i dochodzącego kierownika, więc może tam by się dogadała.

Przez pierwsze pół dnia szukała stróża, przez dru- gie kierownika, wieczorem ustaliła, że za wygórowaną, znacznie przekraczającą tę z sezonu, opłatą może się na dwa tygodnie wprowadzić. Pokój bez stołówki, ale prze- stronny, z wideo i widokiem na morze.

Przenieśli się jeszcze tego samego wieczoru, a ściślej wprowadziła się Monika, bo Sylwek jakby tego nie za- uważył. Wszedł do pokoju, nieobecny, niemy, głuchy, zwalił się na łóżko w ubraniu i zapadł w letarg.

Monika wzięła prysznic i przespacerowała się naga po przegrzanym wnętrzu. Sylwek wodził za nią wzrokiem, ale, była tego pewna, nie odróżniając jej od nielicznych wczasowych mebli. Pytany odpowiadał do rzeczy, ale jakby z daleka, więc Monika przestała go męczyć roz- mową. Sam z siebie się nie odzywał.

Noc przespała jak kamień, bez snów, bez niepokojów.

Rano przyniosła do pokoju coca-colę w puszkach, wczorajsze pieczywo i kilka topionych serków.

Sylwek nie chciał nic jeść, ona przeciwnie, miała apetyt, jak czasami się jej zdarzało, wyostrzony jeszcze chłodnym morskim powietrzem.

Przed południem postanowili przejść się plażą do miasteczka, lecz nim wyszli, zaczęło padać i nie przesta- ło do wieczora.

A wieczorem Monika zasnęła. Spała twardo, jak

poprzedniej nocy, lecz krócej. Obudziła się po piątej. W grobowej, złowieszczej ciszy, w monotonii szumu morza nie słyszała oddechu Sylwka, jak to się dzieje, gdy ten ktoś czuwa albo go nie ma.

Przetrwała tak do ósmej. Potem się umyła, ubrała, usiadła przy oknie. Dzień zapowiadał się chłodny, wietrzny, lecz suchy. Przed dziesiątą wyjrzało słońce i świat poweselał.

W przeciwieństwie do dziewczyny. Kleszcze nudy, beznadziei, wręcz absurdu się zaciskały.

Zapytała Sylwka, czy ma na coś ochotę. Odpowiedział, że dobrze jest jak jest. Lecz nie była to prawda. W każdym razie widać było, że tak nie myśli.

Zapytała go, czy nie napiłby się piwa. Odpowiedział, że gdyby było, to by się napił.

Ale nie ma, skonstatowała Monika.

No właśnie, zgodził się Sylwek.

Po kwadransie Monika wróciła do tematu.

– To, że go nie ma, nie znaczy, że nie będzie.

Sylwek pokiwał głową. Zaaprobował ten pogląd.

– Jest ładny dzień – oznajmiła Monika – moglibyśmy przejść się do miasta, jak zamierzyliśmy wczoraj, i kupić gdzieś piwa. Albo napić się na miejscu. Co o tym sądzisz?

– O czym? – zapytał nie od razu Sylwek.

– Żeby w mieście napić się piwa. Wcześniej coś zjeść, obiad albo nawet śniadanie, gdyby udało nam się zaraz wyjść.

– W Imperialu? – Sylwek opuścił głowę nad sterczącymi kolanami. Zgięty wpół, wydał się Monice nienaturalnie wysoki.

– Imperial jest zamknięty. Podobnie jak U Zdzicha, Nicole i Parisienne. Musiałeś to zauważyć, jak szukaliśmy taksówki.

– Jasne.

– Co jasne?

– Że zauważyłem. Zamknięte na głucho. Nie ma co próbować.

– Jestem odmiennego zdania – rzekła Monika, bawiąc się tą swoją uprzejmością. – Mieliśmy wczoraj pójść plażą do miasta. Ale nie poszliśmy, bo się rozpadało. Pamiętasz?

– Że się rozpadało, tak.

– A że mieliśmy pójść plażą do miasta?

Sylwek zaprzeczył ruchem głowy.

– Nie możesz tego nie pamiętać. Ustaliliśmy, że po śniadaniu pójdziemy plażą do miasta. Rozglądniemy się, co i jak, i wrócimy szosą.

– Po śniadaniu? Nie jadłem śniadania.

– Twój wybór. Swoją drogą, jak ci się to udaje?

– Co?

– Niejedzenie. Od dwóch dni nie miałeś nic w ustach. Nie jesz, nie pijesz, tak się nie da.

– Zobaczymy.

– Mam też wrażenie, że nie śpisz.

– Być może.

– Nie możesz nie spać ani nie jeść. Wyciągniesz nogi. I tak wyglądasz jak trup.

– To mi nie przeszkadza.

– Mógłbyś o mnie pomyśleć. Chyba widzisz, jak się staram.

– A kto ci powiedział, że nie myślę? Nigdy w życiu tyle nie myślałem. Możesz zarzucić mi wszystko, tylko nie to, że nie myślę.

Sylwek wypowiedział to zdanie bez emocji i pretensji. Tak jak poprzednie, choć czując przecież niesprawiedliwość zarzutu Moniki, miałby prawo do ostrzejszej reakcji. Ale z niego nie skorzystał.

Monika westchnęła: No tak, i powiedziała, że idzie się przejść. Wyszła, jak stała, nie zamykając za sobą drzwi, i rozpoczęła spacer po korytarzu.

Zielony chodnik tłumił jej kroki. Po kwadransie ktoś otworzył drzwi kancelarii na parterze. Monika pochyliła się nad wyślizganą balustradą, która ostrzegawczo zatrzeszczała, a potem zeszła na dół.

Niedużą kancelarię wypełniał swoją masywnością kierownik domu wczasowego, urodziwy brunet pod pięćdziesiątkę.

Monika powiedziała mu, że nic po wideo, skoro nie ma kaset, a telewizor ściąga tylko trzy programy, a i to nie bardzo.

Kierownik odpowiedział, że kasety, jakie ma na stanie, to chłam, niczego nie da się z nich wybrać, ale gdyby zechciała wykazać się cierpliwością, to jutro przyniósłby jej z domu coś ekstra. Naprawdę nie pożałuje.

Pozostaje pytanie, odrzekła Monika, co zrobić z dniem dzisiejszym.

Kierownik uśmiechnął się ciepło. Miał grube, nie tyle zmysłowe, co lubieżne usta, z kropelkami śliny w kącikach.

– Taka ładna dziewczyna. To wstyd.

93

– Wstyd być ładną dziewczyną?

– Wstyd nie wiedzieć, co zrobić z dniem. Ja bym wiedział.

– Ma pan rację – Monika cofnęła się na korytarz, nie tracąc z pola widzenia rozrośniętej i mimo wieku tryskającej zdrowiem i wigorem postaci mężczyzny.

Myśl o seksie wróciła; nie tak intensywna jak w mieszkaniu Sylwka, gdy Monika rozmyślała o bezceremonialnych zalotach Kapiszona, ale dotkliwa, to znaczy wyczyszczona z niewinności.

– Ma pan rację – przyznała Monika. – Pójdę na długi spacer wzdłuż morza.

– Sama? – W głosie mężczyzny nie było ciekawości, raczej przeczucie szansy.

Monika uznała je za nieuzasadnione.

– A co to pana obchodzi? – warknęła.

Kierownik uniósł ręce na zgodę. Rzekł: No to do jutra, i gdy dziewczyna odeszła i straciła go z pola widzenia, jego ręce pozostały nad głową, jak gdyby o nich zapomniał.

– Prosiłam, żeby nam wyłączyli ogrzewanie albo skręcili przynajmniej, bo nie idzie wytrzymać – odpowiedziała na pytanie Sylwka, gdzie się podziewała, które wprawdzie nie padło, lecz mogło paść, a w każdym razie powinno.

Co do kaloryfera natomiast, to Sylwek zaprotestował. Jak na niego, to gwałtownie. Powiedział, że od pewnego czasu jest mu nieustannie zimno, że dlatego nie rozbiera się nawet na noc, że zimno przenika go z zewnątrz i od środka, że jest zmrożony na kość.

– Chyba zwariowałeś! – krzyknęła Monika. – Kaloryfer jedzie na full. Tu jest ze trzydzieści stopni. Nie da się żyć ani spać. Zobacz, co z moją cerą. Wszystko mi popękało. Jestem czerwona jak chorągiew. – Rozejrzała się po pokoju, przesunęła stolik, uderzyła dłońmi o żeberka kaloryfera i dodała spokojniej: Pogięło cię, kurwa czy jak?

Sylwek obrócił się na bok, twarzą do ściany. Podkurczył nogi. Szerokość barków uwidoczniła jednocześnie ich chudość.

– Masz dreszcze? – Monika zapaliła światło w łazience i przysunęła twarz do lustra. – Jezu! – jęknęła. – Ryj jak burak. Płonę, płonę…

– Nie – mruknął w ścianę Sylwek.

– Co nie! – odwrzasnęła Monika. – Co, kurwa, nie! Przecież widzę.

– Nie mam dreszczy. Jestem zimny jak lód. Z zewnątrz i wewnątrz. Ale nieruchomy. Nie mam dreszczy.

Spacer plażą, mimo chłodu, w miarę jak pozostawiała za sobą dom wczasowy, przyjemniał. Od czasu do czasu słońce wyglądało zza grubych, pokawałkowanych chmur i morze łagodniało. Nie doskwierała jej samotność. Kiedy minęła zrujnowaną latarnię morską, w sezonie grającą rolę bezpłatnego szaletu, znalazła też przyjemność w pokonywaniu przestrzeni i zamierzała zapędzić się daleko.

Nie spotkała nikogo, nawet mewy gdzieś wymiotło i to jej odpowiadało.

Wróciła już o zmroku. Sylwek leżał tak, jak go zostawiła. Zapytała, czy jest coś do zjedzenia, na co miałby ochotę. Nie odpowiedział.

Włączyła telewizor. Obejrzała po odcinku dwóch podobnych do siebie telenowel, po czym wyłączyła dźwięk i oparta dłońmi o parapet okna patrzyła na morze.

Liczyła fale, wieczór jak na listopad nie był ciemny, chociaż kiedy niebo zakrywały chmury napędzane z północy, to gubiła się w rachunkach. Tak czy owak, do północy naliczyła ich tysiąc siedemset. Zamiar, by doliczyć się dwóch tysięcy, a potem skombinować coś do jedzenia, bo głodna była jak suka, przerwał sen, który dopadł ją przy tym parapecie tak nagle, że ledwo dowlokła się do łóżka. Jak poprzedniej nocy spała twardo, lecz krótko. Obudziła się przed czwartą. Przywoływany na wszystkie sposoby sen nie chciał powrócić. Zaczęła się mastrubować. Skończyła wilgotna, zawstydzona, z nieodłącznym poczuciem winy i fizjologicznego niesmaku.

Z łóżka podniosła się dopiero wtedy, gdy usłyszała na dole tubalny głos kierownika. Wzięła szybki prysznic, ale nim zdążyła się ubrać, zapukano do pokoju.

Drzwi otworzyła zawinięta w ręcznik. Za progiem stał kierownik. Powiedział, że na dole ma kasetę, o której wczoraj rozmawiali.

Monika poczuła, że luźno zawinięty ręcznik zsuwa się jej z mokrego ciała. Rozwiązała go za plecami, podciągając w górę, prawie do brody, i zacisnęła na wysokości karku tak energicznie, że na moment straciła oddech. Szerokości ręcznika nie starczyło na całość. Dolna krawędź w tej sytuacji ledwo zasłoniła łono.

I tak nabrzmiała od wszelkich możliwych soków postać kierownika nabrzmiewać zaczęła jeszcze bardziej.

Kształtną, wygoloną czaszkę porysowały żyły. Powieki opadły, zasłaniając zwężone źrenice, a ślina w kącikach ust zagotowała się jak mleko.

Dziewczyna zasłoniła dłonią krocze.

– Jaka kaseta?

– Ekstra. Mówiliśmy o niej wczoraj.

– Ma pan ją ze sobą?

Dziewczyna uniosła na chwilę dłoń, którą się zasłoniła, mimo że druga nie była zajęta, jak gdyby chciała odebrać kasetę.

Sylwek otworzył oczy, podniósł głowę znad poduszki i spojrzał na kształtne, może zbyt obfite pośladki dziewczyny.

– Mam ją w biurze – rzekł cicho kierownik, tak by nie usłyszał tego mężczyzna w głębi pokoju.

– W takim razie musiałabym po nią zejść – odpowiedziała równie cicho Monika.

Kierownik skinął głową.

– Ale jestem nieubrana – wyszeptała Monika.

– To mi nie przeszkadza – odszepnął kierownik.

Miał nieskrywany zamiar wepchnąć się do środka pokoju z tym swoim całym naprężeniem i gotowością.

Monika zatrzasnęła mu drzwi przed nosem.

Ubrała się, odczekała kwadrans i zeszła na dół.

– Może kawka? – zapytał kierownik. W biurze nabrał, wbrew sobie chyba, pewnej półoficjalności.

Monika wyobraziła sobie aromat kawy i przyjemność, z jaką by ją wypiła. Najlepiej z mlekiem i dwoma łyżeczkami cukru.

– Innym razem – odpowiedziała cicho.

Kaseta leżała na brzegu biurka. Sięgnęła po nią, a kierownik po jej rękę. Przygwoździł ją.

Poza Sylwkiem w domu wczasowym nie było nikogo. Palacz przychodził na noc. Monika pomyślała, że gdyby kierownik zerżnął ją na tym ciężkim, obszernym, jakby po to obstalowanym biurku, to nie miałaby wiele na swoją obronę.

Poczuła silną woń potu, ledwo nakrytą pospolitym dezodorantem, i niebezpieczne ciepło.

Przyszło jej do głowy, że Sylwek nawet w swojej dobrej, letniej formie nie był tak duży, że jej wcześniejsze byle jakie doświadczenia erotyczne, szkolny kolega i jakiś harcerz na biwaku, nie upoważniały do żadnych porównań, i że obawa przed nieznanym bierze w niej górę nad ciekawością tego dojrzałego, napalonego byka.

– Nie upieram się – rzekła surowo, próbując wyzwolić dłoń spod gorącej, mięsistej pokrywy o ciężarze imadła.

– A ja tak – odpowiedział kierownik.

– Narobię krzyku i będzie wstyd. – Monika spojrzała na drzwi. Zauważyła, że są niedomknięte.

Kierownik się uśmiechnął, zacisnął palce na przegubie dziewczyny. Kiedy miała wrażenie, że nie wytrzyma z bólu, że zaraz pęknie jej kość, nagle zwolnił uścisk.

– Poza mną nie ma nikogo – rzekł od niechcenia.

– Jest jeszcze… – Monika się zawahała.

– Kto?

– Mój… partner.

Kierownik rozwalił się za biurkiem. Rzekł nonszalancko, do siebie:

– Musiałem go nie zauważyć.

Monika roztarła sobie przegub. Powiedziała z głupkowatym uśmiechem:

– Ma pan siłę.

Pchnęła drzwi. Otworzyły się bezszelestnie.

– Kaseta – rzucił za nią kierownik.

Wróciła, nie odwracając się. Sięgnęła po pudełko, jak sięga się po coś dla świętego spokoju.

Kierownik jej przypomniał, że po to właśnie przyszła, a ona zza drzwi odpowiedziała, że tego właśnie żałuje.

Spacer nie trwał długo. Przyniosła z niego połówkę pieczonego kurczaka. Pierwszą zjadła po drodze. Sylwkowi powiedziała, że z połówki jego jest połowa. Odezwał się po jakimś czasie, że nie czuje głodu.

Monika wzruszyła ramionami. Zakręciła się po pokoju i włączyła kasetę.

Był to ostry azjatycki pornos, nawet nieźle zrobiony, jakby się uprzeć, to wyrafinowany.

Niemłody już Chińczyk dawał sobie folgę, wspinając się na szczyt drzewa ewolucji. O świcie rozpoczął od żółwia, by podczas erotycznej wędrówki po formach coraz wyżej zorganizowanych skończyć przed nocą na wysubtelnionej, białej anorektyczce, którą posiadł we wnętrzu jak z Viscontiego.

– Podobało się? – zapytała Monika, gdy film się skończył.

– Tak, bardzo – odpowiedział obojętnie Sylwek.

– Jak chcesz, możemy puścić raz jeszcze – rzekła.

Sylwek zakrył dłonią z dnia na dzień drobniejszą twarz.

– Może jutro.

– Nie ma sprawy – zgodziła się Monika i podeszła do okna. W listopadowej ciemności widać było tylko wierzchołki fal rozpryskujące się o brzeg. Żadnego człowieka, ptaka, światła, żadnego dźwięku i ruchu poza nadaremnym wysiłkiem morza.

Trudno o przykrzejszą samotność. Po półgodzinie zapytała Sylwka, czy jest na głodzie.

– Być może – odpowiedział obojętnie. – Ale go nie czuję.

Zapytała cicho, nie odwracając się od morza:

– Wiesz, co mam na myśli?

Ponieważ Sylwek milczał, odpowiedziała sama sobie.

– Prochy. Opowiedziałeś mi latem, że był czas, kiedy ładowałeś w żyłę, ile wlazło. Wróciłeś do tego?

Sylwek skinął głową.

– Nie odpowiadałeś na moje listy, telefony, nie dawałeś znaku życia, bo wróciłeś do tego.

Sylwek położył się delikatnie twarzą do ściany. Jego ruchy były równie wiotkie jak on sam, ciche i niedokończone.

– Poszedłeś na całość, Sylwek. Jest tak?

Wychudzone ciało młodego mężczyzny milczało, jak gdyby nie oddychał.

– Jest tak? – powtórzyła pytanie Monika.

– Jest – odszepnął Sylwek.

– Więc teraz rozumiesz, co miałam na myśli, pytając o głód?

– Nie czuję go. – Widać było, z jakim wysiłkiem Sylwek uniósł dłoń i wsparł ją o ścianę. – Niczego nie czuję.

– W przeciwieństwie do mnie – warknęła Monika.

I tak też było. Poczuła ten zapach po raz pierwszy w pustym przedziale kolejowym, kiedy zbliżyli się do morza i pociąg czas jakiś jechał równolegle do brzegu, i mimo że dawno wstał już dzień, nie było wiele widać z powodu deszczu i mgły.

Sylwek w pewnym momencie się poruszył, jak na jego somnambuliczny stan gwałtownie, i zaleciało od niego tą nieco słodką wonią, tak różną od kwaśnego męskiego smrodu, który pamiętała ze swoich dziecięcych i młodzieńczych kolejowych wypraw, kiedy w bezruchu mijała wagonowa noc.

Lecz zapach, którym Sylwek dmuchnął, niczym westchnieniem, był czymś dużo gorszym niż smród.

Bogu dzięki nie trwał długo, lecz przerwa między jego pierwszym a następnym powiewem też długa nie była.

Po raz drugi uderzyła ją ta woń, gdy dwa dni temu weszli do przegrzanego, wysuszonego na pieprz pokoju i zmęczony Sylwek z ulgą rzucił się na łóżko. Wtedy wraz z obłokiem kurzu uniósł się obłok słodkawego odoru.

Kurz opadł, a odór nie. Tkwił w pokoju do wieczora, nim wywiał go przez nieszczelne okna wiatr od morza.

Dwukrotnie wciągnęła w nozdrza podejrzany zapach, gdy wróciła ze spacerów do latarni morskiej; kiedy różnica między chłodnym, przesyconym solą i jodem zapachem morza a zaduchem przegrzanego pokoju stawała się wyjątkowo nieznośna.

– Chcesz mi coś zaproponować? – zapytał Sylwek. Ironia sprowokowała to pytanie, zakończył je jednak niekamuflowany strach, gdy młody mężczyzna dostrzegł w oczach dziewczyny niebezpieczny zamiar.

– Jakbyś zgadł – odrzekła Monika. Otworzyła na oścież drzwi łazienki i zapaliła w niej światło. – Prysznic. Lepiej się poczujesz.

Sylwek zapiął kołnierzyk koszuli, który na wychudzonej, zwiotczałej szyi sprawiał wrażenie chomąta na szkapie, i zaciągnął na sobie, z dnia na dzień obszerniejszy, sweter.

– Nie uważam – rzekł cicho, cofając się ku ścianie. Źrenice poszybowały mu w górę, kryjąc się pod powiekami, które z kolei opadły w pół oka, nadając twarzy bezradny, lecz i złowieszczy wyraz twarzy ślepca.

– Lepiej się poczujesz – powtórzyła Monika. – Jak zrobi się jedno, przychodzi ochota na drugie. Może się jakoś rozruszasz.

– Co miałoby być tym drugim?

– Na przykład żarcie. Nie potrafiłabym nic przełknąć, gdybym się nie myła, nie wiem, kurwa, ile.

– Nie spróbuję.

– W porządku – warknęła Monika. – Niech ci będzie. Powiedzmy, że żarcie to twoja rzecz. Ale mycie już nie. Przykro mi to mówić, Sylwek, ale śmierdzisz jak menel. Można rzygnąć.

Sylwek opadł na poduszkę. Po oknie spłynęła fala wody, jakby uderzało weń morze. Piętro niżej ktoś otworzył głośno drzwi.

– Też mi jest przykro – szepnął Sylwek. Nie kłamał. W jego uporze nie było przewagi, raczej pokorna rezygnacja, cicha niemożność.

– Pierdol się! – odpowiedziała mu Monika i wyszła na korytarz. Usiadła przy stoliku w nieoświetlonej wnęce. Po raz pierwszy od przyjazdu nad morze, a właściwie od wakacji, pomyślała o rodzicach bez złości i pogardy.

Nie zatęskniła za domem. Dom był ostatnim miejscem, do którego chciałaby teraz wrócić, ale rodzice nie byli już niczym gorszym niż na przykład Wągrowiec: prowincjonalny, nudny, biedny, lecz oswojony i, pragnęła tego czy nie, wspominany, stanowiący część jej życia, jakie chciałaby przed sobą ukryć, lecz przecież nie ukryje nigdy.

Rodzice nie byli już gorsi niż jej przyjaciółka Ewa, fryzjerska praktyka, dotychczasowe klientki, niektóre młode przecież i ładne, dom wczasowy, zimowy kurort i całe pierdolone życie.

Jej szansą był Sylwek. Złożyła na jego barki wszystkie swoje nadzieje, tęsknoty, kaprysy, a Sylwek ich nie uniósł. To się zdarza. Ludzie padają pod ciężarem cudzych oczekiwań, ale się z nimi mierzą. Sylwek obszedł je bokiem i stanął. Gdyby poszedł dalej, ona poszłaby za nim. Starałaby się przysłużyć, zadowolić, odgadnąć go, tak by w połowie tej drogi, a może dopiero u jej kresu, stanąć z nim ramię w ramię.

W końcu podczas szalonych wakacji ona szalona nie była.

Nie podsunęła mu argumentu, że chce z niego pokorzystać, nie proponując nic w zamian. Odwrotnie, robiła co mogła, by go przekonać, że na miarę swoich możliwości chce się dzielić wszystkim. Dawał więcej, to zgoda, bo mógł i chciał, a nie dlatego, że musiał.

Kiedy proponował drinki, starała się nie wybierać najdroższych. Lubił grolscha, guinnessa, ona też lubiła, ale zamawiała żywca. Nie naciągała go na piekielnie drogie węgorze z rusztu, tak jak Ewa wobec Kapiszona, tylko zadowalała się flądrą lub halibutem. I nie powtarzała, że każdy wieczór spędzać powinni w kasynie, a noce na paleniu gumy w tunelach sterroryzowanych nocnych uliczek sterroryzowanego miasta, choć nie powie, by ją to nie rajcowało, tylko proponowała kino i fajki na pensjonatowym tarasie.

A kiedy chłopaki poczuły apetyt na Bornholm, to nie postawiła sprawy tak jak Ewa, że albo najwyższy deck, albo nie płynie, tylko ucieszyła się z pomysłu, który uznała za fantastyczny, pod warunkiem że nie przekroczy ich możliwości.

Naturalnie odwiedzała snobistyczny pub i tańczyła w dyskotece Imperial, i popijała drinki z rumem, tequilą, campari i co tam jeszcze w świecie wymyślono, figlowała na skuterach wodnych, rajdowała beemką z odkręconym tłumikiem i pozwalała sobie stawiać kolejki zimnego piwa na plaży, ale nikt nie może powiedzieć, że była jakimś cholernym jamochłonem, jakąś pieprzoną pijawką, wampirem żywiącym się cudzą krwią.

Zarzucić jej można wiele, tylko nie brak umiaru jak, nie przymierzając, tej kurewce Ewie.

Więc teraz, dziesięć tygodni później, na początku bezsensownej zadeszczonej zimy, poczuła się oszukana, wykiwana, zrobiona na szaro, wystawiona do przejmującego chłodem, nadmorskiego wiatru.

Oszustwo, to było słowo przychodzące jej do głowy, gdy myślała o swojej sytuacji. Nie nuda, beznadzieja, nonsens, koszmar, lecz oszustwo.

A taka konstatacja musi złościć. Nie ma co ukrywać, dziewczyna zła była nie na żarty i głodna odwetu.

Bogu dzięki. Bo gdyby złość nie zaciemniła jej pola widzenia, to ujrzałaby to, co miała ujrzeć, usłyszałaby to, co miała usłyszeć, i poczuła to, co z tego wynikało, bez znieczulenia. A tak stała się na swój sposób ślepa i głucha, i na swój sposób wobec siebie niemiłosierna, bo złość, jakakolwiek by była, nie czyni z nas ofiar.

Do pokoju wróciła dopiero w nocy. Wyszczotkowała włosy, umyła zęby, nie zapalając światła, rozebrała się i natychmiast zasnęła.

Obudziła się przed świtem. Wciągnęła w nozdrza suche powietrze. Nie poczuła niczego poza zapachem rozgrzanego kaloryfera.

Jak Sylwek się nie ruszał, to nie śmierdział.

Nie słyszała też jego oddechu.

Odniosła wrażenie, że w przejmującej ciszy nieporuszonej szumem morza, po raz pierwszy, budząc się, nie słyszy oddechu swego, niechże tak będzie, partnera.

Nie podniosła się jednak i nie sprawdziła, co się z nim dzieje. Postanowiła natomiast wstać, jak się tylko rozjaśni, pójść plażą do miasta, odnaleźć pocztę i zadzwonić do rodziców.

Powie im, że ma się dobrze i żeby jej nie szukali, że odezwie się znowu za kilka dni.

Wychodząc przed ósmą, zderzyła się w drzwiach z kierownikiem. Spłoszyła się, jakby zamierzała wywinąć jakiś numer i ją na tym przyłapano. Poczuła się właśnie przyłapana.

Kierownik pachniał wiatrem i miał zaróżowione policzki.

Zapytał ją, dokąd tak wcześnie, a ona odpowiedziała, że właściwie nigdzie, a potem, cofając się kilka kroków w głąb korytarza, zapytała, czy mogłaby skorzystać z telefonu w jego kancelarii.

Kierownik odrzekł, że bez problemu, że rozmowę doliczy do rachunku. Otworzył biuro i zaprosił Monikę do środka.

Monika poinformowała go, że nie chce w tej chwili nigdzie telefonować, że chce mieć tylko taką możliwość, gdyby wymagała tego sytuacja.

Odwróciła się i weszła na schody, rezygnując ze spaceru do miasta.

Gdy była na półpiętrze, kierownik krzyknął z dołu:

– Ma fujarę, co?

Zatrzymała się w pół kroku. Nie miała ochoty wracać do pokoju. Przepłoszona, z wysokości półpiętra uniosła się honorem, zadarła nosa, upewniła się.

– Kto? – zapytała, nie odwracając się do mężczyzny.

– Chińczyk – odrzekł kierownik z dołu.

– Nie da się ukryć – mruknęła dziewczyna. Nie zeszła niżej, nie wspięła się wyżej. Pozostała na półpiętrze, jak w rozkroku.

– Przebadano Chińczyków pod tym kątem. – Kierownik też się nie ruszył. – Fujary mają krótkie i cienkie, średnio osiem centymetrów. Posuwając się w górę, a więc ku Pekinowi i Mandżurii, członki wydłużają im

106

się o centymetr na równoleżnik, ale nie więcej. Więc pod granicą mongolską dochodzą, powiedzmy, do dziesięciu. A ten ma ze dwadzieścia pięć. Długo go musieli szukać.

– Nie oglądałam filmu dokładnie – powiedziała Monika, czując, jak wzbiera w niej irytacja. – Znudził mnie.

– Ale wie pani, o czym mówię?

– Raczej się domyślam. Swoją drogą, jak panu nie wstyd proponować takie świństwa.

– Wszystko jest dla ludzi, pani Moniko.

– Dla matki też?

– Czyjej matki? – zapytał kierownik, wchodząc na pierwszy stopień.

– Swojej! – krzyknęła Monika, jak gdyby chciała go też ostrzec przed próbą nierównoprawnej zażyłości, jaką ten flegmatyczny, niezdrowo napalony byk zdawał się proponować.

– Moja matka – kierownik wspiął się na następny stopień – nie oglądała tego filmu.

– A to czemu? – zapytała wyzywająco Monika. – Taka superkaseta. Niechby się pozachwycała.

– Moja matka nie żyje. – Kierownik stał się poważny i surowy. Jego bijąca zdrowiem i wigorem twarz przyoblekła się w wyraz napuszonego dostojeństwa, kiedy wspomina się rzeczy ostateczne, które przez sam fakt swojej nieodwracalności naznaczają siebie znaczeniem.

– To się jej poszczęściło. – Monika nie bez obaw przyglądała się postępującemu dostojnie, stopień po stopniu, kierownikowi. Jak mnie dotknie, pomyślała, to mu przypierdolę, a potem będzie co będzie. Rzekła cicho: – W pokoju jest mój partner.

– Nie uważam, żeby tam był, pani Moniko. Ale nie w tym sprawa.

Kierownik stał teraz dwa stopnie niżej. Miał ciężki, czosnkowy oddech.

– A w czym? – zapytała Monika, byle o coś zapytać. Czuła napięcie, na które nie miała sposobu.

– Nie powinna pani kpić ze śmierci. Moja matka odeszła dwa miesiące temu. Mój ból jeszcze nie wygasł.

– Przepraszam pana – rzekła Monika jeszcze ciszej. Pomyślała, że jeżeli ten urodziwy i odrażający jednocześnie mężczyzna, który w istocie ma gdzieś pamięć swojej matki, zmusi ją jeszcze raz do przeprosin, to już po niej. Powinna skorzystać z własnej skruchy i czmychnąć do pokoju, zamykając go na klucz, lecz jakaś podejrzana ciekawość przykuła ją do miejsca.

– Ze mną może się pani udać. – Kierownik wszedł na przedostatni stopień i teraz ich twarze były na tej samej wysokości, a odległość między nimi nie przekraczała metra. – Ale jak się pani uda z moją matką?

– A co ma mi się z nią udać? Przecież nie żyje.

– Otóż to – zgodził się kierownik. – Jak chce ją pani przeprosić?

– Co pan proponuje?

Kierownik rozprostował palce lewej dłoni, prawą wsparty o poręcz schodów, po czym wskazujący i serdeczny wsunął powoli w rozporek.

– Nie. – Głos dziewczyny zszedł do szeptu i w szepcie stwardniał.

Nie spuszczając wzroku z twarzy dziewczyny, kierownik rozpiął rozporek i wyzwolił przerośniętego kutasa w pełnej gotowości. W gąszczu rudych kłaków straszny był to zwierz.

– Nigdy! – krzyknęła dziewczyna, odwróciła się i pokonując bezwład, jaki pęta nas czasami we śnie, pobiegła do pokoju. Gdy zamykała za sobą drzwi, usłyszała dobiegający ją zewsząd głos mężczyzny:

– Zawsze i wszędzie, pani Moniko. Po wszystkie czasy.

———

Przyszły pogodne, jak na listopad, dni. Zrobiło się wietrznie, chłodno, sucho, rześko. Słońce już nie grzało, ale rozjaśniło świat.

Monika korzystała z pogody, mając nadzieję, że światło rozproszy mroki jej duszy. Tak się jednak nie działo. Kilkugodzinne spacery nie przynosiły ulgi. Liczyła na zmęczenie, po którym mniej się myśli i dobrze śpi. Ale jej młode ciało było niepokonane.

O zmroku wracała do pokoju głodna, spragniona, gotowa po godzinie do następnego wysiłku. Krótkie dni nie dawały jej takiej szansy. Wieczory mijały na oczekiwaniu nocy, noce na oczekiwaniu dnia, który wydobywał się z mroków długo i ciężko.

Sylwek zamilkł już zupełnie. Widać było, że zebranie myśli, by odpowiedzieć dziewczynie na jakiekolwiek pytanie, sprawia mu coraz większą trudność. Toteż przestała mu je zadawać. Nawet wtedy, gdy ujrzała na jego coraz bledszych dłoniach sinożółte plamy, które dwa dni później wykwitły mu również na szyi i policzkach. Przestała się też dziwić jego odporności na głód i pragnienie, gdy zauważyła, że i ona zaczyna się w tym zaprawiać.

Natomiast nadzieja, że kiedy przestanie się myć, smród Sylwka stanie się mniej dla niej dokuczliwy, spełzła na niczym. Sylwek cuchnął już nawet wtedy, gdy się nie poruszał, i mimo otwartego na okrągło lufcika pokój napełniał się coraz nieodwracalniej słodko-zgniłą wonią.

Monika też się zapuściła. Rano, kiedy podnosiła się z łóżka, uderzał ją zapach własnego potu i niepranej bielizny, z dnia na dzień ostrzejszy, choć trudno go było porównać z zapachem Sylwka.

Na skali przykrości zapach dziewczyny zbliżał się do górnych granic, cokolwiek by mówić, życia. A Sylwek cuchnął już śmiercią.

Co do niej właśnie, to pewnej cichej nocy, gdy umilkło morze i nie było nic słychać poza ciężarówkami przewalającymi się po odległej, nadmorskiej szosie, Monika ocknęła się z zastanawiającego snu i otwierając oczy, zobaczyła nad sobą opuchniętą twarz Sylwka.

Zapytała go, co tu robi, a Sylwek odpowiedział, że patrzy. Lufcik był zatrzaśnięty, w pokoju sucho i gorąco, plecy dziewczyny zrosił pot, czuła go też między piersiami i na skroniach.

Tydzień temu, gdy bezskutecznie namawiała młodego mężczyznę do wypicia chociażby szklanki herbaty, rozdrażniona jego odmową zapytała, czy nim odwiedziła go w warszawskim mieszkaniu, też nic nie pił i nie jadł.

– Przestałem na kilka dni przed twoim przyjazdem – odpowiedział Sylwek – może na tydzień. Po prostu poczułem, że tego nie potrzebuję.

– Co stało się wcześniej, pamiętasz? – Monika aż cofnęła się wtedy z wrażenia, a było to przedpołudnie, kiedy zamierzała pójść dalej niż do latarni, kiedy zamierzała pójść aż za horyzont i, jeżeli los pozwoli, nie wrócić.

Sylwek jej wtedy nie odpowiedział.

Ruszyła plażą, po godzinie minęła latarnię, po dwóch kolejne opustoszałe wczasowisko, potem port jachtowy. Za portem szarzał już tylko horyzont, ale rozpływał się w mroku i straciła szansę na jego przejście. Noc była już głęboka, gdy wróciła, i gdyby nie pełnia, czułaby się osamotniona bardziej niż zwykle. Kiedy zmarznięte dłonie rozgrzała nad kaloryferem, zdjęła buty, wysypała z nich piasek i rozmasowała palce u nóg, powtórzyła Sylwkowi pytanie z południa, a Sylwek słowa nie zmienił w swojej odpowiedzi.

Tego wieczoru na tym nie poprzestała. Zapytała go o odwiedziny.

– Jakie? – Sylwek poruszył się wtedy inaczej niż zwykle, a jego twarz ożywił jakiś ślad życia.

– Czy ktoś cię odwiedził? Jakiś... kumpel? Miałeś ich wielu.

Sylwek usiadł na barłogu, w jaki zamienił swoje łóżko, chowając twarz w dłoniach.

– Na przykład Robin albo Gruby?

Sylwek się nie poruszył.

– A Kapiszon? Był u ciebie Kapiszon?

– Może – wyszeptał Sylwek.

– Co, może? – nacisnęła go Monika.

– Może był.

111

– Po co?

Sylwek wzruszył ramionami.

– Po co przyszedł do ciebie Kapiszon?

– Pogadać.

– O czym?

Sylwek zgiął się wtedy na łóżku wpół, głowa zniknęła mu między kościstymi kolanami, a po chwili z ust
wyciekło na dywanik trochę śliny. Odpowiedział, że nie
pamięta, i umilkł na dobre.

Monika nic więcej z niego wtedy nie wyciągnęła,
lecz w jej umyśle lęgnąć się zaczęło straszne podejrzenie. Nie próbowała go stłumić, bo jej nie przerażało,
jakkolwiek samo w sobie było przerażające. Nie poj-
mowała hartu, z jakim je znosiła, ani spokoju, który
temu towarzyszył.

Jedynym wytłumaczeniem jej odwagi byłaby obojętność, ale na taki wniosek wobec samej siebie nie była
jeszcze gotowa.

Lecz teraz, głuchą nocą, przypatrując się opuchnię-
tej, świecącej bladością twarzy młodego mężczyzny ze
szklanymi oczami spoglądającymi niemo z głębi czaszki,
poczuła, że jest jej tego człowieka bardziej żal niż siebie, bo wobec siebie staje się chłodna, wyzbyta złudzeń,
spodziewań, tęsknot, że mimo oczywistego uczucia fizycznego obrzydzenia mogłaby tego nieszczęśliwego
człowieka pocieszyć, dotknąć, nawet przytulić, gdyby
tylko on tego, w najmniejszym przynajmniej stopniu,
oczekiwał.

Posunęła się w stronę okna, robiąc mu miejsce koło
siebie, lecz Sylwek pozostał tam, gdzie był, przycupnięty

na skraju łóżka, przy jej podkurczonych stopach. Powiedziała szeptem:

– Miałam sen.

Sylwek skinął głową. Po raz pierwszy odniosła wrażenie, że zechce posłuchać. Zamknęła oczy i pod powiekami zobaczyła rozjaśniony słońcem i ciepłem obraz, o którym chciała mu opowiedzieć:

– Wiesz, o czym rozmawiałeś z Kapiszonem, kiedy cię odwiedził? – zapytała miękko, by nie spłoszyć niepewnej, chybotliwej gotowości siedzącego u jej stóp człowieka.

Zaprzeczył ruchem głowy.

– O niczym. Kapiszon nie przyszedł z tobą pogadać. Dostałeś od chłopaków towar. Miałeś go rozprowadzić i oddać im pieniądze. Kapiszon się po nie zgłosił.

Sylwek uśmiechnął się i skinął głową.

– Ale ich nie dostał – dodała Monika.

Uniosła powieki. Sylwek uśmiechnął się, ale z daleka. On sam był blisko, uśmiech nie.

– Coś się stało, jak zwykle, z silnikiem mojego skutera, włączał się i wyłączał. Szłam z nim pod wodę i się wynurzałam – dłoń Moniki powędrowała w powietrzu za relacją – jak zwykle podszedłeś do mnie zniecierpliwiony tą moją nieumiejętnością. Morze sięgało ci szyi, a jak szła fala, to pod nią ginąłeś. Pokazałeś mi raz jeszcze, jak mam trzymać dłoń na manetce gazu, by mimowolnie nie zwalniać, i wróciłeś na brzeg. Wtedy w słońcu, w kroplach wody, w radosnym ludzkim gwarze zobaczyłam, że pod lewą łopatką masz dwie krwawe jamki. Na jawie bym ich nie dostrzegła, ale we śnie… Masz je, prawda?

Sylwek nie przestał się uśmiechać, a uśmiech nie przestał się oddalać.

– Masz pod łopatką – rzekła czule Monika – dwie małe, krwawe jamki. Kapiszon nie dostał ani towaru, ani pieniędzy, więc cię zastrzelił. Jak było umówione. Kiedy weszłam do twego mieszkania, już nie żyłeś.

Spojrzała na zegarek. Dochodziła czwarta.

Księżyc był w pełni. Morze znów się rozkołysało.

– Będę musiała zawiadomić policję. Nie mogę inaczej.

Sylwek zgodził się z tym. Bez śladu oporu, nawet z ulgą. Rzekł, uśmiechając się:

– Nie szło ci na tych skuterach. Bez ustanku leciałaś w wodę. Nie potrafiłaś nad nimi zapanować. Przerastały cię. Chłopaki mówiły, że prędzej czy później któryś z nich zatopisz. Robin jeździł lepiej, Gruby i Kapiszon gorzej, ale tak źle jak ty nie jeździł nikt. Mieli rację. Zatopiłabyś każdy z tych skuterów, gdyby cię w porę nie ratować. Nalatałem się za tobą, mała. Sama przyznasz.

Spojrzał w niezasłonięte, rozjaśnione pełnią okno, a Monika w jego twarz. Wspomnienie letnich zabaw zastygło w uśmiechu, który, skonfrontowany z nieobecnością tej twarzy, wcale jej nie ożywił. Odwrotnie, uczynił jeszcze bardziej martwą. Maską co najwyżej.

Wszystko, co dało się przywoływać z tego upalnego lata, to porwane na kawałki wspomnienia nie do ułożenia w jakąkolwiek całość.

Przed dziewiątą dziewczyna zeszła do kancelarii i nie witając się z kierownikiem, nie pytając go o zgodę, podniosła słuchawkę telefonu i wykręciła numer 997.

114

II

Następne dwa sezony stawały pogodne, lecz chłodne. Dni jasne, wręcz białe, przewiewane na wylot północnym wiatrem. Morze, jak rzadko, błękitne i, jak często, nieprzyjazne.

Miasto przygotowało się jak mogło. Było czysto, kolorowo, drogo i głośno.

Ktoś, kto po raz pierwszy tu zawita, musi odczuć tę nieuprzejmość, niczym niepokonaną arogancję, chropawą zapobiegliwość, wynikające nie tyle z braku, co nadmiaru. Z nieujarzmionej skłonności do tandety, złego smaku, nuworyszowskiego sznytu, branych za najlepszą monetę.

Nic i nikt nie jest tutaj sobą.

Miejscowi mawiają: Patrzcie, jak staramy się o was, ile udało nam się zrobić, co musieliśmy pokonać.

Przyjezdni odpowiadają: Zaświadczamy to przecież własną obecnością.

I jej nie brakuje. Obecność jest powszechna.

Ludzi już opalonych, zdrowych, ładnych, na ogół młodych, skomunikowanych ze sobą na życie i śmierć przez nieodłączne, burzliwie rozplenione telefony. Ludzi źle wychowanych, pokrzepiających się co chwila karczemnym śmiechem.

Miasto i jego ludzka substancja są kompatybilne do szpiku kości. Do szpiku kości.

Wszystko, co się w tym nie zawiera, odstaje. Co odstaje, nie jest, ma się rozumieć, wchłonięte. Co niewchłonięte, nie swoje.

Taka właśnie jest dziewczyna, którą rzeźbiarz zauważył na świeżo postawionym molo.

Niewchłonięta.

Poza tym bez pudła. Długa, szczupła, wytrawiona w najdrobniejszym szczególe. Podobna do modelek zaludniających całymi tabunami niezliczone poradniki i żurnale i w tym znaczeniu taka sama jak wszystkie inne dziewczyny z poradników, żurnali, magazynów.

Tak na pierwszy rzut oka wyglądała, lecz taka nie była.

Gdyby zbliżyć się do niej, co możliwe, choć niełatwe, nie uszłyby uwagi jej wypalone oczy, spopielone jeszcze mrocznymi podkówkami cieni, i usta okolone bolesnym grymasem.

Co naznaczyło tę, poza wszystkim, doskonałą twarz, smutkiem i nieufnością, trudno zgadnąć, ale ten neurotyczny syndrom był na tyle interesujący, że rzeźbiarz, który od pewnego czasu ją obserwował, zbliżył się i zaproponował marynarkę, widząc, jak odkryte ramiona młodej kobiety zsiniały od lodowatego wiatru.

Propozycja niezręczna, lecz mężczyzna budził zaufanie. Wysoki, atletyczny, z kwadratową, twardą twarzą złagodzoną chłopięcym spojrzeniem.

Jeżeli dziewczyna, przy całej swojej melancholii, była jak z żurnalu, to on, jak kochanek z powieści Jean Collins.

Sprawiał wrażenie onieśmielonego własną odwagą, z której miałby ochotę w ostatniej chwili czmychnąć.

Tak się jednak nie stało. Nie za sprawą żadnego z nich, tylko, jak w życiu bywa, przeznaczenia.

Spędzą ze sobą popołudnie, wieczór, noc. Lecz nim

tak się stanie, w zwierzęcym drgnieniu ciała, poprzedzającym czasami ucieczkę na oślep, zawarła się niechęć dziewczyny do jakiegokolwiek zobowiązania.

Neurotyczny kaprys, chęć powrotu do punktu wyjścia, masochistyczna potrzeba potwierdzenia najgorszych spodziewań sprowadziły ją do miejsca, w którym chce być sama.

Zdarza się tak wtedy, gdy jedynym punktem odniesienia bywa różnica pomiędzy światami, z których żaden nie jest nasz.

Nic nie potrafimy wybrać. Tyle nas pociąga, ile odstręcza.

Tak właśnie było z dziewczyną. Więc kiedy rzekła głośno, pewnie i zachęcająco: Któreś z nas zmarznie, uczyniła to wbrew miejscu, otoczeniu, porze dnia, zamiarze i sobie samej.

– Któreś z nas zmarznie – powtórzyła.

– Wybór padł na mnie – odpowiedział rzeźbiarz.

Nakrył ją swoją marynarką i ruszyli przed siebie milczący, lecz nieskrępowani.

Jeżeli się szło z miasta na wschód, to rozpraszało się ono bezładnie, przepoczwarzając się w sąsiednie miejscowości, które też nie potrafiły się skończyć. Jeżeli poszło się na zachód, to miasto kończyło się jak nożem uciął, a przed wędrowcami stawało kilkanaście kilometrów pustych plaż, niezaśmieconych wydm i młodych, sosnowych lasów. Ciągnęło od nich, szczególnie w słoneczne dni, tak mocnym zapachem igliwia i żywic, że wilgotna, rybia woń morza ustępowała zapachowi drzew. Na utwardzonej falami plaży czuło się las, nie wodę.

Rzeźbiarz zwrócił uwagę dziewczyny na tę okoliczność, gdy wyprowadził ją ze zgiełku miasta.

Wiele więcej sobie jednak podczas dwugodzinnego spaceru nie powiedzieli, jak gdyby przyjemność wzajemnego poznania zdecydowali pozostawić na później.

Obiad zjedli w przepełnionej, nienadążającej za niczym pizzerii, a słodycze – kilkanaście metrów dalej. Upolowali narożny stolik z marmurowym blatem, odgrodzili się od reszty plecami i, chociażby z tego powodu, zdani na siebie.

Dziewczyna zapytała mężczyznę, kim jest i czym się zajmuje, a on jej odpowiedział, że z zawodu jest szczęściarzem. Udaje mu się utrzymywać z własnych przeczuć i nastrojów, obok zabieganej rzeczywistości, w stałym kontakcie z tworzywem ciężkim i surowym, co pozwala zachować tyle twardości i krzepy, by czuć się mniej artystą niż mężczyzną.

Istotnie był jak kamień. Nie tyle zwalisty, co ciężki, nie tyle ciężki, co twardy.

Miał zniszczone, porysowane żyłami, silne dłonie.

Dziewczyna wyobraziła sobie w nich dłuto i młot. Przeszył ją dreszcz podniecenia.

– Bardziej mężczyzną niż artystą? – zapytała po namyśle. – A gdyby było odwrotnie?

– Czułbym się gorzej – odrzekł mężczyzna.

Dodał, że pracuje w granicie. Nie ma nic oporniejszego, ale jak się już nad nim zapanuje, to z mało czym porównać można satysfakcję.

Miesiąc temu otworzył swoją pierwszą dużą wystawę. Opowiadał o pracy z młodzieńczą, pociągającą pasją, bez wynoszenia siebie, talentu, możliwości, inspiracji, efektu. Wysiłek, praca, zwierzęcy mozół pod koniec dnia zwalający z nóg. W tym się spełniał.

Dziewczyna nie pozostała mu dłużna.

Opowiedziała o sobie więcej, niż chciała.

– To ciekawe – rzekł mężczyzna.

– Co? – zapytała.

Roześmiał się. Po raz pierwszy tak swobodnie. Jakby uznał, że żadna konspiracja nie jest mu już potrzebna, że może być tym, kim jest, że nie musi siebie kamuflować, bo być może znalazł bratnią duszę.

Dziewczyna skonstatowała, że rozbawienie przydaje jego szerokiej, ogorzałej, otwartej twarzy coś szelmowskiego, łobuzerskiego, co się jej bardzo podoba, ale póki co, wolałaby oglądać go bardziej ukrytym. Takim, jakiego spotkała na molo, trzy godziny temu, gdy zakłopotany, więc mniej męski, zaproponował jej swoją marynarkę.

– Zawsze się zastanawiałem – rzekł na całą cukiernię – co kryje się pod tymi tajemniczymi nazwami, które czasami dyskretnie przemykają przez ostatnie strony gazet, a czasami panoszą się bezwstydnie na ich szpaltach. Jak dziwki – dodał, gdy wyszli z cukierni i wmieszali się w niezmordowaną ludzką obecność, sami się nią stając.

– Jak co? – zapytała dziewczyna.

– Nieważne – odparł mężczyzna.

Wymknęli się z tłumu. Udało im się to za najbliższym rogiem. Uliczka była pusta, cicha i szpetna.

– Mogę powiedzieć, co kryje się za moją nazwą – rzekła dziewczyna, stwierdzając w duchu, że przeciąg w uliczce jest równie dokuczliwy jak wiatr na molo, że lepszy był zgiełk niż zimno.

– Więc?

– Sprzedawca. *Sales Manager* to sprzedawca.

– Co pani sprzedaje?

– Wszystko.

– Wszystko?

– Wszystko, co jest do sprzedania.

Mężczyzna powiedział, że dziewczyna przemknęła mu kiedyś na jednej ze stołecznych ulic, że zwróciła jego uwagę, poszedł za nią, ale rozpłynęła się w miejskim zgiełku, grudniowych szarościach, w tumulcie na przystanku, w otchłannej drogerii, za jakimś tramwajem, w przepełnionym snack-barze, że zwykle opanowany i bystry, stracił ją z oczu jak sztubak.

Nigdy, nigdzie nie przemykałam, odpowiedziała mu na to dziewczyna. Przemykanie to nie jej styl. Nie bywa na ulicach, bo nie ma na to czasu. Miasto, jeżeli to konieczne, pokonuje samochodem. Miejscem jej pracy nie są ulice, a rozrywek szuka jak najdalej od nich, jeżeli zdarza się jej znaleźć na nie czas. Miejsce jej pracy to ażurowe, pootwierane na przestrzał biuro z metalu, szkła i zielonego karpetu. Oddycha zjonizowanym, wilgotnym powietrzem, napędzanym przez klimatyzatory, czerpiące je z nieba na wysokości dwudziestego piętra. Komputer, telefony, faks to jej najpotrzebniejsze utensylia, niezależnie od tego, czy pracuje w chmurach, zawieszona nad miastem, czy w jego jądrze, na zapchanych ulicach, unieruchomionych skrzyżowaniach, w wygodnym służbowym aucie, ze słuchawką w uchu, ze spojrzeniem wlepionym w ekran laptopa, z palcami nawet we śnie przebiegającymi klawiaturę, gotowa, gdziekolwiek by była, do natychmiastowej odpowiedzi i niezmordowana w pytaniach, które wstrzeliwuje w elektroniczną przestrzeń, jak zawsze zdumiona, że one tam jeszcze znajdują sobie jakieś miejsce.

– Pracuję dużo i ciężko – powtórzyła, gdy umknęli przed zimnem do knajpki w basemencie i zajęli stolik pod prostokątnym oknem – ale obok.

– Obok czego? – zapytał mężczyzna.

– Obok roboty. Świat na niej się nie kończy. Tak naprawdę nic mnie ona nie obchodzi.

– Te kosmetyki?

– Nie powiedziałam, że sprzedaję kosmetyki.

– Sprzedaje pani wszystko, więc również kosmetyki...

– I je chrzanię. Nie pochłania mnie to.

– A co panią pochłania?

– Inne rzeczy – odpowiedziała dziewczyna.

Przysunęła się do mężczyzny nad stolikiem. Czuła ciepło jego twarzy i anyżkowy oddech. Nie powstrzymywała się, kiedy jej drobne ręce zniknęły w szorstkich, miała wrażenie, od kamiennego pyłu, ciemnych dłoniach, tak niepowstrzymanie silnych, że kiedy poczuła ból w kostkach, który przez nadgarstki rozpłynął się po całym ciele, to domyśliła się tego błogiego podniecenia poprzedzającego rozkosz.

Odwzajemniając pocałunek, doświadczyła niezakosztowanego do tej pory poczucia bezpieczeństwa, przekonania, że skryta w dłoniach rzeźbiarza uodpornia się na najbardziej złowieszcze moce, czyhające na nas z zewnątrz i, co groźniejsze, rodzące się w nas samych.

Szurnęła krzesłem, przysuwając całą siebie ku mężczyźnie, po czym równie obcesowo rozchyliła uda, by zacisnąć je pod stołem na jego twardej jak granit nodze.

W ten sposób zamknęła obwód.

Ból idący od nadgarstków wracał do nich tym samym gorącym strumieniem, a świat odpłynął.

– Mówisz o seksie? – zapytał mężczyzna, nie przerywając pocałunków przez stół, już pewny swego, co dziewczyny nie onieśmieliło, nie zirytowało, nie usztywniło ani nie skłoniło do przekory, gdyż powierzając mu swe dłonie, dała jednocześnie do zrozumienia, że cała reszta to sprawa jego wyboru.

– Inne rzeczy – powtórzyła szeptem, nie cofając języka z jego ust.

– Jesteś tajemnicza.

– Właśnie. Pochłaniają mnie tajemnice.

– Jakie tajemnice?

Dziewczyna poczuła jednym z tych wrażliwych, nienazwanych zmysłów, że rzeźbiarz drgnął, znieruchomiał, a potem się odchylił, nie na tyle jednak, by się jej wymknąć.

Ich twarze trwały nadal przy sobie, jej kolano nie cofnęło się ani o milimetr od jego krocza, uścisk jej ud nie zelżał. Usta przedzielała jednak przestrzeń, nietrudna do pokonania, lecz przestrzeń.

– Na przykład, czemu cię spotkałam – szepnęła, zdając sobie sprawę, że powinna powiedzieć to głośniej, skoro pocałunki nie łączą już ich ust.

– Tak widać było nam pisane – odpowiedział jej mężczyzna.

– Dlaczego było nam pisane?

– Nie wiem. Tak się mówi.

– Skoro tak się mówi, musi być jakiś powód.

Mężczyzna wzruszył w odpowiedzi ramionami. Dziewczyna cofnęła kolano, zwolniła uścisk ud, pozwoliła się mężczyźnie wymknąć i on w jakiejś mierze z tego skorzystał. Osamotniony kelner w szykownym śnieżnobiałym kitlu, chłopiec wiotki jak trzcina, nie przestawał im się przypatrywać z bezwstydną, niewinną ciekawością.

Mężczyzna zapytał:

– Chcesz jeszcze wina?

Odpowiedziała:

– Jak się tak zastanowić, to wszystko jest tajemnicą. Na przykład śmierć. Myślałeś o niej?

– Nie za często. Mam jeszcze na nią czas. Nie lubię śmierci.

– Ale ona jest. Wszędzie. Osacza nas. Jest w nas samych. Sami jesteśmy śmiercią.

– Co do mnie, w mniejszym stopniu, niż sądzisz. – Rozwarł palce i ręce dziewczyny opadły na szorstki, lniany obrus. – Jeżeli to nawet złudzenie, to pozwól, że przy nim pozostanę. Gdybyś zechciała napić się jeszcze wina, to zamówiłbym butelkę reńskiego dla odmiany. – Wskazał bar.

Kelner nawet nie drgnął, jakby się domyślił, że dziewczyna pominie propozycję milczeniem. Mógł słyszeć jej słowa, gdyż nie były już wypowiedziane szeptem. Mógł być ich ciekaw, zgadzać się z nimi, na nie czekać.

– Sztuka jest śmiercią. A ty się nią zajmujesz.

Nie zostało to powiedziane mężczyźnie ani młodziut-
kiemu kelnerowi, ani sobie. Nie w przestrzeń, bo w trzy-
stolikowym basemencie jej brakowało. Powiedziane to
było światu za oknem, bezosobowo i trochę nieprzytomnie. Bez wiedzy dziewczyny, może nawet poza nią.

– Moja nie jest – odrzekł mężczyzna ostro – moja
sztuka to afirmacja życia. Jeżeli zobaczysz to, co robię,
przyznasz mi rację. Znam tych wszystkich nawiedzo-
nych durniów, przekonujących, że sztuka to choroba,
upadek, dekadencja, rozstrój… Nie ze mną takie gadki.
Sztuka jest wiarą, impetem, zdrowiem. Sztuka to roz-
mach i pewność.

Ostatnie zdanie rzeźbiarz podkreślił uderzeniem
otwartej dłoni, tak mocnym, że stolik zajęczał niczym
zwierzę.

Nie było wątpliwości, napędzała go siła, której nie
powściągał. Był w niej sobą. Był w niej sobą.

– Bez urazy – powiedział, kiedy wyszli na ulicę – ale
uważam, że przy całym swoim uroku jesteś trochę na-
dąsana. Jak ktoś, kto naczyta się głupstw i nie potrafi się
do tego przyznać.

Spochmurniało. Wiatr ustał i o tyle zrobiło się cieplej.

Dziewczyna zdecydowała się nie odzywać. Łatwo jej
to przyszło. Poza niekończącymi się rozmowami z samą
sobą rozmowa z innymi okupiona była, od pewnego czasu, przykrością.

O czym by nie była i z kim.

Dziewczyna wytrwała w postanowieniu do szarej godziny tuż przed świtem.

Po północy, w pokoiku małym jak szuflada, na wypełniającym go łóżku, w tanim sterylnie czystym hoteliku,
ogołoconym ze wszystkiego ponad konieczność, straciła
poczucie miejsca, czasu, okoliczności, wchłonięta przez
błogą nieobecność, niefizyczność, pozacielesność. Zamiast
spodziewanej rozkoszy doznała niebiańskiego spokoju.
Stała się w krzepkich rękach rzeźbiarza przedmiotem,
rzeczą, naczyniem, wolna od jakiegokolwiek wobec siebie
wymagania, rozgrzeszona ze wszystkiego raz na zawsze. Tu
już nic samo z siebie nie mogło się zmienić, bo co się miało
dokonać, to się dokonało, a co miało sczeznąć, sczezło.

Więc niespłoszona wstydem, opowiedziała mężczyźnie o czymś, co z perspektywy błogiej, jak sądziła, nie-
zmienności wydało się jej ciemną smugą najwyżej, którą, jeżeli miałaby zgubić, to teraz i raz na zawsze.

Nie znajdzie lepszego miejsca ani czasu. Wobec prze-
szłości, przyszłości i siebie między nimi.

Czemu nie miałaby przenieść tej smugi, tego cienia
na kogoś, kogo to nie dotyczy, więc nie obchodzi, więc
nie zrani.

Nie zastanowiła się nad tą niekonsekwencją, tak bardzo uwierzyła w trwałość swojej nowej sytuacji.

Może i słusznie, gdyż nieuwaga, z jaką rzeźbiarz przyjął wiadomość, utwierdziła ją w przekonaniu, że pozbywa się czegoś, co jej osobiście nie doskwierało, z czym
nauczyła się żyć, ale co ją naznaczało jak blizna.

Zdecydowana była oprzeć się na mężczyźnie, podpo-
rządkować jego woli, przyjąć jego przekonania, stać się
jego prostą normą. Więc zacząć nowe, inne życie, tak
czyste, jak czysty był człowiek obok.

Pomyślała, i słusznie, że nowe życie większość ludzi zaczyna w okolicznościach dużo pospolitszych. W ilu ludzkich przypadkach wysoki, zwalisty rzeźbiarz spotyka na nadmorskim molo dziewczynę jak ze snu i porozumiewa się z nią, w zasadzie, bez słów.

Za uchylonym oknem słychać było nocne wrzaski urlopowiczów. Ukołysały ją do snu. Dotknął ją obraz, który ujrzała pod powiekami. Na kilka chwil wyprzedził sen.

———

Wiatr letni i lodowaty przewiewał molo.

Nie brakowało zimnego słońca. Stała przy barierce, bokiem do morza, jeszcze nieopalona, nawet niezaróżowiona, trochę za pełna i mleczna, pachnąca pierwszą młodością, ubrana wystawnie.

Widać było jak na dłoni, że bez pomysłu na to pogodne, zimne, nadmorskie popołudnie. Zobaczyła go kątem oka; samotnego, więc wyróżnionego, gdyż molo zaludniały pary, grupy, kompanie, watahy. Szedł wolnym, długim, nieco żurawim krokiem bez celu. Ogorzały od wiatru i słońca, zwalisty, choć chłopięcy.

Spod obszernej, lnianej marynarki, zarzuconej na ramiona, wystawały spalone na brąz ręce porysowane aż do bicepsów żyłami, jak to się zdarza mężczyznom zbyt często korzystającym z siłowni.

Boże miłosierny, z jaką ufnością skryłaby się pod połami tej marynarki. Z jaką ufnością i rozkoszą.

Mało czego zdarzyło się jej w życiu pragnąć tak bardzo, jak tego, by mężczyzna zabrał ją ze sobą.

Z natury dziewczęco nieśmiała, zdobyła się na odwagę, wręcz desperację, i zapytała go o godzinę.

– Czwarta – odpowiedział, nawet na nią nie spoglądając, może tylko przez moment na kwarcowy zegarek z tandetną bransoletką na ręce dziewczyny. I przeszedł mimo bez celu.

Tak minęło mnie życie, pomyślała wtedy, podczas pierwszych nadmorskich wakacji, na dzień przed poznaniem Sylwka i Kapiszona.

Została przy barierce, niewyrobiona, nieukształtowana, ekspedientka z pasmanterii, kasjerka z marketu, praktykantka fryzjerska z prowincji. Została tam na zawsze. Sen, nim minął, to ją utrwalił. Jak odczynnik chemiczny.

O świcie się ocknęła. W pokoju było już prawie jasno. Teraz dopiero zauważyła karminowy kolor ścian napadający na sufit bladoniebieski, jak niebo nad północnymi morzami. Pomyślała, że sufit o tyle powiększa pokój, o ile ściany go zwężają, że obydwie płaszczyzny są w konflikcie, który na kilka godzin wycisza letnia noc. Z dwóch stron łóżka stały lampki nakryte różowymi kapelusikami i te dwa atrybuty burdelowej przytulności stanowiły dysonans w oszczędnym, wręcz ascetycznym wnętrzu.

Mlecznej dziewczynie ze snu, pomyślała, bardzo by się te okolone falbanką abażurki spodobały.

Mężczyzna stał przy uchylonym oknie, przepasany tylko ręcznikiem i palił papierosa, wydmuchując dym na zewnątrz.

Kiedy dziewczyna otworzyła oczy, rzekł cicho, jak gdyby nie chciał do końca jej budzić.

– Nie chcę obrażać twojej przyjaciółki, ale to świruska.

Dziewczyna ułożyła się jeszcze niżej na posłaniu. Sztywne prześcieradła pachniały perwollem. Lubiła ten zapach świeżości. Drażniła ją dosadność karminowych ścian. Zarzuciła sobie prześcieradło na twarz.

– Monika?

– Tak – odpowiedział mężczyzna, nie patrząc na nią – twoja przyjaciółka jest świruską. Przykre.

– Zależy – odpowiedziała po zastanowieniu dziewczyna.

Rzeźbiarz zaciągał się papierosem apetycznie, trzymając go między kciukiem a palcem wskazującym. Wszystko w nim było najnaturalniej męskie, nawet sposób, w jaki skrywał peta.

– Zastanów się – rzekł głośniej – odwiedza gościa, który od tygodnia nie żyje. Zabiera go nad morze i w opustoszałym pensjonacie spędza z nim następne dwa tygodnie. Na co liczy?

– Że się myli.

– Jest chora.

– Na co?

– Skąd mogę wiedzieć. Jaki ze mnie lekarz? Na depresję, schizę, omamy. Walnięta jak gwóźdź. Powinna się leczyć.

– Leczyła się. Dwa lata w szpitalu. Łykała lekarstwa, chodziła na psychoterapię, rozmawiała z pacjentami, uczyła się języków, pochłaniała książki, słuchała jazzu, oglądała filmy Rohmera, rozmawiała ze sobą, zaczęła nawet jakieś studia, wyciągnęła się, zbladła, poznała różnicę między cierpieniem a jego nieobecnością, aż ujrzała świat takim, jaki jest naprawdę. I wtedy stary doktor, który ją prowadził, rzekł: Jest pani zdrowa, Moniko. Na swój sposób.

Mężczyzna sztachnął się po raz ostatni, zgasił peta w umywalce, usta wypłukał wodą. Rzekł od niechcenia:

– Lekarze błądzą.

– Ten nie błądził – odpowiedziała mu dziewczyna.

Mężczyzna wrócił do łóżka. Założył ręce za głowę. Wyciągnął długie nogi w bok, bo wzdłuż się nie mieściły.

– Haruję jak wół – przypomniał dziewczynie z tą nutką niczym nieusprawiedliwionej przewagi, jaką pracujący fizycznie miewają nad tymi, którzy tego nie zaznali – jak katorżnik. Rozkuwam kamień, zmagam się z nim i ze sobą. To mi daje miarę rzeczy. Moją miarę rzeczy. I w mojej mierze rzeczy nie ma miejsca na takie obrzydliwości. Słyszałem o tych sprawach: tajemnice, trupy, zaświaty. Ludzie się tym rajcują. Unikam tego. Wystarczy mi, co widzę i rozumiem. Nie wspominaj mi już nigdy o twojej przyjaciółce i jeżeli chcesz coś dla mnie zrobić, to zapomnij o niej na zawsze. Słyszysz?

Dziewczyna zdjęła prześcieradło z twarzy i zamknęła oczy. Nocne wrzaski musiały wyczerpać urlopowiczów, bo ustały. Czasami tylko gdzieś ktoś zaklął, ktoś inny zarechotał.

– Słyszysz? – powtórzył pytanie rzeźbiarz.

Skinęła głową.

Rzeźbiarz sięgnął ręką po dziewczynę i przytulił do siebie. Czuć go było słońcem, morską wodą i papierosem. Szepnął, uśmiechając się ciepło i szelmowsko:

– Nie obrusz się, ale kogoś takiego jak Monika należałoby zabić.

Dziewczyna nawet nie drgnęła w jego uścisku. Szeptem zapytała:

– Aż tak?

– Jestem serio. Świat zalewa zło. Nie sposób tego nie zauważyć. Zło wynika z braku normy. Wszystko, co mieści się w normie, przynajmniej nie jest złem. Nie jestem jakimś uprzykrzonym ortodoksem. Z wieloma sprawami się godzę. Jestem skłonny przesuwać normę poza własne upodobania. Mówię sobie, to i tamto budzi mój sprzeciw, ale nie jestem alfą i omegą. Moja norma jest z gumy, lecz nie bez granicy. Twoja przyjaciółka wyszła poza granicę mojej normy. Pchnęła ją tam nieodpowiedzialność i skłonność do dziwactw. Nic jej nie usprawiedliwi.

– Nawet zmiana?

Rzeźbiarz zaprzeczył ruchem głowy. Dziewczyna powiedziała:

– Jesteś gościem, który wie, o co mu w życiu chodzi.

– Staram się.

– Każda kobieta marzy o kimś takim.

– Miło to słyszeć.

– Drobiazg.

– Chcę cię przekonać, że nie należę do ludzi, którym los świata jest obojętny, choćby dlatego, że mam zamiar w nim trochę pobyć. Tak jak ty. Mylę się?

– Nic.

– Chcę żyć w świecie, który mnie zbytnio nie zdumiewa. Twoja przyjaciółka...

– Monika.

– Właśnie… sama rozumiesz. Wyrażam się jasno?
Dziewczyna potwierdziła.

– Wspomniałem ci, że pracuję w granicie?

– Kilkakrotnie.

– Trudny przeciwnik, ale uczciwy. Ani granit nie kiwnie ciebie, ani ty granitu. Jest miarą rzeczy. Powinnaś koniecznie zobaczyć mojego Światowida. Jak tylko wchodzi się na wystawę, to się na niego wpada. Poczujesz bijącą od niego, pierwotną, więc ponadczasową, moc. Nie wynika ona z brudnych myśli, ale z prawdy. Jest z granitu. Masz pojęcie?

– O czym?

– O tym, że mój Światowid jest z granitu. Jak z nim poobcujesz, to zrozumiesz, czemu twoją przyjaciółkę Monikę należałoby zabić.

Dziewczyna wbiła potylicę w poduszkę i uniosła plecy. Poczuła mężczyznę nad sobą. Rozchyliła uda, otwierając drogę ku swemu szafotowi. Poczuła na nim twardy jak granit topór. Twardy jak granit. Gdy go miała już w sobie, usłyszała słowa rzeźbiarza:

– Wszyscy, którzy komplikują życie, nie sprzyjają nam. Zadają nam ból swoją odmiennością. Mamy prawo się przed nimi bronić.

Przestworza ją kusiły, ich bezgraniczność, więc wszechlekkość. Żadnego adresu, uwodzicielskie poczucie nieprzynależności, brak odniesień, nawet do samej siebie, biorąca się z tego swoboda czynów i myśli.

Teraz nawleczona na granit, przygwożdżona opoką, ograniczona do własnej kobiecości, pętana od wewnątrz bez miłosierdzia, zdana na zarysowany jej okrąg, czuła się gotowa do przyjęcia jarzma bez warunków wstępnych, bez „coś za coś". Przygwożdżona i unieruchomiona. Jakie to rozkoszne być przygwożdżonym i unieruchomionym. Czuć na sobie ten ciężar. Delikatnie, by nie spłoszyć siebie, obróciła się na bok. Złożone dłonie wsunęła między rozgrzany policzek a poduszkę. Błysnęło pierwszym słońcem.

Mężczyzna runął na wznak. Profil miał lekki. Po kwadransie rzekł półgłosem:

– Wiem, że do kobiet takich jak ty dochodzi się stopniowo. Kiedy ujrzałem cię na molo taką efektowną, a jednocześnie samotną, poczułem, że niczego nie pragnę i nie pragnąłem nigdy tak bardzo, jak tego, by dać ci schronienie pod swoją marynarką. I już nigdy nie wypuścić. Może dlatego zacząłem od pytania o godzinę.

– Była czwarta – wyszeptała dziewczyna.

– No właśnie – rzekł mężczyzna. – A teraz?

Dziewczyna wysunęła dłoń spod policzka i spojrzała na kwarcowy zegarek z tandetną bransoletką. Odpowiedziała:

– Też czwarta.

– Punkt?

Potwierdziła.

Mężczyzna też obrócił się na bok, objął ją ramionami, przygarnął do siebie w granitowym uścisku. Rozkoszny był to ciężar, rozkoszny.

———

Tak spędziła najważniejszą godzinę w swoim życiu. Nie zastanawiała się nad decyzją, odwlekała ją tylko.

Minęła piąta. Pokój rozświetlił się słońcem. W jego blasku był jeszcze węższy.

Zebrała się w chwilę. Wyszła jak duch. Przemierzyła wyczerpane nocnymi swawolami miasto. Wstąpiła do siebie. Szybko spakowała niewielki skórzany sakwojaż. Doczekała rana. Zapłaciła gospodarzom za kilkudniowy pobyt. Ruszyła w stronę stacji. Za rogiem zatrzymała taksówkę.

– Na ekspres, pani Ewo? – zapytał taksówkarz, włączając licznik.

Dziewczyna potwierdziła. Oglądała przez szybę ludzi w dresach i kapturach, trenujących poranny footing.

Miasto się jeszcze nie ocknęło, zastygłe w męczącej pauzie, która nie była odpoczynkiem od dnia poprzedniego ani zebraniem sił przed mającym nastąpić tylko antraktem, który, jak wszystko pozostałe, dobrze jest mieć za sobą.

Odnosiło się wrażenie, że odlicza świty, poranki, południa, wieczory i noce do końca sezonu, żyjące z urlopowiczów, zajmujące się nimi, najstaranniej jak potrafi, wyzwolone z nich na początku jesieni, kiedy przychodzą łagodne, pewne, puste dni.

Wtedy miasto z ulgą przyjmuje nieobecność, sztuczny uśmiech zastyga, a ulice, fasady, witryny, świeżo postawione, eleganckie molo, skwery, ogrody i, ma się rozumieć, obywatele wracają do naturalnego stanu, w którym wszelka szarość, pośredniość ma się jak najlepiej.

Miasto wystawia spektakl pod tytułem *Kurort*, większość w nim występuje, reszcie krzyż na drogę, potem następują brawka i przychodzi jesień.

Nie wrócę tu już nigdy, mówimy czasami i rozglądamy się wokół, chcąc zapamiętać nawet szczegóły, z którymi już nie będziemy mieć do czynienia.

Dziewczyna się nie rozglądała, jakby porzucała coś, co się jej nie zdarzyło. Nie ma mnie w tym mieście, zdawała się powtarzać.

Poza ludźmi w dresach i kapturach nie zauważyła niczego i im szybciej zbliżali się do stacji, tym niecierpliwiej jej wyglądała.

Miasto chciało mieć za sobą sezon, a ona miasto.

Raz na zawsze.

Przed dworcem zapytała kierowcę, czemu uważa, że ma na imię Ewa?

– Bo tak mówił do pani ten pan. Wiozłem was wczoraj, przed dziewiątą, do Jowity. Nikt nie pamięta taksówkarzy. Osiem złotych, pani Ewo.

Dziewczyna zapłaciła, wysiadła z auta, obeszła je, pochyliła się nad opuszczoną szybą przy kierownicy. Powiedziała twardo:

– Nazywam się Monika. Ewa to moja przyjaciółka, taka kurewka... z Wągrowca. Pomylił nas pan.

Taksówkarz zaprzeczył ruchem głowy.

– A jednak. – Dziewczyna uśmiechnęła się i zniknęła w wysokich drzwiach dworca.

Auto ruszyło, by po kilkudziesięciu metrach się zatrzymać. Taksówkarz pobiegł za dziewczyną z jej skórzanym sakwojażem.

Pokręcił się po holu, potem wbiegł na jedną z dwóch platform. Nie znalazł dziewczyny wśród niewielu podróżnych. Wrócił do holu. Zapytał kasjerkę o szczupłą szatynkę, która powinna kupić bilet na warszawski eks-pres. Kasjerka jej nie skojarzyła. Raz jeszcze przebiegł obydwie platformy, pokręcił się przed kasą, powarował przed toaletami, lecz dziewczyna nie dała mu szansy, jakby się rozpłynęła w powietrzu. Jakby nie będąc Ewą, nie była też Moniką. Jakby taksówka, w istocie, nie przywiozła nikogo.

Chotomów 2007

Wyspa

I

Napatrzeć się nie mógł kartoflano-buraczanej urodzie Mielczarka, gałkom oczu jak połówki jajka za cylindrami okularów.

Napatrzeć się nie mógł tej jego podstołecznej, rozkolebanej zwalistości, temu podmiejskiemu sznytowi wyłażącemu z każdego pora skóry, zadzierzystym gestom, knajackiej intonacji, toteż wiadomość, że Mielczarek jest zza Łochowa, ostudziła zaciekawienie Konstantego i zburzyła konstrukcję, w którą podczas rozmowy o niczym go wbudowywał.

Trudno powiedzieć, że Łochów nie pasował Konstantemu do prosiakowatej formy, z wygolonym do skóry, rozrośniętym łbem na masywnej szyi, ale umiejscawiając Mielczarka w geografii kraju, widział go raczej w jednej z tych strasznych miejscowości na wschód od stolicy, do linii wyznaczonej przez Wyszków, Tłuszcz, Mińsk Mazowiecki, Kołbiel.

Bliskość Podlasia sugerowałaby jednak w Mielczarku pewną polność, ruczajowatość, rzewność nawet, którymi ten muśnięty nie był.

Łochów wprawdzie to cały czas uporczywie nizinne, rozpanoszone, brudne i pyskate Mazowsze, ale wiatry od Drohiczyna, jak już się zdarzały, musiały przywiewać zapach podlaskich łąk i malowniczych ugorów poodmierzanych brzezinami, i formować konstrukcje, jeżeli pospolite, to nie tak dosadne, nie tak kategoryczne w grubiaństwie.

Łochów nie Łochów, Konstanty znał ten rodzaj na wylot. Nasycił się nim jak smrodem łajna. Zapamiętał, cokolwiek by się miało wydarzyć, do końca życia.

Jak siebie samego znał tę niewzruszoność wobec ciszy przepastnych korytarzy, lekkości loggii, urody krużganków, tajemnic apartamentów wystawionych na żar dziedzińców i chłód podcieni.

Miał przed oczyma ciężki kłus, jakim ci ludzie, zawsze w sprawach niecierpiących zwłoki, przebiegali gabinety i biblioteki, w których tak często ważyły się losy świata.

Słyszał protekcjonalny ton wobec każdej odwieczności, dostrzegał obojętność na piękno lub starość.

Cóż dla Mielczarka znaczyły gotyckie czaszki, głębokie spojrzenia, powściągliwa grzeczność, rysy ostre jak brzytwa, łagodzone od czasu do czasu uśmiechem wszechwiedzy.

Nawet Dino Barbazza, w imieniu którego przybył o świcie motorową łodzią z kontynentu, nie znaczył dla Mielczarka więcej zapewne niż urząd, który ten Sycylijczyk pełnił.

A Barbazza, choć mogło się tak nie stać, zaabsorbował kurz, zapach, ciszę, wszystko, co składało się na ducha pięćsetletniej Kongregacji, zadając szyku swą senatorską tuszą i niemożliwą, można by pomyśleć, do podpatrzenia dostojnością.

A przecież ojciec jego i ojciec jego ojca, i wszyscy wstecz, do kilkunastu, lekko biorąc, pokoleń, wyschnięci jak figi, pieprzyli się regularnie z owcami w wytrzebionych z drzew, niezaludnionych, bandyckich górach i niewykluczone, że sam Barbazza tego w pacholęctwie zakosztował, kiedy fale podniecenia rozrywały mu jaja.

Morze gęstniało, aż stanęło w miejscu.

O powietrzu nie ma nawet co wspominać.

Konstanty czuł się dzisiaj jak w sierpniowym, opustoszałym, mimo hord turystów, Rzymie, który lubił szczególnie, choć właśnie w tym miesiącu osłabiała go najdotkliwiej gorączka, ustępująca dopiero przed listopadowymi, a bywało, że i grudniowymi chłodami.

Bał się tych tajemniczych infekcji jak mało czego. Demolowały go od wczesnej młodości i dopiero klimat pustynnej wyspy, który był niczym źródło życia, wypłoszył wszystkie dolegliwości.

Po pół roku mniej więcej chodził jak maszyna. I po pół roku zaczął rozglądać się za kobietami. W Rzymie mu ich nie brakowało. Lecz im były powszedniejsze, ładniejsze, młodsze, im więcej im się podobał, tym mniej ich pożądał.

Na wyspie brałby każdą, nie było żadnej.

Przed siódmą podzielił się tym z Mielczarkiem. Powiedział wprost, że jeżeli mu tu czego brakuje, to kobiet.

Nic nie zapowiadało grozy i może dlatego wisiała w powietrzu. Komunikaty radiowe nie różniły się niczym od poprzednich, lecz trzeba było znać wyspę, by wiedzieć, że tym razem wiatr przyniesie więcej piasku, więcej żaru ze wschodniego ergu i nie ustąpi, jak zwykle, po połowie dnia.

Żaden podmuch nie szeleścił, nieliczne zwierzęta zapadły się pod ziemię. Ptaki umilkły. Słońce wyostrzyło się jeszcze i ziemia zżółkła do szczętu. Nic w pejzażu nie uwodziło i może dlatego Konstanty tak go lubił.

Upał, pustynna suchość, mimo bezmiaru wód wokół, biel fasad, błękit drzwi i okien, dyskretna obecność przyjaznych na ogół ludzi, niezakłócających sobą żadnego z widoków, reglamentowana zieleń, szarzejąca w miarę zbliżania się lata, aż u jego szczytu przybierająca barwę wszystkiego wokół.

Konstanty, skryty w cieniu, całymi godzinami sycił nimi oczy.

Równie ascetyczna jak pejzaż kuchnia też robiła mu dobrze.

Sprowadzana z kontynentu woda, pół na pół z miejscowym, lekkim winem, jęczmienne placki, chude, nie większe od wron kurczaki, pieczone w glinianych, ledwo z ziemi wystających piecach, nasączone ziołami, ser suszony na słońcu, drobne oliwki, aromatyczne pomidory, ostra cebula i rukola, która to wszystko jednała.

Jego wymęczony europejską różnorodnością organizm odetchnął.

Odnalazł siebie w biblijnej wręcz surowości.

Zbliżała się ósma, gdy radio zaszumiało kolejnym tego dnia komunikatem. Mielczarek zapytał, o czym mówią.

Konstanty odpowiedział, że o wietrze, który uderzy za kilkanaście godzin.

Jak uderzy, zapytał Mielczarek, a Konstanty skłamał, że jak zwykle.

Mieli więc ósmą rano, a upał jak w południe. Czuli go nawet na ocienionym markizą, przewiewanym bryzą tarasie. Dzisiaj bryzy nie było, cień padał, lecz równie dokuczliwy jak słońce, i jeżeli go coś wyróżniało z rozpalonej żółtości, to barwa, bo sam zdawał się rozprażony jak wszystko, czego nie chronił.

Cień między kwietniem a listopadem na wyspie był wszystkim. Dlatego oprócz dobrej wody najbardziej go brakowało. Wodę z Al-Gharb dowoziły łodzie, cienia nie dowoził nikt; ludzie wyrywali go sobie nawzajem, przeciągali, przekupywali, kusili, a on, wybredny, chwiejny, chimeryczny, padał skąpo i najczęściej nie tam, gdzie się go oczekiwało.

Konstanty pomyślał o Netcie. Jak ona znosi upał w letniej stajni Malloume'a pod trzcinowym dachem. Powinien być już w drodze do niej, lecz obezwładniająca niemoc od dawna niezaznanej gorączki, która przypomniała mu rzymskie osłabienia, przykuła go do ratanowego fotela.

Gdzieś za nimi odezwał się zrozpaczony wielbłąd, przeczuwający swój smutny koniec. Okrutnie na wyspie kończyły te niebiańsko cierpliwe, zapracowane zwierzęta, mordowane między świtem a porankiem, powalane sznurami gdzie bądź na wyschniętą ziemię, która poiła się kilkunastoma litrami ich krwi, upuszczanej miarowo, z nabożeństwem, wśród obojętnej na cierpienie czeredy gapiów.

Oprawiali nieszczęśnika mężczyźni niemłodzi, jak większość tutejszych, wyschnięci na wiór, na co dzień delikatni i uważni, skłonni do zamyśleń, zapatrzeń, zamknięci na innych, wolni od strzępu nawet rzeźnickiej brutalności.

Tacy jak Malloume.

Konstanty lubił Malloume'a, choć podejrzewał go o udział w tych niczym nieusprawiedliwionych, przedłużanych w nieskończoność kaźniach. Raz nawet ściął go uderzeniem w twarz, kiedy za podejrzeniem poszedł niekontrolowany atak gniewu, wyzwolony jeszcze jakąś niesumiennością wobec siwej klaczy arabskiej.

Od lat naznaczała go brutalność, która przynosiła ulgę, i wrażliwość na cierpienie, od której dostawał mdłości. Dałby wiele, żeby wzorem innych, Mielczarka najpewniej, przechodzić mimo ze świadomością, że przynależność do gatunku władców ziemi i osiągnięta w nim pozycja chronią go obligatoryjnie przed torturami zadawanymi dla nich samych.

Tak jak temu zadręczanemu wielbłądowi, który go przywoływał nadaremno.

Mielczarek zapytał, czy mogliby przejść na ty w rozmowie, jaka ich czeka. Na pytanie Konstantego, co miałoby to uprościć lub ułatwić, odrzekł, że wszystko.

Konstanty zaprzeczył ruchem głowy. Nie odrywając oczu od morza, które bez przerwy gubiło kolor, wchłaniany przez następny, trwający też chwilkę, powiedział, że rzecz w czym innym.

Mielczarek pochylił się na bliźniaczym, ratanowym fotelu i Konstanty poczuł jego oddech.

– W tym mianowicie – tyle się Konstanty odsunął, ile jego gość przysunął – że jedyna kobieta, do której mógłbym się zbliżyć, to niemłoda Arabka dwa razy w tygodniu zmywająca mi podłogę. Jej córka, sądząc po ruchach, wdzięczna jak gazela, jest już poza moim wyborem. Zważyć proszę, że nie powiedziałem zasięgiem czy możliwością, a wyborem.

Mielczarek po kilku minutach zapytał o różnicę między zasięgiem a wyborem, a Konstanty po kilku minutach odpowiedział, że trzeba tu pomieszkać, by wiedzieć, co to znaczy niemłoda Arabka.

I zamilkli na dłużej. Wielbłąd też się już nie odezwał.

Choć nim tak się stało, Mielczarek napomknął, że przetarg na budowę kilku hoteli wygrał, jak sądzić należało, skandynawski inwestor, w związku z czym liczyć się trzeba z rychłym przyjazdem na wyspę polskich robotników, których Skandynawowie sobie upodobali.

Mielczarek zwrócił twarz ku morzu. Konstanty przypatrywał mu się bezceremonialnie.

Z czasów rzymskich go nie pamiętał. Musieli się gdzieś spotkać, minąć, otrzeć o siebie chociażby, ale co innego spotkać, co innego zapamiętać. Żeby zapamiętać, trzeba rozróżnić, a rozróżniając – wyróżnić. Jak wyróżnić trzydziestoletniego onanistę z łupieżem na sukni?

Jak wyróżnić wśród innych twarz jasną, okrągłą, z grymasem prowincjonalnego sarkazmu, tak przeciwnego tym poważnym, naturalnym, zakotwiczonym w kurii od kilku, a bywa, że i kilkunastu pokoleń?

Jak odróżnić, więc wyróżnić, a więc zapamiętać, od

nierozróżnialnej z definicji ciżby, która najechała Wieczne Miasto z nieznanym mu od wieków entuzjazmem i tak je ożywiła?

Byli przy trzeciej kawie, kiedy minęła dziewiąta. Cóż za przyjemność te poranne kawy na tarasie nadmorskiego bunkra, oddzielane od siebie papierosami. Kawy lurowate, lekko słodzone, zabielone niemieckim kondensatem mleka.

Konstanty wyciągnął przed siebie nogi w postrzępionych szortach i dał sobie czas do dziesiątej. Potem, niezależnie od samopoczucia, odwiedzi Nettę.

Ciekawe, co Mielczarek sądzi o jego nogach, porównując je, co nieuniknione, z własnymi.

Nie może nie zauważyć, że nogi człowieka, do którego przybył o świcie motorową łodzią z kontynentu, brązowe są od opalenizny i kształtnie uformowane. Że po zbyt szerokich, skłaniających się ku platfusowi stopach przychodzi cienka kostka, ponad którą wyrastają dwa bochny umięśnionych łydek, które od równie wytrenowanych ud oddziela kościste kolano, chroniąc całość przed nudą doskonałości.

A nogi Mielczarka, jak sądzić należy, parafialne.

Zakłaczone, blade, krótkie naturalnie, twarde od sadła. Gdyby je wytopić, zostałyby kości i skóra, a muskułów tyle tylko, by je uruchamiać.

Moje nogi, pomyślał Konstanty, są transparentne, widać gdzie kość, gdzie mięsień, gdzie ścięgno. Idę o zakład, że nogi Mielczarka, gdyby tak zechciał zadrzeć suknię, nie ujawnią niczego. Równe jak słupy, słabosilne, odporne na kontuzje, niewzruszone żadną żyłą lub tętnicą, o nerwach nie wspominając, bo wszystko skryte pod świńską, odpowiednio nałojowaną skórą.

Nogi sposobne do futbolowej piłki i futbolowego boiska, więc seminaryjne.

Gdyby teraz, z perspektywy lat kilkunastu, miał Konstanty wskazać rzecz najcelniej charakteryzującą alumnów w siedleckim seminarium, to wskazałby piłkę nożną, uprawianą obsesyjnie przez słuchaczy nie tylko jego roku.

Na ogół grali zręcznie.

Mieli do tego zajęcia dryg, jakby pod tym kątem się skrzyknęli, jakby dryg do futbolu weryfikował ich powołania.

Konstanty, niechętny w tym czasie sportom, osłabiany już dotkliwie przez tajemnicze gorączki, nie dostrzegał w alumnach sportowego zacięcia, tej niemożliwej do okiełznania chęci rywalizacji, w każdym czasie i na każdym polu, tego zaprawiania się we wszelkiej konkurencji. Niewielu uprawiało poranną gimnastykę, niewielu mocowało się z hantlami czy sprężynami, nikt z jego roku nie biegał, nie jeździł na rowerze. Boisko do siatkówki leżało odłogiem. Siedlecki zalew nawet w czasie upałów nie był przez alumnów odwiedzany, podobnie jak, marne bo marne, ale jednak, tenisowe korty.

A piłka nożna w użyciu była co popołudnie, od wiosny do późnej jesieni.

Nie mylił się, sądząc wtedy, że nie jest ona dla tych młodych, dobrze odżywionych mężczyzn sportem. Jest zadośćuczynieniem całej tkwiącej w nich plebejskiej chęci odnalezienia się w stadzie, w wiejskiej wspólnocie;

wspólnych sianokosach, żniwach, młóckach, wykop-
kach. Dlatego byli do tego przysposobieni, jak do kosy,
cepa, snopa; nieustępliwi, robotni, niespożyci, uparci,
prości i chytrzy jednocześnie, umiejący kiwnąć przeciw-
nika, a jak się zdarzy, to i swego.

I jacy by się trafiali, niscy czy wysocy, wyciągnięci
lub pękaci, równi albo końsko-szpotawi, znaczący swój
ślad rozczłapanym wilgotnym platfusem czy rzadszą
apolińską stopą, to w piłce nożnej sprawiali się dobrze.
I w rzeczy samej, im głębiej szli w pokraczność, jakieś
trudne do wyobrażenia skundlenie, tym byli w tym
sporcie skuteczniejsi, lepiej do niego wdrożeni.

– Nie miałby ksiądz ochoty na kąpiel? – zapytał Konstanty, wskazując majolikowe teraz morze, mimo niepo-
kalanej falą gładkości trwożące zapowiedzią szaleństwa.

Do brzegu zmierzała smukła łódź motorowa, wracająca ostatni raz z kontynentu; taka sama, a może ta
sama, która o świcie weszła do nędznego portu w Alawi,
przywożąc nieporuszonego niczym wysłannika kurii.

– Nie, nie – Mielczarek poruszył się na fotelu – nie
jestem sportowcem. Nie pływam.

– To widać – nie ukrywając niechęci, rzekł Konstanty.

Koił oczy bezkresną dalą.

Skończył siódmego papierosa i natychmiast wyobraził sobie następnego. Nadawały sens życiu. Gdyby
nie było papierosów, to by go nie wiódł. Co najwyżej
ciekłoby jak woda z niedokręconego kranu, bez smaku,
zapachu, sensu, bez przyjemności, która jest na każde
zawołanie i od nikogo nie zależy.

Mógłby z trudem obyć się bez kawy, oddalić wino. Pogodziłby się z myślą, że nie zbliży się już nigdy do żadnej kobiety, przeżyłby rozstanie z książkami, potrafiłby pożegnać morze, lecz siedzieć wieczorami na betonowym tarasie, wspierać stopy o jego metalową barierkę, wystawiać spalony słońcem tors na podmuchy wiatru, celebrować kontrast smagłości skóry i bieli koszuli, obserwować fale pieszczące piasek, przeganiać myśli, by żadna nie zaprzątała uwagi ani chwili dłużej, niż na to zasługuje, i nie zaciągać się marlboro, to pogodzić się z faktem, że każda z wymienionych przyjemności i wiele innych niewymienionych, niezaczarowane papierosem, znaczą tyle, co nic.

Upał robił swoje. Wszystko znieruchomiało w oczekiwaniu wiatru. Niechby i gorącego, byle zburzył ten trudny do zniesienia bezruch.

– Czego chce Sycylijczyk? – zapytał twardo Konstanty.

Mielczarek się uśmiechnął, lecz nie w odpowiedzi. Jego niewzruszoność zdumiewała. Twarz blada, sucha, suknia zapięta na ostatni guzik pod miękką, zapowiadającą już drugi podbródek szyją, zaciśnięta w obręcz. Sylwetka wyprostowana, ledwo dotykająca plecami oparcia fotela, wielki, okrągły łeb, nieruchomy jak w imadle. Urzędowość wynikająca z wieloletniego treningu raczej niż natury. Męstwo wobec kuszącej dezynwoltury Konstantego, wobec jego szortów, wyblakłej, rozpiętej do pasa koszuli, sandałów.

Radio poinformowało, że gorący wiatr jest nad Sidi al-Noammuri i wzgórzami Moran, pędzi niewyobrażalne tumany pyłu na wschód, w wyspę nie uderzy przed północą, więc prognoza z dziewiątej jest zweryfikowana o dwie godziny na korzyść ciszy.

Konstanty postawił na stoliku między nimi wodę w oszronionej butelce. Mielczarek nawet na nią nie spojrzał. Konstanty zaproponował kolejną kawę, Mielczarek podziękował.

Po kwadransie zapytał o Dunsa Szkota.

– Porozumieliśmy się – odpowiedział Konstanty. Dodał, że pół roku wcześniej, podczas święta owcy, odebrał młodemu wyspiarzowi zapuszczoną klacz. Że widząc nieuprzejmość, z jaką jest traktowana, zatrzymał ją, proponując ekwiwalent pieniężny. Arab uniósł się honorem i nie przystał, z tego samego powodu Konstanty nie zwrócił mu konia. Rzecz jest w zawieszeniu i bardziej go teraz obchodzi niż Duns Szkot.

Klacz, zwana przez niego Netta, dochodzi do siebie w letniej stajni Malloume'a. Konstanty odwiedza ją codziennie. Zwykle zajmuje mu to godzinę. Dzisiaj może być dłużej.

– O ile dłużej? – zapytał Mielczarek.

– O godzinę – odpowiedział Konstanty.

Mielczarek zaproponował, że zerknie w Szkota, że dwie godziny mu wystarczą, by zorientować się w postępach.

Konstanty wszedł do bunkra, wrócił gotowy do dwukilometrowego marszu plażą. Miał na sobie dżinsową koszulę z długimi rękawami, apaszkę, płócienny kapelusz z opadającym rondem, ciemne okulary, jakich używają alpiniści, przy pasku skórzany bukłaczek z wodą.

147

Rzucił na stolik plik kartek zapisanych drobnym, równym pismem, bez poprawek.

– To wszystko? – zapytał Mielczarek.

– Widocznie – odpowiedział Konstanty.

Zbiegł ze schodów i ruszył ku morzu. Postanowił być uprzejmiejszy dla młodego, rzymskiego emisariusza, gdy wróci od Netty.

Mijała dziesiąta.

———

Wrócił po dwóch godzinach. W starciu z upałem był górą. Gorączka, którą być może przywiózł mu z Rzymu Mielczarek, wycofywała się. Czuł się lepiej niż przed spacerem. Miał wrażenie, że gruźlicza skłonność do wypieków, łatwość, z jaką się pocił, ma związek z obecnością kapłana, a nie, co podejrzewał, oczekiwanym wiatrem, dlatego postanowienie, że będzie uprzejmiejszy, zarzucił.

Na pretensję Mielczarka, że praca nad Dunsem Szkotem nie posunęła się tak, jakby można oczekiwać, odwarknął, że posunęła się tak, jak Duns by sobie życzył. Ani kroku więcej, ani kroku mniej.

Po czym opowiedział Mielczarkowi, jak znalazł Nettę, stajnię, jej opiekuna, choć widział, że to jego gościa nie obchodzi.

Głębia oczu Netty, miękkość jej chrapów, stan sierści, kształt, w jaki ułożył się ogon nad odbytem, rozpaliły w Mielczarku z trudem powstrzymywane zniecierpliwienie.

Z satysfakcją odnotował też Konstanty, że wyspa dobiera się do tego zapakowanego szczelnie człowieka, sączy weń niepokój, rujnuje radość, jaką młode ciało czerpie z samego siebie, czyni z biologii, która, jak sądzić należy, działa w Mielczarku bezszelestnie, wroga potrafiącego nawet zabić, nie zza węgła, od tyłu, lecz twarzą w twarz; wylew, atak serca, szok termiczny, nagłe odwodnienie.

Z wyspą, na dziesięć godzin przed gorącym wiatrem, żartów nie ma.

Mielczarek przerwał po kwadransie mniej więcej opowieść Konstantego o konsystencji gówna, w jakim stała Netta w letniej stajni Malloume'a, i zauważył, że pojęcie nominalizmu, jakie ten wprowadził do swych rozważań o uniwersaliach, odnosi się do okresu, którego Duns znać nie mógł, bo go nie dożył. Że będąc blisko, Konstanty przypisał Szkotowi coś, co, jeżeli trzymać się już Wysp Brytyjskich, przynależy Ockhamowi.

– Temu od brzytwy? – Konstanty rozwalił się na fotelu, wyciągnął nogi przed siebie i sztachnął się głęboko jedenastym tego dnia papierosem.

– Brawo – zgodził się Mielczarek. Sarkazm go nie ożywił.

Konstanty zapytał swego gościa, czy nie miałby ochoty się ogolić, skoro o brzytwie już mowa, czy nie chciałby wejść pod prysznic, gdyż nie da się ukryć, że w tym upale niebawem zacznie cuchnąć, co dla nich obydwu nie będzie miłe.

Mielczarek żachnął się i nie ukrywając pretensji, zauważył, że interpretacja metafizyki, uznająca byt jednostkowy za jedynie realny, jest z założenia chybiona, skłaniająca się błędnie do wynoszenia i sublimowania tego, co z natury nietrwałe i pospolite. Że spór Dunsa ze średniowieczną scholastyką nigdy nie został potwierdzony, że Konstanty wchodzi na wzgórza, których nie ma, bo krajobraz Dunsa jest, w przeciwieństwie do ziemi, z jakiej się wywodził, płaski, co nie gasi jego urody, gdyż ta jest w całym określającym go *subtilissimus*.

Konstanty zastanawiać się zaczął, czy cios z półobrotu zwaliłby młodego kapłana na beton i unieruchomił, jak zwalił na piasek właściciela Netty podczas święta owcy.

Trudno mu było okiełznać pokusę, by tego spróbować.

W miarę zbliżania się wiatru coraz trudniej mu będzie zapanować nad nawiedzającą go agresją.

Wchodząc do letniej stajni z trzcinowym dachem, poklepał po barku Nettę, teraz doszedł do przekonania, że ją raczej kilkakrotnie uderzył.

Odpowiedział głośno:

– Cały sensualizm Szkota jest w opozycji do tych waszych arystotelesowskich mądrości, zdegenerowanych, proszę mi nie przerywać, przez trujący jad tomistycznej scholastyki, który, jak musiał ksiądz zauważyć, pieprzę.

Mielczarek westchnął głęboko, rozłożył ręce, a po skroni spłynęła mu pierwsza kropla potu.

Czy rzeczywiście pieprzę, zadał sobie w duchu Konstanty pytanie. Co go, w istocie, obchodzi ten zarozumiały Akwinata, Duns Szkot czy Ockham, bezsilni wobec tajemnicy istnienia.

Rok temu, mniej więcej, wrócił do siebie z Ostii,

gdzie przez godzinę ostro pływał, spalony słońcem już nie na brąz, a na węgiel, wychudły jak parasol.

Z zapadniętymi policzkami i długą szyją, przypominał postać z El Greca.

Na stacji metra przy via Aventina ujrzał siebie podrasowanego na filmowego amanta, spoglądającego wyzywająco na podróżnych z ogromnego billboardu, podpisanego: On nie przemienia.

Rozpoznał się z trudem. Sesję zdjęciową zrobiono w kwietniu, ostatnim miesiącu przed ofensywą letniej gorączki i osłabienia, które od maja spalały go na popiół, nawet z opalenizny, tej efektownej, choć skłamanej oznaki zdrowia, czyniąc coś, co podpowiadało w nim chorobę.

Telefon odezwał się zaraz po tym, jak Konstanty przekroczył próg klaustrofobicznego mieszkania na Awentynie, wynajmowanego od jednej z włoskich kuzynek, z którego, jeśli tylko mógł, to uciekał.

Dzwoniła Poppea, wnuczka Senny i siostrzenica arcybiskupa. Oczekiwano go na wieczornym przyjęciu w ogrodach Villi Celli. Odpowiedział, że czuje się zaszczycony, choć wcale tak nie było. Pożałował samotnej wędrówki upalnym wieczorem po zawsze fascynujących go zaułkach Zatybrza.

Póki co, zwalił się na łóżko i zasnął. Obudził się przed siódmą. Wziął prysznic, wyjął białą koszulę, żywy krawat i ciemny garnitur, który go karykaturalnie wyszczuplił.

Były trzy kwadranse na ósmą, gdy zjechał windą na parter i przejrzał się w lustrze pierwszego z brzegu sklepu. Srebrna tafla odbiła sylwetkę wiotką, niemęską, prowokującą do kpin, żartów, politowania.

Ogrody Villi Celli oświetlono lampionami, zapach cygar mieszał się z wonią ryb pieczonych na rusztach, młodzi kelnerzy roznosili trunki, dostojników kurii mniej było niż zwykle.

Poppeę zdobiła czarna sukienka z tafty, zapięta pod szyją na renesansową klamerkę, z dekoltem aż do połowy pośladków na smagłych plecach.

Właśnie te olśniewająco kształtne pośladki, na chwałę bożą, jak powtarzał sufragan Vieri, wyrywające się na zewnątrz nawet spod zimowych okryć, zachęciły Konstantego, by zerżnąć piękną wnuczkę Senny na dzień przed Wigilią Bożego Narodzenia w przygodnym rzymskim hoteliku.

Nim tak się stało, szli obok siebie ulicą pełną zabieganych w przedświątecznej gorączce ludzi, coraz siebie bliżsi, chociaż milczący.

Poppea weszła do sklepu z zabawkami i przymierzała się do kupienia jakiegoś niedźwiadka ze złotego barchanu, a Konstanty przymierzał się do niej od tyłu, czując na swym kroczu dwie twarde jak jabłko wypukłości i nieokiełznane podniecenie.

Z niezapakowanym niedźwiadkiem, którego dziewczyna niosła za ucho, wpadli do pierwszego napotkanego hoteliku i pośpiesznie wspięli się na trzecie piętro.

W nieogrzewanym numerze czuć było wilgoć i myszy; łóżko z pożółkłą pościelą nie zachęcało.

Dziewczyna wsparła się dłońmi o ramę łóżka, pochyliła, rozstawiła długie nogi. Konstanty zadarł jej płaszcz i spódnicę, owinął nimi jej głowę, zsunął z pośladków rajstopy wraz z majtkami i posiadł ją od tyłu tak energicznie, że do drzwi załomotał patron, zaniepokojony rozdzierającym serce rzężeniem metalowego mebla.

– Chodź – powiedziała Poppea – chcę cię komuś pokazać.

Poprowadziła go żwirową ścieżką, wysadzoną bukszpanem, a potem trawnikiem, na którym walka wody ze słońcem osiągnęła stan krótkiej równowagi przed zdecydowaną klęską tej pierwszej, podczas letnich spiekot.

– Schudłeś czy mi się wydaje? – zapytała dziewczyna, idąc przodem, a on nie potrafił oderwać wzroku od misternej kreseczki, oddzielającej górne ćwiartki pośladków, trochę jaśniejszych niż gładkie, szerokie plecy. Zbliżyli się do monumentalnego fotela, w którym, niczym antyczna władczyni, zasiadała potężna przeorysza Carla Lubraniecka.

– Jestem jakąś twoją daleką ciotką – rzekła zachrypniętym od papierosów męskim głosem. – Znałam twoją matkę. Straciłam ją z oczu, kiedy zamieszkaliście na ziemiach odzyskanych w... – Strzeliła wyschniętymi palcami jak z kapiszona.

– Podgórzynie – podpowiedział Konstanty.

– Właśnie. – Lubraniecka się ucieszyła. – To podobno śliczne miejsce.

– Ale dzikie – ostudził ją Konstanty.

– Po tej strasznej śmierci twego ojca napisałam do Anieli list, ale mi nie odpowiedziała.

– To bardzo prawdopodobne. Pochłonęła ją opieka nade mną. Oddała się tej powinności bez reszty.

– Podobno przebierała cię za dziewczynkę.

Konstanty się roześmiał.

– W dzień po pogrzebie ojca do szkoły poszedłem w sukience, pończochach zapiętych na żabki, z włosami do ramion. Moja matka naturalnie nic z tego nie pamięta, ale kiedy wspominam swój wstyd, przychodzi mi na myśl, że, przebierając, próbowała mnie podświadomie uchronić przed męskim życiem, jakie wiódł ojciec. Przed codziennymi pijatykami w wiejskiej gospodzie, ulicznymi bójkami, cotygodniowym pokerem, zażyłością z cudzymi żonami. Ojciec nie był, jak sądzę, szaleńcem, ale życie buzowało w nim do przesady. Uważała zapewne, że sukienki, nie naruszając ciała, złagodzą mi duszę. Sama o usposobieniu somnambulicznym trwożyła się moją ruchliwością i skłonnością do przygód. Wiele lat potem, kiedy powiadomiłem ją o wstąpieniu do seminarium duchownego, odetchnęła. Cokolwiek miałoby mi się przydarzyć, obsesyjne awanturnictwo ojca już mnie nie naznaczy.

Przeorysza Lubraniecka bystro spojrzała Konstantemu w oczy. Surowe bywa czasami zrozumienie, wtedy element czułości, towarzyszący współczuciu, bez którego nie ma zrozumienia, jest zredukowany i pozostaje tylko wyostrzona uwaga. Z taką uwagą zapytała Konstantego, czy modli się za swego ojca.

– Kiedy tylko mam okazję – skłamał.

Przeorysza rzekła cicho, że miło jest wspominać to, co minione.

Na pytanie Konstantego dlaczego, zaproponowała białe wino.

– Napijesz się ze mną wina – dodała głośniej – jest schłodzone, jak trzeba, wyhodowane nad Mozelą, bo te włoskie nadają się, co najwyżej, do płukania ust.

Konstanty się usprawiedliwił, że od maja do listopada nie próbuje białego wina, gdyż ciepłe jest obrzydliwe, a zimne mu szkodzi. Przeorysza zauważyła, że to przykra dolegliwość. Co do niej, chłodne mozelskie pozwala przetrwać jej rzymskie lato, a od kiedy skończyła siedemdziesiątkę, nie rozstaje się z nim również w zimie, która skłania ku winom cięższym i cieplejszym. Białe wino ratuje jej życie, podobnie jak rosyjskie biełomory, które organizuje poczciwy Pino Nabokov. Tylko one nie powodują u niej kaszlu. Gauloises'y, palone wcześniej, ma się rozumieć czarne bez filtra, były lepsze, ale musiała się z nimi rozstać, podobnie jak z wieloma innymi przyjemnościami.

Rozmowa o papierosach zajęła im kilka minut. Potem stara kobieta z wyżyn tego tronu, na którym ją posadzono, zapytała Konstantego, czy to prawda, że biedzi się nad rozprawą doktorską o Dunsie Szkocie. Konstanty potwierdził, a przeorysza zauważyła, że Duns nie był człowiekiem szczęśliwym i nawet długoletni pobyt w zasobnej i wesołej Francji nie stłumił w nim chrześcijańskiego poczucia rozpaczy.

– W przeciwieństwie do tego napuszonego cymbała Akwinaty – wypalił Konstanty, czując, jak rozdrażnia go własna przekora.

– Miło spotkać kogoś, kto nie pada na twarz przed tym pyszałkiem – pochwaliła Konstantego Lubraniecka, grożąc mu palcem. – Ale sława twoja, mój chłopcze, pije z zatrutego źródła.

– O czym mowa? – zapytał Konstanty, rozglądając się za czymś do siedzenia, lecz idiotyczny w swym dostojeństwie fotel ustawiono na pustym trawniku, wokół którego zaczęli się zbierać gapie.

Carla Lubraniecka odpowiedziała, że ma na myśli to, co wszyscy, a Konstanty odpowiedział, że wszystko odwołał.

– Nie tak, jak chciał kardynał Barbazza – odezwała się surowo stara mniszka, godząc wyschniętym palcem w Konstantego. – Sycylijczyk jest wściekły.

– A to już jego problem – odrzekł Konstanty i zrobił krok do tyłu w tym samym momencie, w którym ta ciepła rozmowa skostnieć mogła od chłodu.

Wymówił się tangiem z Poppeą.

Istotnie, świetnie zagrano Astora Piazzollę, a marmurowy krąg był pusty.

Lubraniecka poprosiła jeszcze Konstantego, by przy okazji zwrócił dziewczynie uwagę na niestosowny dekolt, gdyż nie wypada świecić gołym tyłkiem w obecności osób tak wiekowych jak ona sama i sufragan Vieri.

– Ma to po Sennie – odpowiedział Konstanty i umknął.

Zbliżył się potem do kręgu, lecz nie zatańczył z dziewczyną, gdyż chłód i żar na zmianę rozbierać go zaczęły nie na żarty.

———

Minęła pora lunchu.

Konstanty przyniósł z kuchni w bungalowie bagietkę, owczy ser, zielone oliwki i wodę w karafce.

– Kuskus z rybą dostaniemy o siódmej – poinformował kapłana, gdy ten ochoczo zabrał się do pieczywa.

Jedli w milczeniu. Zajęło im to kwadrans. Konstanty zapytał Mielczarka, czy grywał w futbol.

– Gdzie?

– W seminarium.

– Jak wszyscy. – Mielczarek wzruszył ramionami. Powiedział, że lubi tę rozrywkę i dobrze mu się w niej wiedzie. Konstanty zapytał o pozycję, a Mielczarek się pochwalił, że grywał na każdej poza bramką. Najchętniej jako libero.

– Libero? – Konstanty się zdziwił.

Wyobrażał sobie kapłana w jakimś stateczniejszym miejscu, niewymagającym fantazji, raczej skrupulatności, na przykład jako obrońcę. Mielczarek zauważył, że pozory mylą, a Konstanty, że wbrew powiedzeniu, rzadko.

Od rana powietrze gęstniało, gdy zdawało się, że bliskie jest konsystencji budyniu: zawiesiste, lepkie, mokre, zaczęło się rozrzedzać i klarować.

Teraz z każdą minutą stawało się lżejsze i przejrzystsze, tak że w pewnej chwili na horyzoncie pokazała się falująca, brunatna kreseczka, odbijająca się wyraźnie od seledynowego morza i błękitniejącego nieba.

Konstanty wskazał ją Mielczarkowi. Powiedział, że to kontynent, a młody kapłan zdziwił się, jak niedaleko. Nic się nie zmieniło, wyjaśnił Konstanty, Afryka jest o czterdzieści minut drogi łodzią motorową z portu w Alawi, tylko powietrze się wyklarowało.

– Co to oznacza? – zapytał z niepokojem Mielczarek.

– Szczególny żar pustynnego wiatru – odpowiedział Konstanty.

Dodał, że im lepiej widać skraj Sahary, tym wiatr gorętszy, bo z jej głębszych głębi.

Przeżył tutaj cztery ataki wiatru. Każdy był gwałtowniejszy od poprzedniego.

Ze szczelin tarasu wydobywać się poczęli jego najróżniejsi mieszkańcy, wyraźnie czymś przepłoszeni. Jakieś żuczki, stonogi, gąsieniczki, miniaturowe jaszczurki, jedne drżące i żywe jak srebro, inne ospałe, przytłumione upałem, jeszcze inne bezbronnie znieruchomiałe, prowokujące do śmiertelnego ciosu obcasem. Te Konstanty pozbierał i poprzenosił ostrożnie w głębsze kawerny, które pod wpływem słońca, wiatru, grudniowych deszczów potworzyły się na bokach tarasu, kryjąc wilgoć.

Mielczarek przypatrywał się temu z narastającą irytacją. Rzekł z ulgą:

– Z każdego punktu widzenia głupstwa. Przekorne, nieuzasadnione, infantylne. Jeżeli już esej, to płytki i nieodpowiedzialny. Wątpliwe źródła, pochopne wnioski, dowolność poza najliberalniej traktowaną normą. Intuicja intelektualna, której nic nie dyscyplinuje. Zadziwiający jak na filozofa brak daru analizy.

Wymachiwał kilkunastoma kartkami zapisanymi zwartym, nerwowym pismem, jakby nie mógł doczekać się wiatru, by je z nim puścić.

– Ani śladu skruchy. Osiemnaście stron pychy. Do diabła z tym.

Konstanty sięgnął po papierosa, lecz nie zapalił. Oparł się pośladkami o metalową barierkę, plecami do morza.

Niebem poszybował wymęczony kormoran.

Konstanty zapytał, co to oznacza, patrząc ponad głową zdeprymowanego kapłana.

– Że mamy z księdzem kłopot – odparł Mielczarek.

– To opinia Sycylijczyka?

Kapłan opuścił powieki, powiódł palcem po wilgotnej skroni, wyraźnie spurpurowiał; odpowiedział, jakby już wszystko zostało przesądzone:

– Jego również.

———

Utkwiła Konstantemu w pamięci chłopska twarz Barbazzy. Na pierwszy rzut oka chytra, pospolita, suwerenna wobec całej otaczającej go wspaniałości.

Kiedy niczym gminny skryba siedział przy, nie na jego miarę skrojonym, biurku z marmuru, mając za sobą Giotta, Botticellego, Perugina lub Tycjana, sprawiał nawet wrażenie człowieka zafrasowanego tą dyferencją. Lecz gdy spojrzeć mu w zakryte do połowy powiekami oczy – mimo wieku nie używał okularów – to płonął w nich ten rodzaj zuchwalstwa, które na południe od Rzymu różniło chłopów od bandytów.

Przypominał Konstantemu Toto Riinę, bezskutecznie poszukiwanego od kilkunastu lat capo di tutti capi. Miało się pokusę myśleć o przypadku, który sprawił, że jeden z nich zajmował pełen przepychu watykański gabinet, a drugi tułał się po pustkowiach Kalabrii lub mumifikował za życia w klaustrofobicznym mieszkaniu z tajemnym wejściem, gdzieś w pół drogi między Agrigento a Trapani.

Sycylijczyk był ciepły tym ciepłem, które albo zimne jest w istocie jak lód, albo spala na proch. Jednało mu ono jednak popleczników wśród najsprawniejszych funkcjonariuszy kurii, których nauczył się od tego niebezpiecznego ciepła uzależniać.

Kiedy rok temu, nie podnosząc głowy znad marmurowego biurka, pustego, jakby przed chwilą i na chwilę za nim zasiadł, zapytał Konstantego, czy rozumie, co się wydarzyło, ten przyznał przed sobą, że gdyby Barbazza zechciał go uwieść, to by uwiódł.

Sycylijczyk powtarzał zawsze, że największym wrogiem Boga jest głupota.

Wybaczał wszystko, głupotę najniechętniej. Jeżeli ktoś sprawiał mu zawód, to nie grzechem, ale nieroztropnością. Grzech ludzki był jak fizjologia; przecież obrzydliwa, lecz nieunikniona. Życie, jakiekolwiek by było, czyniło ludzi grzesznymi, nad głupotą mieli szansę zapanować. Szansę i, zdaniem Barbazzy, obowiązek. To minimum rzetelności, jakiej od siebie samego należało żądać. Ponieważ jednak to minimum zawieszono wysoko, to znaczenie kongregacji, którą kierował, z roku na rok rosło.

Pracować dla Barbazzy to był zaszczyt.

Udało mu się tak od siebie odskoczyć, że przez ćwierć wieku jego urzędowania w kurii nikt przytomny nie postawił mu zarzutu nepotyzmu, ale kryteria, według których dobierał współpracowników, nie omijały chłopskich preferencji.

Wobec rzymskiego patrycjatu był nieufny.

Podejrzewał go niesłusznie o zgniliznę i nie bez racji o intelektualne lenistwo, wynikające ze starości.

Szanował starość, ale ją omijał. Nie wadziła mu, lecz nie używał jej nawet tam, gdzie służyłaby lepiej od młodości.

Był jednym z tych, którzy w istocie nieporuszeni wielkością Rzymu oddali mu wszystko, by był jeszcze większy.

Na tej zasadzie nie mógł lubić, tym bardziej wybrać, starego jak Rzym Konstantego.

Byli jak nieprzenikające się światy, choć siebie zauważyli, mimo że jeden ksiądz zaledwie, a drugi – kardynał. Konstanty był dla Sycylijczyka jakimś punktem odniesienia. Sycylijczyk wiedział, że ludzi pokroju Konstantego od kurii trzymać należy jak najdalej, choć bez nich z kolei kuria uboższa by była o słabość dającą jej siłę. Konstanty był, w przekonaniu Sycylijczyka, bakterią.

Kontrolowana – służyła.

Sycylijczyk nie zacierał więc rąk, gdy mu donoszono o kolejnych romansach urodziwego księdza, przelotnych jak letnia ulewa czy dłużących się jak jesienne deszcze. Nie pałał świętym oburzeniem.

Sam pod tym względem, od kiedy zdecydował się służyć Bogu i Rzymowi, czysty jak łza, egzekwujący bezwzględnie podobną czystość od podwładnych, nie znajdował w swym niezawodnym umyśle żadnego przesądzającego dowodu, że wstrzemięźliwość jest warunkiem kapłaństwa.

Daleki od libertynizmu sufragana Vieriego, dla którego każda przyjemność czyniona była na bożą chwałę, wstrzemięźliwość upodobał sobie jako ćwiczenie woli, które narzucał innym.

W jego chłopskim, sycylijskim kodeksie rozwiązłość to słabość raczej niż grzeszność. A słabość księdza

Konstantego była mu obojętna. Do tego stopnia, że nawet nią nie pogardzał.

Kiedy jednak po raz drugi zapytał Konstantego, swoim zwyczajem nie podnosząc głowy znad biurka, czy rozumie, co się wydarzyło, jego głos świadczył o nieprzejednaniu.

Sprawy należy pozostawić samym sobie, by rozstrzygnęły się zgodnie z naturalnym porządkiem rzeczy. Opinia Sycylijczykowi nieobca, teraz, w przypadku Konstantego, nie mogła przesądzać.

Zapaliła się czerwona lampka i odezwał się alarm.

Barbazza zażądał reakcji natychmiastowej, kategorycznej, niezwłocznej.

Konstanty, rzecz niesłychana, stanął dęba.

I Barbazza się cofnął. W okamgnieniu. Jak cofano się w jego rodzinnych, spalonych słońcem bandyckich górach, by mieć czas na złapanie wiatru w żagle.

Konstanty uznał to za słabość, która go rozzuchwaliła.

Nie miał nigdy ambicji, by się z kimś mocować. Walka nie była jego pasją, lecz kiedy ostrożność wziął za bezsilność, to zasmakował we własnym znaczeniu.

Nie bez przyczyny było też rozczarowanie tym, że Sycylijczyk nie dobrał go do swej cosa nostra. Nie po to rzymskie wiatry wynosiły Konstantego w górę i w górę, by w rozkosznym szybowaniu miał zatrzymać go nieufny, przyznać należy bystry jak mało kto, kmiot z peryferii Europy.

Nie z Konstantym taka gra.

Zgiełk zrobił się niebywały.

Młody ksiądz był wszędzie. Słyszał się w radiu, oglądał w telewizji, czytał o sobie w gazetach. Wystawiono go jak gwiazdora, idola, ikonę na rzymskich billboardach.

Tak minęła mu połowa kwietnia, maj i czerwiec.

Grano nim ostro, nie przeciw kardynałowi wszakże, bo mimo pozycji polskiego księdza gra, jakiej przedmiotem się stał, toczyła się na polach, których pługi Sycylijczyka nie orały.

Ona miała ugodzić kogoś wyżej.

Cała strona w „La Stampie", na której Konstanty w opiętej sutannie, długi i cienki niczym sztylet, z hostią w palcach ogłaszał: Ja nie przemieniam, spowodowała, że postanowił przyznać się do błędu.

Przyjemność popularności ustąpiła przed grozą herezji, za którą jeszcze niedawno palono na stosach.

W połowie lata, kiedy miasto opustoszało, Konstanty przyznał przed jednym z kurialnych adwokatów, że popełnił błąd, i jest skłonny go naprawić.

Wezwano go za tydzień. Dowiedział się, że błąd w doktrynie wiary stać się może udziałem umysłów nieporównanie wyższych niż ten, który kierował jego krokami. Natomiast naganna niesubordynacja w kontaktach z mediami, do których bez zgody przełożonych nie miał prawa, nie ulega wątpliwości.

To, co sam z siebie uczynić powinien niezwłocznie, to oświadczyć, że jego słowa zostały wielokrotnie źle zinterpretowane.

Reszta jest sprawą kurii.

– Nie został ksiądz właściwie zrozumiany. Przecież to proste – rzekł Mielczarek, blednąc i purpurowiejąc na zmianę. Rozpiął suknię do marmurowej, porośniętej na rudo piersi i palcami ścisnął czoło. – Barbazza nie prosił o nic więcej. Miał ksiądz tylko oświadczyć, że cały zamęt, związany z księdza wypowiedziami, był wynikiem ich teologicznego niezrozumienia.

Konstanty obrócił kilkakrotnie na stole plastikową zapalniczkę. Zdecydował z osiemnastym tego dnia papierosem poczekać do szóstej. Jeżeli potem zapali każdego następnego o połowie godziny, to do drugiej w nocy zmieści się w trzydziestu, co byłoby wielkim postępem w zmaganiach z nałogiem.

Odpowiedział Mielczarkowi cicho:

– Zrozumiano mnie świetnie. Nie kontaktowałem się z idiotami. Przyznaję natomiast, że zbłądziłem, obnosząc się publicznie z niemożnością. Nic się nie zmieniło.

– Dlatego mamy z księdzem kłopot – powtórzył Mielczarek i zapytał Konstantego, czy ma coś od bólu głowy. Konstanty wszedł do chłodnego w porównaniu z tarasem wnętrza i po chwili podał Mielczarkowi apap. Ten łyknął od razu trzy tabletki.

Słońce już zblakło na amen. Powietrze się rozrzedziło. Jakby wsysała ich próżnia. Gwałtowny spadek ciśnienia spowodował, że ptaki przestawały fruwać. Widać było, jak wznoszą się na chwilę i nie znajdując oparcia, spadają z rozpostartymi skrzydłami.

Nieliczne ryby, zamieszkujące jałowe wody między wyspą a kontynentem, wyskakiwały nad gładkie niczym stół morze z rozwartymi pyszczkami i ciężko spadały na powierzchnię.

I o ile ptaki nie znajdowały w powietrzu oparcia, to

ryby zdawały się umykać przed gęstością wody, która tężała na kisiel, zmieniając kolor z szafirowego w brunatny, co znaczyło, że wiatr rzucił do morza tony pustynnego piasku, a Nil szykuje się do wylania.

Konstanty zapytał Mielczarka, starając się uniknąć dwuznaczności, czy mu się udaje.

– Co? – zapytał kapłan, z kwadransa na kwadrans bezbronniejszy wobec udręki fundowanej przez wyspę.

Czy udaje mu się w czasie mszy świętej przemieniać chleb w ciało Chrystusa, a wino w jego krew? Czy nie ma wrażenia, że konsekracja jest tylko umową między kapłanem a wiernymi, że cały kanon mszy świętej, od prefacji do *Agnus Dei*, jest tylko wyrazem chęci przekroczenia linii, za którą już nie ma ludzkich ograniczeń? Że ofiara niczego nie zmienia, a udzielanie komunii jako ciała Boga jest nadużyciem wobec jego istoty; niepojętości i nierozpoznawalności.

Mielczarek patrzył na Konstantego niczym na wariata. Odpowiedział, jak odpowiada się dzieciom, że to są pytania, które może sobie postawić każdy myślący ksiądz i ma prawo do bezradności w tym względzie.

Ale to nie są pytania, jakie zadaje się publicznie nierządnicom.

Konstanty z uwagą przypatrywał się śmiertelnie niebezpiecznej w tych stronach ostentacji, która nakazała Mielczarkowi przybyć z Rzymu w sutannie, wełnianych skarpetkach i masywnych butach. Widać było, jak ta ostentacja coraz mniej mu służy.

Zapalając papierosa, zapytał, o których nierządnicach mowa?

Mielczarek zapłonął jak żagiew. Ostrze swej nienawiści wycelował w anorektyczne, wystrzyżone, przemądrzałe okularnice, co noc nawiedzane przez szatana i przez szatana zaspokajane.

W młode kobiety starego Zachodu, zasiewające ferment we wszelkim przyrodzonym porządku rzeczy. Obnoszące się z jałowym buntem przeciw prawom organizującym uczciwe życie; każde uczciwe, pożyteczne życie. Bełkoczące wrzaskliwie i do znudzenia o swoich prawach do brzucha, krocza, do przyjemności nieskutkujących obowiązkiem, odpowiedzialnością, konsekwencjami. Sprzeciwiające się ordynarnie temu, do czego je powołała natura, jeśli nie są w stanie przyjąć, że Najwyższy, przemawiający przez ustanowionych na ziemi namiestników.

W jawnogrzesznice kupczące nie własnym ciałem, bo takim Bóg wybacza, jak Chrystus wybaczył Magdalenie, ale robaczywą duszą, jeśli znajduje ona jeszcze schronienie w fizycznej, okaleczonej przez wyuzdanie powłoce. W rozwielmożnione, gdzie spojrzeć obecne, podstępnie przekonujące do swych racji ścierwa.

W wychudzone pokraki z głowami nabitymi zamętem, które na przekór Najwyższemu i jego namiestnikom pozbyły się wszelkich cielesnych atrybutów oblubienicy, rodzicielki, matki.

W przeklęte przez Boga, nęcone przez szatana, zapomniane przez ludzi rzymskie nierządnice.

Wypisz, wymaluj Claudia Reiman z „Conciliatore".

Trafiła na Konstantego ponad rok temu, kierując się niezawodnym dziennikarskim nosem, i go pogrążyła, na chwilę wynosząc. Zdetonowała tkwiący w nim ładunek wątpliwości, frustracji, kompleksów.

Niewysoka, wiotka, przezroczysta, w drucianych okularkach zsuwających się jej ciągle na koniec nosa, żadnym słowem, spojrzeniem, gestem niesugerująca ochoty na fizyczne zbliżenie, jaką w młodych i niemłodych Włoszkach wyzwalał seksapil Konstantego i jego pociemniała od słońca, nordycka uroda.

Do kawiarni przyszła w długiej, rozciętej do połowy anorektycznego uda spódnicy i bluzce, bez stanika.

Kiedy słodziła mikroskopijne espresso, drżały jej cieniutkie, porysowane żyłkami palce.

Była chorym dzieckiem o smutnym, nieruchomym spojrzeniu i rzadkim, choć ładnym uśmiechu, który bardzo ją odmieniał.

Zapytała Konstantego, czym dla niego jest kapłaństwo, i nieciekawa odpowiedzi powiedziała kilkanaście zdań o sobie.

Była szczególną rzymską nierządnicą.

Poinformowała Konstantego, że od kiedy miasto zderzyło się ze słowiańskim pontyfikatem, nie jest już tym, czym było.

Ona sama, od kilku pokoleń rzymianka, już się nią nie czuje, zalękniona, poddana presji i opresji.

Siedzieli blisko siebie, przedzieleni dwuosobowym stolikiem wielkości szachownicy. Claudia Reiman przypalała papierosa od papierosa. Mówiła, że zna Poppeę Celli, która wspomniała jej mimochodem o polskim księdzu na progu brawurowej kariery w jednej z rzymskich dykasterii. Karierę wygasiły zdarzenia, jakie się nie

wydarzyły, opinie, których nikt nie wypowiedział, wątpliwości, jakich nie zasiano. Powodzenie nie wyczerpało
się, jak to bywa czasami, ale zostało wyhamowane. Kto
jednak wyhamował i w imię jakich racji, nie wiadomo.

Miejsce wybrane przez dziennikarkę obsiedli rzym-
scy taksówkarze, ludek bystry, hałaśliwy, dobrze poinformowany, skłonny do drwin. Konstanty usłyszał za
plecami, jak wzięto ich na języki, w istocie nie bez powodu, bo stanowili niedobraną parę. On – wychudzony
playboy, ona – po utracie kobiecości na rzecz bezpłcio-
wej sublimacji.

Tworząc tak niedobraną parę, zbliżali się ku sobie
coraz bardziej, spowici papierosowym dymem, zza którego coraz mniej było ich widać, aż zniknęli w nim ostatecznie i taksówkarze dali spokój.

Konstanty nie podzielał opinii wścibskiej wnuczki
Senny o brawurowej karierze polskiego księdza; wyjaśnił, że pozycja, jaką ten kapłan osiągnął, nie wzięła się ze
zdolności, energii, oddania, lecz rodzinnych i towarzyskich koneksji, które w jednych kongregacjach znaczyły
więcej, w innych mniej. W tej, w której służył, znaczyły więcej, nim przejął ją kardynał Barbazza. Pokora jest
wartością tym większą, im zdarzenia, które na nią skazu-
ją, ostateczniejsze. Wszystko, co odnieść można do młodego kapłana, to bezruch, monotonia, usprawiedliwione, można się z tym zgodzić, oczekiwanie, ale nie impet,
tym bardziej brawura, żywiące się biglem i desperacją.

A w ogóle nie ma sprawy, zdawał się mówić Konstanty, ton jednak temu przeczył.

Był w nim zawód.

I to on zainteresował dziewczynę.

Wywiad, który ukazał się cztery dni później na trzeciej, prestiżowej stronie gazety, to potwierdził. Był świadectwem zawodu Konstantego i neurozy rzymianki.

To jednak stało się cztery dni później. Natomiast w kawiarni przy Piazza del Popolo Konstanty, wiercąc się na niewygodnym, wymuszającym rotację gości, drewnianym taborecie, coraz bardziej rozmawiał z samym sobą. Bywa, że trafiamy na kogoś, kto jest nami samymi.

Nic miłego najczęściej.

Wiejemy wtedy, gdzie się da, bo takie spotkanie odziera z tajemnic, jakich przed samym sobą strzeżemy.

Konstanty nie uciekł. Nie miał gdzie i, tym bardziej, po co.

Tak został na trzy miesiące medialną kurwą.

Dupy dawał równo, świadomy nielojalności, jakiej dopuszcza się wobec instytucji tak w końcu dla niego wyrozumiałej.

Ale przyjemność czerpana z nierządu była niespożyta.

Co miałby odpowiedzieć Mielczarkowi; jaki demon go opętał?

Ten pod postacią nadętego jak paw, starego pedała, zgłaszający się jeszcze w dniu edycji gazety z propozycją udziału w modnej, cotygodniowej audycji radiowej?

Czy skryty w zażywnym ciele niemieckiej teolożki, obnoszącej się z lesbijskimi preferencjami lub w kostiumie transwestyty z powszechnie oglądanej komercyjnej stacji w Turynie?

Czy ten zasiedziały w masywnym cielsku redaktora postmodernistycznego magazynu literackiego, z wbitym w czaszkę nosem, który przypominał boksera wagi ciężkiej po przejściach?

Kogo wybrać z barwnego kalejdoskopu dziwactw, nieobyczajności, chorób? Intelekt ostry jak brzytwa czy krzykliwą ignorancję, wystrojoną w piórka swobody?

O jakim demonie mógłby opowiedzieć Mielczarkowi, twardemu jak kamień, pogodzonemu z każdą tyranią, pracowitemu jak wół oraczowi z Winnicy Pańskiej?

———

Wyspa piekła się nieustannie w żarze bez słońca, mimo że minęła pora, w której, jak na komendę, z trzaskiem podnoszono żaluzje i jak na komendę mieszkańcy zaludniali wąskie uliczki, wyliniałe skwery, liche kawiarnie, balkony, tarasy, patia.

Jak okiem sięgnąć, żadnego życia poza Saddamem, który przyniósł obiad: rybę z rusztu, kuskus, pomidory z bazylią zroszone oliwą i posypane kozim serem.

Konstanty wyjął z lodówki marne miejscowe wino, które nie było chłodne.

Jeśli Mielczarek miał nadzieję, że przynajmniej na czas posiłku schronić się będą mogli we wnętrzu bungalowu, to była ona płonna.

Konstanty mu nie odpuszczał, zatrzymując na tarasie, który, mimo markizy, był rozprażony tak, jakby nie osłaniało go nic.

Rozpływała się z godziny na godzinę, mieniąca się raz trupią bielą, raz purpurą, twarz młodego emisariusza.

Nic tego syna śnieżnych zim, spóźnionych wiosen,

krótkich lat i wilgotnych jesieni nie chroniło przed fantasmagorią Południa.

Konstantego natura stworzyła do pogodowych konfrontacji. Chudy i, jak Arab, brunatny.

Wczesna zażywność Mielczarka natomiast, jego podlasko-mazowiecka płowość, wystawiły go jak tarczę na strzały.

Tylko szyć.

Poskarżył się na ciśnienie i dopytywał Konstantego, kiedy to zewnętrzne się podniesie, gdyż ma wrażenie, że zaraz eksploduje.

Konstanty wyjaśnił, że nim pustynny wiatr uderzy, ciśnienie lecieć będzie w dół, robiąc w powietrzu miejsce dla inwazji.

Wiele ich różniło, także stosunek do tego, z czym przyszedł Saddam. Konstanty rozprawił się ze swoją porcją w mig. Mielczarek poskubał ryby, zmiksował widelcem rzadki kuskus, nie tknął wina, zadowolił się pomidorami i serem.

Saddam czekał, aż skończą, by zabrać naczynia z tym, czego nie dojedli. Był młodym Berberem z czarną otchłanią w oczach. Przycupnął na piętach pod ścianą i zastygł w milczeniu.

Mielczarek przypatrywał mu się przez czas jakiś, jak przypatrujemy się rzeczom. Powiedział, opanowując narastającą słabość:

— Był ksiądz gwiazdą wszelkiej obrzydliwości Zachodu, całej jego ohydy, całego zaprzaństwa. Ale krótko. Nikt już w Rzymie księdza nie wspomina. Było, minęło.

Konstanty z twarzą ku morzu, z bosymi stopami wspartymi o barierkę, zapytał, o kim się teraz mówi.

– Nie wiem – żachnął się Mielczarek. Otarł twarz z potu. Po chwili rzekł od niechcenia: – O Guzmanie Aroyo. Teraz mówi się o nim.

Konstanty zapytał, kto to jest, a Mielczarek odrzekł, że wyjątkowo bramkostrzelny środkowy napastnik AS Romy, pozyskany za ogromne pieniądze z Ameryki Południowej.

– Jest z nim jakiś problem? – zapytał Konstanty, nie odwracając twarzy od morza.

– Jakby ksiądz zgadł. Nie rozstaje się z kokainą. Złapali go, jak walił w szatni podczas przerwy w meczu z Milanem. Wyznał, że kokaina go uskrzydla.

Konstanty wzruszył ramionami. Saddam odszedł równie bezszelestnie, jak się zjawił.

Na ciemniejące niebo z zachodu wypływały jedna po drugiej elipsoidalne chmurki niczym wehikuły kosmiczne.

– To się musiał Barbazza ucieszyć.

Mielczarek przyznał, że eminencję bardzo ta wiadomość uradowała.

– Nie lubi AS Romy.

– A który Sycylijczyk lubi?

– Komu kibicuje? Palermo?

– Palermo to pedały. Nieodmiennie Catanii.

– Czy się mylę, sądząc, że Catania nie jest w Serie A?

Mielczarek zaprzeczył. Rozejrzał się nerwowo.

Nic mu tu nie służyło. Zapytał o wiadomości z włączonego we wnętrzu bungalowu radia. Konstanty odpowiedział, że kolejny komunikat o pogodzie nadadzą za pół godziny. Mielczarek stwierdził, że pół godziny powinno mu w zasadzie wystarczyć. Zacząć chciałby od przedstawienia Konstantemu zalet jego nowej sytuacji. Konstanty odpowiedział, że nie trzeba, bo jego sytuacja, jakkolwiek absurdalna, nowa nie jest i zdążył się do niej przyzwyczaić.

– Nie mówimy o tym samym. – Mielczarek zatrzymał wzrok na swych puchnących, wylewających się z półbutów stopach. Niewyobrażalny upał skutecznie odzierał go z formy.

Mężczyzna trzydziestokilkuletni, niewiele młodszy od Konstantego, ukształtowany przez aspirującą do dostojeństwa wieśniaczość, rozbrajał się nieodwołalnie.

Posypał się jak próchno, kiedy podjął próbę przekonania Konstantego, że wszystko przed nim. Że może być wszędzie, może być każdym, wymyślać siebie, pozwolić, by go wymyślono, kształtować okoliczności lub zdać się na nie, wybrać się w każdą podróż, śmiać się, płakać, rozpaczać, radować, złorzeczyć niczym już nieograniczony, wolny jak ptak, uwolniony przez zło, które uczynił, wynagrodzony swobodą, którą mu kuria ustami Mielczarka ofiarowuje.

Duns Szkot, ostatni hak, na jakim wleczono go jeszcze przy okręcie, został właśnie zwolniony.

Nic go już nie trzyma.

Kardynał bowiem rzekł: jeżeli rozprawa o Szkocie rozwinie się w pożądanym kierunku – zaryzykować; jeżeli nie – wskazać drzwi, przez które wyjdzie ku wolności. Wszystko go ostatecznie do niej skłania, dodał. Niech już nie rani Kościoła, niech nie naprzykrza się

173

Panu, niech nie staje w poprzek prawdy, niech nie daje złego świadectwa o wszystkim, czego się dotknie, a wynagrodzimy go zapomnieniem. Kardynał rzekł jednocześnie: niech, mimo wszystko, Bóg go nie opuszcza.

Przeciwstawiając się omdleniu, białoniebieskim niebem wracał z kontynentu samotny kormoran. Postrzępiony, obsypany pyłem, szkaradny od ostatka sił.

Konstanty zapytał twardo:

– Gdzie?

Mielczarek wskazał świat.

Konstanty odpowiedział, że nie wybiera się nigdzie. Urządził się na tej zapomnianej przez ludzi wyspie bez niczyjej pomocy i dopóki nic radykalnie w jego życiu się nie odmieni, i starczy mu oszczędności, będzie ją traktował jak przystań.

– A kiedy się skończą? – zapytał po chwili Mielczarek, nie mogąc znaleźć sobie miejsca na rozległym, ocienionym markizą tarasie. Twarz ociekała mu oleistym potem. Powietrze łapał jak ryba wyrzucona na piasek.

– Pieniądze? – Konstanty rzucił się na fotelu. – Wtedy będę się martwił.

– Martwiłbym się już – zastękał Mielczarek. – W ogóle bym się martwił.

Zgarbił się, zapadł, pożegnał z niezłomnością.

Ostentacyjnie wystawił się na udrękę. Ani siedział, ani stał.

Jeśli dzień bury był chwilami, a chwilami ochrowy, to wieczór się wyklarował. Ktoś, kto patrzyłby zza szyby, mógłby pomyśleć, że robi się nareszcie rześko. Noce na wyspie, w przeciwieństwie do niedalekiej pustyni, nigdy nie były chłodne, nawet zimą, a jednak mrok sugerował ulgę.

Nieliczni mieszkańcy wyspy cieszyli się więc nie tyle chłodem, który przychodził wieczorem, co szarością. Nic tak nie wyczerpywało przez długie miesiące wiosny, lata i jesieni jak światło.

Gdy Mielczarek skonstatował po kwadransie milczenia, że wyspa jest mała, Konstanty odniósł to do przykrości, jaką sprawić może najmniejszy nawet spłachetek ziemi.

Mała, ale wredna.

Lecz kiedy Mielczarek powiedział, że za mała, to Konstanty zapytał:

– Dla kogo?

– Dla was – odpowiedział cicho Mielczarek i podniósł się z fotela, jakby w obawie przed agresją.

Konstanty zbliżył się do Mielczarka na długość oddechu.

– Kim jest reszta?

– Ludem bożym – odrzekł Mielczarek – umiłowanym szczególnie przez Ojca naszego.

Usiedli jak na komendę. Łyknęli wody, która zdążyła się ogrzać. Równocześnie sięgnęli po papierosy. Mielczarkowi drżała ręka, kiedy odruchowo osłonił nią płomyk zapalniczki. Wypuścił natychmiast kłąb dymu z ust. Nie zaciągał się. Papieros tkwił niezręcznie między jego białymi, miękkimi palcami.

Radio we wnętrzu bungalowu przerwało obsesyjną, pierwotną muzykę i wcześniej niż zapowiadano, poinformowało o pogodzie.

Pustynny wiatr spopielił osadę Bidi al-Bakr, dwadzieścia mil przed Tamerzan. Jest coraz gorętszy, lecz powolny. W wyspę nie uderzy przed nocą. Jego przejście może trwać jednak dłużej niż zwykle. Mielczarek poprosił, by mu przetłumaczyć wiadomość. Konstanty odpowiedział, że nie podano w niej nic nowego. Nic, czego nie należałoby się spodziewać. Z głębi morza nadeszła fala, której długość przeszła przy brzegu w wysokość. Spiętrzyła się jak potwór przed atakiem, rąbnęła o piasek białą grzywą i rozpadła się na kawałki. Póki co, samotna. Morze znów się wygładziło.

Mielczarek przypomniał Konstantemu, co powiedział przed południem o przetargu na budowę hoteli, wygranym przez Skandynawów.

– Mają dobre firmy – zgodził się Konstanty – ale co to ma wspólnego ze mną?

– Wiele. – Mielczarek uśmiechnął się blado. Miał zęby jak mysikrólik. – Postawią na wyspie osiem niewielkich hoteli z całą niezbędną infrastrukturą turystyczną, rękoma robotników z Podhala. Docelowo stu pięćdziesięciu młodych górali, którzy nie znajdą w sobie litości, by poniechać wiarołomnego polskiego kapłana, co tak boleśnie i podstępnie ugodził w ich umiłowanego Ojca. To ludzie serio, jak każdy lud boży. Na miejscu księdza nie liczyłbym na przebaczenie. Sprawiedliwość, jaką prędzej czy później by tu księdzu wymierzono, nie leży jednak w interesie Kościoła powszechnego.

Mielczarek położył dłoń na odkrytym mostku i nie patrząc na Konstantego, dodał szeptem:

– Nad czym jednak osobiście ubolewam.

– To opinia Sycylijczyka? – zapytał Konstanty.

Mielczarek odpowiedział po zastanowieniu:

– Jego również.

Konstanty podszedł do metalowej barierki. Oparł się o nią szeroko rozstawionymi dłońmi. Wystawił twarz i spalony słońcem tors na powiew wiatru, który zechciałby poruszyć powietrzem i watykańskim emisariuszem, coraz bardziej kamieniejącym na ratanowym mebelku. Zapytał cicho:

– Więc?

– Będzie ksiądz musiał opuścić wyspę. W praktyce na zawsze – odrzekł Mielczarek.

– Słucham? – Konstanty pochylił się nad emisariuszem, lecz niepotrzebnie.

Co było do usłyszenia, usłyszał.

Mielczarek przesypywał między palcami piasek, zgarnięty z posadzki tarasu. Robił to powoli, z namaszczeniem, jak człowiek nieruchomiejący wbrew sobie. Odpowiedział bez wstydu:

– Słabszy ustępuje.

– Nie owijasz w bawełnę, klecho!

Konstanty zacisnął dłoń w kułak.

Mielczarek zamknął powieki. Zapytał, jakby nie było obelgi:

– Co skłoniło księdza, by przystąpić do stanu duchownego? Skąd ten wybór?

– To, co wszystkich – odpowiedział po dobrej chwili Konstanty. – Wygoda, łatwość, nieweryfikowalność. Wiele się zyskuje, mało traci. Biorąc sprawy na zimno, poza niechęcią do piłki nożnej nie znajdowałem w sobie nic, co by mi uniemożliwiło bycie dobrym księdzem. Bardzo dobrym księdzem.

– Więc co się zmieniło?

– Zostałem rzymską nierządnicą – odpowiedział cicho Konstanty. – Nie dlatego, że trafiłem na Claudię Reiman z „Conciliatore", tylko dlatego, że jestem nierządnicą, o czym wcześniej nie wiedziałem, od urodzenia. Jestem anorektyczną, wystrzyżoną, krótkowzroczną, neurotyczną, niezadomowioną we własnej płci, nieznającą swego przeznaczenia, wszelką kurwą z rozstaju dróg. Każdym pedałem, transwestytą, każdą lesbą. Wszelkim sado-maso i maso-sado. Każdym łachem przedzierającym się przez zasieki boskich ograniczeń ku łąkom, by na swobodzie wypasać tam swoją odmienność. Nie niosę przez życie żadnego problemu teologicznego. Czy coś się w istocie przemienia, czy nie przemienia, mało mnie obchodzi. Jak każda rzymska nierządnica miałem na celu dotknąć wrogi mi rzymski Kościół w jego najczulsze miejsce. Udało się?

Mielczarek rozejrzał się wokół. Wszędzie ugotowana szarość, znikąd ratunku. Potwierdził skinieniem głowy.

– I o to chodziło, klecho – podsumował Konstanty.

Odwrócił się do morza. Punkt i przestrzeń. Wyciągnięta ku wodom dłoń nie drżała, choć była to drżąca dłoń. Drobna, smagła, scalona z kości, żył i ścięgien.

Kiedy Konstanty wolnym krokiem podszedł do ratanowego fotela i pochylił się nad Mielczarkiem, ten uniósł powieki. Dłoń miał przed oczyma. Odruchowo cofnął głowę. Nic to nie dało, więc znieruchomiał ze znakiem krzyża w pół drogi.

Kwadrans potem rozstawił uda i pochylając się nad nimi, wyrzygał na beton trochę śliny. W kącikach ust pojawiła się piana. Nie spoglądał już z nadzieją na chłód i ciemność bungalowu za uchylonymi drzwiami.

Nie było czego ratować.

Pogoda go zadręczyła.

———

Kłopoty artykulacyjne dopadły Mielczarka w jednej chwili. Nic ich nie zapowiadało. Wyglądał coraz gorzej, lecz mowa jego była składna, okrągła i potoczysta.

Zaciął się nagle. Mówił, mówił i przestał.

Po kilku minutach wrócił do siebie, lecz inny. Do tego czasu każdy gest z powodu niewyobrażalnego już upału i gwałtownego spadku ciśnienia sprawiał mu trudność. Teraz z tym samym trudem zdawał się pokonywać opór słów. Nie przychodziły, a kiedy wreszcie nadeszły, stanęły kością w gardle, każde niechętniejsze od poprzedniego.

Zaprawiony, jak każdy klecha, w gadaniu, znajdował na ich niechęć sposób, ale to, co dotychczas było niewyczerpanym źródłem przyjemności, teraz stanowiło problem.

Kiedy zawiadamiał Konstantego, że jest upoważniony do zaproponowania mu jednorazowej odprawy finansowej w granicach zakreślonych powszechnie znanym niedostatkiem rzymskiej kurii, trwało to tak długo, że skutek, jakim miała być zgoda Konstantego na ten układ, rozjechał się z przyczyną, dla której go zaproponowano.

Konstanty domyślił się, że kuria, z zasady niczego niedająca za darmo, oczekiwała z kolei na nieodwracalność jego rozstania się ze stanem duchownym.

Gdy powiedział to Mielczarkowi, ten przyznał, że jest to druga część oferty, której nie zdołał przedstawić, mocując się z pierwszą.

Konstanty pokiwał głową w odpowiedzi. Ruszył wzdłuż barierek. Lekko mu się spacerowało. Nabrał na wyspie sakramenckiego zdrowia, mocny był jak nigdy. Ale że dzisiejszego ranka przypomniała sobie o nim rzymska gorączka, osłabienie natychmiast ścięło go z nóg. W miarę upływu dnia jednak mijało. Teraz, przed wieczorem, nie było po nim nawet śladu. Podobnie jak po gorączce.

Jakby rzymski posłaniec przywiózł ją ze sobą nadaremno. A posłaniec znaczyć musi więcej, niż Konstanty sądził na początku dnia. Dlatego nieprzyjaźń, jakiej tu doświadcza, jest dotkliwsza. Wprawdzie nie ona demoluje go fizycznie, ale gdyby jej jady były mniej trujące, atak wyspy nie byłby tak zwycięski.

Jeśli upoważniono Mielczarka do podjęcia na miejscu decyzji nieuzgodnionych w każdym szczególe z przełożonymi, zaufanie, jakim się go darzy, wynosi i Konstantego.

Wśród tysięcy spraw, jakimi zajmują się watykańskie notariaty, adwokatury, wilegiatury, dykasterie, tylko te najznaczniejsze nobilitowano posłańcami.

Konstanty stanął. Rzekł tak lekko, jak lekko mu się chodziło, że nie lubi, kiedy próbuje się go kiwać niczym dziecko.

Mielczarek się nie poruszył. Źrenice uciekały mu w głąb czaszki, ale jakby nie miały końca. Za wzgórzem porośniętym makią zaryczał osioł.

– Jesteś futbolistą. Nagrałeś się w życiu, więc wiesz, jak to bywa. Zwód w prawo, w lewo, jak trzeba, to jeszcze raz w prawo, i do przodu. Przeciwnik zostaje za plecami. Zwykle ci się to udawało. Tak?

Mielczarek potwierdził nieśmiało.

– Ale nie dzisiaj – skwitował Konstanty. – Trzeba to było dokładniej obgadać z Barbazzą. Kto, jeśli nie on, wie lepiej, kiedy kiwnąć i pójść z piłką przed siebie. A ty, klecho, kiwnąłeś, ale piłki nie masz.

Konstanty rozsiadł się naprzeciwko Mielczarka. Niezapalony papieros kiwał się w jego zmysłowych wargach. Odezwał się aroganckim tonem:

– Nikt na wyspie nie zbuduje hoteli. Ani małych, ani dużych. Tu nie zanurzy się żadnego fundamentu, bo nie ma w czym. Wyspa to w istocie spłachetek piasku, który kilka tysięcy lat temu oderwał się od Sahary i odpłynął. Nie ma tu też wody, poza morską. Tubylcy to Berberowie pod wpływem Al-Sadra z Sany. Cisi, zamknięci w sobie i nieprzewidywalni. Dwaj bracia Saddama, którego poznałeś, są z wahhabitami w Czeczenii, jego kuzynka Jasmine miesiąc temu wysadziła się przed supermarketem w Jaffie; nikt by tu nie ścierpiał tłustych, porozbieranych Niemek. Gdyby miały tu być hotele, to już by były. Dlatego nie przyjedzie tu stu pięćdziesięciu górali, by przy okazji wymierzyć mi sprawiedliwość, bo nie ma tu dla nich roboty. Jak długo i w jakich sprawach będziecie się nimi zasłaniać? We wszystkich? Pytałeś o to Barbazzę? Pytałeś, klecho?

Mielczarek westchnął i znów zwymiotował trochę śliny i żółci. Zaprzeczył nieznacznie ruchem głowy, a mimo to kark mu zagruchotał, jakby wszystkie oleje wylały się na zewnątrz i schły w upale.

– Tak myślałem – warknął Konstanty i dodał od niechcenia: – Jedność to niepodzielność urzeczywistniająca się w Stwórcy. Zapamiętaj!

Zapalił papierosa. W spojrzeniu, jakim omiótł swoją dłoń, nie było trwogi, ale zdziwienie, jakie czujemy, gdy zaskoczymy samych siebie. Dobrze jest czasami zaskoczyć siebie, a czasami niedobrze. Póki co, Konstanty nie wiedział, co o tym sądzić. Miał zresztą czas, w przeciwieństwie do Mielczarka. A co do trwogi, to zawisła ona w gęstym od upału powietrzu między kapłanami, lecz ich nie rozdzieliła. Nie była ścianą, jak aura. Ta z kolei, co miała uczynić złego, uczyniła. Nie mogła posunąć się już nawet o krok.

Nie było dokąd.

Wiatr, jakikolwiek by był, mógł przynieść tylko zmianę, a zmiana to ulga. Czuć ją już było w powietrzu. Na beton opadł nietoperz wielkości kruka. Miał szczurzy pysk i kroplę zaschniętej krwi w nozdrzu. Wieczór przeszedł w noc niepostrzeżenie. Nie oglądali już morza, zlało się z nocą. Nawet piasek przy brzegu nie jaśniał.

Konstanty zapytał Mielczarka, czy myślał kiedy o sprawach Barbazzy na Sądzie Ostatecznym. Czy ten Sąd będzie dla kardynała łaskawy? Co w swym długim życiu uczyniłeś dobrego, Sycylijczyku? – zapyta Pan. Co Sycylijczyk odpowie?

– Prawdę – wyszeptał Mielczarek.

– A jak ona brzmi?

– Twardym byłem strażnikiem Twych ziemskich interesów, Panie. Najtwardszym z twardych.

Konstanty podszedł do nietoperza. Uniósł go za skrzydło. Stworzenie pisnęło i zmarło. Zwisało bezwładnie jak papierowy latawiec. Konstanty ułożył go na krawędzi tarasu, już poza barierką. Powiedział z przekonaniem:

– Może nie wystarczyć. Myślałeś o tym kiedy, klecho?

– Nie.

– A Barbazza tak. Potrzebuje mego upadku, grzechu, herezji. Potrzebuje despektu. Wszystko w życiu mu się udawało, osiągał, co chciał, nic nie było w stanie przeciwstawić się jego woli. Szanowany, podziwiany, kochany. Nie wystawiono go nigdy na żadną próbę. Pan takich nie lubi i Sycylijczyk o tym wie. Chce mego powrotu do Rzymu, by po raz drugi zmierzyć się z moim buntem, przeciwstawiając mu miłość, a nie srogie nieprzejednanie. Ma swoje lata. Jeżeli nie pogodzi się z prawdą, że wszelkie części stają naprzeciw jedności, to jego sprawy, tam, w górze, mogą nie wyglądać dobrze. Jestem jego szansą. Ale musi mnie wygnać z wyspy. Bo gdzie miałbym z niej wrócić? Gdzie wrócić może rzymska nierządnica, jak nie do Rzymu?

Mielczarek wyszeptał:

– Na Boga jedynego, proszę przestać.

– Gdzie z wyspy miałaby wrócić Claudia Reiman z „Conciliatore"... Odpowiedz jej... Stoi przed tobą, klecho. Masz ją jak na dłoni.

– Proszę przestać! – krzyknął Mielczarek, a ten krzyk był spoza niego.

Konstanty rozwarł palce i uchwycił w nie miękką szyję watykańskiego posłańca.

– Gdzie masz piłkę, piłkarzu. Poszedłeś do przodu sam. Po raz pierwszy nie zrozumiałeś swego kardynała. Polecił ci wyspę odwiedzić i sprawdzić jej mieszkańca; materią jest czy duchem, a jeżeli duchem, to jakim... Kogo, piłkarzu, sprawdziłeś i jak? I jak?!

Mielczarek w odpowiedzi osunął się na kolana, z kolan w tył na pięty, z pięt w przód czołem o beton. Krwawił z rozszarpanej szyi jak baranek ofiarny. Modlił się krwawymi bańkami powietrza, wydobywającymi się z ust.

Powtarzał *Credo*. Rzucił się kilkakrotnie na posadzce tarasu, zadygotał i znieruchomiał. Wtedy uderzył chamsin. Wtedy; ani sekundę wcześniej, ni później, uderzył chamsin.

I Nil zaczął wylewać.

II

Wyglądało na to, że podoba mu się wszystko.

Wzgórze za domem porośnięte makią, intensywniejące niebo, złotopióry ptak krzątający się między palmami, grupa jeźdźców galopująca plażą, taras zaniesiony piaskiem, rześkość powietrza o świcie, zapowiedź delikatnej bryzy, światło wstającego dnia, seledyn morza i jego zachęcające umiarkowanie.

Gdy już się rozejrzał, pooddychał szeroką piersią, rozruszał ciało spacerem wzdłuż metalowych barierek i zasiadł na ratanowym fotelu, to jego skupione i przytomne spojrzenie nie oderwało się, w zasadzie, od uwodzącego bezmiaru wód.

Jeśli wszystko wokół mu się spodobało, to morze wywołało zachwyt i przykuło jego uwagę, miało się wrażenie, na zawsze.

Zapytał Konstantego, czy jest w raju, i nie czekając odpowiedzi, przyznał przed sobą, że nie może być inaczej.

– Wczoraj wyglądało gorzej – powiedział Konstanty, z sympatią przypatrując się oczarowaniu Mielczarka.

– O czym ksiądz mówi? – Mielczarek uniósł dłoń i rękaw zbyt obszernej, dżinsowej koszuli opadł, odsłaniając mocne, nietknięte słońcem przedramię.

– O wyspie – odrzekł Konstanty.

– Jakiej wyspie?

– Prawdę mówiąc, wiem o niej niewiele.

Mielczarek skinął głową. Spojrzał z dezaprobatą na sutannę Konstantego zbyt szczelnie go opinającą, na wystające spod niej czarne wełniane skarpety i toporne zakurzone półbuty.

Konstanty wyjaśnił, że stała się rzecz tajemnicza.

Chamsin, tak zwykle dla wyspy niełaskawy, tym razem ją oszczędził. Cały upiorny wczorajszy dzień go zapowiadał, a on, ni z tego, ni z owego, omiótł tylko wyspę czarnym skrzydłem, skręcił nagle na wschód i południe, rąbnął w Wielką Syrtę i miasto Benghazi, czyniąc w nim piekło.

Komunikaty z kontynentu nie pozostawiały wątpliwości. Gorący, saharyjski wiatr się wywiał i teraz porozrywany na strzępy, wyczerpany atakiem dogorywa na Pustyni Libijskiej; powstały z żaru i piasku, w piasek i żar obrócony.

– To dla księdza dobra wiadomość – dodał Konstanty i szurnął grubymi podeszwami butów o taras. Piasek nieprzyjemnie zazgrzytał.

Mielczarek wzdrygnął się i zapytał z niedowierzaniem, czy jest księdzem.

Konstanty skinął głową i dodał po chwili, że od roku mniej więcej na dobrowolnym wygnaniu.

– Skąd? – zapytał Mielczarek.

– Z Rzymu – odpowiedział Konstanty.

Świt, niezauważenie przechodzący w poranek, zapowiedział dzień rozsłoneczniony u szczytu, zapewne męczący, zmuszający do szukania schronienia w cieniu, w jakichkolwiek dających się zamknąć wnętrzach; dzień więc piękny, ale nie od początku do końca rajski.

Morze nie budziło wątpliwości. Ono było stałe w przyjaźni.

Widać było, jak nęci Mielczarka i z jakim trudem młody kapłan się powstrzymuje, by nie wyjść mu naprzeciw.

Poza jeźdźcami, którzy przegalopowali plażą, nie widać było ludzi, choć czuło się ich niedaleką obecność, a także zwierząt, które im tu od wieków towarzyszyły.

– Rozumiem, że był jakiś powód mego wygnania – rzekł Mielczarek po kwadransie milczenia. – Czy ksiądz go zna?

– Zgorszenie – odpowiedział Konstanty; chciał dodać coś jeszcze, ale Mielczarek dał znak, że to mu wystarczy.

Podniósł się z fotela i spojrzał na swe bose stopy z pofałdowanymi na nich nogawkami spodni. Zapytał Konstantego, czy ten zna powód, dla którego on, Mielczarek, uważa się za mężczyznę wysokiego? I barczystego, dodał po chwili, przypatrując się swym obłym, pełnym ramionom, z których ześlizgiwała się rozpięta na piersi koszula.

Konstanty się roześmiał. Powiedział przyjaźnie, że nie jest źle myśleć o sobie lepiej, niż jest w istocie.

– Lubię siebie – skonstatował Mielczarek, sadowiąc się na powrót w fotelu. – Jak tylko podniosłem powieki i ujrzałem ten bezmiar przed sobą, to przyszło mi do głowy, że siebie lubię.

– Uraduje to eminencję. – W śmiechu Konstantego nie było ironii.

Mielczarek zapytał, o którym kardynale mowa, a Konstanty rzekł, że o Dino Barbazzie, zwanym w Rzymie Don Dinem lub Sycylijczykiem.

– Sycylijczyk? – Mielczarek popatrzył bystro na Konstantego. Zapytał, czy nie mogliby popływać. Konstanty usprawiedliwił się brakiem zapału sportowego i, wstyd przyznać, nieumiejętnością pływania.

Mielczarek stwierdził, że pływanie jest wielką przyjemnością, a Konstanty, że z zasady ich sobie odmawia.

– Może szkoda – wyszeptał po chwili i też spojrzał na seledynowe wody.

– Pewno. – Mielczarek zsunął się w fotelu i wyciągnął przed siebie nogi. Nie mógł nadziwić się długości swych spodni. Rzekł cicho:

– Nie przypominam sobie.

– Czego?

– Sycylijczyka. Z nikim go nie kojarzę.

Konstanty odpowiedział, że to sprawa czasu.

– Miał ksiądz wczoraj paskudny dzień. Kłopoty z ciśnieniem i zapaść. Wspomniał ksiądz o braku jakiegoś lekarstwa.

Mielczarek skinął głową. Powtórzył, że nie przypomina sobie Sycylijczyka ani zgorszenia, ale rozumie, że te dwie rzeczy mają ze sobą związek.

– Owszem – zgodził się Konstanty.

Przyglądali się obydwaj twarzy Saddama z krowim spojrzeniem pustych oczu. Przyniósł im gorącą jeszcze bagietkę, kozi ser w wilgotnej szmatce i czarne oliwki. Bezszelestnie wsunął się do wnętrza domu. Wrócił z blaszaną miską, do której wrzucił ser ze szmatki. Przepołowił bagietkę tak, by zmieściła się na płaskim talerzu i nie odzywając się słowem, odszedł.

Mielczarek natychmiast zabrał się do śniadania. Jadł z powagą, spokojem, w milczeniu, jak ludzie prości.

Konstanty wykorzystał to, by opowiedzieć, jak to Mielczarek, zaufany Barbazzy, stał się na sezon medialną gwiazdą, głównie prasy bulwarowej. Jak sam dał krytykom polskiego katolicyzmu, a nie brakuje ich w Rzymie, argument, udowadniając swoje prostactwo, gdy publicznie ogłosił, że dla takich nierządnic jak Claudia Reiman układano stosy w czasach, kiedy obowiązywały jeszcze jakieś zasady. Była to odpowiedź na artykuł znanej dziennikarki. Przedstawiła w nim swój lęk i poczucie osaczenia przez Kościół, w którym triumf zastąpił świadectwo.

Mielczarek przysłuchiwał się temu bez zainteresowania. Jakby to dotyczyło kogoś, kogo ani zna, ani lubi. Zapytał Konstantego, czy zauważył, jak zapieprzali.

Konstanty powiódł spojrzeniem za grubym palcem Mielczarka wskazującym Douz.

– Nie rozumiem.

– Jeźdźcy. Kwadrans temu. Nie zauważył ksiądz? Na niesamowitych koniach. Czym je tutaj karmią?

– Daktylami. – Konstanty opanował zniecierpliwienie.

– Daktylami? Pierwsze słyszę. – Mielczarek kręcił z niedowierzaniem głową.

Gdy Konstanty zapytał go, czy pamięta telewizyjną reklamę piwa Farell, uśmiechnął się błogo.

Wyraźnie był gdzie indziej.

– Jakiego piwa?

– Farell – łagodnie odpowiedział Konstanty. – Agencja reklamowa Manhattan wykorzystała w niej herezję jednego ze zbuntowanych księży, przedstawiając go jako kapłana zamieniającego wodę z kranu w piwo, ze słowami: Są jednak rzeczy, które przemieniam.

– I co? – cicho zapytał Mielczarek, nie odrywając wzroku od morza.

– „Il Messaggero" zacytował zdanie księdza, że w kraju, z którego ksiądz pochodzi, taki grzesznik nie dożyłby wieczora.

– Musiałem go nie lubić.

– W tym rzecz – zgodził się Konstanty. – Jeden z komentatorów radiowych zauważył, że ten kraj, podawany za przykład, wydał kogoś jeszcze i dobrze byłoby wiedzieć, czy ten ktoś też tak uważa.

– Co mu odpowiedziano?

– Komentatorowi?

– Właśnie.

– Kłopot polegał na tym, że nic. Rozumie ksiądz nie-zręczność tej sytuacji?

– Powiedzmy. Co przesądziło o moim wygnaniu?

– Fotografia.

– Fotografia?

– Przed dworcem Termini ksiądz w otoczeniu zgrai wygolonych, mazowieckich osiłków w skórzanych kurt-kach, uformowanych w Legion Maryi, z podpisem: On nie jest sam.

Reakcja sufragana Vieriego była natychmiastowa. W liście do Sycylijczyka napisał o braku jakiejkolwiek chrześcijańskiej refleksji młodego polskiego kapłana i jego niezdolności do wybaczania.

Barbazza nie mógł się do tego nie odnieść. Chciał czy nie.

Myśl pierwsza była taka, że wraca ksiądz do kraju. Gdy się to rozniosło, nie było w Polsce diecezji, która nie chciałaby księdza przyjąć. Sycylijczyk uznał w swej bezgranicznej roztropności, że taka demonstracja nagłoś-ni tylko sprawę ze swej natury do natychmiastowego wytłumienia.

Żaden włoski klasztor z kolei nie chciał księdza przy-garnąć; zasłaniały się wymogami własnych reguł.

Znalazł się człowiek, który podpowiedział Barbazzie w miarę odległą od Rzymu samotnię, co nie rozproszy księdza, kiedy ksiądz wróci do swej rozbabranej dyser-tacji doktorskiej o Dunsie Szkocie.

Fakt, że samotnia przypomina południową Sycylię, z której pochodzi kardynał, nie był tu bez znaczenia, jak i to, że wyspa indoktrynowana przez wahhabitów mogła sprawdzić księdza, hartując wiarę jak stal lub obnażając jej powierzchowność.

– Interdykt? – zapytał po dobrej chwili Mielczarek, obracając między palcami plastikową zapalniczkę. Nie sprawiał wrażenia człowieka zainteresowanego swoją winą.

Nęciło go morze. Można było pomyśleć, że zainteresowany jest wyłącznie jego przyjaźnią, że równie obojętne są mu pytania, które zadaje, jak i odpowiedzi, jakie otrzymuje. Przeciągnął palcami po krwawych zadrapaniach, jakie miał na szyi, zapewne od tępej maszynki do golenia. Wypluł przez barierkę pestkę oliwki. Podniósł z posadzki kawałek okularowego szkła i spojrzał przez nie w niebo.

– Właśnie próbowałem to księdzu przedstawić – rzekł Konstanty. – Czy bez powodzenia?

– Nie, czemu? – Mielczarek wzruszył obojętnie ramionami. Dodał, że jeżeli ma być szczery, to trudno mu się powstrzymać.

– Przed czym? – zapytał Konstanty.

– Przed kąpielą – odpowiedział Mielczarek. – Nie mogę się powstrzymać.

Konstanty wstał z fotela, zbliżył się do metalowej barierki i przypatrując się błękitnoseledynowej, przejrzystej jak kryształ wodzie, przypomniał, że morze ma Mielczarek na co dzień, co do niego natomiast, to wkrótce odpłynie łodzią motorową na kontynent z portu w Alawi, gdzie musi jeszcze dojść.

Usłyszeli ryk osła i daleki śmiech dzieci.

Złotopióry ptak sfrunął z palmy i przysiadł na barierce. Przypatrywali się sobie z Mielczarkiem.

Ptak miał krwistoczerwone pióra pod lotkami i sierpowaty dziób, nadający mu wyraz zafrasowania. Mielczarek wyciągnął do niego dłoń. Ptak zesrał się na betonową krawędź tarasu i odleciał.

– Dobry wybór – mruknął Mielczarek. – Ta wyspa to dobry wybór. Czuje się tu Boga.

Podniósł twarz ku niebu, zamknął powieki i dodał cicho:

– Boga wszystkich.

– Z największą radością powtórzę to kardynałowi – ucieszył się Konstanty.

– Nie każdy trafia do raju, mnie się to zdarzyło.

– Z zazdrości spłonie kardynał.

Po chwili Konstanty podniósł ze stolika plik kartek zapisanych równym, pochyłym pismem.

Na pytanie, co to jest, odpowiedział, że Szkot; Duns Szkot.

Mielczarek się skrzywił. Z żalem oderwał wzrok od wody. Z większym jeszcze zwrócił go na chudą, uduchowioną twarz Konstantego, zadał sobie gwałt i począł myśleć.

Nie było to przyjemne zajęcie.

Naprężał się, aż żyła mu wyszła. Zaglądał w głąb siebie. Zamknął powieki i zacisnął dłonie na oparciu fotela. Pochylił głowę i wystękał:

– *Doctor subtilissimus. De primo principio.*

Konstanty się z tym zgodził. Wertując kartki, dodał, że go się w nich czuje.

– Kogo? – zapytał Mielczarek.

– Boga – odpowiedział Konstanty. – To, co ksiądz napisał, jest mądre i dobre, jakby Bóg księdza prowadził. Dawno nie czytałem niczego równie ożywczego, zmywającego skorupę ortodoksji.

Mielczarek zapytał zdziwiony, o czym mowa.

Równie zdziwiony Konstanty odpowiedział:

– O księdza rozprawie doktorskiej. Jest wzruszająca. Nic nie sprawi kardynałowi większej przyjemności niż wiadomość, że nie marnuje tu ksiądz czasu.

Nie ukrywając podniecenia, okrążał taras długim krokiem. Kusa sutanna zawijała mu się na muskularnych łydkach.

– Spotkanie Szkota ze świętym Franciszkiem na Sorbonie i ich długa rozmowa w kampusie uniwersyteckim o duchowości wilka z Gubbio jest mądra, ożywcza, teologicznie w najwyższym stopniu uzasadniona.

Mielczarek wypuścił powietrze. Podniósł głowę. Zamrugał powiekami.

Bywa, że wytrąca nas coś z błogostanu. Sięgamy wtedy po gniew, który wcale w nas nie wygasł, tylko zszedł na bok w chwili bezmyślnego spokoju, jaki w sobie celebrujemy. Użyjemy gniewu, a gdy zrobi, co ma do zrobienia, wrócimy do rozkoszy spokoju. Nic nie stoi na przeszkodzie, by tak było.

Jest jedno, jest i drugie.

Fakt, że pozostajemy przy gniewie, który nas męczy, a nie wracamy do błogostanu, który nas ożywia, nie bierze się z naszej woli, tylko charakteru broni, użytej do obrony.

Przeklinamy wtedy moment, w którym zdecydowaliśmy się użyć gniewu, w istocie, przeciw sobie.

Zaciskamy konwulsyjnie szczęki, czujemy pulsowanie skroni, skurcz żołądka, napięcie całego naszego rusztowania, nagłe potnienie rąk i z jeszcze większym gniewem odpędzamy gniew.

I tak z każdą sekundą pęcznieje w nas gniew na gniew, a błogość, która nami tak niedawno władała, oddala się i bezużytecznieje.

Nie wiadomo, co pomyślał Konstanty, gdy kątem oka zauważył, jak Mielczarek poruszył się gwałtownie na fotelu i jak, nie spuszczając wzroku z morza, przestał na nie patrzeć. Jak stracił całe swoje zachwycenie światem, wprowadzony przez Konstantego w mroki średniowiecza.

A przeciw mrokom było to przecież napisane, za słońcem, morzem, ciepłem, zdrowiem i młodością.

Przeciw wszystkim mrokom, gniewom, karom, zadośćuczynieniom, winom, pokutom, przeciw lękowi i srogości.

Trzeba było, tak czy owak, gniew Mielczarka uprzedzić, nim usadowi się w nim na dobre.

Dlatego słowa Konstantego nie popłynęły łagodnie jak dotychczas, tylko rwać poczęły wzburzoną rzeką. Gdy zapytał, co jest nonsensem, to głos podniósł do krzyku.

– Spotkanie Franciszka ze Szkotem? Dzieli ich sto lat, zgoda! Nawet gdyby cudem jakim się o siebie otarli, nie ma takiej siły, która zachęciłaby Dunsa do rozmowy o wilku z Gubbio, zgoda! Wiele argumentów za tym przemawia, zgódźmy się, że dociekliwość Szkota i jego matematyczna wręcz skrupulatność wystarczają. Ale skoro już o tym mowa, nigdy nie lubił ksiądz tego łazęgi z Asyżu…

Mielczarek skinął głową. Ale spojrzenie jego mówiło: Może straciłem pamięć, lecz nie rozum.

Z drugiej strony trzeba oślepnąć, by nie dostrzec, że morze nęci go bardziej, niż katuje gniew. Gniew, prędzej czy później, odejdzie, morze jest wieczne.

Czym głębia myśli, logika wywodu, władczość ontologii, niepodważalność teodycei, gotowość intelektu wobec chłodu morza i jego seledynu.

– Marnością – szepnął niezapytany o to Mielczarek.

Konstanty złamał się wpół. Twarz jego zawisła nad kapłanem.

– Marnością – powtórzył Mielczarek.

Konstanty znieruchomiał. Opuścił długie ręce wzdłuż tułowia.

– Chcę móc powtórzyć to kardynałowi.

Przespacerował się majestatycznie.

– Chcę powtórzyć kardynałowi, że przekonał się ksiądz do łazęgi z Asyżu, zdjął Szkota z piedestału, polubił Claudię Reiman, wybaczył zbuntowanemu kapłanowi przemieniającemu wodę w piwo Farell. Raz na zawsze pożegnał osiłków z dworca Termini. Że na bezludziu wyspy poznał ksiądz miarę rzeczy. Chcę mu to powtórzyć.

Mielczarek się uśmiechnął. Spojrzał wymownie na swój tandetny, kwarcowy zegarek.

Zaparzył kawę w zdezelowanym, włoskim ekspresie.

Zapach arabiki rozsnuł się po tarasie. Zwabione nim żuczki, gąsieniczki, jaszczurki, stworki takie i siakie powyłaziły ze swych kryjówek. Słońce stanęło już całkiem wysoko i na tarasie zaczęło brakować cienia.

Mielczarek przejrzał rękopis obojętnie i mruknął, że praca najwyraźniej idzie mu powoli.

– To zrozumiałe – rzekł Konstanty.

– Widzę – Mielczarek wskazał kusą sutannę Konstantego – że Rzym na was oszczędza.

– Zbiegła się w praniu – wyjaśnił sucho Konstanty.

– Zauważyłem.

– To ja oszczędzam na sobie. – Konstanty zdjął ze swego buta brunatną gąsieniczkę i przeniósł ją na wałek zwiniętej markizy. – Zawsze uważałem, że cnota ubóstwa jest najmilsza Panu. Kardynał kilkakrotnie zwracał mi uwagę, bym się z nią nie obnosił i sprawił sobie coś odpowiedniego dla mego wzrostu, gdyż w za krótkiej sutannie wyglądam ofermowato.

– Nie mogę nie przyznać mu racji.

– Uważam jednak, że cnota ubóstwa…

– Nie przesadzajmy – przerwał mu Mielczarek i wstał z fotela. Jednym haustem wypił gorzką, niezabieloną kawę i wszedł do wnętrza bungalowu za koralikową kurtynę. Wrócił po chwili w luźnych spodniach na zaokrąglającym się brzuchu. Zapytał Konstantego, o której ma łódź na kontynent, Konstanty powtórzył, że w południe z portu w Alawi. A do portu godzinę drogi plażą.

– No to na księdza już czas – rzekł Mielczarek i zeskoczył z tarasu na piasek. Nie oglądając się, ruszył ku morzu.

Po kilkudziesięciu krokach Konstanty spojrzał za siebie. Mielczarek pluskał się w morzu jak dziecko.

Nurkował, wyskakiwał w górę niczym delfin, rzucał się na plecy, strzykał wodą, bił o nią z zapałem dłońmi, zachęcając ją do zabawy nagi, jak go Pan Bóg stworzył.

Całym sobą oddawał się pokucie.

Konstanty omiatał go blaknącym z chwili na chwilę spojrzeniem. Jego uduchowiona twarz, z której spełzła opalenizna, świeciła biblioteczną bladością.

Wszystkie mroki świata przez nią przemawiały, wszystka jego starość.

Nie było w niej już piękna, harmonii, blasku formy.

Nie miał czego żegnać, bo nic nigdy nie wyszło mu naprzeciw.

Kormoran szybował nad wodami, poszukując rzadkich tu ryb. Monumentalne palmy tkwiły nieruchomo, zapatrzone we własną wysmukłość, złotopióry ptak wyczekiwał Mielczarka na barierce tarasu, osioł awanturował się za wzgórzem. Słońce zbliżyło się do zenitu, za godzinę z przesyconego wonią kwiatów powietrza wykluje się delikatna bryza, a wcześniej wyprzedzi go wracająca z Douz kohorta półnagich jeźdźców na krótkich, spienionych, pędzonych daktylami koniach.

Kwadrans wcześniej, widząc, jak Mielczarek zanurza się w morzu, krzyknął, że to był żart. Mielczarek nie znalazł chwili, by odwrócić się do Konstantego, uwiedziony przez morze.

Gdy Konstanty wrzeszczał, że od kilku godzin w nieswoich są skórach, wbiegając do wody z zadartą powyżej kolan suknią, to im głośniej wrzeszczał, tym mniej sobie wierzył.

Jakby przeciw sobie wrzeszczał, przeciw buntowi, który trafił w pustkę, nie wiedzieć w imię czego wzniecony. Przez moment zajął uwagę głodnej każdej sensacji gawiedzi i przepadł.

Krótka bywa z zasady rozkosz nierządu i bezpłatna, co czyni ją nieważną.

Rację miał Mielczarek; było, minęło.

A czarna suknia, w którą na powrót oblekł niepasujące do niej ciało, będzie jego przeznaczeniem. Nie postrzępione szorty, dżinsowa koszula i sandały, lecz suknia, która ogranicza i krępuje.

Przykro przyznać, sam nie jest żadną wolnością; swobodą co najwyżej z upływem czasu jałowiejącą na proch.

Zakosztowałby przemocy, ognia i żelaza.

Możliwe to? Władać nim zaczął następny kaprys, czy oddaje się sednu własnej natury?

A czy jego agresji, niechęci, usprawiedliwionego być może poczucia wyższości wobec rzymskiego wysłannika nie podyktowała zazdrość? Zazdrość człowieka słabego od buntu wobec mocnego w pokorze?

A poza wszystkim zauważył, lub tak mu się wydało, sztubacki i przytomny błysk w oczach Mielczarka, oznajmiający: Graj swoje, nierządnico. Graj swoje, bo co po mnie w zderzeniu twojej starości z młodością kardynała, twojej słabości z jego siłą, wyrafinowania twego z jego prostotą, jego biblijnej odwieczności z mgnieniem twoim. Lepiej być w raju niż między wami. Obydwaj grajcie swoje, bo w waszej różnicy jest łączność, a w mojej łączności z wami obydwoma i z każdym z was osobno rozłączność. Wiara moja jak dzwon, Bóg jak ojciec, Maryja jak matka, aniołowie jak bracia. Wiem, skąd idę i dokąd doszedłem.

Po kilku minutach Konstanty wycofał się na brzeg i ruszył bezwiednie do portu w Alawi.

Z każdym metrem, jaki oddalał go od betonowego bungalowu, między smukłymi palmami, nad brzegiem seledynowego morza, był mniej pewien wszystkiego.

I ta niepewność napawała go melancholijną nadzieją. Nadzieją, że już nic nie będzie zależeć od niego.

Z pokorą zda się na bieg rzeczy.

Cóż za ulga wiedzieć, że nie uczyni już nic w swoim imieniu. Niech Sycylijczyk zadecyduje, kim jest i kim będzie. Niech się Sycylijczyk wścieknie, rozbawi, zamyśli, niech postanowi lub nie postanowi. Niech go ukarze, poniecha, wybaczy mu albo go pogrąży.

Los swój składa w mocne, chłopskie ręce.

Niech się Barbazza zmierzy z jego przypadkiem. Niech pchnie go ku porządkowi nadprzyrodzonemu, skoro w przyrodzonym nie znalazł sobie miejsca.

Potęga miasta unosiła go w niebo.

Znów, jak przed kilku laty, miał wrażenie, że szybuje nad jego budowlami. Dobrze czuł się w roli emisariusza tej przepyszności, on, byt duchowy po osiągnięciu należytej doskonałości.

Osiągnąłem swoją wątłą miarę bytu, powie Sycylijczykowi, a teraz ty osiągnij swoją. Gdybyś jednak zapomniał, podpowiem: jedność to niepodzielność w Stwórcy.

Czuł, jak ciało z niego opada; długie, ciemne, muskularne ciało, w którym tak dobrze było mu na wyspie żyć. Długo się nim nie nacieszył.

Wiotczało pod czarną suknią z chwili na chwilę, bledło, abdykowało na rzecz tajemnicy.

Już go nie będzie miał na zawołanie.

Nie bez żalu przekonał się, że wyspa, z samej swojej natury, unieruchamia, a w życiu trzeba wędrować.

Jak się nie zna celu, to trzeba iść za tym, kto go wskaże.

Świt letni miasta jeszcze nie wybieli, gdy Sycylijczyk usłyszy: Jestem i służę, choć dupka po mnie posłałeś, Panie, jakbyś nie dowierzał głębi swego zamiaru. Jestem i służę, Don Dino. Każdej Twojej najprostszej lub najwymyślniejszej sprawie.

Tak czy owak, im bliżej był portu, tym mniej na wyspie. Stawała się tym, czym w istocie była, spłachetkiem piasku oderwanym od pustyni.

A Rzym, cokolwiek by o nim mówić, miasto wieczne.

Chotomów 2007

Jeden z zimnych dni

I

Zdarzyło się to jednego z tych marcowych dni, gdy chłód ociągającej się zimy przeszywa na wylot wraz z zawodem, jaki sprawia nam na próżno oczekiwana wiosna. Zapach ziemi i światło nie mają tu nic do rzeczy, podobnie jak leszczyny, które zdążyły już ruszyć, i krzyk dzikich gęsi.

Wracający ze szkoły Sewer zmarzł bardziej niż towarzysząca mu jak zawsze gromada kompanów, bo był od nich chudszy i gorzej ubrany.

Do lodowatego holu prowadzącego przez szerokość domu, z którego zapach wilgoci wypłaszały dopiero czerwcowe upały, jeżeli udało im się wedrzeć do pozamykanej wzgórzami kotliny, dotarł skostniały i gdy przez kamienną kuchnię wszedł do stołowego, zrozumiał, że nie ma co liczyć na ciepło, bo wysoki jak wieża kaflowy piec zakończył sezon.

Ponieważ w domu nie było nikogo z dorosłych, a nie brakowało wśród nich osamotnionych wojną kobiet, usiadł na kanapie, w której baraszkowało coraz więcej myszy, i postanowił poczekać na bronchit.

Zjawił się przed wieczorem, lecz godziny, które ze zdrowia przeprowadzały Sewera w chorobę, nie chciały się skończyć. Jak zawsze, asystowały im myśli o tajemnicach domu stojącego na uboczu życia, posępniejące, gdy nie było w nim nikogo innego.

Obecność dziadka, który od zakończenia wojny nie wiedział, co ze sobą począć, nie była w wyobrażeniach Sewera obecnością ludzką, więc czas mijał mu w samotności.

Nim pojawiły się dreszcze, a po nich fale rozpierającej od środka gorączki, nasłuchiwał odgłosów tych przestronnych, skąpo umeblowanych wnętrz, zwierząt, co je zamieszkiwały, duchów ludzi niechcących się stąd wynieść, doskonałej konstrukcji, która po stupięćdziesięcioletniej służbie dawała do zrozumienia, że można by wreszcie coś dla niej zrobić.

I to, co było intrygującym życiem tej budowli, przypominającej swymi dwoma wieżyczkami i gankiem wysuniętym na ogród jak lufa armatnia coś służącego obronie raczej niż gościnie, wraz z falami gorączki i dreszczy degenerowało się w przesąd o nieuchronności wszelkich lęków.

Zjawy, dziwy, fantasmagorie, przywileje dzieciństwa i częściej jego obowiązki, wszystko to, co składało się na jedenastoletnie życie Sewera, które w chwilach zdrowia i obecności oddanych mu kobiet było ryzykowną czasami przygodą, w dreszczach, gorączce, osłabieniu, mdłościach stawało się ciemne, obce, niebezpieczne.

W półmroku szybko uciekającego dnia każdy z oswojonych fragmentów otaczających go przedmiotów dziczał i zaczynał żyć swymi historiami, w których nie było nic dobrego.

Landszaft na spękanej ścianie nie przedstawiał letniego popołudnia przy młynie wodnym, tylko zapowiedź dramatu między dwojgiem kochanków, z których jedno nie doczeka wieczoru.

Stół rozsuwany na czternaście osób, na którym kazano mu codziennie przez kwadrans leżeć, bo się garbił, przypominał narzędzie tortur, jakie oglądał na rycinach zaśmiecających letnie pokoje na strychu. Poprzedni niemieccy właściciele musieli się w nich lubować.

Niewygodna, przywodząca na myśl lokomotywę kanapa, obita czymś śliskim, zgniłozielonym, nieustępująco zimnym, teraz zionęła chłodem cmentarza, grobowca, zakazanej krypty.

Piękne krzesła obite skórą, otaczające stół z trzech stron, zaczęły zamieniać się miejscami bezszelestnie i zwinnie jak drapieżniki przed morderczym rajdem, a wypchany puszczyk nad oknem, cały w pajęczynach, jak zawsze w takich sytuacjach ożywał.

Nawet to, co ze swego przeznaczenia było poczciwe i oswojone, myszy od pokoleń zamieszkujące kanapę, których dziadek nie pozwalał niepokoić, przemieniały się jedna za drugą w zastęp bezlitosnych szkodników pchających przed sobą zarazę, na jaką nie ma ratunku, a mysi zapach, w zimowe dni znośny, zamieniał się w smród, od którego się wymiotuje.

Nie było miejsca w tym interesującym, przepastnym, zaniedbanym domu, gdzie można by znaleźć schronienie lub jakiś strzęp bezpieczeństwa.

Nawet letnie dni wypełnione kobiecą pogodą i rozdokazywaniem dzieci zjeżdżających się na wakacje, nawet letnie dni czuły się w tym domu nieswojo, a co dopiero marcowe popołudnie, zimne, jakby to był styczeń.

Nieobecność dorosłych, dwóch ukochanych psów, które jednocześnie przepadły, bo je najpewniej zamordowano, i szurające na górze kroki dziadka niczego w tym względzie nie rozjaśniały.

Co do dziadka, to Sewer czuł przed nim respekt, gdy był zdrów. Kiedy brała go w objęcia choroba pierwsza z brzegu, bo łatwy miały doń dostęp, to respekt przechodził w onieśmielenie gorsze czasami od strachu. Tym bardziej że prawo dziadka do dziwactw i brutalności nie było ani w domu, ani poza nim kwestionowane.

Dziadzio po innej jest stronie, mawiała jego siostra, ciotka Rina. Po innej niż my i wszyscy inni. Na pytanie Sewera, czemu, odpowiadała: No cóż, wystarczy na niego spojrzeć.

Rzeczywiście, starość nie zgasiła w nim tych przewag, jakimi terroryzował innych. Reprezentował ten rodzaj skłonności do zachowań gwałtownych, jakie wyróżniają mężczyzn niewysokich, zwartych, pleczystych, panujących nad swoją substancją, która z wiekiem nie przechodzi w bezkształt.

Był egzemplarzem nie na swoje czasy i tylko przypadek zrządził, że trafiła mu się ta niebywała wojna rozpleniona po bezkresach Rosji, której udało się wywołać z otchłani czasów całą egzotykę i zaprząc w służbę sprawie może i anachronicznej, lecz malowniczej.

Znalazł się obok chanów, esaułów, junkrów, kamerjunkrów, kadetów, atamanów, hetmanów i bałtyckich baronów, którzy ponazywali się może na niby, ale wojnę prowadzili na serio, bez miłosierdzia, o jakie część z nich można by podejrzewać.

Ilekroć wiele lat potem Sewer wspominał dzieciństwo, to przed oczyma stawał mu dziadek z pytaniami, na jakie rzeczywistość nie odpowiadała, a rosyjska wojna domowa jak najbardziej, więc jej nie zapominał.

Całą młodość się do niej sposobił, myślał Sewer wiele lat potem, i żył nią nie jak kondotier, który zrobił swoje i odszedł, lecz niepoprawny marzyciel.

Na swój sposób, odpowiedziała ciotka Wanda, w przeciwieństwie do ciotki Riny młoda i zajęta życiem, gdy Sewer zapytał, czy dziadzio jest nieszczęśliwy.

Ale nie próbuj go o to pytać, dodała babcia. Nie próbuj nigdy.

Do głowy by mu to nie przyszło.

Przez jedenaście lat teoretycznie wspólnego życia nie zapytał dziadka o nic i nigdy z nim nie mówił. I nawet jeżeli dziadek hołdował zasadzie wołyńskiego dworu, że z dziećmi się nie rozmawia, dopóki nie mają nic ciekawego do powiedzenia, że od rozmów z dziećmi są wynajmowane w tym celu guwernantki, to jego milczenie i upór, by nie nawiązać żadnych więzów z jedynym wnukiem, zastanawiały. A drwina, z jaką przypatrywał się temu chorowitemu, wojennemu dziecku, a potem chłopcu, nawet jeśli uzasadniona, nie była sprawiedliwa. Ani ludzka.

Sewer nie zapowiadał się dobrze, zgoda. W rodzinie wyróżniającej wszelkie sprawności i przewagi nie miał czego szukać i być może plamił nazwisko, ale był konsekwencją cudzych win, a nie przyczyną.

Rozumiała to siostra dziadka, gdy powtarzała: Nie przypominasz ojca, i Sewer dostrzegał na jej ogorzałej, lwiej twarzy ten sam niepohamowany grymas pogardy, gdy sprawiedliwie jednak dodawała: Ale masz do tego prawo.

Kłopot z dziadkiem polegał na tym, że tego prawa nie uznawał.

I gdy lata potem Sewer doszedł do przekonania, że ta postawa, jakkolwiek bezwzględna, była racjonalna, to upór dziadka, by nie przyjmować do wiadomości niczego na temat wnuka, włącznie z tym, co powinno ucieszyć – chłopiec zapowiadał się na szkolnego prymusa w sportach wymagających zwinności i refleksu – zdumiewała. Jakby to nie miało nic do rzeczy. A przecież miało, bo sportowy talent umożliwił Sewerowi ukończenie wyższej szkoły wychowania fizycznego i zdobycie uprawnień komplementowanego trenera kobiecego ping-ponga.

Ale tego zimnego, marcowego popołudnia o zmierzchu przycupniętym za rogiem, przyszłość to był, co najwyżej, następny dzień.

Głuchemu uderzeniu, od którego z sufitu posypał się tynk, towarzyszył, jak zawsze, stek przekleństw soczystszych od tych, jakie ubarwiały ulice, knajpy, szkoły i wszelkie inne miejsca publiczne. To mogło znaczyć, że w starczej złości dziadek cisnął o podłogę jedną z niemieckich, ciężkich jak kowadło, encyklopedii, bo miał je pod ręką wyłącznie w tym celu.

A potem, jak zawsze, zrobiło się cicho, bo dziadek na nic więcej nie znajdował sił ani ochoty. Być może zapadł się we wspomnienia, które miały już go dość lub, na odwrót, nęciły go tym mocniej, im więcej ich dzieliło. Ale nad tym Sewer już się nie zastanawiał, bo dreszcze przeszły w gorączkę, od której jest jeszcze zimniej; czuł mdłości na myśl o jedzeniu, mimo że od rana nie miał nic w ustach.

Zwinne krzesła nieustannie zamieniały się miejscami, a wypchany puszczyk z rogu pokoju zatrzepotał skrzydłami i po chwili powtórzył to raz jeszcze.

W ciężkim śnie, jaki zawładnął chłopcem, na niezachęcającej do tego kanapie, były tylko, sunące jeden za drugim, lodowate opary, z których nie wyłaniało się nic.

II

Dotknięcie nie było żadnym z tych, jakie znał.

Kochające go kobiety dotykały inaczej. Na ramieniu poczuł dłoń ciężką i niepewną. Gdy otworzył oczy, nie miał wrażenia, że widzi przed sobą dziadka: raczej kogoś, kto go przypomina. Któż jednak mógł przypominać dziadka w domu, w którym oprócz dziadka nie było nikogo innego, kto mógł go przypominać, jak to się zdarza w innych domach, rodzinach, miejscach?

– Zwracam książkę – rzekł dziadek, dotykając okładki z wyraźnym cieniem wilczycy na kanadyjskim śniegu.

Chwycił jedno z tych zwinnych krzeseł, jakie maligna Sewera puściła w ruch wokół stołu, i ujarzmił je pod sobą. Pochylił się nad wnukiem i ten poczuł zapach papierosów, które dziadek sam sobie skręcał.

– Jest sama, wzruszająco sama – powiedział głosem, który Sewer znał wyłącznie z narzekań, skarg, połajanek, złości. – Nie ma co liczyć na interwencję sprawiedliwego gubernatora, litościwego ojca, dobrego Pana Boga, jak każdy z nas. Jest sama, więc wielka.

– Kto, dziadziu? – zapytał Sewer, wciskając się w oparcie kanapy na tyle, na ile ten twardy, nieprzyjazny mebel pozwalał.

– Wilczyca – odpowiedział dziadek. – Szara wilczyca.

Pochylił krótko ostrzyżoną szpakowatą głowę, gdy oparł łokcie o kolana. Jego astmatyczny oddech od setki papierosów wypalanych dziennie, który słychać było czasami w całym domu, ucichł.

– Ślepy los, mój mały, uchronił nas przed obecnością w jej bezbronnym, zdanym na siebie świecie, choć niczym, absolutnie niczym sobie na to nie zasłużyliśmy.

Sewer wzruszył ramionami. Wydało mu się, że chaos, gdyby znał to słowo, w przejmującym zimnie pustego domu ktoś próbuje ogarnąć i że to nie jest dziadek; może ten trzeci, który go tu przyprowadził.

– Nie wywiniemy się z tej historii, mój mały – usłyszał – do końca naszych dni. Bo choć szara wilczyca jest z innej, tajemnej rzeczywistości, to bierzemy za nią odpowiedzialność. Bo tu nie ma żartów. Jak wnyk to wnyk, jak strzał to strzał, jak rana to prawdziwa, nie jak u czterech muszkieterów, koło których, dam za to głowę, już się kręcisz.

Sewer nie wiedział, o jakich muszkieterach mowa, lecz odrzekł, że tak, bo nie był gotów na żaden sprzeciw.

W ciszy, jaka między nimi zawisła, odezwał się jeszcze ciszej:

– Znów jestem chory.

– Mówiła mi Wanda – odrzekł dziadek niewiele głośniej – że często ci się to zdarza.

– Wtedy nie chodzę do szkoły i wszyscy są niezadowoleni.

– Nie mogą się tam bez ciebie obyć.

– W szkole?

– A jakże.

Chłopiec czuł na twarzy spojrzenie dziadka, które blakło. Zauważył smugę zielonego atramentu w górnym rogu okładki książki, której sobie nie przypominał. Powiedział:

– *Szara wilczyca* to prezent dla dziadzia.

– Nie mogłeś sprawić mi lepszego. Wiesz, jak to jest z prezentami; na nic się nie przydają. Ale twój jest akurat. Powiadam Wandzie, że książkę chciałbym zatrzymać na czas jakiś. Zapytaj Sewera, pouczam ją, czy to możliwe. A Wanda, że pytać nie musi. Sewer będzie dumny, jeśli stryj zechce ją przyjąć. Czemu nie, pomyślałem; skoro ma być dumny...

– Nie wiem, co mam powiedzieć, dziadziu.

– To tak jak ja. – Dziadek pochylił się jeszcze niżej; nie było w nim tej starości, jaka trwoży lub, co gorsza, upokarza. – Zszedłem tu na dół, pochyliłem się nad tobą i za diabła nie wiem, po co.

– Tym bardziej że znów jestem chory.

– To akurat nie ma nic do rzeczy. Chodzi o to, mój mały, że czegośmy sobie nie powiedzieli, już nie powiemy.

Czas upływał im w zimnie, które nie pozwala się do siebie przyzwyczaić. Sewer miał wrażenie, że dziadek też je odczuwa, bo nie było w nim tej pychy, jaka odstręczała innych, tylko pokora, z którą nie było mu do twarzy. Dziadek coraz szczelniej owijał się szlafrokiem. Miał wyłączne prawo do ciepła w tym domu, toteż u niego w pokoju stał szwajcarski piecyk gazowy w kształcie niewielkiego kaloryfera. Skoro zszedł na dół do pokoi, których od tygodnia nikt już nie ogrzewał – pomyślał Sewer – to musiało się zdarzyć coś, o czym zaraz się dowiem. Póki co, powiedział:

– To dlatego, że się nie znamy.

– A czemu niby mielibyśmy się znać?

– No, nie wiem – wyszeptał Sewer. – Ale ciotka Rina mówi, że nie przypominam ojca i to dlatego.

– Być może.

– Że się garbię i jestem paskudny.

Dziadek rozłożył ręce. Nie było w tym zaprzeczenia.

– Ale że to nie moja wina.

– A kto mówi o winie, mój mały?

– I że się ciągle czegoś boję.

– To tak jak ja.

– Dziadzio się boi?

– Nawet wtedy, gdy w mym życiu był tylko blask.

Sewer poczuł się lepiej. Nie wiedział jeszcze, że wszystko, co podzielone, łagodnieje, choć musiał być już wystarczająco dorosły, by się domyślić, że dziadek nie mówi prawdy. Że całe życie dziadka w młodości i wieku męskim było mijaniem się z lękiem. Że dziadek przyznał się do czegoś, o czym nie miał pojęcia, i że to piękne z jego strony, bo przecież nie przyszło mu łatwo. Sewer poczuł wdzięczność, jak nigdy do nikogo. Nawet nieśmiało wyciągnął dłoń, która zatrzymała się jednak w powietrzu, gdy zauważył, że dziadek mimowolnie się cofnął, dodając:

– Dlatego tak zasmakowałem w książce, którą mi podarowałeś, mój mały. Bo ona opowiada o samotności i lęku. Chcesz zapytać, przed czym?

Sewer zaprzeczył.

– I słusznie, bo tego nie wiemy. Na przykład teraz boję się bardziej niż kiedykolwiek, ale gdybyś był ciekaw czego, to nie odpowiem.

Ale Sewer, w istocie, ciekaw nie był. Rozumiał lęki, jak większość dzieci zdanych, koniec końców, na siebie, i wiedział, że rzadko mają jakąś jedną przyczynę. Powiedział po namyśle:

– Zaraz przyjdzie babcia i ciotki i już nie będziemy się bali.

– Jasne, mały, ale póki ich nie ma, pozwolisz, że posiedzę przy tobie. – Dziadek szurnął krzesłem. – Nie chcę być sam.

– Ja też, dziadziu. Czy ten puszczyk ożył?

Dziadek spojrzał ponad okno. Niewiele już tam można było zobaczyć. Rzekł cicho:

– Posiedzę przy tobie.

– Teraz?

– Jasne.

– Jeszcze trochę?

– Ma się rozumieć.

– Aż wróci babcia i ciotki?

– Może nawet dłużej.

– Dłużej? – zapytał Sewer już we śnie i ze snu usłyszał odpowiedź:

– Może.

Bo sen przyszedł jak na zawołanie. Nagły i głęboki. Taki sen, który korzysta ze stworzonej mu okazji. Jaki odwiedza nas w dzieciństwie, pierwszej młodości, po fizycznym wysiłku zagłuszającym niepokoje. Jaki bywa przywilejem ludzi zadowolonych z siebie, osadzonych w zdrowiu.

Lata zatarły wiele szczegółów, które składają się na pamięć, ale wspomnienie tego snu i spokoju, jaki go poprzedził, poczucia, że odpowiedzialność za nas bierze na siebie ktoś, kto okazał się, może nawet wbrew sobie, bliski, została w pamięci Sewera na zawsze.

III

Lubił ten poranny rozgardiasz, niczym nieuzasadnioną wesołość, jaką każdego dnia wprowadzały do domu owdowiałe w czasie wojny młode jeszcze ciotki, ucieszone godzinami, jakie je dzielą od popołudniowej lub nocnej zmiany w szlifierni szkła.

Babcia odsypiała wieczorną buchalteryjną mordęgę w miejscowym gospodarstwie rolnym, a ciotka Rina parzyła kawę na spirytusowym prymusie; to jedyny luksus, dostępny zresztą tylko najstarszemu pokoleniu, na jaki ten zapuszczony dom sobie pozwalał. Jeżeli do tych przejawów życia można było dodać własne, usprawiedliwione chorobą lenistwo, to ósma rano bez względu na porę roku była naprawdę przyjemna.

Poranne osłabienie po nocnym ataku gorączki, choć przykre, gdy choroba była zaliczana do niewystarczających, jak to w przypadku bronchitu i wszelkich innych skrofulicznych bywa, tylko dołączało do błogości nieróbstwa w żelaznym łóżku z powyciąganą siatką sięgającą podłogi. Mógł wtedy bezkarnie domagać się płynnego owocu z białą pianką na wierzchu i cukru do podawanych na talerzu kromek chleba z margaryną Ceres.

Nikt mu nie robił w związku z tymi zachciankami wymówek, bo wraz z postępami choroby stawał się coraz ważniejszy nie tylko dla dwóch starych kobiet, które mu się poświęciły, lecz również dla ciotek wraz z tajemnicami ich młodego jeszcze życia.

Tak też niby było i tego poranka w połowie zimnego marca.

Słyszał lekkie kroki ciotki Riny i nieco dosadniejsze ciotki Wandy, i stukot ich obcasów na stromych schodach, które pokonywały kilkadziesiąt razy dziennie, skacząc czasami po dwa, trzy stopnie naraz.

Ale dom wyjątkowo nie pachniał kawą, a ciotka Rina ani razu nie zaniosła się śmiechem, który tak bardzo irytował dziadka, że mieszał się z jego przekleństwami.

Dziś nie było ani śmiechu, ani przekleństw; babcia ubrana jak do wyjścia, a ciotka Rina starsza nieobecna, jakby nie wróciła jeszcze z brydża u dalekich sąsiadów, choć nigdy wcześniej to się nie zdarzało.

Chciał poprosić o *Archipelag ludzi zaginionych* lub *Młodą Gwardię*, które czytał w zależności od rodzaju niedomagania na zmianę, gdy zrozumiał, że nikt z dorosłych mu nie usłuży i nic dla niego nie zrobi, bo wrażenie, że ten marcowy poranek przypomina wszystkie inne, jest mylące.

Dom został przesunięty w stronę, jakiej nie znał.

Nawet z nieodległej ulicy składającej się głównie z dziur i rozpadlin nie dochodził żaden odgłos, jakby ją zamknięto.

Sewer wydobył się z przepaści łóżka i wsparł plecami o metalową ramę. Poczuł chłód nieogrzewanego pokoju.

Pomyślał, że którejś z dwóch książek będzie musiał poszukać sam i że wolałby znaleźć *Młodą Gwardię*, gdy na jego kolana twarzą w dół runęła ciotka Rina starsza, owinięta czarnym szalem. Jej długie, siwe włosy rozsypały się na kocu i jak nigdy przypominała krzepką wiedźmę. Szerokie plecy rozrywał spazm za spazmem. Było w tym coś z koszmaru sennego, który pomylił adres. Dzika, pierwotna emocja nieznana temu domowi, gdyż nawet fanaberie dziadka były z cywilizacji oswojonej.

– Umarł! – krzyknęła stara ciotka i ogarnęła się, przywołała do porządku, zacięła w gniewie na opatrzność, czy w co tam wierzyła. – Po wszystkim, Sewer. Już po wszystkim.

Jest ciężka jak zwierzę, pomyślał Sewer, zastanawiając się, czy jego cienkie jak zapałki nogi wytrzymały uderzenie.

– Runął, jak stał – rzekła ciotka Wanda, przechodząc przez pokój z brudnymi prześcieradłami pod pachą. – Wczoraj po południu lub wieczorem. Musiałeś słyszeć.

Sewer zastanowił się i zaprzeczył.

A więc dziadek umarł wczoraj przed zmierzchem, niespodziewanie. To prawdopodobne, bo gdyby nie umarł, to by go nie odwiedził.

Ale kto w takim razie zwrócił mu książkę i zostawił ją w pokoju stołowym.

– Co za książka, dziecko? – zapytała babka, najszlachetniejsza wobec straty.

– *Szara wilczyca* – odpowiedział Sewer. – Jest w stołowym na kanapie.

– Jest w rzeczach dziadka. Wiem, że mu ją pożyczyłeś, ale nie czas jej teraz szukać. Będę o niej pamiętała. Pomódl się.

Spróbował; nie wyszło.

Lecz jego myśli były nieprzebrane. Pojawiały się jedna za drugą, nie ustępując sobie miejsca, i tak już zostało na lata.

Kobiety, które doprowadziły go do młodości, odeszły. Z młodszymi stracił kontakt. Dziadek obojętniał. Przepastny dom stawał się składem rzeczy niepojętych. Miał gdzie wracać, lecz na krótko.

Książka przepadła, najpewniej w ferworze zmian po zmarłym, wyrzucona przez jedną z młodych ciotek z tą ulgą, jaka towarzyszy porządkom po ludziach starych.

Jedyne poza nazwiskiem ogniwo łączące go z dziadkiem – w miarę upływu lat stawał się coraz czytelniejszym jego przeciwieństwem – skruszało i pękło.

– Coś bym dla pana miał – rzekł sześćdziesiąt lat później zaprzyjaźniony antykwariusz, gdy Sewer bez powodzenia próbował mu wcisnąć zaczytane książkowe delikatesy. – Nie policzę wiele.

Na ladzie spoczęła wiotka, zakurzona książka z blaknącą plamą zielonego atramentu. Cień wilczycy na kanadyjskim śniegu złagodniał.

Sewerowi drżały palce, gdy w swym kawalerskim mieszkaniu odwrócił okładkę, a potem stronę tytułową. Rozpoczął czytanie, czując, jak proste, niedługie zdania tej prostej, niedługiej historii przytłaczają go ciężarem, z którym nie mają związku.

Ruszyło ku niemu coś niemego, niewyrażalnego, spoza książki, którą być może stary antykwariusz latami przechowywał, by wręczyć w dniu nieprzypadkowym. Powtarzając półgłosem słowo za słowem, Sewer żegnał życie, w jakim poza paniką i telewizją nic mu się nie zdarzyło. Jest sama, więc wielka, powtórzył w duchu słowa dziadka sprzed lat. Nigdy nie dzielił z nikim samotności, niedostatku, tych peryferii, na jakie pchnęła go opatrzność, zbyt pokorny, by takiego podziału domagać się od losu, ale teraz postawił sprawę twardo. Jeżeli szara wilczyca jest wiadomością, jakiej się, skądinąd, spodziewał, to ma mu naprzeciw wyjść ulga i wziąć go w posiadanie jak wtedy, gdy poznał i pożegnał dziadka. Należy mu się za ten żart, jakim było jego życie. Przepędzany uporczywie ze wzruszeń, na które w dzieciństwie i młodości tak bardzo był łasy, zażądał zmiany. I los na to przystał.

Marzec nas nie rozpieszcza – rzekł prezenter pogody z włączonego na okrągło telewizora. – To kolejny z zimnych dni. Na wiosnę będziemy musieli jeszcze poczekać.

Ale Sewer, jak nigdy przejęty wzruszeniem, tej prognozy mógł już nie usłyszeć.

Chotomów 2014

Na werandzie

Ilekroć wspominał ludzi, którzy przeminęli, przychodziły mu do głowy ich powiedzenia, potem sylwetki, rysy twarzy, spojrzenia i nastrój, jaki umieli wprowadzić, a na końcu ich życie, jeżeli coś o nim wiedział.

Z profesorem P. było inaczej. Choć szafował na prawo i lewo apodyktycznymi sądami, własnymi lub częściej zasłyszanymi – życie to ordynarna rzecz; bogaci mają bogów, biedni VIII Armię; jak każdy poganin jestem dobrym chrześcijaninem – to rzeczą, jaką on zapamiętał z pełnych wigoru, kilkutygodniowych wizyt profesora w domu dziadków, była stanowcza opozycja wobec rosyjskiego skrzywienia, które ten dom zdemoralizowało.

Gdzie spojrzeć, walały się zwłoki rosyjskich książek, odartych często z okładek, przypalonych papierosami, pozalewanych kawą, czasami wręcz wypatroszonych, zamęczonych nieustannym odczytywaniem lub równie śmiertelnie dotkniętych obojętnością, gdy zdarzyło im się sprawić zawód.

Nieodnawiane od wojny ściany upstrzone gazetowymi reprodukcjami rosyjskich dali z Szyszkina, Szczedrina, Worobjowa – same w sobie ujmujące – w bezładnym nagromadzeniu wprowadzające chaos raczej i zmęczenie niż urodę, której zapewne miały służyć.

Powyrywane z kontekstu kawaleryjsko-myśliwskie utensylia, jak skórzana ładownica, harap, jeden but do konnej jazdy czy połówka hołobli powystawiane gdzie bądź, wprowadzały wrażenie tymczasowości, zaprzeczając, najdyskretniejszej nawet, idei domu.

Musiały stanowić namiastkę głębokiego Wołynia – myślał, gdy z upływem lat coraz chętniej wracał do wspomnień dzieciństwa – skłamaną projekcję pejzaży, światła, zapachów, pór roku, jaką dom żył od wojny, i odgrywającą swą rolę w przeciwieństwie do niemieckich landszaftów, o które w tych stronach nie było trudno.

Rasowy Bachstein, zaraz po wojnie przejęty przez władzę na rzecz przyszkolnego gospodarstwa rolnego, gdzie spełniał się jako kurnik, a w pierwszym roku odwilży zwrócony za symboliczną opłatą, służył teraz muzycznym frazom, które nieźle go musiały zdumiewać.

Ciotka Irena, zwana podobnie jak siostra dziadka Riną, grywała na nim melodyjki, jakie niektórych cofają natychmiast pod ścianę, a innych zjednują swą rzewnością na całe życie.

Jesiennymi wieczorami, gdy deszcze spływały szybami okien i tymi miejscami, w jakich zastępowała je dykta, słychać było wiersze symbolistów, o których zaczęto źle mówić, lub myśliwskie zwierzenia Turgieniewa; bez niego rosyjska literatura mogłaby się, podobno, obyć.

Pięknie czytane przez siostrę dziadka lub nieco gorzej przez jego obydwie siostrzenice przywoływały rzeczywistość nieznaną z autopsji tej rodzinie, a jednocześnie jej własną, i nawet on, kilkuletni, a potem kilkunastoletni, rozumiał uczucia pięknej damy, brawurę Katki rewolucjonistki, niedolę Zofii Fiodorowny czy szaleństwa Czertopchanowa lepiej niż to, co przedstawiał świat zza ściany.

Temu wszystkiemu asystowały rosyjskie słowa, zdania, przysłowia, poetyckie frazy, piętrowe przekleństwa używane często bez potrzeby i nie w porę, lecz mające nad rodzimymi niekwestionowaną przewagę głębi, zwięzłości, dosadności, wdzięku.

Wszystka nostalgia tego miejsca żywiła się Wschodem, choć dieta, przyznawali to nawet mieszkańcy domu, nie była wyszukana.

– Jak do tego przyszliście? – pytał zdumiony profesor, wskazując walających się gdzie popadło przedstawicieli rosyjskiej literatury i otrzymywał odpowiedź, że z upodobania.

Naród zrzucał okowy. Zdrajcy lub tylko idioci brali je na siebie.

To była kwestia wyboru, gdyż miesiące po śmierci tyrana i zapach odwilży dwa lata potem na taki wybór pozwoliły.

Nikt śruby nie odkręcił. Poluzowała się tylko.

Lecz zdziwienie profesora nie brało się wyłącznie ze zmiany wiatrów – był ponad taką trywialność – lecz i z przystania do czegoś tak pozbawionego smaku.

Uważał wszystko, czym żył ten odwiedzany przez niego latem dom, za równą tandetę, tym bardziej że wiedział o niej więcej niż inni.

Lingwista, majster od języków słowiańskich, wykładowca uniwersytecki miał Słowian w pogardzie od czasu, gdy ukończył amerykański Cambridge i zaczął uprawiać tam boks. A był do tego sportu stworzony, podobnie jak do pogardy.

Produkt szlacheckiego zaścianka z północnego Mazowsza ze wszystkimi jego przesądami, przyszły beneficjent dochodów z kilku tartaków rozrzuconych wokół Ciechanowa, poznał anglo-saksońską kulturę i domyślił się jej przewag nad pozostałymi.

By nie znaleźć się jako Piętaszek w krainie Robinsonów, zaczął w Ameryce studiować języki słowiańskie i tym samym dał do zrozumienia, że nie jest w tym świecie wyłącznie gościem.

Mieli go za swego, bo dobry był, cholernie dobry tam, gdzie oczekiwano niezłomności, biglu, odwagi i siły.

Był w tym pomyśle w pełnej zgodzie ze swą naturą, bo co to za sztuka w amerykańskim Cambridge studiować ich literaturę, budzącą w nim zresztą podziw, i zastanawiać się nad oksymonami Pounda, Eliota, Lowella, czy nie daj Bóg, Gertrudy Stein.

Musiał mieć kłopot ze zrozumieniem ich powściągliwości w korzystaniu z uroków życia i podejrzewał ich o najgorsze, zgodnie z zaściankowym kanonem północnego Mazowsza.

Zresztą niechęć do odmieńców okazała się jak znalazł, gdy w ekipie Andy'ego Sperlinga włóczył się po południu Stanów jako jeden z sekundantów, a potem nawet arbitrów, i rozsądzał te krwawe, niebezpieczne walki na otwartym powietrzu, których potem zakazano.

– To było najczęściej w tych szopach z brudnymi pokojami gościnnymi na piętrze, w których czarni klekotali swoje bluesy, a na zapleczach szlachtowano wieprzki, bo żarło się tam równie obficie jak śpiewało, a jedno i drugie było naprawdę diablo dobre – odpowiadał na pytania o to, jak mu tam upływał czas poza boksem i romansami.

Południe z opowieści profesora miało niewiele wspólnego z przewagami, jakie go u Anglo-Saksonów tak pociągały; odwrotnie – pełne było kurzu, upału, wilgoci, w której wszystko murszeje, nieporządku, lenistwa i przemocy. Ale też niechęci do dzielenia włosa na czworo i składania swego losu na barki innych.

– Bo to jednak Ameryka – dodawał profesor, umykając przed podejrzeniem, że konfrontacja z rzeczywistością podmyła jego fascynacje.

Cały wykład profesora w barokowej sali teatru zdrojowego w C., który wypełnił się publicznością po brzegi, gdyż ludzie ciekawi byli świata, a Ameryka to był w tych latach sen, jaki mógł się ziścić, potwierdzał ten pogląd. Bo nawet najtrudniejsze nadzieje zaczęły znajdować dostęp do obywateli.

Przez dwie godziny z okładem profesor przedstawiał Południe i robił to tak, jak nikt dotychczas tej publiczności znany.

– Mój plan, by podbić Amerykę, zawiódł – przyznał się zgromadzonym – bo dopiero tam dowiedziałem się, co to znaczy hak z półobrotu lub seria cepów w korpus. To, co znałem, starczało na dżentelmenów z Massachusetts; na Południu trafiłem na wielkich i piekielnie twardych gości, a moja szczęka okazała się nieustępująco miękka.

Co kwadrans profesor wtrącał dowcip z gatunku współdziałających z tłumem, a miał to wypróbowane jak nikt, bo dzięki temu zbierał publiczność na swoich uniwersyteckich wykładach. Nie cieszyły się uznaniem specjalistów, ale studenci i ludzie niezdeprawowani erudycją za nimi przepadali. Erotyczny podtekst tych wystąpień, przedestylowany przez inteligencję klerka i refleks konferansjera, nęcił kobiety, bo odpowiadał na ich tęsknotę za seksualnością bez ran i upokorzeń.

Skojarzenia profesora były eleganckie i jeżeli sugerowały, że wszystkie nasze czyny wymusza różnica między płciami, że nawet tam, gdzie nic nie ma do rzeczy, przesądza sprawy na swą korzyść, to anglo-saksoński sznyt czynił je łatwymi do zaakceptowania dla tych, którzy się z tym fundamentalnie nie zgadzali, jak na przykład babka chłopaka.

Ponieważ jednak nawet fantazji profesora nie starczało, by delikatny erotyzm zapłodnić mógł tak jałową naukę o językach, to wycieczki profesora w krainy innych dyscyplin były częste, choć bez zobowiązań wobec prawdy. Zresztą na prawdę profesor był za chytry.

Tak czy inaczej, czterdziestoletnia lekarka, odpowiadająca za kurację kolan i stawów biodrowych profesora w uzdrowisku, zaproszona do pierwszego rzędu została uwiedziona swadą być może bardziej niż inni.

Profesor nie odwiedzał samotnych kobiet w ich przepastnym domu pod zamkiem Kynast dla samych odwiedzin czy, tym bardziej, dla spotkań z publicznością w teatrze zdrojowym, lecz by korzystając z wszelkich zabiegów: wodnych, błotnych i powietrznych, oszczędzać na pokoju w sanatoryjnym hotelu i na wyżywieniu, gdyż kutwa był z profesora wręcz legendarny.

Z tej przyczyny składał przedłużające się w nieskończoność wizyty kobietom, które go nie lubiły, na których jego talenty nie robiły obezwładniającego wrażenia, zakłopotanym tanimi komplementami prawionymi nie w porę, spłoszonym pustą energią, na jaką ten borykający się z codziennymi kłopotami i wrogością otoczenia dom nie był przygotowany.

Dobrze to charakteryzowały dawane przez profesora na werandzie niedzielne koncerty, złożone z niemieckich arii operowych dudniących obcymi temu miejscu tonami, które niczym broń pancerna atakowały przestrzeń, od których trupem padały myszy zamieszkujące kanapę w stołowym, a prześladujące je nieskutecznie koty wiały, gdzie oczy poniosą.

Profesor wcielał się w Lohengrina, Zygfryda czy jakiegoś innego teutońskiego mastodonta, jego baryton niewątpliwie kiedyś szkolony grzmiał, a dzieci z sąsiedztwa zbierały się gromadą w okolicznych krzakach, by raz jeszcze skorzystać z okazji i wyszydzić obyczaje tej popieprzonej, niezrozumiałej rodziny.

Paskudne było to w istocie doświadczenie; uprzejmość nakazująca komplementowanie popisu – profesor domagał się pochwał wręcz nachalnie – czyniła z niego udrękę.

Wiele lat potem, gdy chłopiec wyrósł na mężczyznę, nie na tyle jednak twardego, by zdobyć się na dezaprobatę lub sarkazm tam, gdzie sytuacja tego wymagała, rozumiał jak nikt cotygodniowe, niedzielne cierpienia swojej babki i trzech, a potem dwóch ciotek. Rozumiał ten rodzaj delikatności podszytej lękami, która w zderzeniu z jowialną pewnością siebie i zdrowiem zaczyna drżeć i przystawać na obce sobie warunki.

Wróćmy jednak do pani doktor z pierwszego rzędu, dla której profesor nie był tajemnicą. Można rzec, że znała go od strony nieznanej innym.

Romans, jaki między nimi zakwitł, nie był rezultatem jakiejś iluminacji, niespodziewanego oczarowania, ani czymś, co zdarza się dwojgu skazanym na siebie ludziom.

Nie zwabiła go też monotonia zasobnej i bezpiecznej codzienności, kiedy to trwoga wyrywa nas ze snu i uświadamiamy sobie, że zmiany będą już tylko na gorsze, że wolno, lecz schodzimy.

Romans nie był dla obojga darem losu; nigdy o niego nie zabiegali. Nie wynikał z emocjonalnej potrzeby żadnego z nich; miał w sobie coś wczasowego, sanatoryjnego, niestałego, wyrachowanego.

Można się było domyślać, że czterdziestoletnia lekarka, ładna, lecz pospolita, już bez śladów dziewczęcości, matka dwójki dzieci i żona młodszego od siebie leśnika, miała wcześniej kilka romansów tylko dlatego, że zdarzyła jej się taka okazja.

Teraz też rozwiedziony profesor był jak znalazł. Jego sześćdziesiątka na karku nie miała tu nic do rzeczy, podobnie jak laska i niechęć do przesadnej higieny połączone z międzywojenną elegancją; masywne półbuty,

skarpety w szkocką kratę, bufiaste pumpy, muszka i nie-
odłączny kapelusz – przebranie nieznane tym stronom
i ich mieszkańcom.

Co więc zwróciło uwagę lekarki podczas wykładu
profesora w sali teatru zdrojowego, czego nie znała lub
czego nie mogła się domyślać, obmacując kolana profesora, łydki, uda, brzuch, wsłuchując się w jego wnętrz-
ności, mierząc tętno, sprawdzając język i może nawet
dno oka?

Czego nie powiedział podczas wizyt w jej eleganckim
gabinecie? Jakiego komplementu nie użył? Czym ją zaskoczył lub wprawił w zakłopotanie?

Można się domyślić, że tym rodzajem cynizmu, inteligencji, humoru i potencjalnego draństwa, które kobiety zjednują, obrażają, dziwią, czynią skonsternowanymi,
lecz nie pozostawiają obojętnymi.

Może zobaczyła w nim młodego mężczyznę w burde-
lach Nowego Orleanu nieżałującego sobie z Kreolkami,
szlajającego się po spelunkach Luizjany, Georgii, Tennessee, mającego dość fantazji, by się od tego nie powstrzymać. To znaczy mężczyznę, którego można skrzywdzić
lub zostać przez niego skrzywdzoną, więc z którym można oddać się rozpuście nienaznaczonej żadnym wzajem-
nym zobowiązaniem, współczuciem lub winą.

Należy przypuszczać, że seks był między nimi wy-
starczający, choć starsza ciotka Rina nie mogła się nadziwić, że z takim wąsatym knurem można pójść do łóżka
i mieć z tego korzyść.

A ciotka Irena też zwana Riną – bo co dało się utrud-
nić w tym domu, było utrudnione – dodała:

– W tej sytuacji laska mu sprzyja, zważywszy jej sztywność i gumowe zakończenie.

– To nic zabawnego, Rina – mawiała babka, bo jej poczucie humoru, skłonność do żartów, ironia kończyły się tam, gdzie zaczynała się czyjaś strata.

Młody jeszcze leśnik, prowadzący wojnę z kłusownikami i złodziejami drewna, działający z babką w reaktywowanym Towarzystwie Opieki nad Zwierzętami, stał się pierwszą ofiarą romansu i nawet jeśli lekarka dała mu czas, by się do jej upodobań przyzwyczaił, to babka nic o tym nie wiedziała.

W sprawach obyczajów surowa, rozumiała skłonność do przygód i domyślała się, co to temperament, gdyż była owocem sfery, w jakiej go nie brakowało.

Dzieciństwo, młodość i lata dojrzałe spędziła obok romansów swoich sióstr, kuzynek, ciotek, przyjaciółek; bywały bardziej serio niż romans jej podstarzałego gościa. Była świadkiem głębokich fascynacji, nieopanowanych porywów serca, dramatycznych rozstań, tęsknot degradujących się w pustkę, nagłych iluminacji i równie nagłych ciemności, z jakich nikt nie wyprowadza, nieredukowalnych krzywd uspokajanych dopiero samobójstwem.

Lecz spotykało to osoby znające konwencję, przywykłe do gry, życia jednak na niby, odnajdywania się albo nieodnajdywania w jakimś spektaklu z dramatycznymi czasem rolami.

Leśnik był, zdaniem babki, z innego przedstawienia. Brał z życia to, co podawano, a nie to, co można było sobie powybierać z karty.

Nieproszona, stanęła po jego stronie, a więc przeciw profesorowi. Zbyt delikatna, by mu to rzucić
w twarz, dała do zrozumienia ogródkami, że nie ma
co liczyć na jej przychylność w tej sprawie, jak też
w żadnej innej.

Na przykład w szachach.

Jeżeli czas pozwalał, dawała się namówić profesorowi na partię szachów i regularnie przegrywała.

Jak mogło być inaczej, skoro profesor grywał nawet
z Talem, a w każdym razie do tego się przyznawał.

Nie było to niemożliwe, gdyż grał nieźle, może zbytnio ufając swej wyjątkowej pamięci, w której znalazło
się miejsce dla wielu konfiguracji, wielu debiutów, ro-
szad, szachów i matów.

Lecz dla babki, utrzymującej w jakimś stopniu dom
z rozwiązywania i wymyślania zadań szachowych, to
było mało i profesor przegrał cztery partie pod rząd. Na
piątą nie dał się już namówić.

Jakby chcąc sobie zrekompensować szachowe przegrane, był elegancki jak nigdy wcześniej. Bordowy fular pod szyją na zmianę z amerykańskim krawatem,
omdlewający kwiat w butonierce lub chustka wielkości
prześcieradła, irchowe rękawiczki, jakich przed wojną
używali właściciele aut, i przedziałek na środku głowy
upodobniły go do indora w stanie pobudzenia, pawia
z wyskubanym ogonem.

Ciotka Rina młodsza, widząc go w nowej odsłonie na
werandzie domu, przeglądającego się w szybie otwartych drzwi, parsknęła śmiechem i choć go opanowała,
nim się rozperlił, to zdążyła profesora ugodzić.

Niewielu z nas oszczędzono takiego niby drobnego upokorzenia, które potrafi zaboleć bardziej niż te przygotowywane od dawna, pomyślał chłopiec, przeczuwając być może podobne upokorzenia, jakich mu życie nie poskąpi i zauważając, że profesor się zaczerwienił.

Nie był, to pewne, przyzwyczajony do takich reakcji na swój widok, bo zręczny był z niego mimo wieku gość, a w młodości musiał się bardzo podobać kobietom, bo nic mu nie brakowało.

Kto wie, czy nie zabolało go to bardziej niż przegrane partie szachowe lub wytknięty mu przez ciotkę Rinę starszą błąd w tłumaczeniu *Rawenny* Błoka, gdy *Wsie szto minutno, wsie szto wrienno* uparł się przedstawić jako wszystko, co nieważne. Siostra dziadka zwątpiła wtedy w profesora znajomość rosyjskiego, a on nie uczynił nic, by zaprzeczyć.

Ten tydzień w domu chłopca nie był dobry dla profesora.

Gdybyż to była jakaś otwarta wrogość lub uczucie, które by ją przypominało, to męstwo profesora i jego skłonność do konfrontacji na każdym polu by sobie z tym poradziły, lecz wobec lekceważenia i kpiny był bezbronny.

W dzień poprzedzający niemieckie arie operowe został przez siostrę nieżyjącego już dziadka ugodzony prostactwem, od jakiego, miał prawo sądzić, ten dom był wolny, choć wokół go nie brakowało.

– My sobie, Karol, jakoś z tym radzimy – rzekła ciotka podczas śniadania na werandzie, dając do zrozumienia profesorowi, że zdewastowana, od lat nieczynna łazienka od niczego w sprawach higieny nie zwalnia, bo są miednice i sagan z wodą, nawet ciepłą, jeśli się uprzeć.

– Być może czegoś nie dopilnowałem – odpowiedział profesor i wstał od stołu, nie kończąc śniadania, a chłopcu zrobiło się naprawdę przykro i reszta dnia upłynęła mu na przygotowaniu jakichś słów pocieszenia.

Z niemieckimi ariami poszło już zupełnie źle. Nie dość, że babka opuściła ostentacyjnie werandę w połowie skargi Zygfryda, to ulicznicy, którzy zbierali się do tej pory po krzakach, by komentować popisy, tym razem wyszli przed płot ze swymi recenzjami, a nie było w nich nic zachęcającego.

To profesora tak wytrąciło z równowagi, że jego dzielny baryton poszybował w górę ku jakiemuś altowi lub jeszcze wyżej, a tam rozpadł się na dźwięki, które już do niczego nie były podobne.

Toteż rada, jaką usłyszał z przejeżdżającego willysa od młodego człowieka, z którym okolica próbowała sobie potem bezskutecznie ułożyć jakoś stosunki: – Trzymaj się chodnika, stary kapłonie – niczym, w istocie, nieróżniąca się od tych, jakie sobie powszechnie dawali obywatele przy byle okazji, przygniotła go ostatecznie jak głaz.

I tak przygnieconego ujrzała pani doktor i nie znalazła w nim tej brawury, impetu, cynizmu, pewności siebie, które ją tak zainteresowały i wymówiła się brakiem czasu teraz i w przyszłości.

– Zaprosiłabyś pana leśniczego na herbatę, Rina – zaproponowała babka kilka dni po wcześniejszym niż zwykle wyjeździe profesora. – To taki porządny człowiek.

– Do nas? – zapytała zaskoczona ciotka Rina.

– Czemu nie?

– Nie mamy już herbaty, jeżeli o to chodzi, ciociu.

– Coś by się znalazło, Rina, gdybyś zechciała go zaprosić.

Profesor nie odwiedził domu chłopca już nigdy. Zresztą szybko się jakoś postarzał i umarł. W domu chłopca nie zostały po nim wspomnienia, jak nie zostają po ludziach może interesujących, lecz przypadkowych. To była jedna z licznych znajomości starszej ciotki Riny, z której nic nie miało wynikać.

– Poznałam go w Juracie – powiedziała kiedyś, gdy babka nie mogła się nadziwić, skąd biorą się takie kontakty – ostatniego przedwojennego lata. Chodził po plaży na rękach i to wydało mi się o tyle interesujące, że inni tego nie robili.

Mąż lekarki z C., młody jeszcze mężczyzna, odwiedził nas u schyłku lata. Rozejrzał się po domu zdziwiony, podobnie jak profesor, liczbą rosyjskich książek, lecz z przyjaznym do nich stosunkiem. Kilka przewertował, jedną otrzepał z kurzu i rzekł:

– Recytowałem to na akademii w czterdziestym ósmym.

– Co takiego? – zapytała babka.

– *Eugeniusza Oniegina*. – Leśniczy otworzył książkę, z której posypały się kartki i wypadł zasuszony pająk.

– Po rosyjsku? – zapytała ciotka Rina, a leśniczy odpowiedział, że tak mu się wtedy wydawało.

Miał okrągłą, piegowatą twarz, perkaty nos i delikatne spojrzenie niewykluczające odwagi.

Ze skupieniem i powagą do herbaty ulung i chałki z marmoladą buraczaną.

Młoda ciotka Rina trochę się zaczerwieniła, a babka opowiadała o szachach i rodzinnym dworze nad Sanem.

Po sześciu tygodniach nieustannych kalamburów, zwiszenrufów, sarkazmów, żartów, erudycyjnych popisów i prób sprostania im to była ulga. Leśniczy nie szafował komplementami, lecz widać było, że interesują go opowieści babki, a ciotka Rina mu się podoba. Do tego stopnia, że się zasiedział.

Już o zmroku wstał od stołu i ukrywając lekkie kalectwo – zmaltretowany w lesie przez kłusowników lub złodziei drewna nie doszedł nigdy do siebie – pożegnał się, nadrabiając miną.

Wzruszył tym kobiety i chłopca.

Widok werandy, dwa tygodnie później w blednącym już słońcu, na której tyle się zawsze działo, pozostał w pamięci chłopca na zawsze. Dzikie wino żółkło, rezedy opadły, jaskółki się wyniosły, a dzień, choć jeszcze sierpniowy, zapowiadał jesień.

Młodsza ciotka Rina, wysoka i hoża wojenna wdowa, przytuliła leśniczego, który jakoś niknął w jej ramionach, choć nie był drobny.

– Czemu mi to opowiadasz? – zapytała babka.

– Bo to zobaczyłem – odpowiedział porywczo chłopak, a może już młody mężczyzna. – Na werandzie.

Lata zatarły w nim zazdrość, lecz wtedy musiało go zaboleć. Ciotka Rina robiła wrażenie na wszystkich.

– Też mi się to nie podoba – rzekła babka i uśmiechnęła się do swych, Bóg wie jakich, myśli.

Święta Bożego Narodzenia, które przyszły jakoś szybciej niż zwykle, chłopak spędził już z dwiema starymi kobietami i kotem, co się przypałętał.

Dwa lata po ciotce Wandzie z domu odeszła ciotka Rina. Osiedli z leśniczym na Mazurach i wszyscy im zazdrościli, bo to stawała się w tamtych latach mityczna kraina odkrywanych jezior, rzek, lasów, tajemniczych ostępów, ognisk palonych aż do świtu nad wodami, nobilitująca każde najpodlejsze nawet lato.

Można się domyślać, że odbywali długie spacery brzegami rzek z gromadą przygarniętych psów, bo obydwoje je lubili, że udało im się zdobyć gdzieś pianino i ciotka Rina grała na nim coraz bieglej *Sewastopolskiego walca*, a wieczorami śpiewali na dwa głosy *Ostatnią niedzielę* lub coś równie niewyszukanego.

Pewności jednak nie było, bo obydwoje przywiązani do zasad musieli odczuwać ciężar ich złamania i nie chcieli dzielić go z innymi. Toteż poza kartkami świątecznymi wiadomości od nich nie przychodziły i ciotka Rina już się nie pokazała.

Pani doktor z C. nie miała więcej romansów, a w każdym razie nikt o nich w okolicy nie wspominał.

A co do profesora P., to ten pełen męczącego entuzjazmu i fantazji człowiek został zgaszony przez powszedniość, bo gdzie spojrzeć, tam się ona panoszyła.

Tak to w każdym razie widział chłopak z perspektywy złych i dobrych lat, jakie mu się w męskim życiu przytrafiły.

Lubił filmy z Tennessee, Luizjany, Georgii, Missisipi. Czuł te rozgrzane do czerwoności dni i upalne noce, przyglądał się skłonnym do przemocy barczystym mężczyznom w przepoconych koszulach i płóciennych kapeluszach i zawsze myślał, że jednym z nich, a może każdym, mógłby być profesor P., gdy w ekipie Andy'ego Sperlinga rozsądzał pięściarskie pojedynki na otwartych stadionach, a publiczność domagała się krwi i nokautów.

To nie był jego świat, ale lubił mu się przypatrywać z bezpiecznej odległości i coraz lepiej rozumiał profesora, i coraz bardziej żałował, że nie stanął po jego stronie, gdy najbliższe mu kobiety postanowiły go upokorzyć. Rozumiał też łatwość, z jaką im to przyszło.

Chotomów 2014

Dziewczynka z hotelu Excelsior

I

Mężczyzna pokłócił się z żoną, wstał z koca i poszedł w stronę zielonej budki z lodami.

Dziewczynkę z psem spotkał obok wypożyczalni kajaków. Jakiś czas temu zwróciła jego uwagę, gdy podobna do ważki przebiegła z impetem koło miejsca, w którym po wielu odwrotach i nawrotach postanowili się z żoną umościć. Teraz lepiła z piasku coś, co przypominało bunkier upstrzony antenami telewizyjnymi. Mężczyzna zauważył budowlę, zbyt był jednak pochłonięty sobą, by agresywna brzydota tej konstrukcji mogła go zająć. Miał urlop, w związku z czym nic nie stało na przeszkodzie, żeby poświęcić więcej niż zwykle uwagi i czasu na natrętne myśli o godzinach, dniach, miesiącach pędzących donikąd. Urlop stał się też okazją, by jak w słuchawkach usłyszeć serce kołaczące się w piersi, zwalniające, a potem rwące ni z tego, ni z owego w panicznym galopie, poczuć pot zbierający się pod pachami i spływający skosem w korytach cienkich, wystających żeber, doświadczyć osłabienia i nudności, które dawno już nie objawiły się w tak klinicznej postaci.

Zaskakujący upał.

Słońce przymglone, morze prawie gładkie, piasek rozpalony i poszarzały, plaża pełna. Ciało obok ciała. Grubi i chudzi, ładni i pokraczni, młodzi i starzy, niektórzy już brązowi, chociaż to dopiero początek sezonu, specjalnie ruchliwi, uzurpujący sobie jakieś szczególne prawa, dumnie obnoszący swoją inność, od molo po betonowe falochrony. Większość jednak jeszcze biała, w rozmaitych odcieniach, od alabastru do ponurej szarości. Cisza spowijała tę ciżbę. Charakterystyczny zgiełk przepełnionej plaży pochłonęła rozpalona wilgoć.

Rozwydrzone na ogół mewy latały rzadko i bezgłośnie.

Od wody szedł podejrzany zapach.

Mężczyzna właśnie usiłował sobie przypomnieć, co usłyszał przy śniadaniu na temat postępującego zanieczyszczenia morza, gdy tuż przed sobą spostrzegł złą twarz z pytaniem w szarych, blisko siebie osadzonych oczach i skonstatował, że zionie na niego gorąco z blaszanej budki stanowiącej cel jego wędrówki.

Zamierzał sprawić sobie lody i nie wiedzieć czemu poprosił o lemoniadę.

To, co mu podano, było zimne, przelewające się w dłoni, zamknięte w plastikowym woreczku. Trwał tak przez chwilę niezdecydowany, co ze sobą począć, potrącany przez klientów napływających niekończącym się strumieniem do blaszaka przypominającego ogromny kanister, z którego na kilkadziesiąt metrów

235

zionęło smrodem rozkładającego się mleka. Stał niepewnie, przytrzymując łokciem lemoniadę i gazetę, z portmonetką wetkniętą za gumkę krwistoczerwonych kąpielówek prowokujących męczący spór między nim a żoną, która w niedyskrecji rozkloszowanych nogawek doszukała się bezwstydnej intencji, a fakt, że ten problem bagatelizował, wywoływał w niej złość nie na żarty.

Obrócił się ostrożnie w stronę, z której przyszedł. Wypożyczalnia sprzętu pływającego oddalona o dwieście, trzysta metrów blikowała kadłubami świeżo pomalowanych łodzi i kajaków rozrzuconych po piasku dnem do góry. Uwijał się przy nich atletycznie zbudowany młodzieniec z obandażowaną nogą.

Mężczyzna otarł wierzchem dłoni czoło i ruszył z powrotem. Wybrał sobie miejsce koło największej z łodzi i usiadł na piasku, opierając się o nią plecami. Rozerwał plastikowy woreczek i łyknął lemoniady. Była jeszcze zimna, trochę słodka, bez smaku, kolorem przypominała morską wodę. Pomyślał sobie, że nie zabrał rurki, przez którą się sączy płyn z woreczka, pewno dlatego, że na lemoniadę nie był przygotowany. Znalazł w niej jednak zalety, których lody były pozbawione. Lemoniada nie sprawiała kłopotu. Pamiętał z dzieciństwa i lat chłopięcych, że lody w upale są szalenie absorbujące, trzeba się nimi bez przerwy zajmować, inaczej znikają w najbardziej nieprzyjemny sposób, jaki można sobie wyobrazić.

Byłbym teraz uświniony, pomyślał, lody topiłyby się w tym cholernym gorącu i uświniłbym się nimi w mig. Parsknął śmiechem i uniósł głowę. Zobaczył niewiele, bo patrzył pod słońce. Właściwie dostrzegł tylko lśniące oczy wycelowane w niego z uwagą i absolutną pewnością, że prośba będzie wysłuchana. Chodziło o zamek i psa. Dziewczynka szybko, prawie na jednym oddechu, tłumaczyła się ze swego kłopotu. A więc to i tamto, tamto i owo, rozumie, że to nic ważnego, rozumie, że jej problem może się wydać błahy, a być może i zabawny, ale skoro ma to potrwać pięć lub dziesięć minut, to fatyga, do jakiej namawia, nie kosztuje wiele.

Mężczyzna nic nie odpowiedział, a ona podała mu koniec smyczy utytłany w mokrym piasku i nie odwracając się już w jego stronę, w pełnym biegu, zawieszona między ziemią a wodą, wrzasnęła:

– Nazywa się Maka!

Pies szarpnął się konwulsyjnie raz i drugi, zaszczekał i usiadł zrezygnowany.

Mężczyzna pogłaskał go po kudłatym łebku, na co fantazyjnie zakręcony nad grzbietem ogon odpowiedział kilkoma nonszalanckimi machnięciami. Gdy pogłaskał psa po chwili, ogon poruszył się zupełnie tak samo i mężczyzna skonstatował, że kundel ma zainstalowany w środku jakiś automat, który powoduje, że po dotknięciu głowy kiwa mu się ogon, i że nie ma to nic wspólnego z nastrojem, gdyż kudłatą mordkę nastroszyła wielka tęsknota.

Właścicielka psa wróciła po kilkunastu minutach i podskakując raz na jednej, raz na drugiej nodze, by wytrząsnąć wodę z uszu, powiedziała, nie patrząc na mężczyznę, jakby jeszcze była w kąpieli:

– Dziękuję za opiekę nad psem i zamkiem.

Mężczyzna uśmiechnął się najłaskawiej, jak potrafił i ocierając twarz z potu, odezwał się po namyśle:

– Jest bardzo ładny.

– Budowałam go całe przedpołudnie – mruknęła dziewczynka zajęta morzem.

– Mówiłem o psie – wyjaśnił mężczyzna, wskazując go palcem. – I bardzo milutki, taki więcej pocieszny.

Dziewczynka zgarnęła mokre włosy z czoła i odwracając się z niechęcią w stronę mężczyzny, a może tylko z żalem od przybliżonej z powodu mgiełki linii horyzontu, po której jej wzrok zdawał się przed chwilą błądzić, zapytała zaczepnie:

– O czym pan mówi?

– Cały czas o psie.

– To suka – wyjaśniła cicho.

Mężczyzna rozłożył ręce, jak gdyby zamierzał powiedzieć: Nie ma sprawy, nie ma sprawy, moja mała, jak suka, to trudno. Po chwili zapytał:

– No, a woda?

– Wspaniała! – Teraz w głosie dziewczynki brzmiała zachęta i ślad uprzejmości.

– Ale jeszcze zimna pewno.

– Trochę zimna – zgodziła się dziewczynka, rozkładając na piasku coś, co wziął początkowo za sukienkę.

– I brudna – dodał po chwili.

– Trochę brudna – odpowiedziała dziewczynka, kładąc się na tym czymś, co on wziął za sukienkę, kiedy oglądał jej rzeczy, zastanawiając się, czy pies nie został mu ordynarnie podrzucony z zamkiem jako rękojmią powrotu właścicielki, zamkiem, który przypominał z bliska już nawet nie bunkier, tylko stertę gnoju z pozostawionymi w niej widłami. Rzekł z przekonaniem:

– W gruncie rzeczy bajoro, ściek, szambo, fuj…

– Co takiego? – Dziewczynka uniosła powiekę.

– Mówię o morzu.

– Dlaczego pan tak mówi?

– Bo mówili w radiu. Zatoka jest zatruta.

– W czym?

– W radiu.

Powieka opadła, twarz dziewczynki się postarzała, jakby światło w niej zgasło.

– Wolę telewizję. – Westchnęła i znieruchomiała, jak nieruchomieje młodość; bez drgnienia.

Młody człowiek zajmujący się łodziami przesadził szybkim, drapieżnym skokiem kadłub tej, którą wybrał mężczyzna. Był jednym z tych, którzy kimkolwiek byli lub nie byli, unieważniali na plaży wszelkie przewagi, jakie mieli nad nimi inni we wszystkich innych miejscach. Mężczyzna przypatrywał mu się z męczącą zazdrością. Rzekł bez przekonania:

– A ja radio.

– Jest pan pierwszy dzień na plaży?

– Tak, skąd wiesz?

– To widać – wyszeptała dziewczynka, przymykając oczy, po czym dodała: – Niech pan sobie położy ręcznik na ramionach, bo jutro będą bąble.

– Słońce jest słabe – odpowiedział, ale mała czymś niewidocznym, lecz wyczuwalnym, a nawet dosadnym, dała do zrozumienia, że rozmowa skończona. Dosyć to było aroganckie.

Mężczyzna zapragnął papierosa, powstrzymywała go myśl o wysiłku, jaki trzeba by w związku z tym podjąć, i ryzyko zderzenia się z niezadowoleniem żony, którą zapewnił, że wyprawa po lody nie potrwa dłużej niż kwadrans.

Wobec niezadowoleń żony bezbronny bywał jak dziecko, nie znajdował na nie żadnego sposobu i niczego nie potrafił im przeciwstawić, poza coraz bardziej zalęknionym milczeniem.

Przez chwilę się zastanawiał, czy nie sięgnąć za siebie po gazetę i nie spróbować doczytać do końca artykułu. Mówiono, że jest niecodzienny jak na poziom lokalnej prasy i zapowiada wydarzenia, których rozwoju i konsekwencji nikt nie może przewidzieć, ale doszedł do wniosku, że jest za gorąco nawet na ewenementy, a poza tym bez szczególnego zdziwienia stwierdził, że go to zupełnie nie obchodzi.

Zastanawiał się też, czy mała nie podejrzewa, że siedzi tu dla niej; trochę to śmieszne, gdyby spojrzeć z boku, ale po chwili wątpliwości doszedł do wniosku, że jest mu to równie obojętne jak artykuł, który powinien przeczytać.

Stwierdził też, że jego wymęczone dysfunkcjami ciało ogarnia kojące rozleniwienie i było to uczucie nieznane mu już od dawna. Kto wie, pomyślał, może wyjazd na wczasy był dobrym pomysłem.

A potem poczuł na powrót osłabienie i nudności, ból głowy, gorączkę i dreszcze, ale jednocześnie po raz pierwszy nie wydało mu się to takie ważne, a tym samym takie przykre jak dotychczas.

Niewątpliwie coś niedobrego działo się z jego ciałem od dawna, w tej chwili natomiast miał wrażenie, że nie przejmuje się tym tak bardzo. Wydało mu się nawet, że choroba nie dotyczy jego samego, ale kogoś, kogo raczej nie zna i raczej nie żałuje. Ta franca, rozpanoszona w nim nadal, przestała być bezlitosnym dostawcą lęku i cierpienia.

Zbliżyła się pora wczesnego, letniego obiadu. Publika zrolowała koce, zwinęła zasłony od wiatru, pozamykała parasole, ponawoływała psy i dzieci. Zrobiło się jeszcze goręcej, a morze znieruchomiało zupełnie. Spojrzał na dziewczynkę. Leżała wiotka, delikatna i smagła. Mogła mieć dwanaście, trzynaście lat. Tyle w niej było dziecka, co kobiety. Twarz miała drobną, rysy podokańczane, nos, długi i wąski, opadał nieco na końcu, jak u drapieżnych staruch z południa. Jeśli dołożyć do tego wysokie czoło i wklęsłe policzki, całość okazywała się zbyt ascetyczna, nieharmonizująca z całą resztą, afirmującą życie, piękno, młodość. Ale usta o pełnych misternie zarysowanych wargach, lśniące, niebieskie chyba oczy przesłonięte teraz powiekami o długich, uwodzicielskich rzęsach i gęste włosy dopełniały tę podejrzaną surowość rysów pociągającą dziewczęcością. Ciało miała śniade, długie i wąskie, biodra chłopięce, pośladki wypukłe, wspaniale ukształtowane. Nogi szczupłe, lecz nie patykowate, co zdarza się jeszcze dziewczynkom w tym wieku, z wyraźnie zaznaczonymi mięśniami ud i łydek. Ręce były za to wiotkie i cienkie jak tasiemki, rozrzucone teraz na rozpalonym piasku. Ramiona uniesione nieznacznie w górę, z wystającymi obojczykami, upodobniały ją do ptaka.

A więc mogłaby mieć, pomyślał mężczyzna, jak myśli

241

się o zdarzeniach, które już miały swój czas i swoje miejsce, dwanaście lub trzynaście lat, ale tryb przypuszczający dawał wolne pole, umieszczając małą poza czasem, tym bardziej że mężczyzna sam stracił jego rachubę. Poczuł się oderwany od otoczenia w taki sposób, w jaki można się wyłączyć z czegoś duchowo, nie tracąc z tym czymś kontaktu fizycznego, który staje się zdumiewająco rozkoszny, jeśli nie jest naznaczony żadną myślą.

Z każdą chwilą był sobą coraz bardziej zdziwiony.

Od czasu do czasu zamykał oczy i obraz małej zawieszał się przed nim jak gdyby odbity na wewnętrznej stronie powiek, ale po chwili jakaś potrzeba kazała mu patrzeć znowu i było to jak zatrzymywanie oddechu, które jest możliwe, ale nie na długo. Uczucie nieobecności, którego nie mógł nazwać jeszcze sennością, tak nagłe w istocie i nieoczekiwane, jak gdyby z każdą chwilą się urealniało.

Miał dreszcze i temperaturę, odnosił wrażenie, że po paśmie zimna nadchodzi pasmo gorączki i że nie nakładają się one na siebie, tylko tkwią jak w torcie, warstwa na warstwie, lub są podobne barwom światła przepuszczonego przez pryzmat.

Przestawał trapić go upał, chociaż słońce stało teraz prostopadle do ziemi, a powietrza nie mącił żaden podmuch od morza. Dziwne, ale mimo potu, osłabienia, mdłości i łupania w głowie nie czuł się źle. Jego ciało zdawało się cierpieć, on nie. Nastrój, który stał się teraz jego udziałem, mógłby określić, choć to wręcz nieprawdopodobne, mianem błogostanu.

Bardzo wyraźnie odczuwał coś podobnego w dzieciństwie, gdy zaczynało się na przykład któreś z jego licznych i poważnych przeziębień, takie przykre, gdy musiał pokonywać długą drogę ze szkoły do domu, lub gdy kazano mu siedzieć przy stole, aż nie skończą starsi, i takie cudowne, gdy matka z zatroskaną miną pakowała go do łóżka i wsuwała mu termometr pod pachę, a on odwracał się do ściany, już w zupełnej obojętności wobec świata, wyzwolony ze wszystkich obowiązków i powinności, przykryty po czubek głowy prześcieradłem, sycący się własnym oddechem, wypełniony jedną myślą: że nim każą mu się odwrócić, by wyjąć termometr, on w chorobowym błogostanie, kiedy miło bolą kości, a ciało zdaje się rozsychać od gorączki, ale jeszcze nie nadchodzi jej złowieszcza, nocna fala, przez dziesięć minut będzie się rozkoszował ciszą, spokojem i łagodnością.

Otworzył nagle dłoń i piasek, który w niej trzymał, opadł z cichutkim szelestem na ziemię. Dmuchnął na palce i rozciągając nimi nozdrze, wydobył z nosa pokaźną kozę, z brzegu twardą i spieczoną, dalej lekko wilgotną i galaretowatą. Zaczął lubieżnie toczyć ją w palcach. Kulka robiła się coraz mniejsza, coraz bardziej rozkoszna w dotyku. Po kilku minutach gdzieś się jednak zawieruszyła. Opuścił głowę i zaczął jej szukać na swym wzdętym, porosłym rudymi włosami brzuchu. Odchylił gumkę kąpielówek i bez specjalnej nadziei, że będzie mógł odnaleźć kozę, małą już jak wesz, włożył tam rękę. Kulki nie znalazł, ale na wysokości penisa natrafił na metkę, której istnienia w tym miejscu nie podejrzewał. Zgiął

243

się wpół, pochylił głowę, jak mógł najniżej, i naciągając kąpielówki do granic wytrzymałości, przeczytał napis: Jeleniogórskie Zakłady Tworzyw Syntetycznych. Tkanina superbistor.

Zwolnił gumkę i prostując się powoli, mruknął z satysfakcją:

– No proszę.

– Co pan mówi? – Dziewczynka uniosła się na łokciu i zwróciła w jego stronę porcelanową twarz.

– Nie, nic – odpowiedział po dobrej chwili, opierając się ponownie o łódź.

– Czy coś się stało? – zapytała, nie udając troski.

– Wyleciała mi z palców taka mała rzecz. Zupełnie niewielka. Miałem ją jeszcze przed chwilą, dosłownie przed momentem, a teraz taki kłopot... – machnął ręką – zresztą nic ważnego. – Innym już tonem zapytał:

– Spałaś?

– Nie, słuchałam.

– Czego?

Popatrzyła z roztargnieniem, wzruszając ramionami, jakby zdziwiona, że można zadać tak niemądre pytanie.

Powiedziała dobitnie, twardo, kategorycznie:

– Morza!

– Nie słychać go – rzekł powoli mężczyzna i się zawahał. – Nie ma wiatru, nie ma fal, jest spokój i morza nie słychać.

– Ja słyszę, jak zawsze. – Westchnęła i ponownie opuściła głowę na piasek.

Publika wróciła z obiadu w nadkomplecie. Zgrzana, oblepiona potem, taszcząc z sobą na powrót koce, ręczniki, termosy, psy, dzieci i kolorowe zasłony od wiatru, chociaż go nie było. Plaża wypełniła się jej przytłumioną tylko trochę energią, rozpływającą się w leniwych rozmowach, jazgocie dzieci, nawoływaniach bez odpowiedzi i odpowiedziach bez pytań. Wszystko to źle niosło się w wilgotnym, gęstym powietrzu; tkwiło jak w syropie, zastygłe i obezwładniające.

Mężczyzna nabierał ochoty na rozmowę z dziewczynką. Mimo że z niechęcią przysłuchiwał się chaotycznej paplaninie, która osaczała go ze wszystkich stron – a może właśnie dlatego – sam zapragnął też mówić. Przebiegł myślami po tematach, o które mógłby zaczepić, ale jedne wydały mu się zbyt poważne, inne zbyt proste. Najlepiej chyba o psie, doszedł do wniosku; to temat neutralny, a mała wydaje się bardzo do psa przywiązana. Podniósł rękę i wskazał kundla.

– Ten pies...

– Nazywa się Maka – odpowiedziała dziewczynka, przerywając mu z wyczuwalną kpiną i poczuciem przewagi.

Zirytowało go to, więc rzucił ostro i, co wręcz rozkoszne, bezkarnie:

– No właśnie, a ty?

– Inte.

– Jak?

– Inte.

– Dziwne imię. Kto ci je wymyślił?

– Ojciec był żeglarzem.

– Co to ma do rzeczy?

– Nic, ale nim był.

Mężczyzna się zafrasował. Pokręcił głową, jak to się zdarza, gdy słyszymy coś, co się nie zgadza z naszym wyobrażeniem świata, i rzekł cicho:

– To bardzo interesujące.

– Malował też obrazy. – Dziewczynka uwodzicielskim gestem odsunęła włosy znad czoła. – Zawsze wodę albo wodę i topielca. Nikt tych obrazów nie chciał i ojciec zawalił nimi całą piwnicę. Czasami tam schodzę i je oglądam.

– To bardzo interesujące – powtórzył mężczyzna.

– Kiedyś namalował ogród nad morzem. Topielca powiesił na drzewie, do góry nogami.

– Do góry nogami?

Skinęła głową.

– No tak – westchnął mężczyzna i zafrasowany jeszcze mocniej, choć w głębi duszy rozkosznie obojętny, zapytał: – Jesteś tu sama?

– Na plaży tak.

– A w ogóle?

– W ogóle jestem z mamą.

– Mama została w domu?

– W hotelu.

– Pozwala ci samej…?

– Widocznie tak.

Skrzywił się i rzekł wolno, podkreślając słowa gestem ręki:

– No, to jednak nie jest oczywiste. Może okłamujesz mamusię, mówiąc, na przykład, że idziesz do parku albo do kina. Może mamusia nigdy nie zgodziłaby się na twoje samotne kąpiele, gdyby o nich wiedziała.

Dziewczynka popatrzyła na mężczyznę uważnie, a on dostrzegł w jej spojrzeniu jak gdyby drugie spojrzenie, prawdziwsze od pierwszego. Coś pociągającego, ale niebudzącego zaufania. Godzinę wcześniej wprawiłoby go to w zakłopotanie.

Uniosła się na łokciu i powiedziała:

– Jest coraz goręcej.

Zgodził się z nią.

– Więc może byśmy weszli do wody, tak po kolana, skoro nie lubi pan pływać.

– Nie powiedziałem, że nie lubię pływać.

– Świetnie, wejdziemy w takim razie głębiej.

Gdy pomyślał, że aby wejść do wody, trzeba ruszyć się z miejsca, jego mdłości przybrały na powrót dokuczliwy charakter.

– Nie czuję się ostatnio dobrze – mruknął – kąpiel mogłaby mi zaszkodzić.

– Morze się już nagrzało, jest przygotowane. – Dziewczynka podniosła się z piasku.

– Nie o to chodzi. – Westchnął. – No dobrze, a co z psem?

– Poczeka na brzegu. Będziemy go mieli na oku.

Ruszyli ku wodzie. Dziewczynka przodem, zgrabnie klucząc między plażowiczami, mężczyzna parę kroków za nią, osuwając się na rozpalonym, sypkim piasku. Kiedy stanęli na brzegu, tak, że leciutka fala obmywała im stopy, zauważył, że nie jest wyższy od dziewczynki, a nawet przeciwnie, raczej niższy. Jego ciało wydało mu się wyjątkowo białe z nieapetycznym żółtym odcieniem. Dotyczyło to szczególnie obsypanych żylakami łydek.

Do wody weszli równocześnie, ale mężczyzna wycofał się po kilku krokach. Dziewczynka machnęła zachęcająco ręką. Spróbował raz jeszcze, ze wstrętem ochlapując sobie nogi i tors. Po chwili wrócił na brzeg. Dziewczynka wypłynęła daleko za linię żółtych boi wyznaczających rewir kąpielowy. Wróciła po kwadransie. Mężczyzna wyrzucał jej ryzyko takiej kąpieli, wspominając coś o skurczach i zdradzieckich głębiach. Powiedział to nonszalancko, z uśmieszkiem mającym sugerować dystans do tej przestrogi, było w tym jednak za dużo niepokoju, by mała nie zwróciła na to uwagi.

Zanurzyli w wodzie psa, który narobił potwornego wrzasku i wyrywał się tak energicznie, że mężczyzna stracił w pewnym momencie równowagę i wywrócił się, mocząc bistorowe kąpielówki.

Potem leżeli oboje na piasku, dotykając się ramionami. Mężczyzna dowiedział się, że mała przyjeżdża tu z matką od kilku lat, na cały sezon. Mieszkają w hotelu. Matka cierpi na światłowstręt i wychodzi dopiero wtedy, gdy się ściemnia. Wraca późno w nocy lub o świcie. Ojciec utonął podczas jednej ze swych żeglarskich wypraw dawno temu i mała go nie pamięta. Nie ma rodzeństwa. Mieszka razem z matką w niewielkim mieście otoczonym lasami. Przedtem mieszkali podobno gdzie indziej, ale gdzie, nie pamięta, tak jak nie pamięta również jej matka. W domu często ogląda telewizję, szczególnie jak są filmy dla dorosłych. Na pytanie mężczyzny, czy nie przykrzy się jej samej, odpowiedziała, że wprost przeciwnie, bardzo to lubi, a poza tym ma zawsze wrażenie, że ktoś z nich jest obok niej. Matka wychodzi i wraca późno, czasami nad ranem, ale jej się wydaje, że nie zostaje w domu sama.

Mężczyzna się nie dowiedział, kim są ci, którzy nie pozostawiają jej samej. Odniósł wrażenie, że ona też tego nie wie.

Z plaży wyszli koło czwartej. Dziewczynka, poprawiając psu smycz, poinformowała:

– To znajda, ma trzy lata i już dwa razy dzieci. Raz były lisy. Mieszkamy niedaleko lasu i mama mówiła, że Maka musi się tam puszczać. Kiedyś urodziła nawet borsuka.

– No, to już zmyślasz – zaoponował mężczyzna.

– Nie, daję słowo, raz były lisy, a raz szczeniaki i borsuk.

Przeszli w poprzek skwer, potem ulicę zasmrodzoną benzyną z nadtopionym asfaltem i znaleźli się w parku, w którym było duszno i czuć było spaliny. Koło kamiennej bramy, zwieńczonej wierzbami płaczącymi, dziewczynka przystanęła i dźwigając psa, żeby przejść ruchliwą arterię, powiedziała:

– Ja tu skręcam.

Mężczyzna stał nieruchomo, przyłożywszy spocone dłonie do szwów spodni. Po chwili zapytał, czy nie miałaby nic przeciwko temu, aby jutro zbudowali jakiś zamek.

– Piasek jest suchy i obsypuje się – rzekła nonszalancko dziewczynka.

– No tak – mruknął i pochylając głowę, powiedział: – W każdym razie będę na plaży, gdzieś w okolicy kajaków, gdybyś…

– Znajdę pana – przerwała mu i zeszła z chodnika.

– Gdzie mieszkasz?! – zawołał za nią, gdy była już na środku szosy.

– W hotelu Excelsior! – odkrzyknęła, nie odwracając głowy. Po chwili zginęła w tłumie.

——

Do domu wczasowego wrócił przed kolacją.

Na schodach spotkał starościnę turnusu, blondynkę między czterdziestką a pięćdziesiątką, jeszcze ładną i pociągającą.

– Dobrze, że pana spotykam! – krzyknęła, zwracając się w jego stronę. – Ale, ale, pana chyba nie było na obiedzie?

– Istotnie, spóźniłem się – rzekł, uderzając dłonią o ciemną, wyślizganą poręcz. – Czy coś się stało?

– Ależ nie! – zaprzeczyła blondynka, po czym zawiadomiła mężczyznę, że jutrzejszy wieczorek zapoznawczy zapowiada się szampańsko, pod warunkiem że wszyscy, którzy mają zamiar w nim uczestniczyć, a nie przypuszcza, by ktoś się wyłamał, do tego się przyłożą. Od mężczyzny nie oczekuje wiele, ale pomoc przy łączeniu girland, klejeniu lampionów z bibułeczki, stawianiu jakichś dowcipnych napisików jest oczekiwana.

To nie musi być teraz, natychmiast, to może być nawet jutro. Gdyby było jutro…

Mężczyzna, normalnie w takiej sytuacji niepewny, spłoszony, powalony falą gorąca i niemocy, skuliłby się w sobie, podwinął, zmniejszył, zaczął coś dukać o niedyspozycji, nieumiejętności, może nawet o braku czasu, teraz nie patrząc w dół ani w bok, powiedział, że nie pomoże przy organizacji wieczorku zapoznawczego, bo nie ma na to ochoty.

– Jak to?

A tak to. Nie ma ochoty i już. Ludzie miewają na coś ochotę i jej nie miewają. Ponownie uderzył dłonią o poręcz schodów, nie unikając wzroku blondynki. Trudno powiedzieć, by rozpierało go poczucie wolności, ale odmowa prośbie tej ładnej, ale natarczywej kobiety przyszła mu łatwo. Tak łatwo, jakby był w tym zaprawiony. Zauważył nawet nie bez satysfakcji, że spłoszyła się raczej blondynka, kiedy patrząc ponad jego głową, powiedziała cicho:

– Mówił mi pan Stasiu, że pan jest plastykiem, że pan...

– Kim jest pan Stasiu? – zapytał, wspinając się na schody.

– Naszym kaowcem – odpowiedziała blondynka.

– Kaowcem?

– Tak.

– Przykro mi – ton mężczyzny niczego takiego nie sugerował – ale nie jestem plastykiem i o dekoracjach nie mam pojęcia. A poza tym – dodał już z góry – na wieczorku nie będę.

Wszedł do pokoju i otworzył okno. Łóżko, które zajmowała żona, było rozbebeszone, a na skotłowanej pościeli walało się trochę trawy i piasku. Znieruchomiały upał zdawał się zaraz eksplodować. Mężczyzna zdjął koszulę, odkręcił kran nad umywalką, poczekał, aż spłynie ciepła woda, po czym umył sobie pachy, ręce i twarz.

Zsunął z nóg sandały, zapalił papierosa i wyciągając się w pościeli, pomyślał, że, o ile wie, hotelu o nazwie Excelsior w tym mieście nie ma.

Choć to prawie niemożliwe, następny dzień stanął jeszcze gorętszy. Gdyby powietrze było suche, można by rzec, że wszystko drga od gorąca. Morze oddawało jednak wilgoć, parując obficie, toteż drzewa, zwierzęta, przedmioty i ludzie zamarli w ciężkim powietrzu jak skamieliny. Oczywiście dotyczyło to również plaży. Wczoraj przytłumiona zaledwie niespodziewanym upałem, dzisiaj sprawiała wrażenie zniewolonej cieplarnianym oparem, jaki na nią spłynął. Mimo to wypełniła się po krańce, co zaświadczało o rozpoczęciu sezonu na dobre. Słońce, którego promienie przedestylowane przez wilgotną zawiesinę docierały na ziemię złagodzone, zabarwiało wszystko na żółtawy kolor, a brak kontrastu powodował monotonię. Odnosiło się wrażenie, że jest to tygiel, z którego teraz natura wytapia niezapomniane lato. Miejscowi mówili, że taka pogoda zdarza się nad tym chłodnym zwykle morzem bardzo rzadko, a już nigdy na początku lipca. Byli zdania, że to anomalia niewróżąca niczego dobrego. Przyjezdni, nastawieni na przełomowość, wyrażali odmienną opinię. Ale jedni i drudzy zgadzali się co do tego, że w nocy będzie burza.

Mężczyzna siedział przez jakiś czas w wykopanym przez siebie dołku i usiłował czytać gazetę z wczorajszym znamiennym artykułem, ale ściekający z czoła pot w końcu mu to uniemożliwił.

Wstał więc i począł spacerować wzdłuż brzegu, stawiając ostrożnie stopy, by nie nadziać się na kawałki szkła, deski ze sterczącymi gwoździami, zardzewiałe odkuwki.

Dochodziła jedenasta, gdy zdecydował się wejść do wody. Zetknięcie z nią nie było miłe. Cały brzeg oblepiały utytłane w mazucie wodorosty, których z wczorajszego dnia nie pamiętał. Kilka metrów dalej leżała na fali martwa mewa z uniesionym w górę, jak żagiel, skrzydłem. Mimo to wszedł głębiej i im dalej się posuwał, tym woda wydawała mu się czyściejsza. Miał ją po szyję, gdy zdecydował się popłynąć trochę wzdłuż brzegu w stronę molo. Posuwał się chaotycznym crawlem, przystając co kilka metrów, by wyczuć grunt.

W pewnym momencie ktoś wrzasnął mu nad uchem:
– Halooo!
Odwrócił gwałtownie głowę i łyknął spory haust obrzydliwej, słonej bryi. Zamachał nieprzytomnie rękoma i poczuł, że nie dosięga dna. Napił się raz jeszcze i zaczął się krztusić. Po kilku metrach trafił na łachę piasku i stanął na niej niepewnie, wypluwając morze.

– Na lewo od tego miejsca jest już głęboko! – krzyknęła dziewczynka, kiwając mu ręką z odległości kilku metrów.

– Właśnie przed chwilą się przekonałem – rzekł, brodząc w jej stronę.

– Topił się pan? – zapytała z zaciekawieniem.

– Coś ty! – odparł, zataczając się i plując wodą. Pod nosem miał coś ciemnego, co nie wyglądało zachęcająco. Ocierając ręce o kąpielówki, warknął: – Szukałem cię wszędzie całą godzinę. Jestem już od dziesiątej – po czym reflektując się, dodał pojednawczo: – Miałem prawo się niepokoić. Wczoraj... tego, no, ruch był okropny na szosie i w ogóle, ludzie są jacyś podekscytowani, więc miałem prawo... Jak dotarłaś do hotelu?

– Normalnie.

Pies kręcił się bez ustanku, owijając ją smyczą, gdy szli w stronę wydmy w poszukiwaniu miejsca na zamek.

Budowali go długo, ale niestarannie. Piasek był rzeczywiście suchy i obsypywał się. Mężczyzna próbował nawet niektóre fragmenty konstrukcji umocować deseczkami naznoszonymi z brzegu, ale niewiele to pomagało. W gruncie rzeczy nudził się śmiertelnie. Dziewczynka przyglądała się budowie, czasami coś niechętnie podtrzymując, ale widać było, że i ją to mało interesuje. Wyszło im w końcu jakieś nieforemne paskudztwo; pretensjonalne, powyginane na wszystkie strony, dołem rozsiadłe jak stara baba. Zresztą po kilkunastu minutach runęło cicho i tylko parę pociemniałych deseczek, przysypanych piaskiem, świadczyło o tym, że ktoś tu próbował coś stworzyć.

W południe wyszli z plaży, uznając, że upał stał się nie do zniesienia. Włóczyli się trochę po mieście, przyglądając się zakurzonym witrynom sklepowym, po czym mężczyzna zaproponował obiad w Grandzie. Dziewczynka krygowała się trochę, ale argument, że sala jest klimatyzowana, przełamał jej niezbyt zresztą zdecydowany opór.

Sala nie była klimatyzowana, za to pełna. Ludzie polowali na stoliki, wykłócając się o nie z kelnerami i między sobą. W ogólnym rozgardiaszu próbował zaprowadzić porządek kierownik sali; wysoki, smukły jegomość około pięćdziesiątki, na którym czarny smoking leżał bez zarzutu. Jego cichy, dyskretny głos i spokojne, wystudiowane ruchy, świadczące o wieloletniej tresurze, były tu nie na miejscu, a smutne zdziwienie rysujące się na nobliwej twarzy nie budziło niczyjego współczucia. Tłum spieczonych na czerwono ludzi, śmierdzących potem, tanimi dezodorantami i obiadową irytacją, w rozchełstanych koszulach, bluzkach i sukienkach nie dawał żadnej nadziei, że mógłby zachować się powściągliwiej, gdyby ktoś cudem rozmnożył stoliki i kelnerów, ponieważ był już nieodwracalnie źle wychowany, a na tyle, niestety, obyty, że wielkoświatowe bajery nie skłaniały go ku żadnej elegancji. Nikt nie chciał tu wytwornie zjeść, studiować karty, zadawać szyku ani kontemplować widoku zza panoramicznej szyby.

Ludzie zamierzali zasiąść, nażreć się i wyjść.

Mężczyzna zorientował się po chwili kotłowaniny przed wejściem, że ten dyskretny *maître d'hôtel* tkwi tu ni w pięć, ni w dziewięć, natomiast znakomicie komponuje się z sytuacją młody kelner z krótko ostrzyżoną głową i szelmowskim uśmiechem na knajackiej twarzy. On też za sto złotych, dosyć ostentacyjnie wsuniętych mu w kieszeń marynarki, po kilku minutach wskazał stolik pod ścianą. Dołączyli do dwojga starszych ludzi, którzy zjedli omlet, a teraz bezskutecznie usiłowali zamówić coś do picia. Mężczyzna usiadł ostrożnie, jakby nie wierzył, że krzesło pod nim będzie przez następną godzinę do jego wyłącznej dyspozycji.

Dziewczynka zawiesiła się niedbale na wysokim siedzeniu. Kelner podał im kartę.

Wybrali, co zostało – *consommé* z drobiu, kotlet pożarski i bukiet z jarzyn. To, co im przyniesiono, było niezłe. Okazało się też, że może być melba, a mężczyzna zamówił jeszcze koniak i kawę.

Dziewczynka zjadła obiad z apetytem, czego o mężczyźnie powiedzieć nie można. Dziobał przez kwadrans widelcem po talerzu, niby to usiłując wyłowić coś szczególnego. Zapalając papierosa, zapytał:

– No i jak?

– Lody świetne – odpowiedziała dziewczynka.

– A reszta?

– Też świetna. Właściwie to w domu nie jadamy mięsa. Żal nam zwierząt.

Gdy wspomniała o zwierzętach, przypomniał sobie, że z plaży wyszli z psem.

– A gdzie Maka?

Dziewczynka się spłoszyła.

– Maka? – wycedziła niepewnie.

– No Maka, twój pies.

– Ach tak, naturalnie, musiała pójść do domu.

– Do domu?

– Tak – odpowiedziała dziewczynka, a na jej chude policzki wypełzł rumieniec.

– To znaczy do hotelu?

Pokiwała w odpowiedzi głową.

– Do hotelu Excelsior?

– Jasne – odparła, nabierając pewności siebie. – Mówiłam panu, że przyjeżdżamy tu od kilku sezonów.

Maka zna tu każdy kąt. Jest chyba dosyć mądra. Już mi zresztą kilka razy zwiała. Musiała się przestraszyć tego ruchu przed hotelem.

Zdusił papierosa w popielniczce.

– Mówiłaś też, o ile dobrze pamiętam, że suka ma trzy lata.

– Coś koło tego. – Głos małej nabrzmiewał znudzeniem.

– Nie mogła więc tu być więcej niż dwa razy.

– Tak, i to zupełnie wystarczy – ucięła zdecydowanie dziewczynka.

Podniósł ręce i zawołał:

– Dobrze! W porządku! To ostatecznie twój pies.

Ale to nie było w porządku. Historia z psem mu się nie podobała.

Staruszkowie, odsiedziawszy swoje i nie doczekawszy się herbat, zaczęli się zbierać, robiąc przy tym sporo rabanu. Dziewczynka sprawiała wrażenie trochę obrażonej lub zdeprymowanej. Przymknęła oczy. Kąciki jej zmysłowych ust opadły, co jeszcze bardziej uwidoczniło szczupłość twarzy i ostry rysunek nosa. Mężczyźnie nie podobała się historia z psem. Nie podobała mu się historia z tym zabawnym kundelkiem, którego tak nieostrożnie i samolubnie zostawili być może na ruchliwym, hotelowym podjeździe lub wcześniej, w mieście. Nie pamiętał, by towarzyszył im w półtoragodzinnej włóczędze opustoszałymi ulicami. Nie podobał mu się też sposób, w jaki dziewczynka próbowała ten fakt wytłumaczyć, i jakkolwiek miał dowody, że otacza psa opieką, a nawet czułością, to odnosił

257

również wrażenie, że dzieje się to tylko wtedy, gdy jest jej do czegoś potrzebny.

Ale poza tym mężczyzna miał się dobrze, rozprężony, pewny siebie, zadowolony z chwili. Wiedział, że jest to odczucie subiektywne, niemające odniesienia do rzeczywistości ani w nim, ani wokół niego. Gdy kupował w szatni papierosy, zerknął do lustra. Odbiło zmiętą twarz z kroplami potu na czole, przypominającą jednolicie wypłowiałą na słońcu szmatę, i doprawdy nie miał powodów, by przypuszczać, że w rzeczywistości wygląda lepiej. Dziwnie mało go to jednak zmartwiło, a teraz, po godzinie, zdawał się już zupełnie o tym nie pamiętać.

Kelner podał rachunek. Mężczyzna rzucił tysiąc złotych. Kelner nie próbował szukać reszty.

– Jest pan szczęśliwy? – zapytała nagle dziewczynka, unosząc powieki, ale nie patrząc na mężczyznę.

Odchylił się na krześle, wytrącony z miłego kontemplowania swego ukojenia.

– Teraz?

– Nie, w ogóle.

– Chyba nie.

Dokończył koniak i rozejrzał się po sali. Nigdy tego nie robił, wyłączając lata młodości. Kiedy skończył czterdziestkę, przestał się rozglądać, potem zaś przyszły choroby, a wraz z nimi obojętność na świat i jednoczesne zainteresowanie własnym wnętrzem, czy może tylko nieustająca, wręcz obsesyjna potrzeba określania swojego małego piekła.

Teraz jak gdyby nastąpiło otwarcie. Kilka lat temu przeszedł definitywnie w strefę cienia, nazwaną przez zabawną neurolożkę w grubych okularach zaczepionych na odstających jak u nietoperza uszach nerwicą. Ona, zasuszona w dziewictwie panna, krzycząca ze swej pięćdziesiątki: To wszystko nerwica, aż nerwica i tylko nerwica, moje dziecko! – do niego, pacjenta raptem o cztery, pięć lat od niej młodszego, którego w dziwaczny sposób adorowała, zapisując mu bez ograniczeń najwymyślniejsze środki uspokajające, tonizujące, usypiające, była równie jak choroba niezmienna i równie jak ona wiecznie obecna. Więc od czasu, kiedy wszedł w nerwice, depresje, opresje, zwane przez kokieteryjnych idiotów okresem przejściowym, który powinien nazywać się zejściowym, gdyby lekarze i ich pacjenci mieli zwyczaj nazywać rzeczy po imieniu, od tego czasu, jeśli się rozglądał, to tylko po sobie, nie odnajdując tam niczego poza pustką i niemocą.

A teraz po raz pierwszy od wielu lat rozejrzał się wokół siebie i stwierdził, że jeżeli nawet nie ma to wielkiego sensu, może być przyjemne.

– Dorośli dużo mówią o szczęściu – mruknęła dziewczynka, nalewając sobie do szklanki lemoniady.

– Ja nie mówię – odpowiedział, zatrzymując spojrzenie na ogródku kwiatowym, oddzielającym parkiet od tej części, którą zajmowali.

– Ale pan o tym myśli.

– Bardzo rzadko.

– Więc, co pan robi, kiedy pan o tym nie myśli?

– Myślę o szczęściu innych.

Zapalił następnego papierosa. Ale nie tak jak dotychczas, skrycie, trochę po sztubacku, z poczuciem winy wobec siebie i innych, kryjąc ogarek w potniejącej dłoni, tylko ostentacyjnie, demonstracyjnie, ciesząc się tą przyjemnością, odchylony na oparciu krzesła, z brzuchem podanym do przodu i z nogą nonszalancko założoną na nogę. Wciągając zapach dymu, powiedział głośno:

– Właściwie to ostatnio zajmuję się głównie sobą. Wiesz, o czym mówię?

– Jasne – odpowiedziała bez namysłu dziewczynka.

– Tak myślałem.

– Jak?

– Że wiesz, o czym mówię. – Spojrzał przez taflę panoramicznej szyby na zwiędłe, jakby ugotowane w upale morze i dodał ciszej: – To zabawne.

– Co? – Dziewczynka pochyliła się nad stołem.

– Jak by ci powiedzieć...

– Że wiem, o czym pan mówi?

– Nie. – Mężczyzna z papierosem uczepionym warg też pochylił się nad stołem i rzekł konfidencjonalnie: Że tak pomyślałem. – Wracając na wysokie oparcie krzesła, dodał głośniej: – Wspomniałaś swego ojca...

Dziewczynka potwierdziła skinieniem głowy.

– Że malował obrazy – powiedział mężczyzna. – Chyba je widziałem.

– Gdzie?

– Na wystawie. Poznałem po tym topielcu powieszonym na drzewie do góry nogami. Swoją drogą, co to za pomysł.

– Z czym? – Głos dziewczynki, nie tak pewny jak zwykle, był wyraźnie podszyty czujnością.

– Z tą wystawą – odpowiedział mężczyzna po namyśle tonem, którym mówi się nie to, co chciało się powiedzieć.

Dziewczynka rozejrzała się wokół obojętnym, prawie martwym wzrokiem i składając dłonie ku sobie na sztywnym, śnieżnobiałym obrusie, patrząc na mężczyznę jakoś nagle nieobecna, chciałoby się powiedzieć wyfrunięta, jeśli wziąć pod uwagę jej podobieństwo do ptaka, szepnęła, opuszczając głowę:

– No właśnie.

Jakiś czas spacerowali po parku. Dziewczynka nieobecna, skupiona, milcząca, mężczyzna na odwrót, dosyć ożywiony. Próbował przekonać małą, że nie byłoby źle, gdyby zajrzeli na wernisaż, o którym wspomniał podczas obiadu. Kiedy wracał wczoraj z plaży do domu wczasowego, zauważył witrynę galerii, a w niej obraz z topielcem na drzewie, który go zaciekawił swoją absurdalnością, a jednocześnie jakimś nastrojem zamierzonej nieumiejętności, i dopiero kiedy wrócił do siebie, i wyciągnął się na łóżku, myśląc o różnych sprawach, przypomniał sobie, jak dziewczynka wspomniała ten obraz, opowiadając o ojcu. Czy to możliwe, że na wystawie są obrazy jej ojca?

Wzruszyła obojętnie ramionami. Mimo wszystko postanowili to sprawdzić. Właściwie postanowił mężczyzna, a dziewczynka, nie bez oporu, zgodziła się na to.

Znów kluczyli opustoszałymi ulicami, a kiedy stanęli przed spryskanymi wapnem szybami, ani w nich, ani w głębi nie było obrazów. W środku remontowanych przestrzeni jakaś starsza, miła pani poinformowała ich, że galeria jest nieczynna od miesiąca i na pewno nie otworzy się do końca sezonu, i na pewno nie było w niej wczoraj żadnej wystawy. Mężczyzna zupełnie serio upierał się przy swoim, co miłą panią w końcu zirytowało. Tłumacząc się obowiązkami, poprosiła, by wyszli.

– Przysiągłbym! – zawołał mężczyzna, gdy już znaleźli się na zaśmieconym chodniku – że widziałem ten obraz!

– Jasne! – odkrzyknęła dziewczynka. Widać było, że zawód, który spotkał mężczyznę, sprawił jej przyjemność. Wskazała ocienioną ławkę po drugiej stronie ulicy. Mężczyzna zwalił się na nią z ulgą. Był zmęczony długą wędrówką rozpalonym do czerwoności miastem, więc pusta ławka i cień kasztana stanowiłyby oczywistą przyjemność, gdyby nie doświadczenia z przyjemnościami, w których zarówno zmęczenie, jak i odpoczynek stanowiły wartą siebie udrękę.

Jedno zatrute myślą o drugim.

Ale teraz po przykrym zmęczeniu nastąpił odpoczynek. O to przecież chodzi, pomyślał mężczyzna. Zmęczyć się i odpocząć. Zgłodnieć i się najeść. Czuwać i spać. Pościć i się pieprzyć. Właśnie o to w życiu chodzi. Po raz pierwszy od wielu lat pomyślał o seksie jak o przyjemności i po raz pierwszy tej myśli nie naznaczał niepokój. Spojrzał obleśnie na małą, siedzącą obok niego, ramię w ramię, udo w udo. Nie miał zamiaru ukryć swej nagłej żądzy, odwrotnie, zależało mu na tym, by mała ją dostrzegła. Rozchylił wargi, a z ich kącików wypłynęło trochę śliny. Więc gdy dziewczynka, patrząc przed siebie, zapytała: Może miałoby to sens? – odpowiedział natychmiast, że jest tego samego zdania, ale odpowiedział tak sobie w duchu, bo głośno zapytał, o czym mowa.

– O powrocie – odpowiedziała dziewczynka.

– Do czego?

– Nooo... – Dziewczynka zatoczyła w powietrzu nieokreślony ruch ręką i zamilkła.

Mężczyzna też nic nie mówił. Przypatrywał się, jak nieliczne samochody, smrodząc odchodami taniej, fałszowanej benzyny, znaczą ślady protektorów na roztopionym asfalcie, worywując się weń coraz głębiej.

Uwagę jego zwrócił też podpity człowiek w skórze białego niedźwiedzia, która, odniósł takie wrażenie, podstępnie zamknęła się na nim i ten, objuczony sprzętem fotograficznym, nie mógł się z tej pułapki wyzwolić, waląc od czasu do czasu pyskatym łbem o parkan lub ciągnąc się za nienaturalnie długie uszy. Człowiekiem cisnęło gdzieś w boczną alejkę i tylko grubiaństwa dolatujące z oddali zaświadczały, że jego desperacka walka z uciążliwością nie wiodła ku zwycięstwu. Potem mężczyzna przyglądał się kosowi z absurdalnie długim dziobem, który zawładnął klombem nieopodal. Wszystko to wydało mu się bardzo zajmujące.

Więc gdy dziewczynka powiedziała, że oni o tym mówili, że starała się słuchać, ale nie zapamiętała niczego, że to było trudne do zapamiętania, a oni mówili o tym tak, jak gdyby chcieli, żeby zapomniała i żeby zapamiętała tylko to, że mówili, warknął obcesowo:

– Musiałaś to oglądać w telewizji. Sama mówiłaś, że

dużo patrzysz w telewizor, a oni lubią tam od czasu do czasu puścić taki filozoficzny kawałek, żeby ludzie, którzy piszą w poważnych gazetach, nie twierdzili, że telewizja ogłupia. Dużo patrzysz w telewizję i oni musieli coś takiego chlapnąć, a ty niewiele zrozumiałaś.

– To nie było w telewizji – odpowiedziała dziewczynka z tą pewnością, która mężczyznę coraz bardziej irytowała.

– Gdyby nie było tak cholernie gorąco – rzekł, wypinając brzuch – postarałbym się zrozumieć, o co ci chodzi.

O siódmej poszli na komedię z de Funèsem. W kinie było pustawo. Zajęli miejsca w ostatnim rzędzie. Film głupio się toczył, ale bawili się świetnie. Aktor robił miny, a oni wybuchali jednocześnie nieopanowanym śmiechem. Czasami robili to wtedy, gdy tylko mieli wrażenie, że aktor ich do tego zaraz sprowokuje. Gdzieś w połowie seansu do sali zaczęły docierać coraz zuchwalsze odgłosy burzy. Trzy razy wyłączano światło i nad drzwiami zapalały się lampki awaryjne, zasilane akumulatorem. Widzowie tupali i oni robili to samo. Mężczyźnie ogromnie się to spodobało, miał ochotę tupać również po wznowieniu filmu i był niezadowolony, że przerwy są takie krótkie.

Gdy wyszli z kina, lało. Podbiegli do szerokiej markizy, pod którą zebrało się już kilkanaście osób. Mężczyzna oparł rękę na ramieniu dziewczynki i przygarnął ją do siebie. Padało ostro, lecz krótko. Po kwadransie wyszli na zalane wodą ulice. Klucząc między kałużami, szli przed siebie. Mimo późnej pory w mieście było pełno. Ludzie rozkoszowali się poburzową świeżością.

Dziewczynka proponowała, żeby zajrzeć jeszcze na plażę i popatrzeć na morze, ale mężczyzna gwałtownie zaprotestował, przekonując, że jest zbyt późno i są nieodpowiednio ubrani. Istotnie, temperatura, jak to po burzy, spadła, a od zachodu zaczynało wiać.

Doszli do skrzyżowania dwóch głównych ulic, miejsca częstych spotkań wczasowiczów, randek licealistów, giełdy miejscowych i zamiejscowych dziwek, kiedy dziewczynka podała mu chłodną, szczupłą dłoń.

Chciał odprowadzić małą do hotelu, ale ona grzecznie, lecz stanowczo sprzeciwiła się temu. Gdy ponowił propozycję, przeszedłszy z nią jeszcze kilkadziesiąt kroków w górę szerokiego, wypełnionego ludźmi i muzyką corsa, dziewczynka sprzeciwiła się ostrzej, ale w jej leciutko zachrypniętym głosie była też prośba.

Gdy wszedł do pokoju, uderzyło go gorąco i zapach lakieru do paznokci. Małżonka leżała w łóżku w niebieskiej koszuli nocnej ozdobionej na ramionach kokardami. Miała spalone ręce, posmarowane grubą warstwą kremu rycynowego.

Ostentacyjnie go nie zauważyła, oddana lekturze przedwczorajszego artykułu w lokalnej gazecie, o którym wszyscy mówili, że nie można go nie przeczytać. Nie próbował udawać, że obojętność żony go dziwi, było mu to zresztą na rękę. Czuł wyrzuty sumienia z powodu swej całodziennej nieobecności, ale też w żadnym wypadku nie miał ochoty się do tego przyznawać. Zapalił na chwilę górne światło, by poszukać czegoś w szafie, potem je zgasił. Zsunął sandały, rzucił je na dolną półkę i zostawiając na podłodze ślady stóp, podszedł do łóżka. Przeczytał wybity tłustą czcionką tytuł artykułu: **CO JEST. CO BYĆ MOŻE. CZEGO NIE BĘDZIE.**

– Czego nie będzie? – zapytał obojętnie.

Żona mu nie odpowiedziała. Przez chwilę przypatrywał się zmrokowi za oknem, po czym zaczął się powoli rozbierać. Zdjął spodnie i powiesił na poręczy krzesła. To samo zrobił z koszulą i gaciami. Kobieta nie wytrzymała milczenia.

– Oczywiście zdaję sobie sprawę – rzekła oficjalnie – że nie odbywamy podróży poślubnej. Nie żądam od ciebie w związku z tym czułości czy nawet zainteresowania, natomiast oczekuję – chrząknęła, przykładając rękę do ust – przynajmniej przyzwoitości. Ostatecznie na wczasach jesteśmy razem.

– Masz rację – powiedział, zakładając górę od piżamy.

– Ostatecznie mogę zrozumieć, że nie masz ochoty spędzać ze mną całego czasu, ale znikać na cały dzień to już przesada.

– Masz rację – powtórzył.

– I co z tego, że mam rację! – krzyknęła, uderzając gazetą o ścianę.

– No właśnie – mruknął i zaczął oglądać sobie nogi.

Ze stołówki dobiegały odgłosy saksofonu, gwar rozmów i śmiech.

– Co to jest? – zapytała, wskazując brzydko wyglądający pryszcz na cienkim, bladym udzie mężczyzny.

– Nie wiem – odpowiedział – może jakiś czyrak.

– Mam nadzieję, że się nie kąpałeś? – zapytała, usiłując rozprostować gazetę.

– A to dlaczego? Jest lato, upał, morze... Dlaczego miałbym się nie kąpać?

– A więc kąpałeś się?

– Tego nie powiedziałem, tylko nie rozumiem, dlaczego...

– W dzisiejszej popołudniówce – przerwała mu – zamieszczono komunikat inspekcji sanitarnej. Nie udało się zatrzymać kolejnej porcji ścieków z miasta. Zatoka jest zatruta.

– Ludzie się jednak kąpią.

– Ludzie robią wiele nierozsądnych rzeczy.

Pokiwał głową. Wyłuskał z paczki klubowych papierosa i rozglądnął się za popielniczką.

– Chcesz palić? – zapytała, poprawiając koc.

– Tak, a co?

– Nadymisz.

– Można otworzyć okno.

– Naleci komarów.

– Tutaj? Nad morzem? Żartujesz chyba.

– Nie żartuję!

Wsunął się do łóżka i nakrył samym prześcieradłem. Położył ręce pod głowę i przymknął oczy. Z dołu dobiegał go gwar rozmów.

– No więc kąpałeś się? – zapytała małżonka.

– Nie – mruknął i odwrócił się do ściany.

II

Poczuł suchość w gardle i się obudził. W pokoju było dosyć jasno z powodu lampy oświetlającej skwer za oknem. Spojrzał na zegarek; dochodziła pierwsza. Wstał z łóżka i podszedł do umywalki. Nachylił się nad nią i łyknął wody z kranu. Była ciepła i ohydna w smaku. Otworzył okno i się wychylił. Z drzew skapywały grube krople wody, a więc w nocy musiało znów padać. Usłyszał akordeon grający znaną mu melodię. Bardzo powoli, jak w transie, zaczął się ubierać. Z szafy wydostał kremową marynarkę, która źle zniosła czternastogodzinną podróż w walizce ze skaju. Cicho zamknął za sobą drzwi i zszedł dwa piętra niżej.

W przybranej girlandami stołówce wieczorek zapoznawczy osiągnął kulminację. Zaduch, alkohol i taniec zrobiły swoje. Czteroosobowa orkiestra właśnie skończyła kolejną trójkę. Podszedł do otwartych drzwi i zajrzał do środka. Owiał go zapach rosyjskich perfum i dezodorantu Brutal. Stoliki rozstawiono pod ścianami. Miejsce na środku, zroszone konfetti, stanowiło rozległy i wygodny parkiet.

– Przepraszam, a pan?

Uniósł głowę i zobaczył przed sobą atletyczną postać kaowca.

– Jestem wczasowiczem z tego domu – odpowiedział niepewnie.

Kaowiec poprosił panią siedzącą nieopodal drzwi o listę uczestników zabawy.

– Jaki pokój? – zapytał.

– Dziewiętnastka, drugie piętro.

– Szalenie mi przykro, drogi panie, ale nie widzę drogiego pana na wykazie – głos kaowca zaprzeczał treści. Był urzędowy i nie dźwięczał w nim ani jeden ton, który mógłby sugerować, że cokolwiek w tej chwili sprawiło mu przykrość.

– To by się zgadzało – powiedział mężczyzna – gdyż nie zamierzałem uczestniczyć w zabawie i nie zamierzam nadal. Chciałbym tylko wejść do środka.

– Po co?

– Tego jeszcze nie wiem.

– Regulamin naszych imprez takiej ewentualności nie przewiduje – zauważyła osoba przy stoliku, obłożona teczkami i skoroszytami.

Mężczyzna poznał starościnę, ukłonił się i poczerwieniał. Kaowiec dał jej znak ręką, by nieupoważniona nie zabierała głosu w sprawach leżących w jego wyłącznej kompetencji.

– Przypuszczam, że wiadomym jest panu, zresztą informowałem w kwestii wczoraj na posiłkach, iż uczestnictwo w wieczorkach muzyczno-rozrywkowych, które turnusanci uparli się nazywać zapoznawczymi lub pożegnalnymi, jest związane z określoną gratyfikacją finansową na rzecz rady turnusu, która z kolei z tych środków opłaca orkiestrę, bufetową i sprzątanie.

– Miałbym prawo o tym nie wiedzieć – powiedział cicho mężczyzna – gdyż spóźniam się notorycznie na posiłki, ale tak się składa, że jestem z zawodu księgowym i doskonale rozumiem tę konieczność.

Kaowiec przygładził sobie gęstą, pięknie utrzymaną brodę i równie cicho, teraz zachęcająco, choć dyskretnie wymienił kwotę.

Mężczyzna zapłacił dwieście złotych.

– Tu jest numerek i szpileczka do przyszpilenia.

Starościna podsunęła w jego kierunku numer czterdzieści cztery ozdobiony sercem przebitym strzałą.

– Co mam sobie przyszpilić?

– Co pan uważa – odpowiedziała starościna ze wzrokiem demonstracyjnie odwróconym do ściany. – To poczta miłosna – dodała – taka gra.

– Nie spodziewam się żadnej korespondencji – mruknął mężczyzna.

Rozglądając się po sali, podszedł do bufetu. Przy bufecie złapał go za rękę jakiś drobny człowiek, dobroduszny skrzacik o łysawej, spiczastej czaszce. Miał cienkie dłonie i wielkie cylindryczne okulary. Przedstawił się jako kierownik działu zbytu z garbarni w Rymanowie, którą, można powiedzieć, na wieczorku reprezentuje. Był uprzejmy i poważny. Mężczyzna dowiedział się, że widzieli się już wcześniej, na jakiejś naradzie w zjednoczeniu, chociaż nie było okazji do zapoznania się. Wypili po pół szklanki ciepłej, oleistej wódki, którą człowieczek trzymał za firanką przy swoim stoliku, dokąd mężczyzna został zaproszony.

Gdy rozpoczęła się gra w pocztę miłosną, człowieczek przedstawił się głębiej. Wynikało z tego, że jest kawalerem, mieszka w Krośnie, oddaje się bez reszty pracy. Kiedy orkiestra zagrała *Karawanę*, namiętny i nieprzemijający wczasowy standard, mały dżentelmen podskoczył na krześle, złapał mężczyznę za połę marynarki i zapiszczał, wskazując róg sali, tam gdzie drzwi i stolik z dokumentami. Poinformował zadyszanym falsetem, że widzi, jak kaowiec trzyma starościnę za podbrzusze. Zapewnił mężczyznę, że gdy tylko filtry przytłumiają reflektory, a parkiet zapełnia się parami, ten rozpustny byk nachyla się nad starościną i udając, że sprawdza coś w papierach, łapie ją za to miejsce, którego ona mu nie broni. Mężczyzna bardzo się zapalił, przechylił się na krześle, by wszystko dobrze zobaczyć, potwierdził po chwili, że widzi, i rozochocił się na całego. Mały dżentelmen mu zawtórował i opowiedział dowcip *à propos*. Po jakimś czasie znowu wypili po pół szklanki wódki i jakoś obydwaj spoważnieli. Kazali podać sobie kawę i pudełko koreanek. Powoli i niezauważalnie ich niefrasobliwa paplanina wjechała na szerokie tory problematyki zawodowej. Zwekslował ją mały dżentelmen. Ten podobny do wychudzonej kuropatwy urzędnik wyraził wątpliwość co do celowości ogłoszonych w ostatnim „Monitorze" nowych przepisów o godzinach nadliczbowych. Mężczyzna tę wątpliwość podzielił. Urzędnik poinformował, że mimo zastrzeżeń do wymienionych rozporządzeń przeanalizował rzecz z zastępcą naczelnego do spraw ekonomicznych i na odcinku swojego działu zrobił wszystko, by przepisy zostały wdrożone w sposób prawidłowy. Mężczyzna zapewnił, że kierując się podobnym poczuciem obowiązku, uczynił dokładnie to samo. Urzędnik opowiedział o kłopotach, jakie ma z zaszeregowaniem druków pe-zet, a mężczyzna przyznał, że podobne kłopoty i jego wyprowadzają czasami z równowagi. Kiedy tamten zapytał go o możliwości w zakresie przerzucania środków z konta na konto pod koniec roku, mężczyzna rozłożył ręce, co oznaczało, że postępuje zgodnie z wytycznymi i nie sądzi, by jakieś pożądane zmiany mogły nastąpić w najbliższym czasie.

Gdy padło pytanie o bilans za pierwszy kwartał, mężczyzna odparł, że nie przypomina sobie, by miał z tego powodu kiedykolwiek poważne przykrości.

– To rozumiem – powiedział urzędnik z przekonaniem. – Tak się należy. Tak się należy.

Wodzirej zapowiedział białe tango. Zamilkli na chwilę, przypatrując się parom wychodzącym na parkiet. Do stolika, który zajmowali, podpłynęła wczasowa lwica, rozwiewając zapach rozkoszy i radzieckich perfum. Urzędnik się nadął, zatupał i cały w gotowości odsunął się od stolika, ale ona pożeglowała dalej, dygnęła nie jemu i otuliła zapowiedzią przyjemności długowłosego młodzieńca w adidasach. Mężczyzna, przechylony przez krzesło, powiódł za nimi wzrokiem, uśmiechając się delikatnie. Tango wydało mu się melodyjne, tancerze piękni, sala strojna i żałował trochę, że nie przyłożył ręki do jej dekoracji. Kiedy orkiestra skończyła i pary odkleiły się od siebie, urzędnik znowu zaczął opowiadać o drukach pe-zet, charakteryzując ich wredną naturę, ale mężczyzna przestał już słuchać.

Znowu zaczęło padać i przez otwarte okna dochodził szelest deszczu. Sala powoli pustoszała, powietrze orzeźwiło się, rozmowy przycichły. Orkiestra zresztą też. Grała teraz stare kawałki, których ludzie słuchali z nieco zmęczonym skupieniem. Niewiele już tańczono.

Mężczyźnie wydało się w pewnym momencie, że widzi cień tej małej z hotelu rzucony na skrzydło szerokich białych drzwi, tak jakby padał na nie z korytarza. Ucieszył się jej obecnością, choć nie oczekiwał, że się tu zjawi. Nie zależało mu też, by cień się urzeczywistnił. Taka forma jej obecności mu odpowiadała. Po chwili odniósł wrażenie, że ona niesłyszalnym krokiem przeszła parkiet i zniknęła za uchylonym oknem, podziękował więc szelmowskim uśmiechem za wspaniałomyślną dyskrecję.

Kiwnął palcem swemu towarzyszowi, a kiedy ten pochylił się nad stołem, odsuwając butelkę z lemoniadą, powiedział od niechcenia:

– Przed urlopem postanowiłem niektóre sprawy uporządkować, by wyjechać z lekką głową, i zostałem po południu w biurze. Tak robię zawsze i nie pamiętam, bym kiedykolwiek tego zaniechał.

Urzędnik wyraził opinię, że takie kierowanie powierzonym sobie działem uważa za najwłaściwsze.

– Robiłem tak zawsze dotychczas – rzekł mężczyzna i zawiesił głos.

Jego kompan się zgarbił, pochylił głowę z cieniutkimi pasemkami włosów oblepiającymi czaszkę i położył ręce na zasypanym popiołem laminacie.

– No właśnie – westchnął mężczyzna – robiłem to zawsze od wielu lat i miałem zamiar, ba, byłem pewien, że uczynię podobnie i tym razem, gdyby nie... – znowu zawiesił głos i wpatrując się w urzędnika, odchylił się na krześle. I tak jak on się nieco oddalił, urzędnik się nieco przybliżył, opierając pierś ustrojoną we wzorzysty krawat o krawędź stołu.

– Gdyby nie co? – zapytał.

Mężczyzna przymknął oczy, a jego twarz, zmaltretowaną cierpieniem, wygładził dobry uśmiech.

– Gdyby nie smołownicy – powiedział cicho, lecz wyraźnie. Opuścił głowę i nie otwierając oczu, zaczął mówić: – Był ładny, słoneczny dzień, chociaż chłodny jak na czerwiec. Wie pan, ja lubię latem takie pogody. Wszyscy już wyszli, kiedy ich zauważyłem. Musieli zacząć swoją pracę kilka godzin wcześniej, ale ja ich zobaczyłem dopiero wtedy, gdy w biurze nie było nikogo poza mną i portierem. Pomyślałem sobie, że to muszą być ci trzej goście, dla których przed kilkoma dniami podpisywałem zgodę na godziny nadliczbowe, i zabrałem się do roboty. Postanowiłem sprawdzić wyrywkowo niektóre dokumenty bankowe z ostatniego kwartału, więc wyciągnąłem z szafy segregatory, położyłem je na biurku przed sobą tak, jak układa się trójkątne klocki. Ponieważ jestem od dzieciństwa palący, po jakiejś godzinie wstałem, żeby otworzyć okno i zrobiłem to, spoglądając jednocześnie na dach magazynu przyległego do naszego biurowca, który oni właśnie pokrywali piękną, lśniącą warstwą smoły lub lepiku, nigdy nie nauczę się rozróżniać tych substancji, gdyż obie są czarne i śmierdzą dla mnie równie niemiło. Więc nie bardzo wiedziałem, czym oni pokrywają dach, ale wydało mi się, że zapach tego czegoś, tak dla mnie zwykle przykry i niezdrowy, może z przyczyny rześkiego chłodu za oknem nie jest wcale obrzydliwy. Tak właśnie pomyślałem i po zrobieniu kilku kroków dla rozprostowania nóg zabrałem się na powrót do pracy. Odwaliłem kwiecień i maj, napocząłem czerwiec, kiedy jeden z tych trzech, który był na dole i pilnował ognia pod beczką, począł głośno narzekać na brak podpałki. Wstałem zza biurka i podszedłem do okna. Wtedy ten z dołu popatrzał na mnie, a ja się w tym samym momencie cofnąłem i nie wiem, czy mnie dojrzał, ale wystarczyła ta chwila, żebym zobaczył, że faktycznie brakuje mu papieru i drewna.

Robotnik ten był mi znany z widzenia, gdyż pracował w naszej brygadzie remontowo-budowlanej w charakterze hydraulika albo konserwatora. Zasadniczo dokumenty bankowe były w porządku, co mnie nie zdziwiło, gdyż bardzo pilnuję tych spraw. Gdy to już skończyłem, zabrałem się do pisania dyspozycji dla mego zastępcy odnośnie całokształtu zagadnień i niektórych kwestii wyrywkowych, jak na przykład wydatkowania środków z funduszu bezosobowego. Byłem w połowie, gdzieś tak przy punkcie ósmym lub dziewiątym, gdy poczułem przez uchylone okno szczególnie intensywny zapach smoły. Nie wiem, czy to robotnik resztką podpałki tak nahajcował, czy to wiatr się zmienił, dość, że porcja zapachu była wystarczająca, by mnie nieco przymdlić, ale i podniecić. Po chwilowym zawrocie głowy znów podszedłem do okna. Na dole parowała czarna beczka, wielka jak tułów lokomotywy. Powiem panu, że wyglądała groźnie i wzbudziła we mnie nieokreślony lęk. Pod nią, a stała na okopconym ceglanym rusztowaniu, zwęglone resztki opału. Stanowczo wyglądało na to, że brakuje im podpałki. Nie mogę powiedzieć, żeby, na przykład, zrobiło mi się z tego powodu ich żal albo żeby ten brak spowodował we mnie wyrzuty sumienia, lub też żebym w jakikolwiek sposób czuł się za tę sytuację odpowiedzialny. Nie leżało to ostatecznie w moich kompetencjach, wszelkie remonty, czy to zlecane innym, czy to robione we własnym zakresie, interesowały mnie wyłącznie w aspekcie prawnym i finansowym.

Brak podpałki to naprawdę nie był mój kłopot. A jednak trudno powiedzieć, dlaczego byłoby mi przykro, gdyby oni musieli przerwać robotę i z tak błahego powodu odłożyć ją na później. Muszę też panu wyznać, że zapach smoły lub lepiku działał na mnie ekscytująco i zupełnie nie miałem ochoty, by to przestało wonieć.

Ten młody hydraulik, ślusarz lub konserwator, to oczywiście jest bez znaczenia, a więc ten młody drań o leniwych ruchach i chuligańskiej twarzy siedział na cegle i palił papierosa. Gdy spojrzałem z góry, on w pewnym momencie uniósł głowę i popatrzył na mnie, a ja, niechże pan nie myśli, że się cofnąłem. Nic takiego nie zrobiłem, tylko przeniosłem wzrok na dach magazynów i począłem obserwować dwóch pozostałych. Zrobili już chyba połowę dachu – ta część wylakierowana, że tak powiem, w stosunku do nielakierowanej to jak świt do wieczora, jak dzień do nocy, jak lato do jesieni. Miałem wrażenie, że to nie dach, tylko idealnie wygładzona powierzchnia wody ciemnej i rozległej, głębokiej i tajemniczej, w której można by się było zanurzyć i rozpłynąć. Można by się było w niej roztopić powoli, łagodnie, by samemu stać się tą głębią.

Takie myśli mnie naszły, kiedy stałem przy oknie w połowie pisania dyspozycji dla mego zastępcy. Przed każdym urlopem piszę dyspozycję, dlatego przesłonięty cośkolwiek firaneczką, pomyślałem, że trzeba by dokończyć tym bardziej, że zaczęło mnie mdlić i poczułem gorączkę jak zwykle po południu. Pomyślałem, że należałoby zrobić to jak najprędzej i pójść do domu, celem wypoczęcia przed wielogodzinną podróżą.

Coś mnie jednak przy oknie trzymało i kiedy odwróciłem wzrok od dachu, moje spojrzenie i spojrzenie tego od beczki się spotkały. Miałem wrażenie, że kiedy byłem zajęty połową posmołowanego dachu, on mi się przypatrywał. Dałem mu znak głową, że jeśli o mnie chodzi, to nie mam zastrzeżeń, niczego nie pilnuję ani nie sprawdzam, tylko patrzę tak sobie w dół. Dał mi do zrozumienia, że zauważył mój gest. Wtedy właśnie kiwnąłem mu palcem. Nie, nie, niech pan nie myśli, że go przywołałem. Ja tylko zagiąłem i rozprostowałem palec wskazujący. Tylko to.

Mężczyzna przerwał i cały uśmiechnięty otworzył oczy.

– No, no? – zapytał mały dżentelmen, który już nie był dżentelmenem, taka w nim była prostacka ciekawość, nachalność i niecierpliwość.

Mężczyzna wzruszył ramionami, wypił resztę zimnej kawy i pochylając się nad kompanem, powiedział obojętnie:

– Przyszedł.

– Robotnik?

– Yhm. – Mężczyzna oparł się z powrotem o krzesło. Odezwał się cicho, z prowokującym rozleniwieniem: – Tak, przyszedł i zabrał wszystko.

– To znaczy co? – urzędnik zatupał, jak zrobił to wtedy, gdy wielka, rozgrzana kobieta zdawała się iść w jego stronę.

– To znaczy wszystko. Teczki, skoroszyty, segregatory, akta luzem. Potem szafki, biurko, no, jednym słowem, wszystko.

– No, no. – Usta urzędnika zwilgotniały, a stopy wykonywały coraz szybciej swój taniec pod stołem.

– Przyszedł i zabrał. Był tak wysoki, że przechodząc próg, musiał schylić głowę. Miał białe, muskularne barki i okopconą sadzą twarz. Zabrał wszystko na dół. Ja mu tylko pokazywałem, najpierw to, potem tamto, a może nie, może nawet nie pokazywałem. Może to on wskazywał, a ja kiwałem głową na znak: niech się tak stanie. Na dole porąbał to i spalił. Widziałem z góry i nie mam wątpliwości, że stało się tak, jak mówię. Skoroszyty i segregatory nie chciały się palić, więc zostały odrzucone, ale ich zawartość znikła w ogniu jak kamfora. Natomiast biurko musiało mu dostarczyć wiele radości, gdyż paliło się jak należy, dając odpowiednią temperaturę. Widziałem całą egzekucję od początku do końca, na pewno się nie mylę.

Urzędnik napiął twarz, naciągając skórę na czole tak, że łysina cofnęła się jeszcze dalej. Powiedział głosem, w którym lęk zaprawiony emocją drżał jak cięciwa łuku:

– Panie kolego, to prokurator, sąd, kryminał!

Mężczyzna pokiwał z zadowoleniem głową. Wstał nagle, odtrącił krzesło. Chwycił marynarkę i obrócił się w stronę parkietu. Tu już nikogo nie było, ani orkiestry, ani tańczących, ktoś, wychodząc, pootwierał wszystkie okna i wiatr wpadający przez nie do środka nosił po podłodze porwane resztki girland.

– Co było potem?! – krzyknął urzędnik, chcąc być może zrzucić z siebie ciężar tego, co usłyszał.

Mężczyzna się nie odwrócił, by mu odpowiedzieć. Uniósł rękę i przerzucił marynarkę przez ramię.

– Potem? – zapytał sam siebie i trzymając dłoń nad głową w cezaryjskim geście pozdrowienia, oblany światłem wczesnego świtu, wykrzyknął triumfalnie: – Smołowałem z nimi dach!

———

Wyzwalał się z lepkiego, ciężkiego snu jak spod kołdry, gdy zarzucona na głowę przykrywa nas całych i by się spod niej wygrzebać, potrzebujemy czasu naznaczonego niezdefiniowanym lękiem.

Otworzył oczy, zobaczył zalany słońcem pokój i poczuł zapach miętowej pasty do zębów.

– Ależ spałeś. – Głos małżonki dobiegł go z bardzo bliska.

– Która godzina? – zapytał.

– Za kwadrans dziewiąta. Wstań, ubierz się, może zdążymy na śniadanie.

Opuścił stopy na podłogę i sapiąc przez nos, zaczął coś majstrować przy pidżamie. Podszedł do umywalki i odkręcił kran. Spojrzał w lustro. Miał rozczochrane, mokre od potu włosy. Przejechał palcem po twardym, choć niezbyt gęstym zaroście na policzku.

– Orzeźw się wodą, ubierz i idziemy. Ogolisz się po śniadaniu – zaproponowała żona.

Wysunął język i oglądnął go w lustrze. Splunął do umywalki gęstą, żółtą śliną. Dlaczego ona przypuszcza, że się po śniadaniu ogolę? Skąd ona wie, że ja się w ogóle ogolę? – pomyślał. Przeczesując zmoczoną pod kranem dłonią włosy, zadał to pytanie.

– Chyba nie masz zamiaru zapuszczać brody?! – krzyknęła – Wyglądałbyś koszmarnie!

Wytarł twarz zmoczonym ręcznikiem, ubrał się i wpychając do kieszeni spodni papierosy, zapalniczkę, chustkę do nosa i papier toaletowy, mruknął ze złością:

– Jestem gotów, mniej więcej.

Żona zamknęła okno, a potem drzwi, jedno i drugie sprawdzając kilkoma mocnymi szarpnięciami. Jej włosy ułożyły się przez noc wdzięcznie. Pachniała lekko perfumami. Krok, jakim przeszła długi korytarz, z drzwiami po obydwu stronach, też był lekki. Na schodach minęli się z tymi, którzy ze śniadania wracali. Przed wejściem do stołówki mężczyzna się zatrzymał, by przepuścić żonę, i wtedy mruknął z taką samą złością, z jaką przed minutą informował, że jest gotów.

– Na pewno się nie ogolę.

– Coś ty powiedział? – zapytała żona.

– Miałem sen. – Szedł za nią krok w krok, do stołu na końcu sali, jedynego, który był jeszcze nakryty. – Sen albo nie sen – dodał, przyglądając się z niedowierzaniem zupie mlecznej

Niedziela była siódmym dniem ich pobytu nad morzem. Po śniadaniu poszli na mszę. W kościele było duszno, wszystkie miejsca w ławkach zajęto, ludzie wypełniali szczelnie barokowe wnętrze. Przez jakiś czas z zainteresowaniem obserwował chudego księdza, który ze swą wilczą twarzą ściągniętą kostycznym grymasem przypomniał mu któregoś z Wielkich Inkwizytorów oglądanych na szkolnych reprodukcjach.

Dźgając palcem powietrze, wykrzykiwał, wychylony niebezpiecznie z ambony, o wzgardliwym Dawidzie, który zlekceważył przestrogę niebios dotyczącą Batszeby, która była lub miała zostać jego kobietą.

– Opatrzność daje nam znaki! – krzyczał – a Bóg dobre rady! Możemy z nich korzystać albo nie, bo otrzymaliśmy również wolną wolę.

Mężczyzna pomyślał, że efekt tego żarliwego kazania mógłby zostać zwielokrotniony, gdyby kapłan na samym jego końcu, zadzierając w górę sutannę, skoczył z ambony na wiernych, dając tym dowód swego natchnienia i pogardy dla doczesnej marności, jaką są, na przykład, schody. Nic takiego jednak się nie stało. Ksiądz z drapieżną twarzą wilka zamienił swą egzaltację na rzeczową ocenę sytuacji bieżącej, przypominając wiernym o grzechu zaniechania i grzechu lęku wobec przemocy i uzurpacji, skądkolwiek by się one brały. Stała obecność Ducha Świętego ma nas uczynić mocniejszymi i tak też będzie, jeżeli w skupieniu wysłuchamy słów do nas skierowanych. Kościół zafalował. Ludzie oczekiwali pokrzepienia, które rozgrzeszyłoby ich ze słabości, niemożności, egoizmu, wskazując ich przyczynę poza nimi. To oczekiwanie, wręcz fizycznie rozpierające świątynię, wydało się mężczyźnie równie nędzne i równie nieprzyzwoite jak ułomności, z których miało wyzwolić. Poza tym miał wrażenie, że to wszystko, o czym mówi ksiądz, i to, na co czekają wierni, nie dotyczy go w najmniejszym stopniu, czyniąc obcym wobec tej zbiorowości. Pomyślał tak, zerkając na podnieconą twarz żony i na jej oczy wbite w asteniczną sylwetkę wijącą się na dziwnie wysoko, niczym bocianie gniazdo, zawieszonej ambonie.

Obcość, o której pomyślał, nie zmartwiła go wcale, przeciwnie, poczuł się nią wyróżniony.

Po mszy poszli się napić kawy do empiku. Tam, gdy bez zainteresowania przeglądał sobotnie wydanie miejscowego dziennika, uwagę jego zwróciła lakoniczna notatka. Przeczytał ją, zastanowił się i roześmiał głośno, tak że kilka osób obróciło się w jego stronę i obrzuciło go zgorszonymi spojrzeniami. Ktoś tam nawet syknął.

– Co takiego? – zapytała żona, wychylając się znad żurnalu, który oglądała.

– Nic, nic – machnął ręką – nic zabawnego.

– Ale rozśmieszyło cię – powiedziała szeptem, odkładając żurnal.

– No, powiedzmy – mruknął niechętnie.

– Mógłbyś przeczytać.

– Właśnie to zrobiłem.

– Ale tak, żebym i ja słyszała.

– Po co?

– Może i mnie by rozśmieszyło.

– Wątpię, to w gruncie rzeczy nic zabawnego.

Pochylił się jednak nad stolikiem. Przez chwilę wyglądali jak dwa wróble w zimie, oboje niewielcy i szarzy. Po chwili wahania przeczytał informację: 22 bm. wydobyto z morza na wysokości molo ciało mężczyzny o nieustalonych personaliach. Jest to już drugi wypadek utonięcia w czerwcu w tym rejonie. Trzy podobne miały miejsce w roku ubiegłym. Zastanawiający jest fakt, że wyłowione ciała były zupełnie nagie, a wiek denatów ustalono na 40–50 lat. Jak nas poinformował oficer dyżurny Komendy Miejskiej MO, zobowiązano WOPR do ściślejszego nadzorowania kąpielisk. Prokuratura Woje-wódzka zarządziła w tej sprawie intensywne śledztwo.

– No i co? – zapytała żona, wzruszając ramionami.

– Nic – odpowiedział – bardzo smutne.

– Raczej odrażające.

– Nie, bardzo smutne, ale i śmieszne. Wyobrażasz sobie, wyciągają faceta, jak go Bóg stworzył. Po dwóch tygodniach następny, też goły, po miesiącu znowu to samo. Ludzie, którzy się tym zajmują, są już zupełnie wykończeni, namachali się jak jasny gwint, mieli kupę nieprzyjemności, niby plaża strzeżona, cywilizowana, a tu takie numery. Tak im mówili wszyscy naokoło i to ich jeszcze bardziej wnerwiało. Mieli ochotę rzygnąć od tego. Parszywy sezon, mówili pewno do siebie przy koń-cu lata, zadowoleni, że mają to już za sobą. A tu następ-ny się jeszcze dobrze nie zaczął i proszę bardzo, znowu utopieni, znowu nadzy, znowu jeden po drugim… – Par-sknął śmiechem. – Dużo bym dał, żeby zobaczyć gęby tych wszystkich posterunkowych i ratowników.

– Obrzydliwe – wyszeptała kobieta. – Myślisz, że nie mieli na sobie kąpielówek?

– Wiadoma sprawa, przecież piszą o tym wyraźnie. Topielców na ogół wyławia się rozebranych, ale rzadko kiedy zupełnie.

– Obrzydliwe – powtórzyła, wracając do żurnalu.

Mężczyzna przeczytał notatkę raz jeszcze, nie prze-stając chichotać.

Czas do obiadu spędzili na deptaku biegnącym wzdłuż plaży. Kobieta podziwiała pięknie utrzymane gazony, mężczyzna jej wiedzę o krzewach i kwiatach.

W pewnym momencie kobieta powiedziała, że przed wyjściem z empiku, kiedy mężczyzna był w toalecie, sięgnęła po gazetę i przejrzała ją od początku do końca, nie znajdując notatki o utopionych.

– To dziwne – odpowiedział mężczyzna, pochylając się nad gazonem obsadzonym białymi, omdlewającymi kwiatami.

– Też tak uważam. – Kobieta przewiesiła energicznie torebkę przez ramię.

– Jeżeli jej nie znalazłaś – rzekł mężczyzna, przyglądając się kwiatom – to znaczy, że jej tam nie było.

– Więc zmyśliłeś to. Po co?

– Niczego nie zmyśliłem. Po prostu przeczytałem coś, czego nie napisali. Wiesz dobrze, jakie są nasze gazety. Zamieszczają tylko to, co jest im wygodne. Wiadomość o serii utonięć nie byłaby dla nich teraz, na początku sezonu, wygodna.

Mężczyzna wyprostował się i rozglądnął wokół, jakby tknięty nagle czyjąś obecnością. Powiedział:

– To, że nie znalazłaś tego w gazecie, o niczym nie świadczy.

Opuścił dłonie wzdłuż tułowia i spojrzał za siebie.

– Kogo szukasz?

– Nikogo – odparł i wskazując gazon, zapytał o białe kwiaty.

Kwadrans później spotkali małżeństwo, z którym dzielili stół w domu wczasowym. On był dyspozytorem w hurcie mięsnym, ona, co bardzo podkreślała, przy mężu.

– Coś się szykuje – poinformowała konfidencjonalnie przy powitaniu.

Ruszyli we czwórkę z powrotem wypełniającym się ludźmi deptakiem. Mężczyzna dwa, trzy kroki za resztą. Rozmawiali o kazaniu i artykule w lokalnej gazecie sprzed kilku dni, zastanawiając się, na ile jedno było przyczyną drugiego. Hurtownik mięsny wyraził opinię, że nie byłoby artykułu, gdyby nie było kazania, kobieta zgodziła się z tym, sugerując tylko odwrotną kolejność, a żona przy mężu powtórzyła, że nie byłoby kazania, gdyby się nic nie szykowało. Potem mówili o stołówkowych posiłkach, że z dnia na dzień marniejsze, co widocznie ma związek z brakami w zaopatrzeniu, i że jak tak dalej pójdzie, dożywiać się trzeba będzie na mieście.

– Tak czy owak – skonstatował hurtownik – to będzie gorące lato.

A jego żona dodała, że nie byłoby takie, gdyby się nic nie szykowało.

Mężczyzna przysłuchiwał się rozmowie nieuważnie, gdyż myślami był przy topielcach. Od czasu do czasu chichotał cichutko. W pewnym momencie mignął mu przed oczami kudłaty piesek z fantazyjnym ogonem.

– Maka! – krzyknął, ale pies nie zwrócił na to uwagi i podbiegł do kamiennego murku, na którym siedziała dziewczynka wpatrzona w morze.

Przeprosił towarzystwo i podszedł do niej.

– Jak się masz?! – zawołał.

– Dobrze, a pan?

– Boli mnie trochę głowa.

Spojrzała na powrót w stronę morza. On patrzył na jej kruche, podniesione ramiona i szyję z wyraźnie zaznaczonym, pionowym rowkiem w środku. Pomyślał sobie, że miał ogromną ochotę ją spotkać, że to być może było czymś więcej niż ochotą, czymś więcej niż pragnieniem. Kucnął i pogłaskał psa.

– Na co tak patrzysz? – zapytał, nie podnosząc się.

– Wydaje mi się, że tam jest jakieś światło, dwa światła, ciągle się palą.

– Gdzie?

– Na horyzoncie, obserwuję je.

Zbliżył się do dziewczynki. Stanął za nią tak, że poczuł jej zapach, który już odróżniał, zapach soli, wody, słońca i wiatru, zapach, którym przechodzą rzeczy suszone na powietrzu.

– Nic nie widzę – powiedział. – Może to reflektory jakichś statków.

– Może – odparła lakonicznie.

Rozpiął kołnierzyk koszuli, poluzował krawat, po czym przysunął się do jej ucha tak, że włosy musnęły mu twarz, i powiedział tonem, którego natychmiast pożałował:

– Moglibyśmy dzisiaj wieczorem pójść na dziką plażę popatrzeć na morze.

– Dobrze – odparła, jak gdyby była przygotowana na tę propozycję.

– Kolację mamy o ósmej. Godzinę potem, powiedzmy, o dziewiątej… Możesz tak późno?

– Mogę – odrzekła, jak gdyby wiedziała, że to będzie o dziewiątej.

– Gdzie? – zapytał, a w jego głosie wyczuwało się nutę samozadowolenia.

– Tutaj – powiedziała, nie patrząc na niego.

286

– Tutaj o dziewiątej – powtórzył i odszedł szybkim krokiem.

– Kilka dni temu pilnowałem jej na plaży psa – usprawiedliwił się wesoło, zwracając się z tą informacją raczej do zaprzyjaźnionego małżeństwa niż do żony.

Mimo że odeszli już kilkadziesiąt metrów od miejsca spotkania z dziewczynką, mężczyzna wciąż czuł jej obecność. Było to tak dojmujące, że obejrzał się, jakby licząc, że zobaczy ją dwa, trzy kroki za sobą, jak lekkim, prawie tanecznym krokiem, rozkołysana, postępuje z trochę wyniosłym spojrzeniem, którym zdaje się podkreślać przepaść dzielącą jej młodość od dojrzałości czterech postaci przed nią.

Małej nie było jednak ani z tyłu, ani z boku, nie było jej też chyba i na murku. Mimo to mężczyzna miał wrażenie, że ona mu towarzyszy, i odebrał je silniej niż trzy dni temu, gdy, podobnie jak przed chwilą pochylony nad jej głową, próbował wytłumaczyć, dlaczego nie popłyną na półwysep. Ona widziała białe okręciki i nie mogła zrozumieć, dlaczego właśnie ten, na który mieli wsiąść, dotknięty został jakimś tam ograniczeniem paliwa i mężczyzna, próbując jej to wytłumaczyć, użył wyrazu, którym zbagatelizował zawód, jaki ich spotkał. Ona jednak trwała w uporze i dąsach, a gdy wtłoczeni w kolejce elektrycznej między rozdokazywanych kibiców miejscowej drużyny futbolowej wracali z portu, jej upór przerodził się w nieuprzejmość. Po kilkunastu minutach, kiedy jazda z powodu wrzasku, ścisku i smrodu stała się udręką, ona, bardzo tymi warunkami utrudzona, pozwoliła się podtrzymywać kostropatemu żulowi, wyjątkowo agresywnemu w adoracji klubu, którego był fanem. Mężczyzna poczuł wtedy zazdrość. Jej przypływ był tak gwałtowny, że nie pamiętał, jak i kiedy wysiadł na stacji w mieście. Wtedy zaczął wypowiadać to słowo jak zaklęcie, a ono krótkie, dosadne, obrazowe, wulgarne, nigdy wcześniej przez niego nieużywane nabrało szczególnego znaczenia, czyniąc rzeczy i sprawy takimi, jakimi były w istocie.

Coś w tym jest, pomyślał teraz i wypowiedział je głośno, adresując w przestrzeń, ale to wystarczyło, by osadzić rozmowę o sytuacji bieżącej, prowadzoną przez kobiety i hurtownika mięsnego. W tej zawisłej między nimi ciszy pytanie żony zabrzmiało szczególnie obco.

– Co ty wyprawiasz?

Pomyślał sobie, że ta niebrzydka, niegłupia, oddana mu kobieta, pochylona w jego stronę, zamknięta w pytaniu, w pytaniu, miał wrażenie, nie tylko o słowo, ale o wszystko, nigdy nie była tak daleko.

– Mogę ci odpowiedzieć – rzekł, schlebiając samemu sobie, rozłożył szeroko ręce i dodał: – Państwu również.

– Słucham? – powtórzyła żona.

Rozglądnął się wokół i nie znajdując już śladu po nikim i niczym, też powtórzył:

– Pilnowałem na plaży jej psa.

III

A na plaży było chłodno. Wiatr wyszarpywał czarne flagi z masztów. Morze nie wyglądało ani na płaskie, ani na przyjazne, a fale przy brzegu budziły respekt, waląc jedna za drugą o zbity piasek. W koszach tuliły się do siebie zakochane i niezakochane pary. Mewy, śmiglejsze niż podczas upalnych dni, wydawały się bardziej białe i żarłoczne.

W gruncie rzeczy ohydne ptaszyska, pomyślał mężczyzna. Miał na sobie szary sweter zapinany z przodu na guziki. Owijał się nim coraz szczelniej.

Dziewczynka ubrana była nieodpowiednio, w cieniutki, popelinowy skafanderek z nieczynnym zamkiem błyskawicznym. Szli brzegiem. Minęli falochron i po kilkunastu minutach znaleźli się na dzikiej plaży. Sprawiała wrażenie niekończącego się wysypiska śmieci. Walały się tu butelki, szmaty, resztki jakichś kąpielowych łachów. Wiatr ciskał płachtami gazet. W oddali majaczyły łodzie rybackie, przycumowane do drewnianych pali. Dochodziła dziewiąta. Z powodu chmur było już prawie ciemno. Doszli do łodzi, rzucając kamykami o wodę. Niektórym udało się odbić raz lub dwa i wtedy kwitowali to zadowoleniem. Mężczyzna zaproponował, że dojdą do samotnej barki zacumowanej kilkadziesiąt metrów dalej i wrócą.

Wiatr wiał od strony molo i przynosił dźwięki muzyki granej w jakiejś knajpie. Barka była bardzo stara, nieużywana już na pewno od dawna.

Dziewczynka namawiała, by iść dalej, ale mężczyzna się sprzeciwił. Byli jedynymi spacerowiczami w tej przestrzeni wywołującej wrażenie przygnębiającego opuszczenia. Szare niebo oświetlały nieliczne gwiazdy nie tak nawet, jak rzadkie latarnie oświetlają spowity nocą plac; one zaznaczały tylko swą obecność, tworząc niknący miejscami zarys Wielkiego Wozu. Na północy zbierała się granatowa chmura, obrzeżona paseczkiem światła. Dziewczynka uniosła głowę, jak czynią to osóbki w jej wieku, kiedy chcą coś powiedzieć dorosłym, choć nie musiała tego robić, gdyż brak różnicy wzrostu jej do tego nie zmuszał, jednak czyniła tak zawsze, kiedy chciała coś mężczyźnie powiedzieć, będąc blisko. Ilekroć się to zdarzało, mężczyznę napełniało uczucie wdzięczności dla jej taktu.

– Jeśli nie chce pan iść dalej, to siądźmy na chwilę pod łodzią.

– Jest zimno – odpowiedział, oglądając się za siebie.

– Siądźmy z drugiej strony, to nas osłoni od wiatru, popatrzymy na molo.

Roześmiał się.

– Siedząc po drugiej stronie łodzi, nie będziemy widzieli molo. Molo przecież jest tam. – Wskazał ręką za siebie.

– No to popatrzymy na morze – skwitowała dziewczynka.

Piasek był wilgotny, burta łodzi chropawa, oblepiona muszelkami i wodorostami. Mężczyzna złapał fruwającą gazetę i rozerwawszy ją na dwie części, położył na piasku. Usiedli na niej i popatrzyli na wodę. Fale biegły jedna za drugą, wszystkie do siebie podobne, i nie było to w gruncie rzeczy nic zajmującego. Zapytał, czy nie jest jej trochę zimno.

– Trochę – odpowiedziała, patrząc przed siebie.

Objął ją ramieniem i mocno odczuł jej kruche, wiotkie ciało.

– Tak cieplej? – zapytał czule, niezawstydzony własnym tonem.

Spojrzała mu w twarz. Zauważył, że w jej oczach, jak w dwóch lusterkach, odbiły się jakieś światła. Molo? – pomyślał. Nie, to niemożliwe, przegradza ich barka, świateł miasta nie widać, a gwiazdy odbijają się inaczej, a poza tym prawie ich nie ma. Ale w jej oczach było światło, i było to światło odbite.

Od czasu do czasu jakaś mocniejsza fala podpływała im pod same nogi i wtedy machinalnie unosili stopy. Barka stanowiła doskonałą ochronę od wiatru, który tylko słyszeli. Spojrzał na zegarek. Dochodziła dziesiąta. Zastanawiało go, jak szybko umknęła im godzina.

– Pójdziemy już – rzekł z przekonaniem, ale się nie podniósł.

Dziewczynka nie zareagowała na propozycję. Patrzyła tylko na niego i jakby przez niego, a jej oczy stawały się w ciemności coraz większe, jak oczy kota, gdy patrzy uważnie, choć bezmyślnie, i przestaje się dostrzegać cokolwiek poza oczami, i wszystko w kocie staje się spojrzeniem.

Trwało to chyba dosyć długo i ciepło, które zaczął odczuwać mimo chłodu powietrza, było nabierającym kształtu i charakteru podnieceniem, najczystszym, jakie kiedykolwiek odczuwał, bo niespętanym lękiem ani niepewnością.

– Ile ty masz lat, Inte? – zapytał, po raz pierwszy wymawiając jej imię.

– Nie wiem – odpowiedziała.

– Nie wiesz, Inte?

– Nie wiem.

Przesunął ręką po jej plecach, wyczuwając lekko wystające łopatki i giętki kręgosłup.

– Idziemy – powtórzył.

Wyciągnął nogę w stronę wody, zawiesił ją nad falą.

– Idziemy? – zapytał cichutko sam siebie i sam sobie odpowiedział: – Jasne.

Nie zrobił jednak żadnego ruchu, za to ona przykryła mu dłonią usta, dotykając końcami włosów jego policzków. Odchylił gwałtownie głowę, rozglądnął się za przestrzenią, w którą mógłby umknąć, ale dziewczynka przegięta nad nim, opadającym powoli i coraz bezwolniej, pocałowała go w usta. Poczuł jej drobne zęby. Skulił się, wciskając plecy w chropawą burtę łodzi, ale dziewczynka była tuż-tuż. Jego dłonie trafiły na twarde pośladki, potem na smukłe, mocne uda, chłodne i wilgotne, jakby zanurzone w fali, potem na gładki, sprężysty brzuch. Mimo obezwładniającego przedsmaku rozkoszy, świadomy, że ciało, którego dotyka, nie ma jeszcze znamion kobiecości, uczynił ostatnią, desperacką próbę ucieczki, ale już wiedział, że nie zatrzyma zdarzenia, niosącego w swym jądrze coś ostatecznego, i jakkolwiek budziło ono jego ciekawość, to lękał się cierpienia, którym będzie zmuszony je okupić.

Westchnął głęboko i z ust wyleciało słowo znajome, lecz nierozpoznane, wyplute jak pestka owocu, słowo szyfr, już, przy całej swojej dosadności, wulgarności, obrazowości, bez znaczenia. Zaciskając coraz mocniej dłoń na karku dziewczynki, mruknął tylko jeszcze: Mała dziwka – ale było w tym więcej pieszczoty niż zdziwienia, podziwu niż nagany, radości niż zakłopotania.

Odbił się od łodzi i wsunął jak nikczemny złodziej w jej młode, chłodne ciało. Leżał potem na piasku i czuł się lekki niczym pyłek, a gdy otworzył oczy, zobaczył małą stojącą kilka metrów od brzegu, wpatrzoną w coś na morzu. Jej nagie ciało zlewało się z tłem. Przymknął oczy na powrót. Wyciągnął rękę, ale nie potrafił dosięgnąć łodzi, choć czuł jej bliskość i cień, jaki mimo nocy rzucała na piasek.

Mewa zajęła falochron, wykrzykując coś w zimną pustkę. Chmura z północy nadciągała majestatycznie, wyprzedzał ją wąski pas światła. Z dalekiej szosy dobiegał warkot samochodów. Uniósł się na łokciu.

– Ej, ty, słuchaj! – zawołał, a w jego głosie pulsowała zawadiacka radość.

Dziewczynka odwróciła głowę i rzekła:

– Morze się uspokoiło.

Jak kot się zbliżyła i podała mu dłoń.

– Dokąd, gdzie?

– Chodźmy – rozkazała – woda jest ciepła, popływamy.

– Teraz? W nocy?

– Tak.

– Oszalałaś.

Położył się z powrotem na wznak. Dziewczynka roześmiała się głośno i ten śmiech zabrzmiał nieprzyjemnie, prawie wulgarnie.

– Nie pływał pan nigdy w nocy?

Zaprzeczył ruchem głowy.

– Woda jest teraz cudowna, ciepła i spokojna.

Uniósł się na ramieniu. Wpatrzył w morze. Rzekł, rozciągając słowa.

– Nie sądzę. – Opadł plecami na piasek. – Nie sądzę, żeby była cudowna, ciepła i spokojna.

Zamknął oczy i przez powieki spojrzał na bezmiar i pustkę świata.

Wzruszyło go własne osamotnienie, ale też zdał sobie sprawę, że nie jest to takie zwyczajne, ani banalne, ani ludzkie, tylko jest to osamotnienie wyjątkowe, jak wyjątkowe jest dzisiejsze doświadczenie, nawet jeżeli nie potwierdza niczego.

– To bez sensu – powiedział uroczyście.

Pochyliła się nad nim. Końce jej włosów musnęły mu policzki. Czuł jej oddech.

– Co jest bez sensu?

– Wszystko – odpowiedział i zaczął się powoli rozbierać.

———

Miał rację. Woda nie robiła wrażenia, przy pierwszym z nią zetknięciu, przyjaznej. Wszedł w nią jednak odważnie, a dziewczynka stąpała za nim. Po kilkunastu metrach zatrzymał się i wtedy mała go wyprzedziła. Spojrzał za siebie. Barka ciemniała już w pewnym oddaleniu, wydawała się wielka i pełna godności jak porzucona arka Noego. Morze sięgnęło mu piersi. Zanurzył się po szyję. Fale nie wznosiły się wysoko, ale trzeba było na nie uważać. Wiatr ucichł rzeczywiście, a chmura z północy objęła w swe posiadanie już większą część nieba. Dziewczynka wysforowała się na jakieś dziesięć metrów. Odwróciła głowę i kiwnęła mu ręką. Podpłynął do niej i powiedział:

– Jeszcze trochę i wracamy.

– Do boi! – krzyknęła.

– Których?

– Tych pierwszych.

– W porządku – zgodził się – ale potem wracamy.

Z prawej strony mieli molo w odległości kilkuset metrów, z dwoma rzędami latarń, które było widać, choć nie dawały na taki dystans światła. Wpłynęli w jakiś ciepły prąd. Morze miękło. Fale jak gdyby rozstępowały się przed nimi, naprowadzając w koleiny, które podawały ich ciała jedne drugim, a niewysokie i obłe garby wody przenosiły ich delikatnie na swych grzbietach. Dziewczynka płynęła po lewej stronie mężczyzny, bardzo pięknie i płynnie, bez wysiłku, nie angażując praktycznie rąk ani nóg. Okręcała się wzdłuż własnej osi, ukazując raz smagłe plecy, raz twarz z szeroko otwartymi oczami. Mężczyzna ocierał się o nią od czasu do czasu i było to bardzo rozkoszne. Przestrzeń wydała się mężczyźnie, jak nigdy, przewidywalna, a bliska obecność małej dawała mu poczucie bezpieczeństwa.

Ostatecznie, osamotniony, nie był w tym osamotnieniu sam.

– Proszę z wodą nie walczyć – odezwała się, gdy minęli boje. – Proszę się jej poddać, wtedy niesie sama.

– Robię to! – odkrzyknął zuchowato.

Istotnie, płynęło mu się lekko, miał wrażenie, że to nie on wprawia w ruch swoje ciało, tak zwykle mu nieprzyjazne. Doszedł też do wniosku, że trzeba zdać się całkowicie na pływacki kunszt dziewczynki. Pozbył się z ulgą odpowiedzialności i był zadowolony, że nastąpiło to wystarczająco wcześnie, by nie zepsuć przyjemności kąpieli, a jego obawy sprzed chwili wydały mu się teraz wręcz śmieszne. No cóż, pomyślał, najwyżej dostaniemy kataru.

Gdzieś z oddali słychać było miarowy stukot kutra. Pamiętał, że równie beztrosko pływało mu się tylko w dzieciństwie, wiele już lat temu, w stawie koło domu dziadków, gdy w rozdygotanym od gorąca, lipcowym powietrzu dryfował na belce między białymi i szarymi gęsiami.

Dziewczynka, wciąż obecna obok, powiedziała coś, lecz nie zwrócił na jej słowa uwagi. Słuchał wprawdzie, ale nic z tego, co mówiła, nie dotarło do jego świadomości. Zauważył też kątem oka, że stała się blada, że słona woda jak gdyby zmyła smagłość jej skóry, że mówi jakby spod wody i że wynurza się coraz rzadziej, ale patrząc i słuchając, nic nie słyszał i nic nie widział, gdyż przed nim i w nim było coś dużo ważniejszego.

Oto leży na belce, obejmuje ją mocno ręką, a drugą wiosłuje leniwie, obserwując spod oka gęsi. Jest cicho i sennie. Przez pół godziny siedział w wodzie, więc teraz rozkoszuje się słońcem, wtapiającym w jego chłopięce ciało złote ciepło. Z podwórza dochodzi parskanie koni, które w szczycie dnia dostały trochę odpoczynku. Gniady nawalił już pewno kupę gdzie nie należy, i dziadek, przypominający Koszałka-Opałka, jak wróci z miasta, będzie się znowu gniewał. Słońce świeci mocno, powietrze przesycone jest zapachem lip, a niebo upstrzyły małe chmurki, zwane przez tutejszych barankami. Trzeba tylko uważać na muchę gnojówkę, która potrafi ni z tego, ni z owego nadlecieć z obór i ukąsić, tak że robi się bąbel, i trzeba poszukać bobkowego liścia, przykleić do bąbla śliną, a potem trzymać to wszystko przez jakiś czas w cieniu. Więc muchę gnojówkę trzeba mieć na oku, ale poza tym nie ma się czego obawiać, no i te gęsi takie śmieszne.

Pierwsze uderzenie chłodu poczuł, gdy byli już za linią drugich boi. Po prostu zrobiło mu się nagle zimno. Nic strasznego, ale to sygnał, że trzeba wracać. Płynie się dobrze, to dziwne, nigdy nie podejrzewałby się o taką kondycję. Bądź co bądź, udało mu się odwalić niezły kawałek na pełnym morzu, tyle tylko, że w jedną stronę.

Jest oczywiście człowiekiem rozsądnym i wie, że drugie tyle czeka go w drodze powrotnej, i choć czuje się zupełnie przyzwoicie, i nie wydaje mu się, by był zmęczony, to wie, że uczucia chłodu i lekkiego drętwienia kończyn nie należy lekceważyć, więc, powiedzmy, jeszcze pięć, dziesięć metrów i trzeba będzie wracać.

Właśnie to sobie pomyślał, kiedy zanurzył twarz w wodzie, jak się robi, gdy chce się orzeźwić. Zaszczypały go oczy, zatrzymał się, by je przetrzeć i wtedy jakaś krótka, silna fala uderzyła go w głowę. Prychnął i wypluł bardzo nieprzyjemną konsystencję. Zrobiło mu się nawet, przez moment, niedobrze. Spojrzał w lewo, ale dziewczynki nie było. Nie było jej też z drugiej strony. Musi być z przodu, pomyślał, pływa szybciej niż ja, więc nie mogła zostać z tyłu. Krzyknął niezbyt głośno:

– Inte!

Nikt mu jednak nie odpowiedział, tylko od strony molo dobiegały dźwięki przesłodzonego tanga. Sól szczypała go w oczy, przetarł je raz jeszcze i zawołał ponownie. Cicho było jednak i ciemno. Chmury zasłoniły te kilka gwiazd sprzed godziny i zaczął padać deszcz.

– Inte! Inte! – wrzeszczał i wyskakiwał z wody, jak mógł najwyżej, ale odpowiadały mu tylko uderzenia wzmagającego się z chwili na chwilę deszczu o ciemną i pustą powierzchnię morza. Przez głowę przeleciały mu jak błyskawica związane z tym możliwości. A więc ta najgorsza, że utonęła. Nie, to niemożliwe, pływa jak ryba. A jednak utonęła, skoro jej nie ma. Nic podobnego, nad wodą głos się nie niesie, a ona jest z przodu, być może daleko, i dlatego go nie słyszy. Nonsens, nad wodą głos niesie się w dwójnasób, a ileż ona mogła, do diabła, odpłynąć? Utonęła czy wróciła? Oczywiście, że wróciła. Poczuła się zmęczona, zrobiło jej się zimno, znudziła ją nocna kąpiel i wróciła.

Wróciła i czeka na brzegu.

Uczepił się tej myśli, młócąc morze niezdarnym crawlem. Posuwał się szybko, ale nie mogło to trwać długo; następna fala, równie złośliwa i przyczajona jak ta pierwsza, wtłoczyła mu w gardło wodę, której już nie miał siły wypluć. Po chwili znowu porcja i jeszcze kolejna. Zaczął wymiotować. Nie zmniejszył jednak tempa. W połowie drogi między czerwonymi a żółtymi bojami dostał się w ciepły prąd i ujrzał zarys brzegu.

Rybackie łodzie stały na wprost, więc zniosło go kilkadziesiąt metrów w stronę molo. Czuł, że nogi odmawiają mu posłuszeństwa, że już od pewnego czasu ciągnie je raczej za sobą, niż one go pchają. W rękach miał ołów, za to uczucie zimna zaczęło ustępować, a mdłości stały się mniej przykre. Woda była ciepła, lepka, czarna…

Walczyć mi z nią nie wolno, powtórzył radę dziewczynki, wtedy poniesie mnie sama.

Nieuchronnie członki opadały mu w głąb. Kuter stukotał w oddali, a strzępy muzyki przytłumiał deszcz. Właściwie nie jest źle, pomyślał albo coś pomyślało w nim za niego to coś, co już może nim nie było, nie będąc też jeszcze nikim innym.

Powodów do paniki nie ma. Brzeg jest już niedaleko. Łodzie rysują się wyraźnie. Po prawej stronie barka, tuż obok porzucone w nieładzie ubrania i dziewczynka, wyprostowana jak struna, piękna kusicielka, bliska i już na zawsze własna.

Z ogromnym wysiłkiem podniósł głowę, by zobaczyć, że robi się coraz jaśniej i jaśniej, że z każdą chwilą się zbliża, a nie oddala, że raczej coś znajduje, niż gubi.

Już jest ostatecznie jasno. Fale niewielkie i łagodne. Zmęczenie ogromne, lecz nie przykre. Przy samym brzegu olchy i wierzba, dalej wspaniały kasztan dający tyle cienia w skwarne południe, i te zabawne gęsi, wyłażące właśnie z wody.

Cztery białe i trzy szare. Nie, na odwrót, trzy białe, reszta szara albo…

Warszawa 1981

Dworski zapach

I

Młodość, uroda i zdrowie śniły mu się tej nocy po raz ostatni.

Obudził się jak zwykle późno, odurzony valium, i gdy otworzył oczy, zobaczył drobinki kurzu tańczące w smugach zaciekłego słońca, przedzierającego się przez rolety. Usłyszał natarczywy i jakby zwielokrotniony dzwonek telefonu z holu i po dobrej chwili zwinne kroki Nicole. Dzwonek zamilkł w tym samym momencie, w którym suchy trzask rozbitego szkła, jak kamień dziurawiący okno, wypełnił parter i został nienaturalnie szybko wessany w górę i skwitowany jednym z tych soczystych, marsylskich przekleństw.

Podniósł głowę i obrócił ją ku drzwiom, ale nie usłyszał nic więcej, jak gdyby nagły gwałt został zduszony przez rozjarzający się upał.

Zamknął oczy, wyciągnął się w łóżku i przywołał sen. Wrócił wypłukany z nierzeczywistości, poddany oczekiwaniu, banalnie reżyserowany przez wyobraźnię, wolny od niekonsekwencji i tajemnicy.

Przesunął końcem języka po suchych, spieczonych wargach. Położył dłoń na odkrytej piersi i kilkakrotnie głęboko odetchnął.

Zza ściany, w radiu France Sud przerwano muzykę, by nadać komunikat:

„Mimo wakacji niepokoje studenckie nie ustały. Przeniosły się z Paryża i Nantes na południe kraju.

W Marsyli watahy młodych ludzi zdemolowały Canebière. W Antibes lewacy zablokowali port i zniszczyli kilkanaście jachtów. Mimo to prefekt de Frenac wyklucza możliwość wybuchu rewolucji. Przeczy temu jednak mobilizacja garnizonu paryskiego, przerzut jednostek spadochronowych z Nadrenii, alert orańskiego korpusu legii. Optymizmu prefekta nie podziela też socjolog René Boise, rozmowę z którym nadamy za chwilę".

Ktoś wyłączył radio.

Bezwiednie omiótł wzrokiem gabinet. Wysokie okno z opuszczoną roletą, krzesło, fotel, politurowane biurko z fotografią chłopca w marynarskim mundurku. Obok otwarty brulion, zapisany rozchwianym, dziecinnym, ma się wrażenie, pismem i parker ze złotą stalówką.

Na ścianie biała broń.

W zasięgu ręki stolik z blatem w szachownicę z baterią fiolek, ampułek, buteleczek. Właśnie sięgnął po jedną z nich i ze zdziwieniem skonstatował, że ręka jest lekka jak ręka dziecka. Powtórzył gest, wrażenie lekkości nie ustąpiło. Z drugą ręką było to samo. Czuł się odurzony i rozkosznie lekki. Wciągnął powietrze. Wypełniło płuca niezauważalnie, jak niezauważalne były jego członki.

Jednocześnie poczuł znany zapach choroby i starości, zmieszany z powiewem czegoś egzotycznego i swojskiego, przeczutego i niespodziewanego, nieznanego i kiedyś doświadczonego.

W zastanawiającej ciszy, która nastąpiła po zwielokrotnionym dzwonku telefonu i nagłym trzasku rozbitego szkła, zaczął sobie przypominać ten trzeci zapach.

Na tym mu zszedł czas do południa.

———

Alkohol lubił, choć nigdy go nie używał. Oszroniony kieliszek z wódką. Lampka ciemnozłotego koniaku wypełniona w dwóch trzecich. Oleistość ballantines'a rozcieńczonego wodą sodową. Otchłanność burgunda w kruchym kieliszku na wysokiej nóżce czy lubieżna ociężałość piwa przelewającego się w kuflu przywoływały wspomnienia zdarzeń i sytuacji zawieszonych wyłącznie w wyobraźni, tak jednak trwale, że ich intensywność i prawda daleko przewyższały to, co zdolny byłby przeżyć w rzeczywistości.

Toteż kiedy dziewczyna powiedziała mu, że jeden z dwóch graczy na dole, na rozprażonym słońcem korcie, jest gangsterem, uznał, że zdecydowany w formie i kolorze apéritif, jaki kazał sobie podać na tarasie kawiarni ocienionej wypłowiałą markizą, nie jest wyborem przypadkowym.

– Gangster? – zapytał, krzyżując dłonie na lasce.

– Marc Belon, najpiękniejszy gangster Francji. – Eunice uniosła ładną, choć pospolitą twarz. – Miał okładkę w „Jour de France".

– Jest niesamowity – powiedział z nieco błazeńskim podziwem.

– Obydwaj są niesamowici – odpowiedziała poważnie dziewczyna, przypatrując się z góry krwistemu prostokątowi kortu.

Pokiwał głową i sięgnął do wewnętrznej kieszeni marynarki. Na białej, sztywnej od krochmalu serwecie położył płaskiego ronsona i pudełko gitanes'ów.

Z papierosami było odwrotnie niż z alkoholem. Nigdy ich nie podziwiał, nie celebrował, tak naprawdę nie lubił, lecz palił jak smok. Podejrzewał, że ten nałóg brał się nie z potrzeby ciała czy psychiki głodnej wrażeń, ale z niechlujstwa, bezwładu i, mimo wielu prób, niepokonanej nigdy bezsilności.

Wczesne popołudnie.

Raczej pustka. Bajkowy, transparentny, rzec by się chciało, celofanowy pejzaż w kleszczach upału. Jednak nie ma w tej przestrzeni żadnego znużenia, żadnej omdlałości, jest impet, bigiel, niemijająca ochota. Siedząc plecami do morza, przyglądał się szafirowemu zarysowi gór.

– Ale La Nunzio jest niesamowitszy – usłyszał po dobrej chwili dziewczynę.

– Nie uważam – odpowiedział po namyśle, który nie dotyczył żadnego z graczy.

– Jest wyższy – powiedziała.

– Nie sądzę.

– A w każdym razie szczuplejszy.

– Uważa to pani za zaletę?

– Na korcie. La Nunzio lepiej się rusza.

– Gangster jest jak kot.

– Nieco opasły. Jego ciało ma w sobie zapowiedź opasłości.

– Mam wrażenie, że ta zapowiedź dotyczy obydwu.

– Ale La Nunzia dotknie później.

Dziewczyna powiedziała to stanowczym tonem, jakim ucina się wątpliwości.

Sięgnął po wysoką szklankę, by, jak to miał w zwyczaju, umoczyć usta w alkoholu, a następnie rozprowadzić go językiem. Plasterek cytryny oderwał się od szkła i spadł na beton. Dziewczyna podniosła go i uczyniła taki gest, jakby chciała nasadzić go z powrotem na krawędź szklanki, ale dostrzegając w ostatniej chwili niestosowność tego pomysłu, schowała w dłoni.

Prezentowała zwinność opalonego na złoty brąz ciała, ładnie kontrastującego z bielą skąpej sukienki i dzięki swej zwierzęcej harmonii wolnego od erotycznych skojarzeń i spodziewań. Zdziwił się, że jej uroda nie wzbudza w nim żadnych tęsknot. Mówiono, że pociągały go ciała naznaczone jakąś niedoskonałością, dysfunkcją, zranione nierzucającym się w oczy kalectwem lub przetrawione wiekiem, nie mówiono jednak, że uroda młodości czyni go aż tak obojętnym.

Ciało Eunice było nieme. Zupełnie go to nie martwiło. Odwrotnie, obojętność dawała poczucie przewagi, wyzwalając z jakiegokolwiek onieśmielenia. Podniósł się z krzesła i ostentacyjnie wspierając na lasce, wyciągnął się na całą swoją niewysokość. Rzekł coś bardzo niepochlebnego o łacińskiej urodzie, odnosząc to zarówno do mężczyzn zapamiętałych w grze na rozpalonym słońcem korcie, jak i do własnych doświadczeń.

– Napatrzyłem się na to w życiu. W gruncie rzeczy nieprzyzwoite.

Dziewczyna odpowiedziała natychmiast, jakby przygotowana na tę uwagę, że rozsądek podpowiadałby wybór czegoś mniej oczywistego i dosadnego, czegoś w lepszym tonie i gatunku, ona jednak postawiona przed wyborem, wybiera takich jak La Nunzio, zdając sobie sprawę z ryzyka, jakie ten wybór niesie.

– Czemu powtarza pani ciągle: La Nunzio? – zapytał, chodząc wokół stolika.

– Bo tak się nazywa – odpowiedziała, wodząc za nim wzrokiem.

– Ale pani jest jego żoną.

Dziewczyna poinformowała, że Simone nigdy nie mówi: mój mąż. Mówi: Sartre. Sartre zszedł do kawiarni po papierosy.

– Czyżby? – zapytał, zatrzymując się za plecami dziewczyny i ponad jej głową obserwując wygładzające się morze.

– Jesienią ubiegłego roku, tydzień po ślubie, poszliśmy na Bonaparte, Montparnasse czy gdzie tam... – powiedziała dziewczyna, ożywiając się. – La Nunzio chciał mnie przedstawić czy co tam... Drzwi otwiera Simone. La Nunzio wchodzi, rozgląda się i pyta: „A gdzież jest pani mąż?". A Simone odpowiada: „Sartre zszedł do kawiarni po papierosy. Musieliście się spotkać przy windzie". A La Nunzio na to: „W takim razie nie rozpoznałem go".

Pytam: „Kto to jest Sartre?", a Simone do La Nunzia: „Ta mała jest niezła".

Młodzieńczo się roześmiali. Nie przyszło mu do głowy, że dziewczyna mogła to wymyślić tak sobie, na poczekaniu. Bawiło go to naprawdę i żywiołowo dał temu wyraz. Tak zastała ich Nicole.

– Jak kąpiel? – rzucił.

– Wspaniała – odpowiedziała Nicole.

– Woda?

– Słona i orzeźwiająca.

– Mój Boże! – Oparł się na lasce. – Jak wiele mi z życia umyka.

– Pijecie coś? – zapytała Nicole, przyglądając się z nieskrywaną niechęcią dziewczynie.

– Rozmawiamy.

– O czym? – zapytała sucho Nicole.

– Jak zwykle.

Podeszła do stolika i podniosła do ust szklankę, z której przed chwilą ześliznęła się cytryna.

– Mówisz tak, jakbyście znali się od dawna.

Odpowiedział, że w istocie takie ma wrażenie.

– Jakie? – zapytała agresywnie Nicole, odstawiając na stolik opróżnioną szklankę.

Powtórzył, że właśnie takie. Jakby znał Eunice z czasów, kiedy nie mógł jej znać, jakby znał ją od zawsze, co nie oznacza nic innego, jak tylko to, że…

Nicole przerwała mu obcesowo, nie patrząc na dziewczynę.

– Ile pani ma lat, Eunice?

– Dwadzieścia.

Nicole omiotła go kpiącym spojrzeniem.

Była efektowna. Wysoka, mocno zbudowana, wygimnastykowana, drapieżna, o ruchach szybkich i celnych. Profil miała grecki, a dłonie wąskie i długie. Wróciła z kąpieli morskiej, okryta równie skąpo jak Eunice, ale miało się wrażenie, że mniej od niej ubrana. Jej nagość nie była bezwiedna ani niewinna jak nagość dziewczyny, ale prowokacyjna i uświadomiona, choć należy to powtórzyć, tej nagości nie było ani o centymetr więcej niż nagości dziewczyny.

Ale to były dwie zupełnie różne nagości i on, ciągle oparty na lasce, przyglądał się z uwagą tej różnicy.

Nicole przeniosła spojrzenie na kort. Ostentacyjnie zapytała:

– Czy młody człowiek po lewej to nie jest przypadkiem pan Belon?

Eunice odpowiedziała skwapliwie, z odcieniem niczym nieusprawiedliwionej, a więc nieco zabawnej dumy:

– Tak, to Marc Belon.

– Najpiękniejszy gangster Francji – dodał on, równie skwapliwie, co dziewczyna. – Swoją drogą, skąd wiesz, że to Belon?

– Bo przeglądam gazety – odpowiedziała Nicole.

– W „Le Nouvel Observateur" nic o nim nie pisali.

– Ale w „Le Matin" tak. I w „Vogue", i w „Cinéma", i w...

– W czym?

– Wszędzie! – w oczach Nicole zapaliły się ognie złości.

– Pan Belon i pan La Nunzio przyjaźnią się ze sobą.

307

– Raczej rywalizują – poprawiła go Eunice. – Obydwaj są młodzi, piękni, utalentowani i sławni.

– Pani mąż, Eunice – wtrąciła Nicole, nie patrząc na dziewczynę – jest dopiero na drodze do tego, co osiągnął już pan Belon. Pani mąż więc...

– Nieprawda! – krzyknęła Eunice. Zaperzyła się. Wygląda na dotkniętą uwagą Nicole i protekcjonalnym tonem, jakim ta efektowna i na swój sposób piękna kobieta z nią rozmawia. – To raczej pan Belon...

– Pani mąż... – głos Nicole jest podszyty zazdrością.

Poczuł się mile połechtany. Lubił takie spięcia. Chętnie się im przyglądał, jeszcze chętniej prowokował, ale teraz każe kobietom zamilknąć, i one godzą się z tym, i milkną, co mu pochlebia.

Kobiety przypatrywały się tenisistom i mimo że stały obok siebie, ramię w ramię, biodro w biodro, przyglądały im się osobno i każda inaczej. A gdy młodzi mężczyźni zmęczeni grą, upałem i zapamiętaniem, urwali mecz nagle, miało się wrażenie w pół gema, i nie podeszli do siebie, zignorowali rytuał, schodząc z kortu jak z ringu, dziewczyna powiedziała, że wreszcie skończyli i że zejdzie na dół. On skinieniem głowy pozwolił, mając przez moment wrażenie, że gdyby się nie zgodził, dziewczyna by została.

W tym rozkosznym podejrzeniu utwierdziła go jeszcze Nicole, rzucając obojgu złe spojrzenia.

Długo przypatrywał się rozkołysanej sylwetce Eunice, zbiegającej kamiennymi schodami ku kortom, i patrzył za nią nawet wtedy, gdy znikła mu z oczu.

———

Droga do domu wspinała się stromo. Pokonywał ją wolno, z namysłem, szukając cienia. Poszarzał, zgarbił się, zmniejszył, jakby powietrze z niego uszło. Mimo niemocy wynikającej z wieku i choroby miało się wrażenie prowokującej demonstracji, teatralnej celebry, kiedy kilkakrotnie powtarzał: jest gorzej, i niezmuszony reakcją Nicole, opowiedział z masochistyczną przyjemnością o truciźnie degeneracji wlanej w jego trzewia przez biedną matkę, degeneracji, której nikczemne jady odczuwał mocniej lub słabiej, słabiej lub mocniej, ale zawsze.

– Dzisiaj czujesz to mocniej czy słabiej? – zapytała Nicole obojętnie.

– Od pewnego czasu czuję się gorzej i coraz gorzej – odpowiedział cicho. – Znaczy to, że dzisiaj czuję się gorzej niż wczoraj, a jutro będę się czuł gorzej niż dzisiaj.

– Jak ci mogę pomóc?

– Pytając o moje zdrowie. Rozmowa o bólu, lęku, cierpieniu przynosi mi ulgę.

– Często rozmawiamy o twoim zdrowiu.

– Życzę sobie nieprzerwanej rozmowy na ten temat. Nie dlatego, by sam w sobie był interesujący, ale dlatego że poza bólem, cierpieniem i lękiem nic nie jest w stanie naprawdę mnie obejść. Wobec tych doznań wszystko inne traci znaczenie. Dokąd dzisiaj dopłynęłaś?

Nicole podeszła do akacji zawieszonej nad kamiennym, rozgrzanym jak piec murem i wyciągając szyję, chłonęła jej zapach, choć drzewo już przekwitło. Nicole na tle wapiennego muru; jej sylwetka, może nieco zbyt smagła, zbyt ostra, męska, a może raczej młodzieńcza czy wręcz chłopięca. Irytująco wolna od jakiejkolwiek zapowiedzi starości czy przejrzałości, choć znużenie przyczajone w oczach, niezależne od ironii, złości, zawodu, niezależne, a więc niezmienne i nieustępujące, zaprzeczałoby temu.

– Do cypla – odpowiedziała cicho.

– I z powrotem?

– Z powrotem wróciłam plażą.

– Sądziłem, że pływasz w obydwie strony.

– Kiedy czuję się dobrze.

– Nie chcesz chyba powiedzieć, że czujesz się źle. – Zaniepokojony wyszedł z cienia.

– Nie chcę, ale tak właśnie się czuję.

– Do diabła, Nicole... Jak?

Nicole przesunęła palcami po fakturze muru, w tę i z powrotem. Miało się wrażenie, że ten wiotki gest nic nie znaczy. Jej długie palce wędrowały jednak po powierzchni muru, jakby odnajdowały przyjemność w kontakcie z jego rozgrzaną chropowatością.

– Źle – odpowiedziała Nicole. – Jestem chora.

– Nie możesz być chora! – krzyknął, zrywając kapelusz z głowy. Laska mu przeszkadza i nie wiedząc, co z nią począć, zaczął nią wywijać na wszystkie strony. – To ja jestem chory! – wykrzykiwał. – Jestem stary, niedołężny i chory! Ty natomiast jesteś zdrowa, mocna i piękna! Nasz związek, nasza umowa na tym polega.

– Umowa? – Nicole oderwała palce od muru i otrzepała je z wapiennego pyłu. – Och, mężu mój, mój mężu...

– Nie chcesz chyba tego zepsuć?

310

Nicole popatrzyła na niego, mrużąc oczy przed słońcem, a potem powoli odwróciła głowę i zawiesiła wzrok gdzieś na mgiełce spowijającej horyzont. Odpowiedziała po dobrej chwili:

– Nie bój się. Mam po prostu okres.

Grymas z trudem powściąganego zażenowania, a może nawet obrzydzenia, naznaczył jego spopielałą twarz. Musiała to zauważyć, kiedy dodała nonszalancko:

– I kaca. W ogóle nie powinnam pływać.

Nie pomagając sobie laską, wlokąc ją za sobą, wspinał się rozjarzoną światłem uliczką. Powietrze stężało w upale.

– Był do ciebie telefon – powiedziała zza jego pleców.

– Jul?

– Nie. Madonach.

Zatrzymał się. Laska wypadła mu z ręki.

– Madonach?

– Tak właśnie się przedstawił. Tu Madonach. Z Polski.

Popatrzył niemo w twarz żony.

– Prosił, by cię obudzić. Powiedziałam mu, że to niemożliwe.

– I co? – zapytał szeptem.

– Zapowiedział się na dziś wieczór. W jakiejś misji. – Nicole przysunęła twarz do twarzy męża i dodała też szeptem: – Bardzo ważnej misji.

———

Do kolacji zasiedli przed ósmą.

Wieczór był taki jak zwykle na początku lata: łagodny, bezwietrzny, zacierający kontury, zapowiadający noc i pełen jeszcze dnia. Nie był jego końcem czy zwieńczeniem, lecz początkiem. Teraz zaczynało się jeść, pić, rozmawiać, flirtować, tańczyć, teraz było światło, w którym opalenizna wyglądała najkorzystniej, a twarze kobiet rozjaśniała nadzieja.

Lubił tę porę. Warto przemęczyć świt, przebrnąć przez ranek, zaciskając zęby, przeżyć południe i popołudnie, by dotrwać do wieczora.

Taras był wysoki i równy powierzchni domu, powiększony teraz jeszcze o salon z rozsuniętymi drzwiami.

Usiadł tak jak mu najwygodniej, tyłem do morza, z twarzą zwróconą w głąb salonu, mając przed sobą Nicole, po lewej La Nunzia, a po prawej jego młodziutką żonę, Eunice.

Przybysz, mężczyzna bez wieku i bez właściwości, był, jakby go nie było, siedział za stołem, jakby za nim nie siedział, odzywał się od czasu do czasu, jakby się nie odzywał. Ta dyskrecja na początku nieco upozowana, w miarę upływu czasu stawała się coraz oczywistsza.

Był to niewątpliwie człowiek dobrze wychowany.

Mimo tej dyskrecji, czy wręcz nieobecności Przybysza, poczuł się przez niego bacznie obserwowany.

Może dlatego rozmowa o kpinie, którą prowadził z La Nunziem, nie biegła po jego myśli. Zwykle prowokował starcia słowne i je wygrywał, dzisiaj wydawało mu się po raz pierwszy, że tak nie jest. Argument La Nunzia, że kpina jest łatwa, zawsze łatwa, bez względu na intencję, wywołał jego protest tyleż gwałtowny, co bezsilny. Jego absolutna obojętność wobec znaczenia spraw, jakie poruszał, po raz pierwszy została zlekceważona.

Podejrzewał, że młody mężczyzna dlatego jest górą, że po prostu ma rację, i to go tym bardziej gniewa, że taka kategoria jak racja w jego hierarchii nigdy na dłużej nie zagościła. Fakt, że działo się tak przy świadku, dla którego ten cały popis został rozpoczęty, nie poprawiał mu nastroju. Przyszło mu też do głowy, że gdyby nie obecność Przybysza, nie czułby się wobec argumentów La Nunzia tak podejrzanie bezbronny.

Rozzłoszczony rzucił w przestrzeń pytanie:

– Nigdy nie miał pan na nią ochoty?

– Na kpinę? – zapytał La Nunzio, odczekawszy chwilę.

– A o czym rozmawiamy, do diabła? – zawołał.

– Jak na kobietę?

– Chociażby.

– Oczywiście, że miałem – La Nunzio roześmiał się śmiało – kto by nie miał?

– Co pana powstrzymywało?

– Dramat istnienia.

– Draaamat istnienia! *Mon Dieu!* – przedrzeźniał młodego mężczyznę, ale mu nie wyszło, więc tylko zatoczył dłonią wokół, przywołując na świadka tej niedorzeczności całą prowansalską urodę zmierzchu.

A potem powiedział, co miał do powiedzenia nie od dzisiaj, że wytrzymuje z innym pisarzem przy jednym stole tylko wtedy, gdy w niego nie wierzy i że właśnie La Nunzia spotkał ten zaszczyt.

– Aha – skwitował młody mężczyzna i wyciągnął się na całą swoją atletyczną długość w trzcinowym fotelu.

313

– Jesteście odrażający! – pofolgował sobie on, wietrząc zwycięstwo – a właściwie nie. Słowo „odrażający" zachowam dla poważniejszych okoliczności. Wy natomiast jesteście nieprzyzwoici. Tylko nieprzyzwoici.

Kątem oka dostrzegł w niemym, jakby wypalonym spojrzeniu Przybysza błysk emocji. To go utwierdziło w przekonaniu, że nic straconego. Zaczął wyliczać, stawiając palce zaciśniętej dłoni.

– Nieprzyzwoicie wyrafinowani, nieprzyzwoicie dramatyczni i nieprzyzwoicie nieprawdziwi. Ta wasza infantylna skłonność do wiary w idee, połączona z niekończącymi się depresjami, neurasteniami, pesymizmami. Ten wasz, zakotwiczony w niedojrzałym uporze, katastrofizm. Jakby życie nie składało się…

– A śmierć?

Młody, piękny mężczyzna się uśmiechnął, błyskając drapieżnymi zębami, i powtórzył cicho, choć wyraźnie, wyciągnięty jak struna na trzcinowym fotelu, który na moment przestał trzeszczeć pod jego ciężarem:

– Śmierć.

Bardzo wyraźny i spontaniczny gest sprzeciwu Przybysza.

Zreflektował się prawie natychmiast, ale Eunice zdążyła to zauważyć. Poza nią chyba nikt, zresztą, któż miałby to zauważyć i dlaczego?

On odchylił się od stołu i znieruchomiał, jakby ugodzony nie tyle pytaniem, co wyrokiem. Wzrok Przybysza podążył za powiewem śmierci, który przeszedł przez taras. Eunice starała się zgasić bezczelnie młode, piękne i niedojrzałe spojrzenie męża godzące w starzejącego się mężczyznę, lecz sama młoda i niedojrzała zrobiła to bez powodzenia.

Rozległy taras wyłożony marmurowymi prostokątami. Białe barierki. W rogach zręczne imitacje greckich amfor.

Za plecami siedzących światła jachtowej przystani i uspokojone morze. Przed nimi zarys Alpes Maritimes. Nad wszystkim rozgwieżdżające się niebo. Zapach róż i glicynii.

Uroda i życie.

Dziewczyna pochyliła się do Przybysza i jakby chcąc uratować sytuację, zapytała głośno:

– *Monsieur est venu de Pologne?* (Przybył pan z Polski?).

– *Oui, madame* – odpowiada Przybysz.

– *La Pologne communiste?* (Z komunistycznej Polski?).

– *Il n'y a pas d'autre* (Innej nie ma).

Przybysz nie spuszczał wzroku ze starzejącego się mężczyzny, do którego przyjechał.

– Niechże pani nie zadaje niemądrych pytań, Eunice.

Nicole strofowała dziewczynę, a ta odpowiedziała, że chciała się popisać. I wybuchnęła żywiołowym śmiechem.

To zirytowało Nicole nie na żarty, tak że on poprosił ją, by się uspokoiła, a potem z tym samym zwrócił się do dziewczyny.

Trochę trwało, nim spięcie rozeszło się po kościach. W chwili niezręcznej ciszy, jaka zawisła nad zebranymi, złożył dłonie i przysuwając wyprostowane palce do warg, rzekł głucho:

– Kpina uczyniła mnie niepodległym, a niepodległość wielkim. – Rozejrzał się wokół, zatrzymał wzrok na Przybyszu i dodał szeptem: – Ale nie za to ją cenię.

Podniósł się zza stołu. Zawrót głowy spowodował, że stracił równowagę. Eunice, czujna jak zwierzę, chwyciła go za ramię, chroniąc przed upadkiem.

– Nie upokarzaj mnie, Eunice – odezwał się twardo.

– Przepraszam – odpowiedziała.

– I nie przepraszaj.

Omiótł spojrzeniem obecnych, inteligentnych, dowcipnych, cywilizowanych, mniej lub bardziej obcych mu ludzi i zatrzymując wzrok na twarzy Przybysza, rzekł konfidencjonalnie:

– Podejdźmy do krawędzi, Madonachu.

———

Krawędź tarasu nad urwiskiem. Znieruchomiałe morze. W oddali światło sflaczałego żagla na dryfującym jachcie. Starzec przypatrywał się z uwagą bezwolnej łodzi, a Przybysz starcowi, na ile pozwalało dobre wychowanie. Za ich plecami Nicole szeptem opowiadała coś zabawnego. Niewykluczone, że komentowała wygląd obu mężczyzn stojących przy barierce twarzami ku morzu, w jakiś sposób podobnych do siebie, choć jednocześnie zupełnie różnych.

Jakby jeden wynikał z drugiego.

Eunice zarżała jak klacz.

– Madonach. Hrabia Madonach. Fałszywy hrabia Madonach – powiedział do siebie starzec, po czym dodał głośniej: – A wie pan, że skoro uparł się pan, by się pod kogoś podszyć, to bez obrazy, ale bardziej przypomina pan Elegantiego.

– To mi pochlebia, mistrzu – odpowiedział z atencją Przybysz.

– Doprawdy? A to czemu?

– Długo by o tym mówić.

– Skoro długo – stwierdził starzec, skonfundowany wybuchami śmiechu na tarasie – to nie warto.

Przybysz zgodził się z tym skwapliwie, ale, jak w każdej skwapliwości, był w niej nie do końca zakamuflowany ślad zawodu. Więc gdy starzec spytał go o Sur Droix, Przybysz odpowiedział, że jest tu pierwszy raz w życiu, że nie miał nigdy okazji widzieć czegoś równie efektownego, ale uroda tego świata pozostawia go obojętnym.

– To możliwe? – zapytał starzec, przenosząc wzrok z ciemniejącej linii horyzontu na twarz Przybysza. – Czego panu tu brakuje?

– Połowy drogi – odpowiedział uprzejmie Przybysz.

– Połowy drogi? – Starzec nie ukrywał zainteresowania. – A cóż to znaczy?

– Że lubię rzeczy, które zatrzymują się w połowie drogi. I lubię wynikający stąd umiar. Tu wszystko jest kategoryczne. Niebo, morze, góry, światło. Myślę, że i uczucia, charaktery…

– Bo to południe.

– W takim razie wolę północ.

Przybysz oderwał dłonie od barierki otaczającej taras i rozglądnął się po całej tej śródziemnomorskiej urodzie.

– Ruszył! – krzyknął starzec, wbijając wzrok w szarzejące morze.

Istotnie, wiatr podniósł żagiel łodzi i napełnił go powietrzem.

– I o tym chciałbym z panem porozmawiać, mistrzu – rzekł nieśmiało Przybysz.

Starzec zawiesił dłoń nad barierką.

– O jachcie?

– Nie – odpowiedział Przybysz – o północy.

Ale starzec nie usłyszał już tego, gdyż gorący podmuch od pustyni uderzył niespodzianie w taras, przewracając jeden z lichtarzy, w pozostałych gasząc świece, roztrzaskując o posadzkę grecką amforę i unosząc bawełnianą suknię Nicole ponad uda.

W oczach starca pojawił się ślad silnego i daremnego zarazem podniecenia i nim spłoszyła go daremność, dziewczyna zdążyła to zauważyć i zapamiętać.

– Na miłość boską! Co się stało? – krzyknęła, przytrzymując suknię.

Starzec bezradnie rozłożył ręce.

Przybysz obrócił twarz ku morzu. Jacht pruł do brzegu. Podmuch, jak nagle uderzył, tak nagle odskoczył, tylko metalowa podstawka przewróconego lichtarza trzepotała się jeszcze przez chwilę na posadzce niczym postrzelony ptak.

———

Starzec ani przez moment nie miał wrażenia, że Przybysz kogoś udawał. Nawet niepokój powściągany, na ile to możliwe, i nieukrywana nuta żalu, kiedy opowiadał o brudnym oparze nieokreśloności, zasnuwającym wszystko, włącznie z wszelkimi punktami odniesienia, wydawały się prawdziwe. Więc kiedy starzec, moszcząc się w fotelu i przyjmując nieco błazeński ton wtajemniczonego, zapytał, czego im brakło, Przybysz odpowiedział najzupełniej serio:

– Zasad, porządku, hierarchii.

Powtórzył to jeszcze kilkakrotnie, stąpając cicho po nieoświetlonym gabinecie tak, by pozostawać w mroku.

Pora między zmierzchem a nocą. Zapach morza. Dźwięki cykad i odległe światła Antibes za otwartym na oścież oknem.

– Na urzędach wysubtelnieliśmy – cicho odezwał się Przybysz – złagodnieli, zmiękli. Członki nasze stały się dłuższe i kształtniejsze. Twarze bledsze. Spojrzenia przesłonięte mgłą dystansu, a zapach mniej praśny. Myśli nasze odrywają się od ziemi i jedna po drugiej ulatują w górę, a nie znajdując tam celu ni przeznaczenia, zawisają w powietrzu, snując się melancholijnie to tu, to tam. Dusze natomiast krępuje nić niedefiniowalnej tęsknoty, paraliżującej jakąkolwiek ochotę do działania, pracy, ekspansji. Lud, w imieniu którego podnieśliśmy bunt, okazał się obojętny lub wręcz wrogi; nie wyzwolił się z przyrodzonego zabobonu i głupoty. Krótko mówiąc…

Suchy trzask za oknem. Jakby obcas zgruchotał gałązkę. Przybysz jak wryty stanął pod ścianą. Wyciągając szyję, ostrożnie spojrzał w światło okna.

– Krótko mówiąc – skonstatował starzec – potrzebujecie wyższości.

- Słucham? – Chwila lęku wytrąciła Przybysza z gorsetu skupienia, uwagi i grzeczności.

Chwila minęła, trzask się powtórzył. Przybysz odpowiedział szybko i cicho:

- Elity bez idei i lud bez elity. Miazga, mistrzu, miazga.

Na pytanie czcigodnego starca, czy możliwe, by tak szybko, tak nieodwołalnie to poszło, Przybysz odpowiedział, że sami są tym zdziwieni i że jedynym wytłumaczeniem procesu, jakiemu zostali tak niespodziewanie poddani, jest podejrzenie, że bakteria niemocy tkwiła w nich już wtedy, gdy istotą ich natury był impet i twardość.

- Krótko mówiąc, mistrzu – Przybysz przesunął się pod ścianą w tę i z powrotem – Elegant był w Madonachu.

- Czyżbym się aż tak pomylił? – spytał po dobrej chwili starzec.

- Gdyby się pan pomylił – odpowiedział, też po dobrej chwili, Przybysz – mnie by tu nie było.

O co posądza go ten miły, niezręczny, safandułowaty człowiek? O jaką rację i jaką możliwość? Jaka racja lub możliwość, czymkolwiek by była, może wyjść naprzeciw oczekiwaniom tego posłańca z brzegu mu nieznanego, niepojętego, raz na zawsze pozostawionego za sobą.

Zapytał wbrew sobie:

- Czego pan po mnie oczekuje?

Przybysz wyskandował odpowiedź, a starzec bezwiednie ją powtórzył:

- Ziemiańskość, szlacheckość, dwór. Polskość.

Przybysz potwierdził skinieniem głowy.

Starzec zanurzony w fotelu, profilem do otwartego na oścież okna, zwrócił twarz ku łagodnej, wypełnionej życiem nocy, z zapachem morza, gór, miasta, z odgłosem cykad i tej nieustępującej werwy Południa, której tak lubił się przysłuchiwać. Miał wrażenie, że znów czuje ten inny zapach, którego nie potrafił sobie przypomnieć, ale który niewątpliwie tkwił gdzieś w zakamarkach jego pamięci. Rzekł cicho:

– Źle pan trafił.

– Nie sądzę – odpowiedział natychmiast Przybysz.

– Całe moje życie było kpiną z ziemiańskości, szlacheckości, dworu, polskości. Źle pan trafił, Madonachu.

Przybysz zauważył, że zdarza się, iż człowiek wykpiwa, upokarza, operetkuje to, co mu najbliższe. Że dla żartu, efektu, prowokacji skłonny jest poświęcić każdą prawdę. A bywa tak wtedy, gdy dajemy się uwieść własnej niepohamowanej inteligencji, której nie potrafimy lub nie chcemy założyć wędzidła dyscypliny. Że, mówiąc najoględniej, czasami nas ponosi.

– Nonsens! – przerwał mu starzec.

– A dzieje się tak najczęściej – Przybysz pochylił się nad fotelem tak, by nie być widocznym z zewnątrz – gdy nie jesteśmy w stanie sprostać temu, co ośmieszamy, lub gdy mamy takie podejrzenie. Lub gdy mamy takie podejrzenie – powtórzył i uśmiechnął się blado. – Wtedy też tego żałujemy.

– Nonsens! – krzyknął starzec. – A jeżeli nawet, to jest pan naiwny, myśląc, że znajdziemy w sobie dość pokory, by się do tego przyznać.

– Nadzieja moich przełożonych polega na przekonaniu, że jej pan w sobie nie znajdzie.

– Ma pan inteligentnych przełożonych.

– Do czasu – odpowiedział Przybysz z naciskiem. – Niechże mi pan wierzy, do czasu. Kroki...

– Słucham?

– Za oknem, na dole.

Starzec wzruszył ramionami. Przybysz spojrzał na niewielkie patio, tak by samemu być z dołu niewidocznym. Usprawiedliwił się po chwili:

– Przepraszam, ale nigdy dosyć ostrożności. Oczywiście to, co panu powiedziałem, nie jest bezpośrednim celem mojej wizyty. Jej celem są fakty.

– Pech pana nie opuszcza, Madonachu.

– Czemu pan tak myśli?

– Bo w moim życiu nie było faktów. Były doznania, olśnienia, iluminacje. Były też klęski i smutki. Ale faktów nie było.

– Chcę porozmawiać o tych czasach, kiedy jeszcze były.

Przybysz się wyprostował, nabrał pewności siebie, zurzędniczał. Jego safandułowatą, trudną do zapamiętania twarz ożywiła nadzieja. Siadł okrakiem na krześle, splatając dłonie na oparciu i zapytał o ton za głośno jak na tajemniczość, i ton za ostro jak na uprzejmość:

– Miał pan przyjaciół, tam, w Ameryce, którzy administrowali ranczem w prowincji La Rioja?

– Zgadza się. – Starzec sięgnął po papierosa, lecz nie zapalił. – To była duża hacjenda przed... – Rozglądnął się za zapalniczką.

– Przed czym? – zapytał Przybysz wręcz natarczywie, podając swoje zapałki.

– Przed Gran Chaco.

– Nazywali się Hoszowscy?

– Tak, tak. To nawet moi dalecy krewni. Jul Hoszowski był stryjecznym...

– Od czasu do czasu zapraszali pana do siebie – napierał Przybysz. A im więcej napierał, tym więcej rósł.

– Ratując mnie prawdopodobnie od głodowej śmierci – odpowiedział starzec, nie wiedząc, dlaczego to uczynił.

– Pamięta pan chłodną, czerwcową noc w czterdziestym drugim?

– Nie pojmuję, do czego pan zmierza?

– Tylko pytam.

– O co? – W pytaniu starca był niepokój. Taki, co do którego nie wiadomo, zmieni się w strach czy w gniew.

Głos Przybysza wyostrzyły emocje, a rysy twarzy wyładniały od przyjemności. Jak przy masturbacji.

– O chłodną czerwcową noc tysiąc dziewięćset czterdziestego drugiego.

Starzec spróbował podnieść się z fotela.

– Tę noc, kiedy dziewczyna przyniosła panu do pokoju dodatkowy pled.

– Dziewczyna?

– Owszem. Jak się nazywała?

– Nie mam pojęcia. Nie pamiętam ani dziewczyny, ani nocy. I właściwie jakim prawem...

– Jak miała na imię?

– Pan sobie stanowczo na zbyt wiele pozwala, Madonachu! – wrzasnął czcigodny starzec, tłukąc otwartą dłonią w oparcie fotela.

– Imię! – odwrzasnął Przybysz.

– Huanita!

– Huanita? – Przybysz podskoczył na krześle, nie mogąc opanować radości.

– Rozalia, Dolores, Ilahenia... one wszystkie się tak jakoś nazywały – odpowiedział starzec i dodał nagle zrezygnowany: – Ale nie pamiętam ani jej, ani nocy.

– A jednak! – skwitował Przybysz i tak jak napierał i rósł, tak zmniejszył się i cofnął, wracając do grzeczności, by nie powiedzieć uniżoności, kiedy dodał półszeptem: – Kroki.

Starzec przyglądał się, jak Przybysz na ugiętych nogach ucieka z ewentualnego pola widzenia. Powiedział sucho:

– Może.

– Pan słyszy morze, ja kroki.

– Chodzi mi o to, że może ktoś spacerować pod oknami. Mamy gości.

– Niechże pan nie żartuje – obruszył się Przybysz. – To nie są kroki żadnego z pana gości. Za ciężkie.

Podszedł do drzwi. Rzekł z nieukrywanym zawodem:

– Zmuszony jestem się pożegnać. Naszą rozmowę dokończymy jutro.

– Ona nie jest konieczna – odrzekł starzec i zrobił to wbrew sobie.

– Nalegam. – Przybysz oparł dłoń o klamkę.

– Więc proszę próbować – starzec powrócił do

nonszalanckiego tonu, który wyniknął bardziej z przyzwyczajenia niż intencji.

Przybysz bezszelestnie wyszedł.

Starzec rozsiadł się na powrót twarzą do otwartego okna. Od morza wiała wilgotna bryza. Żadnych kroków. Głucha noc.

Przybysz bezszelestnie wrócił.

– Zapałki, mistrzu.

Starzec spojrzał przez ramię.

– Nie rozumiem?

– Kiedy bezskutecznie rozglądał się pan za zapalniczką – wyjaśnił szeptem Przybysz – podałem panu zapałki. Nie odebrałem ich.

Starzec obmacał kieszenie marynarki. W jednej z nich znalazł pudełko z czarnym konturem jakiejś fabryki. Korzystając z okazji, chciał zapalić trzymanego cały czas w palcach papierosa, lecz zapałka nie zapłonęła.

– Nie zapalają się – rzekł, oddając pudełko.

– Otóż to. Nie byłyby panu, mistrzu, do niczego potrzebne – usprawiedliwił się Przybysz.

I wyszedł na dobre.

II

Świt. Morze gładkie i ciche. Zapowiedź upału.

Starzec w otwartym oknie przeniósł spojrzenie z oddali na położone niżej niewielkie patio obrośnięte glicyniami.

La Nunzio i Eunice, półnadzy i mokrzy, jakby przed chwilą wrócili z morskiej kąpieli, obłapiali się wzajemnie

sprośnymi gestami, wydalając z siebie chichoty, pomru-
ki, westchnienia świadczące o zadowoleniu z własnej
młodości i krzepy.

W pewnym momencie, gdy złączeni w miłosnym
uścisku zdawali się zatracać w przyjemności, dziewczyna podniosła głowę, jakby świadoma niedyskrecji obser-
watora.

Ten cofnął się w głąb gabinetu, mówiąc do siebie:

– Nie podglądaj mnie, Eunice.

Miał na sobie lniany garnitur, ciemną koszulę i bordowy fular. Wyglądało na to, że nie rozebrał się do snu,
a krótką, letnią noc spędził w fotelu.

Zbliżył się do lustra i spojrzał na odbicie swej twarzy.

W przenikliwych, a jednocześnie zgaszonych oczach
pojawiły się wiara i oczekiwanie. Patrzył w nie z niedowierzaniem.

O co chodzi, zapytał w duchu; w jakiej sprawie ta
nadzieja?

W jakiej sprawie?

———

Przedpołudnie i miły chłód łazienki.

Starzec golił się, pochylony ku tafli lustra wmuro-
wanego w seledynową glazurę. Wilkinson drżał w jego
palcach. Obecność żony za plecami krępowała. Zapytał
ostro:

– Kiedy?

– Wyobraź sobie, że jutro – odpowiedziała Nicole. –
Jutro wieczorem.

– Gdzie?

– W Antibes.

– W Antibes?

– Willa Pornografia. Musisz ją pamiętać. Będą tam absolutnie wszyscy.

– Oho...

– Absolutnie wszyscy, którzy się liczą. Cały *monde*.

– Oho...

– Ale jemu szczególnie zależy na twojej obecności.

– Dlaczego na mojej?

– Pewno ci to powie. To chyba dla niego ważne.

– Co?

Nicole odpowiedziała zniecierpliwiona, patrząc mu w oczy przez ramię:

– Przyjęcie, na które nas zaprasza!

Ostrze maszynki zraniło wiotką skórę. Kropla krwi spęczniała i spłynęła po policzku. Starzec zatamował ją rękawem białego płaszcza kąpielowego.

– Co ty wyprawiasz! – krzyknęła Nicole.

Rozejrzała się za ałunem.

– Zostaw! – Z gniewem odtrącił pomoc. – Nie interesuje mnie.

– Poplamisz się. Krew się nie spiera.

– Nie interesuje mnie przyjęcie w Antibes.

– Jak to? – zapytała Nicole, obracając ałun w palcach.

– Po prostu – odpowiedział, opierając się dłońmi o umywalkę.

– Takich zaproszeń się nie ignoruje. Będą tam...

– Nie interesuje mnie to!

Nicole cofnęła się o krok, stając w drzwiach łazienki, jakby podejrzewała, że jej mąż ma ochotę czmychnąć.

Rzekła zachęcająco:

– Piękny mężczyzna.

– Garkuchnia – przez zęby wycedził starzec. – Marc
Belon to marsylska garkuchnia, szemrana kawiarnia, za-
dymiony bilard, cuchnący występkiem burdel. Przed-
mieście. Przy całej jego urodzie to garkuchnia. Nie
nabieraj się na nią. Wiesz, jaki jest problem z tym rzezi-
mieszkiem? Że jest źle napisany. Wszyscy jesteśmy jakoś
napisani, lepiej lub gorzej. On jest napisany najgorzej.
Belon to grafomania.

– Nie znasz go.

– Grafomania!

Nicole mu przypomniała, że grafomania i garkuchnia
zawsze go pociągały, w jej głosie nie było chęci pojednania.

– Ale już nie pociągają! – uciął, nie zastanawiając się,
czy jest w tym więcej prawdy, czy przekory. Lecz kiedy
poprosił żonę, by zostawiła go w łazience samego, i wrócił do mozołu porannych ablucji, pomyślał, że nawet jeżeli jego demonstracyjna niechęć do przedmieścia była
nieco upozowana, to to, co go dotychczas w tej pospoli-
tości pociągało, wydawało się kaprysem. Przemija w nas
ochota na jedno, przychodzi na drugie. Czym, wszakże,
jest to drugie?

W odbiciu swych oczu starzec dostrzegł uporczywy
ślad nadziei, który tak bardzo zaskoczył go o świcie.

———

Dochodziło południe. Agresywne słońce. Metalowy
parkan od uliczki rzucił krótki cień na chodnik, którym
szła Nicole z plażową torbą na ramieniu. Eunice jej nie
zauważyła i została przyłapana.

Na pytanie Nicole, co tu robi, odpowiedziała bez wstydu, że podgląda mistrza. Zeskoczyła z podmurówki i otrzepując dłonie z rdzy, pokrywającej pręty żeliwnego ogrodzenia, dodała, że mistrz ją pociąga. Zawiesiła głos, nie jak wtedy, gdy się zastanawiamy, ale kiedy bezwiednie prowokujemy.

– I co? – zapytała Nicole.

– I podnieca – odpowiedziała Eunice.

Nicole wspięła się na podmurówkę i spojrzała przez ogrodzenie.

Starzec i La Nunzio w trakcie rozmowy; ściślej La Nunzio mówił, starzec zdawał się zupełnie tego nie słuchać, skurczony jak embrion na leżaku.

– Wie pani, kim jestem? – zapytała Nicole z twarzą między żeliwnymi prętami, nie patrząc na dziewczynę.

Dziewczyna odpowiedziała, że wie i że to jest powodem jej zazdrości, która byłaby trudna do zniesienia, gdyby nie łagodziło jej przekonanie, że taką samą zazdrość odczuwa wobec niej pani Nicole.

– W takim razie obydwie jesteśmy szczęściarami – skonstatowała Nicole.

– Ale ja większą. – Eunice stanęła na murku obok. – Tak pani myśli, prawda?

– Bo pani jest młodsza – odpowiedziała Nicole. – Różnica między pani szczęściem a moim polega na różnicy wieku.

– Na pewno? Czy mistrz był tak piękny jak La Nunzio, gdy miał dwadzieścia dziewięć lat?

– Nie wiem. Nie znałam go wtedy. Ale wiem, że mając lat dwadzieścia, byłam ładniejsza od pani.

– Czy to możliwe?

– Owszem. Miałam ładniej osadzoną głowę i lepiej ją nosiłam. Moje uda i pośladki były jędrniejsze, jak pamiętam, i mocniej zarysowane. Miałam też ten rodzaj dystynkcji, której pani, Eunice, jest zupełnie pozbawiona.

– Co to za dystynkcja?

– Biorąca swój początek z uprzejmego chłodu. Ta zaleta czyni z kobiety damę. Pani nie jest damą.

– Mistrzowi by to chyba nie przeszkadzało – dziewczyna roześmiała się żywiołowo.

Nicole zdobyła się nie tyle na grzeczność, ile na ostrożność, kiedy odpowiedziała cicho:

– Zgoda, mój mąż lubi w pani młodość.

– I cooo? – przeciągnęła Eunice.

– I nagość. – Nicole jakby chciała już odejść. – *À propos*, czy nigdy nie nosi pani majtek?

– Zawsze je noszę – odpowiedziała dziewczyna tonem, którym nie mówi się prawdy i się tego nie ukrywa.

– Proszę nie kłamać.

– No… niech będzie. Nie mam ich na sobie.

– Czemu?

– Nie wiem.

Eunice nie robiła wrażenia zakłopotanej. Przyciśnięta przez Nicole, odpowiedziała po dobrej chwili, która nie była chwilą zastanowienia, że być może strój ją ogranicza, krępuje, osacza, że pragnie się z niego wyzwolić, że pragnie być naga, że tej chęci doświadcza po raz pierwszy w życiu, ale ani ona ją zawstydza, ani krępuje. Ale…

– Ale co? – W oczach Nicole znów zapaliły się te ognie złości, które dziewczyna zauważyła wczoraj w kawiarni nad kortem, kiedy Nicole zapytała męża, o czym rozmawiał z dziewczyną, a ten odpowiedział bez namysłu, że o tym, co zawsze.

– Ale dzieje się tak tylko wtedy, gdy jestem obok niego – odpowiedziała dziewczyna poważnie – lub z nim.

Stadko wróbli wzniosło się nad nimi z furkotem. Nicole poprawiła plażową torbę na ramieniu i kryjąc twarz pod rondem słomkowego kapelusza, weszła w bramę. Zatrzasnęła ją za sobą przed nosem dziewczyny.

– Zadbam o to – powiedziała nieustępliwie – by nie miała pani takich okazji.

Eunice odeszła w stronę morza. Nicole patrzyła ze smutkiem na jej wiotką, oddalającą się postać.

Potem przeniosła wzrok na trawnik. Nie było na nim już starca. La Nunzio wyciągnięty w leżaku obnażył spaloną słońcem, muskularną pierś. Połechtał ją końcami długich, rasowych palców. Obrócił się w stronę parkanu i spojrzał na Nicole, rozchylając zmysłowe wargi. Uśmiech zawisł między zachętą a ostrzeżeniem.

———

Słońce w zenicie. Wszystko w upale. Cienie krótkie i wyraźne. Na werandzie nakrytej markizą, w wiklinowym fotelu drzemał starzec. Na posadzce, grzbietem do góry, otwarty brulion i parker ze złotą stalówką. Okna domów zasłonięte żaluzjami. Znieruchomiała cisza.

Sjesta.

Przez wysoką szklankę z sokiem pomarańczowym przeszły promienie słońca, rozpuszczając w niej kolor. Sok rozjarzył się do białości.

Starzec uniósł powieki, cofnął się w głąb werandy, szukając cienia. Przez dobrą chwilę obserwował granicę między światłem a cieniem, urzeczony kategorycznością różnicy między nimi.

Jak to wyglądało lub mogłoby wyglądać, myśli, pokonując opór wiotczejącej pamięci, albo raczej jak mogłoby wyglądać, więc wyglądało?

Był przygotowany na to, że zaraz wejdą i przedłużająca się chwila, kiedy nie wchodzili, była coraz przykrzejsza. Chciał mieć to już za sobą. Stanowczo chciał mieć to już za sobą. Siedział na odkrytej werandzie tego pochmurnego, ciężkiego dnia u schyłku lata. Stół ogromny jak pole. Służba zdołała już prawie wszystko uprzątnąć, pozostawiając mu jeszcze tylko dzbanek z kawą, jajko, żytni chleb, masło w kamiennej czarce i miód zaciekle atakowany przez osy. Od rana zanosiło się na deszcz i w tym oczekiwaniu dzień dobiegł już prawie południa...

Starzec pochylił się nad brulionem, jakby chciał go podnieść z posadzki, ale uczucie obezwładniającego zmęczenia zmieniło ten zamiar.

Nie chciało mu się ani wspominać, ani zapisywać, ani myśleć i przyjemność myślenia o niemyśleniu spłynęła nań wraz ze starczą drzemką. W przejściu między jednym a drugim usłyszał, miał wrażenie z głębi domu, sceniczny szept:

– Liguryjczyk, okolice Veronese. Chłopski, ciężki, pracowity, na swój sposób uczciwy. Posunięty w latach. Od dłuższego czasu nosił się z zamiarem powrotu do Włoch.

– Tego człowieka też nie pamiętam – w duchu odpowiedział starzec. Nabrzmiała powieka znów opadła.

– Bo go pan nigdy nie znał. Nigdy się pan z nim nie zetknął. Nazywał się Beloni. To częste nazwisko. Co drugi wieśniak z okolic Veronese nazywa się Beloni.

Starzec śnił, że uniósł dłoń i familiarnym gestem przywołał głos, wyprowadzając go z głębi domu, a gdy się na chwilę ocknął, usłyszał głos, który się zbliżył, choć nie podniósł.

– Chłopak urodził się w drodze z Ameryki do Europy. Na transatlantyku. To go chyba określiło. Bez korzeni, bez tożsamości, bez historii. Taki chłopiec z podróży. Były z nim same kłopoty. W miarę jak rósł, zamieniły się w udrękę szczególnie dla ojczyma, który nie mógł zrozumieć jego łacińskiego temperamentu i sarmackiej fantazji.

– Co było dalej? – zapytał starzec, posuwając się tą wątłą ścieżką, meandrującą między jawą a snem.

– Pierwszy wyrok odsiedział w San Clémente, w Fossano, za jakieś głupstwo – odpowiedział mu głos – kradzież skutera lub tylko taki zamiar. Wyrok był bagatelny. Dołożyli mu już w więzieniu; za hardość. Wyszedł po czterech latach. Bez pomysłu na życie. Wtedy się nim zajęliśmy. Rozumie pan, jaka to była gratka. Marco Beloni, chłopiec z podróży. Tak go zakonspirowaliśmy. Ale tak jak Marco, nie miał pomysłu na życie po wyjściu z San Clémente, tak my, dziesięć lat później, nie mamy pomysłu na niego. A wie pan, co to oznacza?

Silny niepokój, wręcz trwoga, wytrąciły starca z rozpalonego popołudniowym upałem odrętwienia.

Wysuszona wiklina zatrzeszczała w konwulsyjnym uścisku artretycznych palców. Wstał z fotela i spojrzał za siebie. Cień postaci zniknął w zaciemnionym salonie i ten cień, nie ma co do tego wątpliwości, był cieniem Przybysza.

– Madonach! – zawołał starzec za znikającą postacią, ale nie usłyszał odpowiedzi, jakby to stężałe w upale po-południe wymiotło z domu wszelkie życie.

———

Trzy godziny później mniej więcej, przed wieczorem, wsparty na lasce starzec obserwował z zainteresowa-niem skrępowanie Przybysza, usadowionego jednym pośladkiem na krawędzi ogrodowego krzesła, jak to się dzieje, gdy zawstydzeni sytuacją dajemy wyraz swej nie-chęci do jakiegokolwiek zadomowienia.

Z takim samym zainteresowaniem Nicole przypatry-wała się przyczynie tego wstydu. A był nią ostrzyżony na junkra czterdziestokilkulatek o strukturze i wadze oło-wiu. Miał niebezpieczne ciało, które nosił zadziwiająco lekko.

Nabite, krępe, tęgie, kwadratowe, rozsadzane od we-wnątrz agresją, skłonne nie tyle do wyspekulowanego okrucieństwa, co bezmyślnego gwałtu, wcale przez to nie mniej groźnego.

Początek postaci stanowiły krótkie, grubo podbite, zszywane szarą dratwą buty, które ich twórca wytrze-bił z jakiejkolwiek wygody i wdzięku, a zakończenie to była głowa wielkości kubła na pomyje, osadzona na by-czym karku. Przestrzeń między butami a głową wypełnił szary garnitur z jakiegoś nylonu, akrylu, jakiejś wiskozy, sztywny niczym zbroja, trzeszczący przy każdym ruchu i niczym zbroja zakuty.

Cisza spowijała tę konstrukcję. Zachęcony przez Nicole do poczęstowania się ciasteczkiem, odpowiedział, że dziękuje, ale jest syty z domu. Powtórzył to dwukrotnie, dając do zrozumienia, że psu spod ogona nie wypadł.

Przedstawiony panu La Nunzio i jego żonie Eunice, kiedy weseli i wyluzowani pojawili się na tarasie, i poinformowany, że młody, piękny człowiek jest nadzieją francuskiej literatury, odpowiedział obojętnie: A mnie co do tego? Poproszony o skomentowanie swej niechęci do sorbetu z mango, odrzekł po chwili zastanowienia, że właściwie to nie lubi Europy.

A więc mimo że nie milczał, że nie chciał lub nie mógł sprostać wymogowi dyskrecji, nie miało się wrażenia, by ten mężczyzna cokolwiek mówił, jak nie miało się wrażenia, by spłoszony, gotów do ucieczki Przybysz siedział cicho.

Starzec przyglądał się z rezerwą swojactwu ołowianego mężczyzny, ale im ono bardziej swojskie, tym rezerwa większa. W pewnej chwili pochylił się nad Przybyszem i nie kamuflując odrazy, zapytał:

– Kto to jest?

– Łotrzyk – odpowiedział szeptem Przybysz, jakby gotowy na to pytanie.

– Co za łotrzyk?

– Pan nie pamięta? – Przybysz stęknął na krześle. – Jeden z tych dwóch.

– Jakich dwóch?

335

– Od barona Eleganckiego. Trochę się spasł. Ale to jeden z nich. Zapewniam pana.

Starzec nachylił się nad Przybyszem, by usłyszeć jego cichy głos i ich twarze niemal się zetknęły. Po chwili twarz Przybysza pod wpływem twarzy starca straciła wyraz zakłopotania, tak że zostały na niej tylko uprzejmość i atencja.

– Łotrzykowie, których stworzyłem – wytłumaczył się starzec – to ludzie młodzi, na swój sposób piękni, wolni... Ten natomiast...

– Niewątpliwie, mistrzu. Ale można się było tego spodziewać.

– Czego?

– Zuchwalstwa. Dowartościowana niższość rozdęła się w tym samym stopniu, w jakim skurczyła się upokorzona wyższość. To można było przewidzieć. I ja, fałszywy hrabia, rewolucjonista Madonach, i on, łotrzyk, jesteśmy produktami pańskiej wyobraźni w tym samym stopniu, co rzeczywistości. Nikt nad nią nie panuje, nikt nią nie rozporządza. Z wyobraźnią jest inaczej.

– Niech mi pan powie o rzeczywistości.

– Szczerze?

– Na ile to możliwe.

– Zdarzyło się nieszczęście. Kierując się najszlachetniejszymi intencjami, wyhodowaliśmy zwierza, który nam się urwał z łańcucha. Nie jesteśmy go już w stanie okiełznać.

Starzec obejrzał się za siebie, trafił na ołowianego mężczyznę, zabawianego przez Nicole, obojętnego wobec jej trudu, w istocie protekcjonalnego wobec niej i całej reszty. Zwrócił się do Przybysza poważniej, niż miał zamiar:

– Jakże temu zaradzić?

– Okazać pogardę – odpowiedział Przybysz grzecznie – którą on uzna za usprawiedliwioną.

– Czy to możliwe?

Słychać było odległą zrazu frazę argentyńskiego tanga, gdy Przybysz stwierdził z przekonaniem:

– Nie dla nas.

Muzyka zagrała równocześnie na zewnątrz starca i wewnątrz. Jak bardzo lubił nastrój tej muzyki, jak bardzo ona w nim nie przemija.

Nicole ruszyła do tańca z La Nunziem. Eunice z ołowianym mężczyzną. Przybysz i starzec obserwowali tańczących, a właściwie robił to tylko starzec, gdyż ten pierwszy zajęty był swoją misją.

– Chodzi o gest. Najmniejszy gest.

Starzec odpowiedział bez śladu ciekawości:

– Ciekaw jestem.

– Jesteśmy w stanie uznać wyższość, koncesjonując ją tylko w najniezbędniejszym zakresie, i dać jej pierwszeństwo przed niższością – Przybysz podniecał się – z wszelkimi wynikającymi stąd konsekwencjami. A więc jesteśmy w stanie dać więcej, niż jesteśmy. Niechże pan to doceni.

– Ale wcześniej mój gest?

– Nic w praktyce nieznaczący.

– Ejże…

– Pan nie musi zadawać gwałtu swej naturze. Pan nie

musi wchodzić w żadną rolę. Pan w niej jest. Pan jest Polakiem, szlachcicem, właścicielem.

Tango się skończyło i La Nunzio porzucił Nicole, ołowiany mężczyzna Eunice, a starzec Przybysza. Nim jednak chropawy głos pieśniarza wniósł kolejną skargę, Przybysz przyskoczył do swego rozmówcy, jakby go chciał porwać do tańca. Ochoty takiej nie okazał ani La Nunzio, zwrócony twarzą do morza, z papierosem w ustach, ani ołowiany mężczyzna, do morza odwrócony tyłem, z rękoma w kieszeniach workowatych spodni, ze wzrokiem tępo wbitym w szarzejące wnętrze salonu. Kobiety były pozostawione same sobie.

Otarły się o siebie niby przypadkiem, od niechcenia, bez widocznej intencji, dla kaprysu, żartu. Ich dłonie się spotkały, umknęły i znów się połączyły. Zacisnęły się palce na palcach. Sylwetki sprowokowane głosem pieśniarza, zmysłową frazą, zbliżyły się do siebie i znieruchomiały. Dziewczyna ponad ramieniem Nicole spojrzała na starca. Nicole przygarnęła ją do siebie, Eunice parsknęła śmiechem i ruszyła. Zaczęły się rozpędzać, zmysłowieć, ulegać rytmowi, a jednocześnie stawały się coraz delikatniejsze i niewyzywające.

Nikt nie mógł przejść obojętnie obok urody tańca w wykonaniu upodabniających się do siebie kobiet. Nikt oprócz Przybysza. On właśnie zza pleców starca, przekrzykując płytę, wykładał:

– Naród zmęczony pouczeniami, mentorstwem, wieszczeniem nie zapomni panu obojętności i pogardy, z jaką go pan traktuje, i odpowie przywiązaniem i hołdem.

Starzec, coraz mocniej ulegający tancerkom, wzruszył obcesowo ramionami.

– Za inność – szacunek! – krzyknął Przybysz. – Za obojętność – hołd! Za kpinę – dozgonna wierność!

– Nudzisz mnie, Madonachu. – Starzec przeszedł z rogu w róg tarasu. – I przeszkadzasz.

Przybysz podążył za nim.

Kobiety zbliżyły się do siebie na długość oddechu i odwracając twarz od twarzy, zastygły na moment w ciszy, co nie znaczy w bezruchu, przeciwnie, ich unieruchomione ciała pulsowały energią. Tak zaczęło też pulsować i młodnieć ciało starca, niespętane w tej chwili żadną myślą.

Z ekstatycznego nastroju wytrącił go Przybysz, który wrzasnął mu nad uchem:

– Za pogardę – miłość!

– Idź do diabła! – odwrzasnął odmłodzony starzec.

Przybysz nie posłuchał i naraził się na przykrość. Nie ze strony starca, ale ołowianego mężczyzny, który z leniwą pewnością siebie, chamstwem chama, z nieoczekiwaną, niebezpieczną usłużnością chwycił Przybysza za kołnierz i wyrzucił przez barierkę tarasu, pół piętra w dół na stromą skarpę najeżoną kamykami o ostrych krawędziach. Zduszony krzyk zdziwienia, a potem bólu, wchłonęła nadciągająca właśnie noc.

Ale nie wchłonęła zaskoczenia i niemocy w obliczu nieoczekiwanego gwałtu, włącznie, a może przede wszystkim, z tym, komu ten gwałt został zadany.

Tancerki siłą bezwładu okręciły się jeszcze kilkakrotnie, a ich sylwetki nie zamarły w bezruchu nawet wtedy, gdy La Nunzio wyłączył gramofon.

Ołowiany mężczyzna, nie czekając na reakcje obecnych, otrzepał ręce, jak to po robocie, ukłonił się i wyszedł ani szybko, ani wolno, ani dumny, ani zawstydzony, obojętny wobec dezaprobaty starca, który krzyknął mu w plecy: Drogi panie, jakże tak można?!

La Nunzio kocim skokiem przesadził barierę. Wrócił po chwili, stwierdzając, że po Przybyszu nie ma śladu. Jakby w ogóle nie wypadł.

– Ale wypadł – rzekł starzec i zakłopotany zwrócił się do kobiet: – A to ci historia.

Eunice zachichotała nerwowo. Nicole objęła ją ramieniem i zaprowadziła w głąb domu. Starzec zaproponował, by spróbować razem poszukać Przybysza na skarpie, ale taras był już pusty.

Z niechęcią pomyślał o powrocie do gabinetu i czekającej go nocy. Podszedł do krawędzi tarasu, oparł się łokciem o jedną z amfor i zastygł.

———

Noc.

Wysokie lustro w rzeźbionych ramach, wsparte o ścianę holu, odbija nagie plecy Nicole i spłoszoną twarz dziewczyny.

Bo tak, jak starzec zastygł, Nicole się ożywiła, rozsnuwając między sobą a Eunice nić napięcia, którego nie można rozładować, uciekając w żart czy kpinę. Temu napięciu trzeba sprostać, przeciwstawiając mu skupienie, mobilizację, a tego dziewczyna nie chciała ani nie mogła. Dlatego tkwiła w milczeniu, nie odpowiadając na natarczywe pytanie Nicole. Przypatrywała się bezwiednie fragmentowi sypialni oświetlonej stojącą lampą i wspartemu o ścianę holu lustru, które odbijało fragment tarasu z rozmytą, nieruchomą sylwetką starca zapatrzonego w morze.

Eunice wspierała podbródek na szerokim, prawie męskim barku Nicole, a jej ręka zwisała martwo z poręczy łóżka.

– Komu chcemy się tak podobać? Dla kogo jesteśmy takie kobiece? Dla kogo jest twoja młodość i moja dojrzałość? Komu to wszystko niesiemy?

– Im – wyszeptała po długiej chwili Eunice.

– Komu?

– Mężczyznom – odpowiedziała głośniej dziewczyna, lecz równie głucho i równie tępo jak wtedy, gdy odpowiedziała ciszej.

Nicole dłonią zamknęła jej usta. Dziewczyna odchyliła głowę i obraz w wysokim lustrze zniknął jej z oczu.

– La Nunzio – wyszeptała przez palce Eunice.

– La Nunzio? – Nicole przysunęła policzek do policzka Eunice. – La Nunzio jest równie młody i piękny jak ty. Jego uroda mu wystarcza. Nie potrzebuje twojej. Dla Belona? Urządza wielkie przyjęcie w Antibes. Wiesz, kogo oczekuje? Mego męża. Jesteśmy oczywiście na nie zaproszone, ale on czeka na niego.

Eunice odpowiedziała martwo:

– Właśnie o nim myślałam.

– O Belonie?

– Nie, o pani mężu.

Nicole parsknęła śmiechem, opierając się plecami o masywną ramę łóżka.

– Daj spokój, Eunice. Daj spokój. On nic z tego nie rozumie. Jest głuchy jak pień, ślepy jak kret, żywy jak

kamień. Wieczór, noc, świt. Woda, piasek. Nastrój, zapach, smak. To są tylko słowa. Zapewniam cię, że nic
za nimi nie stoi. Ty też jesteś tylko słowem... Więc dla
kogo? Powiedz!

Dziewczyna milczała. Znów widziała odbicie tarasu w lustrze, ale brakowało starca, jakby słowa Nicole
zmiotły go lub rozpuściły w szarości nocy.

– Powiedz mi, Eunice – zapytała strapiona Nicole –
czy spotkałaś wśród nich kogokolwiek, dla kogo warto być
tak młodą i ładną jak ty? Czy to nie trafia w jakąś choler-
ną pustkę, by w mgnieniu oka przeminąć?

Dziewczyna skostniała w milczeniu, które miało
niewiele wspólnego z namysłem, nic z uporem, a wiele
z bezsilnością. Odpowiedziała tak cicho, że Nicole poprosiła ją, by powtórzyła.

– Więc wiesz – skonstatowała Nicole, gdy dziewczyna powtórzyła, że nie wie.

Nie podnosząc głowy, Eunice dostrzegła kątem oka
lustrzane odbicie zawstydzonej i odmłodzonej twarzy
starca, odwróconego teraz plecami do morza, i w przy-
pływie zwierzęcej siły umknęła półnaga w mrok sypialni,
a potem, przez werandę, w mrok nocy.

Była jak gazela, przestraszona tym, że przestraszona.

III

Znowu świt.

Przejrzystość powietrza, wytracającego z chwili na
chwilę nocną wilgoć, już skrystalizowana. Zapach morza w odwrocie.

Starzec w fotelu, przy otwartym oknie, nie robił wrażenia człowieka, który wstał właśnie, ale raczej takiego, który się jeszcze nie położył.

Satynowy fular rozkwitł mu już zupełnie pod nieogolonym podbródkiem. Doprawdy zdziwił się samym sobą, gdy wczoraj, tuż przed północą, zacisnął artretyczne palce na szyi żony, wduszając jej twarz w poduszkę. Zdziwił się i zachwycił. To pierwsze z powodu pokory hardej zwykle, nieskorej do uległości Nicole, to drugie z powodu własnego męstwa, gdy dwukrotnie wyskandował: Za-bra-niam! Za-bra-niam!

I gdy po dobrej, naprawdę dobrej chwili zwolnił uścisk, pozwalając żonie obrócić się na plecy, i gdy ona rozłożyła długie, zgięte w kolanach nogi, a jej odkryte piersi uniosły się i opadły w rytm, nie będzie tego ukrywał, nieco błazeńskiego podniecenia, a on wszedł w drzwi, nie odwracając głowy, jego podejrzenie, że nie osiągnął jednak przewagi, jakiej oczekiwałby po początku tej sceny, rozwiał przegrany głos, jakim Nicole zadała mu pytanie:

– Co traci znaczenie wobec choroby, cierpienia, starości?

Jeszcze dwa dni temu, ba, nawet wczoraj odpowiedziałby, że wszystko.

A dzisiaj... pokój gościnny na parterze z wyjściem na patio. Przez uchylone skrzydło drzwi wpadło ranne powietrze z zapowiedzią upału.

La Nunzio obejmował muskularnym ramieniem nagie ciało Eunice, biorąc je pod siebie władczym, samczym gestem. Dziewczyna, zawieszona między snem a jawą, obróciła się na bok, wymykając się młodemu mężczyźnie. Spotęgowało to jego ochotę, ale opór dziewczyny był bardzo wyraźny.

Uległa sztywna, milcząca, nieobecna.

La Nunzio wstał z łóżka, opasał biodra ręcznikiem i wybiegł na patio. Wskoczył do sadzawki. Chłodził się wodą, robiąc przy tym sporo rabanu. Kilkakrotnie okrążył patio tanecznym krokiem, po czym stanął przed szklanym skrzydłem drzwi, przypatrując się odbiciu swej apolińskiej sylwetki. Napawał się sobą. Moc młodości dominująca wszystko.

Zazdrość, z jaką starzec obserwowałby z okna gabinetu piętro wyżej ten popis, byłaby proporcjonalna do własnej niemocy. Młody pisarz, ugodzony zawiścią zwinąłby się i podnosząc wzrok, spojrzałby z zawstydzeniem na świadka swej usprawiedliwionej, ale gówniarskiej radości.

Tak byłoby jeszcze wczoraj. Dzisiaj natomiast młody pisarz parsknął śmiechem, kiedy unosząc wzrok, zobaczył starego pisarza, przeciągającego się i napawającego sobą przed otwartym skrzydłem okna w gabinecie, a potem zaraz spoważniał, jak gdyby pomyślał, że apolińskie odbicie jest złudzeniem, a prawdą jest to, co zobaczył w swojej szybie stary pisarz w jego, młodego pisarza, imieniu. Być może tak sobie La Nunzio pomyślał, kiedy spoważniał.

Diabli wiedzą natomiast, co starzec ujrzał w odbiciu swego okna, może młodość, urodę i zdrowie, śniące mu się dwa dni temu po raz ostatni. Ale mina, z jaką nie odstępował od ciemnej szyby, nasuwa podejrzenie, że nie przypatrywał się czemuś, czego mógłby się spodziewać.

Przedpołudnie, znowu.

Taras kawiarni nad pustym kortem.

Starzec heroicznie utrzymywał elegancję, wytworność, *noblesse*. Jeden nieopatrzny gest, niedogolony policzek, zmarszczka na spodniach, smużka brudu na koszuli i cała wysilona elegancja osuwa się w zaniedbaną starość. Trzeba mieć ją nieustannie na oku. Męczy to, ale i hartuje.

Przepasany kitlem kelner podał gin z tonikiem.

– Dziękuję, Simon – rzekł starzec. Chciał dodać coś jeszcze, ale jego uwagę zwróciło trzech mężczyzn zajmujących sąsiedni stolik. W jednym z nich rozpoznał Belona. Mężczyźni zamówili piwo i kanapki.

Kelner postawił deskę, ciemny chleb, oliwę, obrane ząbki czosnku, grubą sól i garść orzechów w fajansowej czarce.

Starzec przypatrywał się wprawie, z jaką mężczyźni nasączali miąższ chleba oliwą, jak drobili czosnek, rozsypując go na kromkach, jak miażdżyli orzechy w palcach, wyłuskując je z łupin, i dekorowali nimi kanapki, by posypać to jeszcze grubą warstwą szarej soli, i jak milcząc, delektowali się smakiem tego plebejskiego jedzenia.

Marc Belon wyróżniał się nie tyle wyglądem, wszyscy są młodzi, ciemni i posępni, ile szczególnym apetytem, wolnym jednak od zachłanności.

Starzec nie mógł oderwać od niego wzroku. Uwagę przykuwały ręce gangstera: kształtne, zręczne, kruche, jakby z innego ciała, z podkówkami brudu pod paznokciami.

W pewnym momencie Belon przerwał jedzenie w pół kęsa, odwrócił się do starca i wskazując deskę z okruchami chleba i plamami oliwy, zachęcił:

– Monsieur...

Zawstydzony swoim wścibstwem starzec odmówił gestem dłoni.

Pochylił się nad swoją wysoką szklanką, udekorowaną, jak zawsze, plasterkiem cytryny, wbitym na jej krawędź.

Po kwadransie trzej mężczyźni zostawili na stoliku plik zmiętych banknotów i wyszli.

Kryjąc się w cieniu markizy, gangster odwrócił się i przeczuwając, że stary człowiek ogląda się za nim, zasalutował do marynarskiej czapki, zsuniętej łobuzersko na czoło.

Starzec zerwał się młodzieńczo z krzesła. Za żywiołowo, za gwałtownie, chciałoby się powiedzieć za czule jak na sytuację i, przede wszystkim, na siebie. Zaskoczony swoją reakcją, warknął:

– Marco!

– Pan mnie wołał? – zapytał kelner.

– Nie, Simon – odpowiedział starzec i przypominając sobie, o co chciał go zapytać przed przyjściem mężczyzn, rzucił:

– Wiesz, kim jest Marc Belon?

– Wszyscy to wiedzą, proszę pana. – Kelner pochylił się nad siedzącym, składając opalone dłonie na kitlu.

– A ci dwaj, którzy mu towarzyszą?

– To Jugole.

– Kim są dla niego?

Kelner odpowiedział tak, jakby wiedział:

– Tego nie wiem, proszę pana.

Chyba dostrzegł czułość w oczach starszego, dystyngowanego pana, stałego klienta, którego na swój sposób lubi i któremu się na swój sposób zawsze trochę dziwi, gdy dodaje z kelnerskim uszanowaniem:

– Zaraz będziemy zamykać, proszę pana. Południe.

Starzec wstał młodzieńczo zza stołu, oparł się na lasce i odsunął wyplatane krzesło.

Był podniecony. Męcząco podniecony.

Tak w pół drogi między kawiarnią a domem spotkał go Przybysz.

Zauważył pewną ostentację w zachowaniu starca, gdy z obrośniętego dzikim winem zaułka wyszedł mu naprzeciw. Starzec ucieszył się na widok Przybysza. Potrzebny mu był w tej chwili kontakt z kimkolwiek. Poza tym, chroniąc się w cieniu kamiennego muru, pomyślał, że brutalne i idiotyczne zniknięcie tego miłego, kulturalnego człowieka, może i korespondujące z nastrojem jego dziwnej wizyty, nie powinno być jednak skwitowane stwierdzeniem: A to ci historia.

Miał poczucie winy wobec Przybysza.

Zawołał żartobliwie:

– Właśnie przyśnił mi się pański kapelusz, Madonachu. Drzemałem na tarasie kawiarni i przyśnił mi się pański kapelusz.

Przybysz zdjął z głowy płócienną panamę i obracając jej rondo w palcach, odpowiedział, że nie miał wyboru. Słońce jest za mocne.

– Kupił go pan w Antibes? – zapytał starzec, oglądając twarz i łysiejącą czaszkę Przybysza, ale nie znalazł na nich śladu gwałtu, jaki mu niewątpliwie wczoraj zadano.

Przybysz odpowiedział, że nie jeździłby tak daleko po kapelusz.

– Czy to letni stetson?

– Nie sądzę – odpowiedział Przybysz, zaglądając pod czarną taśmę.

– To jest stetson – starzec pokazał swój elipsoidalny kapelusz z głębokim denkiem.

Przybysz podszedł całkiem blisko.

Rzekł z roztargnieniem:

– Dostrzegam różnicę.

Starzec poinformował go, że swój kapelusz dostał na imieniny od żony.

– Pani Nicole – powiedział Przybysz chłodno – to bardzo... zacna osoba.

– Zacna? – Starzec się roześmiał. – Powtórzę jej to.

Wtedy Przybysz złożył dłonie i wyprostowanymi palcami dotknął ust, jak czynią to czasami osoby duchowne, dając znak, że to, co mają do powiedzenia, jest ważniejsze, niżby się wydawało. Skupił się, chwilę krygował, zadał sobie wyraźny ból, w końcu spotkanie było przypadkowe, i pokornie poprosił mistrza, by ten nie odmawiał przybycia na dzisiejsze przyjęcie w Antibes.

– Do tego rzezimieszka? – zapytał starzec i zaraz pomyślał, że określenia rzezimieszek użył z rozpędu, że ani razu nie przywołał tego słowa, gdy przed kilkunastoma minutami przyglądał się posępnej twarzy Marca Belona.

348

– Dla niego – powiedział z bolesnym napięciem Przybysz.

– Cały czas nie wiem, w jakim celu pan przyjechał? – zapytał po dobrej chwili starzec, zainteresowany nie tyle prośbą Przybysza, co napięciem, jakie się pod nią kryło.

– Jest cel pośredni i bezpośredni – odpowiedział Przybysz.

– O jakim rozmawiamy?

– Kiedy, mistrzu?

– Teraz.

– Teraz rozmowa nasza prowadzi ku celowi bezpośredniemu.

– Czy ten jest ważniejszy?

– Nie.

– Więc odmawiam tym bardziej.

– Ale drugi wypływa z pierwszego – wyjaśnił prawie szeptem Przybysz, po czym nie głośniej dodał: – Sytuacja uległa jednak zmianie.

– Kiedy? – zapytał równie cicho starzec.

Przybysz odpowiedział, że wtedy, gdy mistrz pozwolił go potraktować w sposób, na jaki nie zasłużył.

– Wczoraj wieczorem, na tarasie?

– Na tarasie, wczoraj wieczorem – odpowiedział Przybysz.

– A cóż ja mam z tym wspólnego?

Przybysz obrócił twarz ku uliczce obrośniętej gęstym dzikim winem, opuścił bezwolnie dłonie i rzekł tonem, którym nie mówi się tego, co się powinno powiedzieć.

– W zasadzie lub, jeżeli łaska, z zasady nie chowam urazy. Choć…

– Tak?

– Choć miałbym prawo liczyć... Wie pan, mistrzu, coś nas łączy, inteligentów, po tej i po tamtej stronie...

– No, no?

– Niezależnie od...

– Co? Solidarność? Jakaś solidarność?

– Której wczoraj w pańskim domu, mistrzu, zabrakło.

– To nie jest fałszywy pogląd, Madonachu – rzekł starzec, niezawstydzony swoją zgodą.

A Przybysz, pilnując, by nie dać starcowi szansy na skręcenie ku sarkazmowi, ironii i kpinie, przyoblekać się począł w nieznośne dostojeństwo. Ale sobacza gorliwość tej zmiany, jej przypochlebność, zmiotły w chwilę wszystką intencję, pozostawiając nadętą, opustoszałą, bezużyteczną zewnętrzność.

Śmiech pusty, niemiłosierny zadudnił w starcu młodością. Nie on, lecz ona dotknęła Przybysza boleśnie. Ostatecznie spodziewać się mógł wszystkiego, lecz nie młodości. Ze starością miał szansę, z młodością żadnej. Na młodość był nieprzygotowany, podobnie zresztą jak starzec, który nie mógł zrozumieć, gdzie podziały się jego maski.

Bliski prawdy byłby pogląd, że obydwaj dali się podejść, o ile jednak przed starcem była przyszłość, to Przybysz ujrzał tylko to, co pozostawił. Nie mógł się więc nie cofnąć. Uczynił to i automatycznie podjął decyzję. Jak nikt był w tym zaprawiony. Podejmować je było mu łatwiej, niż się przed podejmowaniem powstrzymać. Skonfrontowany z niespodziewaną młodością starca, wobec niej bezbronny, nie znalazł w sobie męstwa, by się postawić decyzji, która się pojawiła natychmiast z tą swoją kurewską usłużnością. A była ona jak drut, prosta i ostateczna, bo o życiu i śmierci, jak wszystkie jego dotychczasowe decyzje; na rzecz śmierci.

Gdyby się nie cofnął, to może by jej poniechał, ale się cofnął, więc zapadła jak stalowa kurtyna, oddzielając na zawsze jedno od drugiego, bez połowy drogi, której Przybyszowi tak bardzo brakowało na Południu.

———

Kiedy oglądał ciało Nicole, czuł ten sam podziw, a do niedawna męczącą zazdrość, z jaką przypatrywał się młodości La Nunzia, Eunice, a ostatnio gangstera Belona. Nicole nie jest już jednak tak młoda, jest jego żoną i miałby może prawo, w jakiejś ograniczonej mierze, traktować jej ciało jak własne. Nigdy sobie jednak tego prawa nie przyznał.

Właśnie kontemplował linię kręgosłupa od karku z wysoko upiętymi włosami do miejsca, w którym przesłonięte ręcznikiem, zarysowują się jędrne pośladki. Tu jego wzrok się zatrzymał, jakby spłoszony własnym zuchwalstwem, a wyraz twarzy oddał zadziwienie nieprzemijającą doskonałością tej konstrukcji.

– Przeszkadzasz mi – powtórzyła Nicole.

———

Popołudnie.

Łazienka Nicole. Mydła, szampony, kremy, perfumy, stos kolorowych ręczników, płaszcze kąpielowe. Na bidecie żurnal w lakierowanych okładkach.

Rozrzutna kobiecość.

– Kiedy wychodzisz? – zapytał starzec.

– Za godzinę – odpowiedziała Nicole, obrysowując szeroko otwarte oko.

– Zabierasz auto?

– Naturalnie.

– To ładna droga.

– Owszem.

Starzec przeszedł przez łazienkę w tę i z powrotem. Machinalnie przestawił coś na półce pod oknem. Przymierzył aparat do masażu. Przekartkował żurnal. Znów stanął za smagłymi plecami żony, tak by widzieć odbicie jej twarzy w lustrze, i rzekł półgłosem:

– Miałem sen.

– Tak? – Nicole obrysowywała drugie oko.

– Wczoraj w południe. Albo dzisiaj w kawiarni. Nieważne. Tak czy owak, na tarasie. Wiesz, Nicole… przyśniło mi się, że…

– Możesz mi to opowiedzieć jutro?

– Nie. – Starzec cofnął się dwa, trzy kroki i opierając bark o ścianę, powtórzył: – Przyśniło mi się, że mam syna.

– To świetnie – odpowiedziała Nicole.

Wysunęła szminkę ze złotej oprawy i musnęła nią spierzchnięte od słońca i wiatru wargi. Zastanawiała się przez chwilę, opuściła dłoń ze szminką i wyprostowała plecy, nie odwracając się do męża.

– Co takiego?

– Przyśniło mi się, że mam syna – starzec zrobił jeszcze jeden krok w tył – i że jest nim…

Nicole parsknęła śmiechem. Starała się nad nim zapanować, ale bez powodzenia.

– Daj spokój – upomniał ją starzec. Zawsze bał się tego śmiechu.

Odłożyła szminkę i wspierając się dłońmi o umywalkę, śmiała się głośno, urągliwie, wulgarnie.

Starzec poprosił, by zamilkła, ale Nicole, nie przestając się śmiać, stwierdziła, że to bardzo, bardzo dziwny sen.

– Dlatego ci go opowiadam. – Starzec, skonfrontowany z brutalnością i kpiną, podniósł głos tak, jak to czynimy, gdy czujemy się bezradni. – Proszę cię, przestań, Nicole.

– Chryste! – Nicole śmiała się, tak jakby folgowała wszystkim śmiechom, jakie przez lata powstrzymywała.

Ten bezwstyd rozsierdził starca. Jego ręce, od barków do palców, wprawiła w ruch nieznana mu emocja.

Jej źródłem jest nie tylko lęk i wstyd.

– Ludziom śnią się różne niedorzeczności! – krzyknęła Nicole – ale, żeby… żeby… Jezu!

Nie była w stanie dokończyć zdania. Świeżo nałożony tusz spływał jej po policzkach wraz ze łzami.

Starzec nakazał jej natychmiast zamilknąć, ale to sprowokowało jeszcze większą wesołość, rozpiętą między nieposkromionym rozbawieniem a histerią.

Protest męża jej nie powstrzymał, ale uderzenie otwartą dłonią w twarz zrobiło swoje. Zdziwiona i nagle niema odwróciła się i przez tusz spływający wraz ze łzami zobaczyła, jak nie mniej od niej zdziwiony starzec próbuje opanować nagły atak duszności.

Bez powodzenia.

Nicole zarzuciła płaszcz kąpielowy i wybiegła z łazienki.

Chwilę potem była w pokoju męża.

Zabrała buteleczkę z gęstą miksturą, fiolki i zastrzyk. Wracając biegiem do łazienki, spotkała Eunice. Poprosiła, by jej pomogła. Obydwie pochyliły się nad mistrzem wspartym ramieniem o seledynową glazurę, z nogami bezwładnie podwiniętymi pod siebie, jak to się dzieje, gdy się człowiek bezwładnie osuwa. Nicole wlała do szeroko otwartych, łapiących powietrze ust zawartość buteleczki.

Podniosła brodę męża i lekarstwo spłynęło mu do gardła. Potem obnażyła mu przedramię i wprowadziła igłę do żyły. Była rzeczowa, spokojna i sprawna.

– Co się stało? – zapytała Eunice. – Co to jest?

– Trzymaj mu głowę wyżej – rozkazała Nicole i pochylając się do ucha dziewczyny, dodała szeptem: – Starość.

Eunice ze współczuciem i obrzydzeniem patrzyła na mistrza łapiącego powietrze jak karp. W miarę jak on dochodził do siebie, obrzydzenie brało górę.

– Teraz zostań z nim chwilę – poleciła Nicole i wyszła z łazienki.

Leżący oddychał z każdą chwilą łatwiej i głębiej. Uspokajał się. Powiedział:

– Wczoraj na tarasie przyśnił mi się sen.

Dziewczyna, niepomna prośby Nicole, wypuściła głowę leżącego ze swoich dłoni i szczęka starca opadła. Eunice starała się zdobyć na jakiś samarytański gest, ale wszystko, co mogła, to się nie odsunąć.

– Proszę nie mówić, to męczy.

Starzec uniósł się z mozołem na łokciu, wyprostował na podłodze ani trochę mniej bezsilne nogi, oparł plecy o ścianę.

– Śniło mi się, że mam syna ze Stefanią Herrez.

– Kim jest Stefania Herrez? – zapytała Eunice, zapominając, że przed chwilą prosiła starca, by milczał.

– Dziewczyną, którą zapamiętałem na całe życie – odpowiedział wzruszony. – Wiele lat temu nie chciałem lub nie potrafiłem jej posiąść. Ona jednak uwierzyła, że tak się stało i opowiedziała pewnym ludziom, że syn, którego poczęła, to mój syn.

Spróbował wstać. Dziewczyna go powstrzymała.

– Przypominasz ją, Eunice – powiedział po chwili, jakby od niechcenia. Ale to tak nie zabrzmiało. Jeśli kiedykolwiek, cokolwiek udało mu się zrobić serio, to to, co powiedział dziewczynie.

Kilka minut potem ruszyli korytarzem do krętych schodów. Eunice zapytała, dokąd chce iść, a on odpowiedział, że do siebie.

Pokonali schody i dziewczyna wprowadziła starca do gabinetu. Pomogła mu się wyciągnąć na szezlongu. Ułożyła poduszki pod głową. Zdjęła mu buty. Rąbkiem sukienki wytarła kąciki ust. Podała proszek. Napełniła szklankę wodą z karafki i pomogła mu ją wypić.

Opuściła żaluzje.

Wychodząc, zauważyła brulion ciśnięty w kąt gabinetu. Podniosła go i wygładziła pogięte kartki. Skrupulatnie ułożyła go na środku biurka, obok kałamarza i parkera ze złotą stalówką.

Znieruchomiała na moment. Pochyliła się nad leżącym. Rozpięła mu pasek w spodniach.

Rozwarła palce i wsunęła w rozporek. Potem podniosła sukienkę nad uda i dosiadła mistrza oszołomionego sytuacją i swoją nieoczekiwaną, a może przeciwnie, długo oczekiwaną gotowością.

Starzec zamknął powieki, jakby znów zamierzył śnić swój ostatni sen.

———

Późne popołudnie.

Pokój gościnny na parterze. La Nunzio przymierzał krawaty do białej koszuli, ładnie kontrastującej z opalenizną.

Łatwego wyboru nie miał, bo krawatów było kilkanaście.

Eunice, przycupnięta na brzegu fotela, przypatrywała się męskiej celebrze. Nieumalowana, pobladła twarz, gładko zaczesane włosy, surowa linia ust nadały jej twarzy jakiś zakonny wyraz. Jakby zdrada sprzed chwili uczyniła ją dojrzałą, pozbawiając raz na zawsze radosnej dziewczęcości.

Zmiana była tak wyraźna, że tylko narcyzm La Nunzia nie pozwolił mu jej dostrzec.

– Pośpiesz się – powiedziała sennie Eunice. – Nie wypada, żeby pani Nicole na nas czekała.

Sama jednak nie wstała z brzegu fotela ani nie zrobiła żadnego gestu.

Naznaczona występkiem. Nie tak ładna, nie tak ładna.

Nie do wiary, po prostu, ale nie tak ładna, żywiołowa, dziewczęca, jakby wstrzyknięty jad starości krążył w niej i krążył, z każdym nawrotem pokonując młodość, niedojrzałość, ufność.

Surowość dziewczyny nie brała się z tęsknoty za utraconym blaskiem, bo być może za młoda była, by go w sobie rozpoznać, a jeżeli rozpoznała, to za głupia, by z tego blasku uczynić oręż, tylko z poczucia zwycięstwa, które, jak wszystkie zwycięstwa, przynosi rozczarowanie.

Patrzyła na patio wzrokiem starej dziwki, która nie ma złudzeń, nieważne, czy grzechu dopuszczała się dzień po dniu, czy raz, na sakramencki skrót.

Nabrzmiałe wargi dziewczyny bladły, wiotczały.

Soki w niej schły.

———

Ten sam czas, dwa piętra wyżej.

Starzec wyciągnął się nonszalancko w fotelu, z bosą nogą opartą o parapet okna, z papierosem w ustach. Na skraju biurka prostokątne pudełko gitanes'ów, srebrny ronson i kieliszek sherry.

Do środka zaglądnęła Nicole.

Skruszona, ale tak sobie.

– Jak się czujesz? – zapytała głosem wysokim, choć głuchym.

– Znakomicie – odpowiedział starzec. – Jakbym już nie żył.

– Nie błaznuj – upomniała go Nicole – jest mi przykro. Przepraszam cię.

Nie widać jednak, by było jej przykro. Wytworna, zrobiona, rozświetlała ją nadzieja na przygodę, jaką dostrzegamy czasami w spojrzeniu, intonacji i gestach kobiet, mających prawo się jej spodziewać.

– Postaram się wrócić zaraz po północy – odezwała się głosem, który niczego nie obiecywał. – Ta mała i La Nunzio będą się bawić pewno do rana.

Starzec poradził jej, by zrobiła to samo. Nicole zapytała, czy jest pewien, że może zostać sam.

– Jasne – odpowiedział pogodnie. – Nic mi nie brak.

– Mogłabym poprosić Simona, żeby do ciebie zajrzał.

– Daj spokój.

– Tak czy owak, wrócę na pewno przed świtem.

– To nie jest konieczne.

– Gdyby pan Belon pytał dlaczego…

– To powiesz mu ode mnie coś miłego.

Nicole obróciła się wokół siebie, w tę i z powrotem.

– Jak wyglądam?

– Znakomicie – pochwalił ją starzec.

Jego ton był pełen nonszalancji, której Nicole nigdy wcześniej w takich sytuacjach nie odczuwała. Zauważyła też coś innego. Może nie w mężu, ale w nastroju. A może zauważyła to wcześniej, zaraz po wejściu do gabinetu, ale dopiero teraz to w niej dojrzało.

I ją zaniepokoiło.

Zaczęła się więc rozglądać. Wiatr łapać, jak zwierzę czujące obcy zapach. Spojrzała na papierosy, zapalniczkę, kieliszek sherry. Dotknęła mebli i sprzętów, sprawdzając, czy i one się zmieniły.

Rzekła, przeciągając słowa:

– Więc sądzisz, że…

– Najzupełniej – uciął starzec. Błysnęły mu oczy. Jak na zmianę.

– Najzupełniej?

Potwierdził skinieniem głowy.

Nicole wyszła z ociąganiem. Była za progiem, gdy Nikorowicz ją zawrócił.

– Tak? – podbiegła do fotela. Zdradzona; wiedziała o tym.

Starzec uśmiechnął się szelmowsko, jak robią to czasami chłopcy, gdy zamierzają wyciąć jakiś numer.

– Wszystko w porządku, Nicole.

Patrzył na żonę charakterystycznie zmrużonymi oczami. Usta jego ułożyły się w wyraz kpiny, po raz pierwszy w życiu wobec siebie. Jest w tym męskość uwodzicielska, nieupozowana, absolutna. Z niczym mu tak nie do twarzy. Nicole pochyliła się i namiętnie pocałowała go w usta.

– Mogłabym zostać – wyszeptała.

– Nie bądź nudna, Nicole – rzekł, odchylając głowę, jakby ten pocałunek był mu niemiły.

– Mogłabym...

– Daj spokój.

Wybiegła z gabinetu, nie zamykając za sobą drzwi. Słychać było jeszcze stukot jej wysokich obcasów na schodach i trzask zamykanych drzwi.

Starzec utopił niedopałek w jakiejś butelce z lekarstwami.

———

Nicole, Eunice i La Nunzio przeszli w milczeniu przez otoczony kamiennym murem wirydarz oświetlony pochodniami, na którego końcu gra muzyka i słychać gwar rozmów.

Renesansowa willa z tarasowymi ogrodami schodzącymi do morza, choć od pewnego czasu nazywa się Pornografia, nie sprawia wrażenia rozebranej czy tym bardziej nieprzyzwoitej.

Przeciwnie, żadna orgia, żaden skandal, żadne bezeceństwo nie były w stanie wytrącić jej z dystynkcji. Wiele widziała, nic jej nie zdeprawowało. Nawet prostacka, pozbawiona stylu i sensu nazwa.

Sądzić należy, że rozmyślając o tej niestosowności, ubrany w strój lokaja Przybysz trącił niechcący Nicole w ramię, spod którego wypadła mała, czarna torebka.

– To bal maskowy? – zapytała Nicole, podnosząc ją z kamiennej posadzki.

– Tylko dla nielicznych – odpowiedział cicho Przybysz, z tą konfidencją, która dziwiąc i irytując w ustach wysoko postawionego funkcjonariusza, jest naturalna w ustach lokaja. – Między nami mówiąc – dodał – ukrywam się.

Na rękach ma białe rękawiczki, na nogach lakierki, na ramionach tużurek, a pod szyją czarną muszkę. Rozkwitł w tym stroju, nabrał brakującej mu właściwości, lokajskiej uniżoności i lokajskiej dumy. Chód ma zręczny, ruchy powolne, lecz pewne.

– Przed kim? – obojętnie zapytała Nicole.

Odpowiedział, że przed niebezpieczeństwem, które choć nie zagraża w tym samym stopniu mistrzowi, co jemu, to nie jest przez to ani trochę mniej złowieszcze.

– Wystąpiłem o azyl – dodał poufnie.

– Tutaj? We Francji?

– To była decyzja o szybkości błyskawicy, którą, nie będę ukrywał, cały czas jestem zaskoczony.

– Wątpię, panie...

– Madonach – przypomniał Przybysz.

– Więc wątpię – powtórzyła Nicole i ruszyła długim

krokiem modelki, a wysokie obcasy jej butów zastukały rytmicznie o kamień.

– Tylko dwa słowa… – zabiegł jej drogę Przybysz – czy mistrz…

– Źle się poczuł, ale jest pod opieką.

– Chciałbym w takim razie…

– Wykluczone! – ucięła Nicole, może tylko dla satysfakcji, jaką dała jej ta chwila przewagi.

Weszła w gwar rozmów, muzykę, ciżbę eleganckich, pachnących ludzi, rozświetlona nadzieją, uśmiechnięta, sama będąca tą elegancją, tym zapachem, tą muzyką.

A mimo to, jak efektowna by była i przejrzysta, od dziś upokorzona. Jak Eunice okradziona z młodości. A co do niej, to z rozpędu wpadła za Nicole, lecz na skraju najwyższego tarasu zatrzymała się, jakby zamierzyła wrócić w ciszę i chłód wirydarza.

Smagła ręka Nicole sięgnęła po szklankę whisky z grzechoczącymi kostkami lodu. Miarowo zbliżał się do niej gangster w kremowym smokingu.

Przybysz wspiął się na palce i obserwował płonącą się z każdym krokiem gangstera coraz bardziej Nicole.

– Zajdę, kurwa, do niego – wyszeptał do siebie, a widząc gotowość urodziwej kobiety na chwilę przed pierwszym powiewem starości, dodał półgłosem, po lokajsku: – ty suko.

———

Był przygotowany na to, że zaraz wejdą i przedłużająca się chwila, kiedy nie wchodzili, była okropna. Stanowczo chciał mieć to już za sobą.

Siedział na odkrytej werandzie, pochmurnego ciężkiego dnia u schyłku lata, przy olbrzymim stole, z którego służba zabrała już prawie wszystko, pozostawiając mu tylko jeszcze dzbanek z kawą, nadjedzone jajko, żytni chleb, masło w kamiennej czarce i rozpaćkany na spodku miód, atakowany przez osy.

Od rana zanosiło się na deszcz i tak, w tym oczekiwaniu, dzień dobiegł już prawie południa. Wszyscy późno skończyli śniadanie tej niedzieli. Potem ojciec pojechał linijką na rżyska, matka poszła do swoich domowych zajęć, siostra brzdąkała jakieś Szopenowskie preludium w salonie, a on jak zawsze spóźniony, a więc jak zawsze ostatni, biedził się nad posiłkiem.

Nik i Tunio nie nadchodzili. Może nie przyjechali, może matka coś pokręciła, jak zwykle. Nie słyszał też chrzęstu automobilowych gum na żwirze podjazdu, a z werandy zawsze go słychać. Nie wybrali się chyba piechotą?

Właśnie to sobie pomyślał, że nie przyszliby z miasta piechotą, wstał więc od stołu, nie kończąc nadgryzionej kromki chleba, skropionej miodem, gdy usłyszał zawsze podniesiony i nieco piskliwy głos Nika:

– Nic się nie zmieniło, mój mały!

Zaraz potem tubalny głos Tunia, gdy zaszedł go z boku i zasunął kułakiem między żebra:

– Guzdrzesz się jak zawsze, synu.

Tunio był atletycznym blondynem w drucianych okularach, zakładanych głęboko za uszy. Nosił zawsze zmięte tweedy i rozchełstane koszule. Dandys wytworny i nonszalancki, ze spalonymi na ciemny brąz rękami w otchłannych kieszeniach spodni.

Grzmotnął go w plecy, gdy po raz drugi powiedział: Guzdrzesz się jak zawsze, synu.

Ostentacyjnie się zaśmiał, choć wcale go to nie ubawiło, i żeby zmienić temat, który nie zapowiadał nic dobrego, wbił wzrok w charcią sylwetkę Nika, opiętego kawaleryjskim uniformem. Zapytał z głupia frant:

– Jesteś w mundurze?

Nik zapytał, czy tego nie widać. Strzepnął jakiś niewidzialny pyłek z rękawa. Zakręcił się, zaszwoleżerował, strzelił podkutymi obcasami butów.

– Tak, mały, jestem w mundurze naszego pułku. Wczoraj fetowaliśmy jego święto.

Zgrabnie usiadł na jednym z trzcinowych foteli, odsuwając go jednocześnie od stołu, i założył nogę na nogę. Bryczesy naprężyły się na jego żylastym udzie. Zaczął obracać w palcach papierosa w bladej bibułce, a drobinki tytoniu sypały się na posadzkę.

– Swoją nieobecnością, mój mały – rzekł, zaciągając się dymem – sprawiłeś ojcu wielką przykrość. Cokolwiek było jej przyczyną. Zrozummy się dobrze; cokolwiek. Tunio świadkiem, jak bardzo pułkownik dopytywał o ciebie, jak bardzo ojciec się silił, by zbagatelizować twoją nieobecność, i jak bardzo był w tym nieprzekonujący. Pułkownik współczuł mu wraz z resztą oficerów.

Tunio nie przestawał się uśmiechać i spacerować.

– Bogiem a prawdą, w pysk ci się za to należy, synu.

Kuląc się za stołem, poprosił o papierosa. Nik podsunął mu otwartą papierośnicę i jak gdyby nigdy nic, opowiedział, że po święcie pułku pojechali do Rity Durani.

– Zabraliśmy ze sobą Miecia Nikorowicza – wtrącił Tunio, spacerując wokół stołu z rękoma w kieszeniach tweedowych spodni. – Znasz Miecia, synu? Słyszałeś o nim?

Pokiwał w odpowiedzi głową i znów zaśmiał się ostentacyjnie, a potem zapytał, choć nie interesowało go to zupełnie:

– Czy ona nadal rysuje?

Nik krzyczał w odpowiedzi, że okropność. Konceptualizm jakiś, strukturalizm, kubizm, sobacza ich mać!

– Choć sama Rita... – Tunio nie przerywał spaceru wokół stołu – sama Rita...

– Aaa! – krzyknął znów piskliwie Nik. – Wiedzieć ci trzeba, mój mały, co zdarzyło się potem!

Tunio zadudnił śmiechem, prosząc Nika o dyskrecję. Nik jednak okazał się oddanym kompanem, nie uległ faryzejskiej prośbie i wypaplał wszystko.

Pomyślał sobie, że nim papieros się dopali, on wstanie od stołu i wyjdzie, bez względu na reakcje tych dwóch młodych, wesołych i nienawistnych mu mężczyzn, ale papieros się spopielił, a on nie ruszył się z miejsca obezwładniony poczuciem niemocy, wstydu i winy.

I gdy teraz, pół wieku później, przypomniano mu sierpniowe przedpołudnie, nie mógł sobie uzmysłowić, co go powstrzymało przed obecnością na święcie pułku, dlaczego to nie on zerżnął Ritę Durani w złotym buduarze i co stanęło na przeszkodzie, by awanturować się z przypadkowym rotmistrzem u Werfla?

Dlaczego, u licha, w jego imieniu awanturował się

Miecio Nikorowicz, Ritę zerżnął Tunio Koziebłocki, a jego brat Nik popisywał się jeździeckimi sztuczkami przed kapryśną, znającą się na rzeczy publicznością?

Jaka fizyczna niemoc, jakie psychiczne ciemności, jaka duchowa nieokreśloność, jaki intelektualny przesąd mu to uniemożliwiły?

Czemu nie kochał psów, koni, polowań, kawalerii, braci, matki, ojczyzny?

Czyja podstępna przekora wystawiła go tak do wiatru? Kto pozbawił go cudów młodości, rodzinności, ziemiańskości, polskości?

Jaką przyjemność odnalazł w byciu na przekór temu wszystkiemu, co w głębi ducha było nim samym?

Zanurkował w sobie i w czasie, by wywlec tę przyjemność na światło i przyjrzeć się jej powabom, ale im głębiej nurkował, tym było puściej i ciemniej.

Aż na samym dnie tej ciemności usłyszał sapanie knura, czknięcie idące od jądra trzewi i ciężką rękę uderzającą o blachę. Ocknął się, otworzył oczy i na wąskim parapecie okna zobaczył przykuniętą postać ołowianego mężczyzny.

———

Chciał się cofnąć wraz z fotelem w głąb gabinetu, ale z niedowierzaniem stwierdził, że nie jest w stanie wykonać żadnego ruchu.

Nawet ręki podnieść.

– Co się dzieje? – zapytał łamiącym się głosem, mając wrażenie, że jego wargi są równie nieruchome jak reszta ciała, a głos dobywa się spoza niego.

365

– Wizyta – odpowiedział ołowiany mężczyzna, otrzepując ręce z kurzu. – Chałupa zamknięta na cztery spusty, wszyscy na przyjęciu, pomyślałem, że czujesz się pan samotny.

Bezceremonialnie obszedł gabinet. Wymacał meble. Przymierzył się do karabeli ze ściany. Przewertował brulion zapisany rozchwianym pismem. Przypatrzył się złotej stalówce parkera z kropelką atramentu na ostrzu. Kilkakrotnie pstryknął ronsonem.

– Z dobrego serca – dodał jowialnie, patrząc na starca z nieudawaną troską.

Gabinet wypełnił się zapachem gumna, skoszonej trawy, gorzałki, taniego tytoniu, spienionego końskiego kłębu, wytrawionych lejców, i jest to zapach, jeżeli nie dobry, to męski, jeżeli nie męski, to dworski, zapamiętany lub przeczuty.

– Pan naprawdę myślisz, że ja jestem ten łotrzyk, z tego… no, jak tam?

– Nie – odpowiedział starzec i przypomniał sobie, że właśnie ten zapach przyśnił mu się ostatniej nocy.

– To dobrze. – Ołowiany mężczyzna pochylił się nad nieruchomym starcem. – Bo nie jestem. Ale ten parch tak panu mnie przedstawił?

Starzec chciał to potwierdzić skinieniem głowy.

– No to nie ma go. Zginął, znikł, zapadł się pod ziemię. – Ołowiany mężczyzna uderzył się dłonią o rozsadzające nogawkę udo. – Przyszedł kwit z centrali, że teraz my. Przedtem oni, a teraz my. Jak to w życiu. A wiesz pan, kim ja byłem?

– Kiedy?

– Przedtem.

– Szoferem Madonacha.

– Eee... – Ołowiany mężczyzna machnął ręką i podszedł do lustra. Minęła dobra chwila, nim zapach, który mu towarzyszył, rozwiał się i osłabł, ale nim tak się stało, starzec wciągnął go z lubością w nozdrza.

Mężczyzna przyglądał się sobie z zadowoleniem. Powiedział, nie odwracając się do starca:

– Przedtem to ja byłem parobkiem z deszczu.

– Nie rozumiem. – Starzec nie usłyszał swojego głosu.

– Pięknym parobkiem, z którym rozmawiał przy bramie pański starszy brat, Nik.

Stanął tak, by starzec mógł widzieć z fotela jego odbicie w srebrnej tafli, i dodał z naciskiem:

– Tym parobkiem, którego zapamiętał pan na całe życie.

– To... to niemożliwe. – Starzec, choć nieruchomy, jest poruszony. – To pan byłby...

– Synem fornala Dygasia, który cugowe przeprzęgał, jak państwo do miasta wyjeżdżali. Imię moje Franciszek. Pan pamięta?

– Nie do wiary.

– Ano... – Mężczyzna pomacał się po połach marynarki; tak się sprawdza, czy to, co się sprawdza, jest na swoim miejscu.

– Co się z tobą działo? – zapytał starzec po dobrej chwili.

– To znaczy?

– Co było potem?

– Deszcz ustał. – Mężczyzna uśmiechnął się jowialnie

i odwrócił od lustra. – Co miało być? Życie, wojna, partyzantka. Potem władzę ludową żeśmy utrwalali... Co miało być? Życie było.

– Czego chcesz? – zapytał starzec, tknięty nagle złym przeczuciem.

– Niczego – odpowiedział przyjaźnie mężczyzna. – Tak przyszedłem, posiedzieć.

Zbliżył się do biurka. Podniósł fotografię w tekturowej ramce. Przypatrywał się twarzy chłopca z długimi włosami opadającymi na marynarski kołnierz.

– Laleczka – westchnął z nutą plebejskiej dobroduszności, której nieodgadniona intencja, bywa, że w ludziach próbujących ją zgłębić, budzi strach. – Byłeś pan jak laleczka. Napijesz się pan polskiej wódki?

– Słucham? – zapytał przywoływany do wspomnień starzec.

Mężczyzna wydobył zza pazuchy litrową butelkę z kawałkami laku na szyjce.

– Z gwinta, bo szkła nie widzę.

Nabrał potężny haust wódki, aż w gardle zadudniło. Otarł dłonią usta.

– Byłeś pan jak laleczka – powtórzył familiarnie – odwrotnie niż pański ojciec, któren był tęgi chłop. Pamiętam zimą, kończyliśmy nagonkę. Na śniegu leżą rzędem dziki, lisy, jenoty, a pański ojciec bije dłońmi o niedźwiedzią dachę i krzyczy: Bigos i gorzałka, panowie! Bigos i gorzałka!

Starzec odpowiedział cicho, z poczuciem winy wobec ojca:

– Nigdy nie byłem na polowaniu. Ale niedźwiedzią

dachę pamiętam. Wszyscy w okolicy mieli dachy, ale nikt niedźwiedziej.

W jego cichym głosie był ślad dumy.

– Ale pański brat Nik…

– Ksawer – podpowiedział starzec, nie otwierając oczu. – Nik strzelał rzadko.

– Może Ksawer – zgodził się ołowiany mężczyzna. – Kiedyś w czerwcu, na kaczkach, ja wyżły na linkach trzymam…

– Może się i napiję – przerwał mu starzec.

Mężczyzna podał butelkę. Starzec, przemagając obrzydzenie, upił łyk. Wódka wlała się do martwej krtani, jak do rury, a starzec nie miał wrażenia, że podniósł rękę do ust. Czyżby jego ruchy stały się tak lekkie, że ich nie czuje? Jak zdarza się to, gdy robimy coś w wyobraźni.

Przypomniał sobie ranek sprzed trzech dni, gdy zawieszony między snem a jawą skonstatował, że jego członki są tak lekkie, jakby ich nie było.

Ołowiany mężczyzna przysiadł na brzegu szezlonga pod ścianą.

– Jak się nazywał ten kuzyn… no, na cyngle?

– Tunio.

– Tunio? – powtórzył mężczyzna, jakby sprawdzał hasło.

– Tunio Koziebłocki.

– Nigdy nie zapomnę tego zapachu.

– Jakiego?

– Egipskich. – Ołowiany mężczyzna się rozmarzył. – Wieczór, mgły się ścielą. Od stawu chłód idzie, a pan Tunio egipskiego pali. Brat pana pyta, czemuż nie strzelasz, kuzynie? Ciąg za ciągiem bieży... A pan Tunio papierosa wskazuje i powiada: Najpierw obowiązek.

Starzec patrzył ponad czaszką nocnego gościa, porośniętą rzadkim jeżem, nieprzyprószonym nawet siwizną, i wyobraził sobie chłód od stawu, wieczorny opar podnoszący się znad tataraku i zapach wilgoci, podszytej roślinną zgnilizną i zastanawiająco cichy trzask dubeltówek, i skowyt wyżłów spuszczanych z linek.

Zapytał z ociąganiem:

– No... a jak tam...?

– Gdzie? – Mężczyzna usadowił się wygodniej na szezlongu, tak że jego plecy dotknęły ściany.

– No... w Sawczynie? Jak tam teraz?

– Iii... – Mężczyzna machnął ręką.

– Dwór?

– Szkoda gadać.

– Park?

– Wycięty.

– A rodzina? Ojciec mój? Matka? Bracia?

– No cóż... – Mężczyzna uśmiechnął się trochę ironicznie, trochę tajemniczo, trochę smutno.

– Tyle lat – westchnął starzec. Chciał opuścić głowę, ale tkwiła jak w imadle.

– A co tam – westchnął mężczyzna.

– Właściwie...

– No.

– Chciałbym...

– A po co?

– Tak jakoś...

– Po co? Po co?

Mężczyzna odbił się plecami od ściany i położył dłoń na kolanie starca.

– Po co to panu?

Szerokim gestem wskazał przestrzeń wokół siebie, przeciwstawiając starczemu kaprysowi całą bajecznie piękną, rozjarzoną słońcem, chłodzoną nocą rzeczywistość, z jej czystością, lazurem, szumem morza, z jej górami, kobitami, frykasami.

– Tak jakoś – westchnął starzec. Powtórzył szeptem, że nigdy nie pił wódki.

Czuł drobinki laku na wargach, ostrość i nieregularność gwintu butelki i ciepłą, oleistą zawartość jej wnętrza. Czuł, jak wódka wlewa się do gardła, rozchodzi po trzewiach, z każdym łykiem przyjaźniejsza. Miał wrażenie, że przywraca go innemu, ważniejszemu, prawdziwszemu życiu. Pogrążał się w sobie, przenosząc czucie z wieczornego chłodu nad stawem, do rozpaćkanego, jak miód na stole, sierpniowego gorąca, gdy samotny już na rozległej werandzie, oczekiwał Nika i Tunia.

———

Usłyszał tuż nad uchem głos ołowianego mężczyzny.

Ocknął się z zamyślenia szybko, jak gdyby nigdzie się nie wyprawił.

Noc. Gabinet. Cykady za oknem.

Siedział w fotelu, bokiem do biurka, w niezmienionej od wieczora pozycji.

Ołowiany mężczyzna umościł się na szezlongu, wsparty potężnymi plecami o poduszki.

Zdjął marynarkę, krawat, rozchełstał koszulę.

Zadomowił się.

371

– Ależ grają – powtórzył, wskazując mrok za oknem. – Jak orkiestra. To świerszcze?

– Cykady.

Starzec był skupiony, czujny, prawie uroczysty. W przeciwieństwie do mężczyzny jego alkohol wyostrzył.

Mężczyzna powoli zsunął się z szezlonga, przeciągnął się, aż zatrzeszczały kości, wepchnął koszulę za pasek spodni i znów stanął przed lustrem.

Podobał się sobie najwyraźniej.

– To ja jestem ten parobek, któregoś pan opisał na cały świat?

Starzec nie odpowiedział.

– No, no… – warknął mężczyzna i zrobił do lustra marsową, błazeńską minę.

– Co ci powiedział mój brat – zapytał po chwili starzec tak cicho, że mężczyzna, odwrócony plecami, miałby prawo tego nie usłyszeć – wtedy, przy bramie?

Usłyszał jednak pytanie i odpowiedział, że nie pamięta.

– Nigdy cię to nie ciekawiło? Nie chciałeś sobie tego przypomnieć?

– A po co?

– Żeby coś wiedzieć, parobku.

– To, co trzeba, wiem.

– To niewiele ci trzeba. – Starzec zastanowił się i rzekł: – Mój brat powiedział: Trzymaj się swojej strony, kiedy idziesz, stoisz, śpisz i czuwasz, żyjesz i nie żyjesz. Trzymaj się swojej strony.

– Pieprzyć to. – Mężczyzna trzepnął się dłońmi po udach, aż echo poszło.

– To właśnie powiedział ci mój brat Nik, kiedy w deszczu, pod parasolem, zderzył się z tobą przy bramie Powiedział ci: Trzymaj się swojej strony, parobku.

– Moja strona każda – warknął mężczyzna – a trzeba, to i środkiem walę. Jak małżonka pańska chciała mnie poczęstować tym waszym francuskim fiu-bździu, to co jej odpowiedziałem? Żem z domu syty. Nic się nie zmieniło.

Coś zatrzeszczało za oknem na żwirze. Mężczyzna przechylił się przez parapet, lecz trzeszczenie struchlało i zrobiło się cicho, choć cykady nie przestały grać.

Starzec odezwał się z najwyższym przekonaniem:

– Szoferze Madonacha, parobku mego ojca, niewolniku wieczny.

Z najwyższym przekonaniem odpowiedział mu ołowiany mężczyzna:

– Brakowało mi jej. Jak Boga kocham, brakowało.

– Czego?

– Pogardy.

– Potrzebujesz pogardy, parobku? – zapytał starzec po chwili.

– Jak powietrza, dziedzicu.

– Czemu?

– By odpowiedzieć na nią nienawiścią.

– Pogarda Madonacha ci nie wystarcza?

– Nie.

– Dlaczego?

Mężczyzna zatrzymał się przed starcem i ogarniając koszulę na rozgrzanym torsie, odpowiedział głucho:

– Bo jego pogarda to też nienawiść.

Zebrał się do wyjścia. Zabełtał resztę wódki w butelce i podniósł ją do ust. Zmienił zamiar. Postawił butelkę na biurku, między brulionem a parkerem.

Rzekł przyjacielsko:

– Rano będzie jak znalazł.

Sztuczne ognie rozświetliły nocne niebo od Antibes. Ołowiany mężczyzna, przyglądając się nocnej iluminacji przez otwarte okno gabinetu, wbrew swej ołowianej substancji wyszedł jak duch. Ale ten, do kogo było to skierowane, nic już nie zobaczył.

Powieki opadły, twarz na zawsze straciła wyraz.

———

Lekko uniósł nadgarstek i spojrzał na zegarek. Trzy kwadranse na dwunastą. Więc powinni już być. Nie wyprawili się, u licha, z miasta piechotą.

Rozwalił się na wiklinowym fotelu, zakładając wysoko nogę na nogę. Przegonił osy znad rozpaćkanego na talerzu miodu. Cieszył się na spotkanie. Dawno ich nie widział. Chciał wiedzieć, co u Rity Durani, co z Mieciem Nikorowiczem, jak udało się polowanie u Bielskich i czy Nik nadal przypomina charta.

Jeżeli byli na święcie pułku, a dlaczego mieliby nie być, opowiadaniom i żartom nie będzie końca.

Swoją drogą, już trzy kwadranse na dwunastą, a Nika i Tunia nie ma. Ale będą. Nie ruszy się od stołu, nim ich nie zobaczy. Czekanie nie jest przykre.

Właściwie zawsze lubił czekać.

A poza wszystkim nie mógł się nadziwić, jak jego wątły w istocie gest, przelotna myśl, strzęp myśli, by nie upierać się przy sobie, zostały natychmiast dostrzeżone.

Wszystko wokół odpowiedziało mu znakami pojednania.

Wyzłocone rżyska, pylista droga między nimi, krzaki tarniny, dęby w ogrodzie, psy na podjeździe, konie w stajniach, belgijski dryling w gabinecie ojca, gabinet nasycony zapachem cygar, cienista weranda, tatarak wokół stawu, spustoszone letnimi upałami trawniki, portrety przodków, ich pragnienia, zwycięstwa, klęski, cała broń biała, myśliwska i ognista, wszystko, co zwielokrotniało się w obronnych murach domu, słowem, świat cały zawiadomił go o swojej wzajemności.

Jednocześnie, jedna po drugiej, opuszczały go młodzieńcze myśli o śmierci i o sposobie, w jaki ją sobie zada.

Życie ścieliło się przed nim w swoich blaskach, iluminacjach, powabach, zaskoczeniach i przykrościach. We wszelkich swoich głupstwach i mądrościach.

Zza pleców ciągnęło intensywną wonią posępnych wnętrz, nigdy niedogrzanych bibliotek, saloników, jadalni, gabinetów z niskimi sklepieniami porosłymi grzybem, z nieodłącznym przeciągiem roznoszącym po domu zapach myszy i wilgoci.

Dworski zapach, który go powoli, lecz nieodwracalnie, wypełniał.

I zobowiązywał.

W związku z tym przed nocą zamierzał dobrać się do Anastazji, prześlicznej dziewczyny folwarcznej, na którą, nie wiadomo czemu, nie zwrócił dotychczas uwagi, najlepiej, jak Bóg przykazał, w stodole, na sianie, a skoro świt, zaprząc do linijki ojcowego wałacha i ruszyć na świeże rżyska.

Przy obiedzie zagadnąć rodziców o wierzytelność w Ziemskim Towarzystwie Kredytowym, czy wielka, dolegliwa, spłacalna, a przed niedzielą do pułkownika zapukać, wyjaśnić nieobecność na święcie szwoleżerów i przymierzyć się do kawalerii, jak Nik, Ksawer, ojciec, dziad i co tu wyliczać.

Marmaroszów z sąsiedztwa o pannę zapytać, do ogrodu zaglądnąć, któremu matka tyle sił poświęcała. Serdecznie zagadnąć o kapustę, pomidory, strzeliste malwy, jesienne już astry.

A któregoś wieczoru zaszyć się w bibliotece i o wielkim Jeremim poczytać, co to w obronie ojczyzny na pal nasadzał jednego, mać jego sobacza, za drugim, ale tak, by ojciec poznał, że czytane, i to świeżo.

A gdybyż udało się ojca na wieczorny spacer wyciągnąć, za wzgórza z tarniną, i wspólnie z nich spojrzeć w szafir zmierzchu, w tę coraz bliższą linię horyzontu, kiedy już nie wiadomo, gdzie niebo, gdzie ziemia... Jak rozkosznie by było nacieszyć się wspólnie cichutką pięknością, od której nie dostaje się zawrotu głowy, ale serce przepełniają łagodność i wdzięczność.

Po sumie, w niedzielę, wyjść z kościoła szeroko, mocno, po gospodarsku, każdemu z obywateli dłoń uściskać i uprzejmym zdaniem go poczęstować.

A Gide'a, jak tylko chłody pierwsze nastaną, w kominek cisnąć, lecz wtedy, gdy żar w nim tylko zostanie, by zobaczyć, jak w ogniu pokutuje. To samo z Schulzem zrobić, Kafką i z każdym innym, co przez swą chorobę lub odmienność stanął w poprzek cudowi oczywistemu, którym jest polskość.

Cała ta płynąca dotychczas bokiem, skrzętnie omijana ojczystość, zanurzona w sierpniową upalność, niedaleką jesienną szelestność, zimową siarczystość i wiosenne odrodzenie.

A błazenadę, sarkazm, ironię, kpinę trzymać krótko przy pysku, by się nie rozdokazywały.

Po raz pierwszy w życiu rozkosznie wzruszony, wciągnął w nozdrza rozgrzane, sierpniowe powietrze i po raz pierwszy poczuł dworskość w całej jej rozpiętości, od gnoju po krew.

Był swój.

Co do chłopców natomiast, to pierwszy wejdzie Nik, choć jako gospodarz powinien ustąpić Tuniowi, ale on nigdy się tego nie nauczy.

Jakiś niestrudzony, samowzbudzający się motor obracał się w jego wnętrzu, nie pozwalając mu na żadną drugorzędność. Podobało mu się to w bracie, choć leniwą nonszalancję Tunia też lubił. A więc najpierw, najpewniej, wejdzie Nik.

———

Wczesne przedpołudnie.

Natarczywy dzwonek telefonu w holu wyrwał Nicole ze snu. Wybiegła bosa, ściągając paskiem poły płaszcza kąpielowego. Sięgnęła po słuchawkę, zawieszając nad nią dłoń, jak gdyby spodziewała się, że dzwonek zamilknie, ale tak się nie stało.

– Słucham? – zapytała z nieukrywanym zniecierpliwieniem. – Chryste! Czy pan wie, która jest godzina?

Zdjęła aparat z półki i wlokąc za sobą sznur, weszła z nim do przestronnej, sterylnej kuchni.

377

Oparła końce wyprostowanych palców o stół. Przesunęła machinalnie złożoną wpół poranną gazetę z tytułem: „...est mort!", odciętym w połowie przez szklankę z resztką soku pomarańczowego.

– Dziesiąta? Nie... nic. – Westchnęła do słuchawki, po czym już uprzejmiej wyjaśniła: – Po prostu, późno zaczynamy dzień. Słucham pana.

Potarła powieki, białka oczu podeszły natychmiast krwią, jak to się zdarza po ostrym pijaństwie.

Spojrzała w dół przez uchylone okno na zalany światłem rynek zamknięty katedrą i na odcinającą się od jej tła czerwień odkrytego austina, przygotowanego do podróży, z walizkami wspartymi o straponten. Zobaczyła, jak do kabrioletu podeszli La Nunzio i Eunice osłonięta szerokim rondem słomkowego kapelusza.

– A kim pan właściwie jest? – zapytała. Wahała się przez chwilę, po czym, opuszczając słuchawkę na obojczyk, powiedziała: – No dobrze, spróbuję. Proszę zaczekać.

Słuchawkę odłożyła na gazetę i spojrzała z żalem na uruchomione auto. Być może był to żal, jaki czasem czują ci, którzy zostają, do odjeżdżających, uważając, że przez sam fakt podróży zostali oni niezasłużenie wyróżnieni.

Obracając się ku drzwiom, zmiotła szerokim rękawem płaszcza kąpielowego szklankę, która roztrzaskała się na kamiennej posadzce.

Zwielokrotnione pustką echo odezwało się w holu. Nicole zaklęła paskudnie, zgarniając gazetą kawałki szkła pod stół.

Słuchawka telefonu zadyndała na czarnym sznurze.

Zabierając ze sobą gazetę, Nicole wspięła się krętymi schodami na piętro i niepewnym krokiem przeszła przez korytarz prowadzący do gabinetu męża.

Zapukała do drzwi. Nie odpowiedział nikt.

– Jakiś ważny telefon do ciebie.

Milczenie.

– Powiedziałam, że śpisz jeszcze pewno.

Żadnej reakcji.

Powoli otworzyła drzwi. Oślepił ją potok agresywnego światła z otwartego na oścież okna, niechronionego roletą.

Przeszła przez próg i zaraz za nim stanęła. Osłaniając dłonią oczy, patrzyła bezmyślnie na litrową, opróżnioną prawie butelkę z resztkami laku na szyjce, stojącą na biurku. Zaraz potem zauważyła ciało męża, z odrzuconą w tył głową i otwartymi ustami, ułożone na szezlongu. Ostrożnie usadowiła się w fotelu, jak sadowił się w nim starzec; lewym profilem do okna.

Wtedy wzrok jej zderzył się z gazetowym tytułem: „Marc Belon est mort!".

Jakiś czas minął, nim za ścianą domu lub po drugiej stronie uliczki w radiu Sud France skończyła się rozmowa z René Boise'em.

„Czego możemy oczekiwać?" – zapytała dziennikarka.

„Rewolucji" – odpowiedział Boise.

Gilbert Bécaud zaśpiewał *Nathalie*.

Zapowiadał się upał.

Chotomów 2006